沈曾植选集

钱仲联　钱学增　选注

上海古籍出版社

图书在版编目(CIP)数据

沈曾植选集 /（清）沈曾植著；钱仲联，钱学增选注. -- 上海：上海古籍出版社，2025. 5. --（中国古典文学名家选集）. -- ISBN 978-7-5732-1640-3

Ⅰ. I222.749

中国国家版本馆 CIP 数据核字第 202508K3B7 号

中国古典文学名家选集

沈曾植选集

〔清〕沈曾植 著

钱仲联 钱学增 选注

上海古籍出版社出版发行

（上海市闵行区号景路 159 弄 1-5 号 A 座 5F　邮政编码 201101）

（1）网址：www.guji.com.cn

（2）E-mail：guji1@guji.com.cn

（3）易文网网址：www.ewen.co

徐州绪权印刷有限公司印刷

开本 890×1240　1/32　印张 10.625　插页 3　字数 275,000

2025 年 5 月第 1 版　2025 年 5 月第 1 次印刷

印数：1—2,500

ISBN 978-7-5732-1640-3

I·3928　定价：58.00 元

如有质量问题,请与承印公司联系

沈曾植像

钱仲联、钱学增《沈曾植诗选》誊清稿

出 版 说 明

　　上海古籍出版社及其前身中华书局上海编辑所一向重视中国古典文学的普及工作。早在 20 世纪 60 年代，在出版"古典文学普及读物"丛书等基础性读本的同时，又出版了兼顾普及与研究的中级选本，该系列选本首批出版的是周汝昌先生选注的《杨万里选集》和朱东润先生选注的《陆游选集》。

　　1979 年，时值百废俱举，书业重兴，我社为满足研究者及爱好者的迫切需要，修订重印了上述两书，继而约请王汝弼、聂石樵、周振甫、陈新、杜维沫、王水照等先生选辑白居易、杜甫、李商隐、欧阳修、苏轼等唐宋文学名家的作品，略依前书体例，加以注释。该套选本规模在此期间得以壮大，丛书渐成气候，初名"古典文学名家选集"。此后，王达津、郁贤皓、孙昌武等先生先后参与到选注工作中来，丛书陆续收入王维、孟浩然、李白、韩愈、柳宗元、杜牧、黄庭坚、辛弃疾等唐宋文学名家的选本近十种，且新增了清代如陈维崧、朱彝尊、查慎行等重要作家的作品选集，品种因而更加丰富，并最终定名为"中国古典文学名家选集"。

　　本丛书作品的选注者多是长期从事古典文学研究的名家，功力扎实,勤勉严谨,选辑精当,注释、笺评深浅适宜,选本既有对古典文学名家生平、作品特色的总论,又或附有关名家生平简谱或相关研究成果,所以推出伊始即获好评。至上世纪 90 年代,本丛书品种蔚然成林,在业界同类型选集中以其特色鲜明而著称:既可供研究者案头参阅,也可作为古典文学爱好者品评赏鉴的优秀版本。

"中国古典文学名家选集"自问世以来,嘉惠学林,广受青睐,2012 年改版重排并稍加修订,以全新面貌展现,获得新世纪读者的肯定。2021 年本丛书中的《杜甫选集》《苏轼选集》入选全国古籍整理出版规划领导小组办公室公布的"首批向全国推荐经典古籍及其整理版本"。为了响应新时代读者的多元化诉求,我社首次推出简体版,并增加两种新品钱仲联、钱学增的《沈曾植选集》和谭正璧、纪馥华的《阴铿何逊选集 庾信选集》,期待这些由一流专家精选注释的一流作者作品能相伴更多的文史爱好者涵泳讽诵、含英咀华。

上海古籍出版社

2025 年 4 月

前　　言

　　沈曾植,是近代诗坛"同光体"浙派的首领,字子培,号乙盫,晚号寐叟,浙江嘉兴人。生于清道光三十年(1850),卒于民国十一年(1922),终年七十三岁。他的大半生,生活在多灾多难的清王朝的末世。光绪六年(1880)中进士以后,长期在刑部为官,由主事历迁员外郎、郎中,兼充总理衙门章京,前后达十八年。在这期间,他和许多进步的上层士大夫一样,政治上主张改革,支持变法,提倡学习西欧,兴办实业,富国强兵,同时拥护君主立宪。光绪十四年(1888),康有为第一次上书请变法,"朝野大哗,将逮捕,曾植力诤其括囊自晦得全"(汤志钧《戊戌变法人物传稿·沈曾植》)。曾植去世后,康有为在挽诗中说:"戊子初上书,变法树齿牙。先生助相之,举国大惊哗。恼传下刑部,纷来求衅瑕。君力劝括囊,金石穷幽遐。"指的就是这件事。光绪二十一年(1895),中日甲午之战失败,康有为接连两次上书请变法,沈曾植与翰林院编修陈炽、丁立钧等"助康有为发起强学会于京师,有正董之名。"(同上)这年,曾植还请自假英款创办东北纵贯铁路,时俄国韦特西伯利亚铁路还未兴建,后因被朝廷某大人物所阻,未能实行,当时不少有识之士都引为憾事。光绪二十三年（1897）德国强占我胶州湾，适曾植母病逝，康有为前往吊唁，曾植又劝他再上万言书，言变法自强。康有为挽曾植诗中记此事说："丁酉公丧母，金台吾走骡。吊公之孤艰，忧国之荐瘥。是时德攘胶，国人噤不呵。公力劝吾言，再下冯妇车。"光绪二十四年（1898），维新变法惨遭慈禧太后的镇压，这时曾植正应湖广总督张之洞之聘，在武昌主两湖书院史席，因侥幸免祸。当他在赴长沙途中听到戊戌政变起，六君子被害时，悲愤交集，"溢而为词"（沈曾植《戊戌旅湘日记》），写下了《野哭》五首，以后又陆续写了《寄上虞山相国师》、《偕石遗渡江》、《古诗》、《遨行在何所行》等一系列的诗篇，寄变法失败的孤愤，抒痛失维新志士的悲怀，表现了曾植早年进步的思想。光绪二十八年（1902），曾植还刑部供职，不久即放外任，历官江西按察使、安徽提学使、署布政使、护理巡抚。这时清王朝已极度腐败，濒临末日，沈曾植虽为官清廉，体恤民情，在兴办地方实业，抵制外国势力的侵入等方面作了不少努力，但目睹朝廷昏愦，权臣当道，预感到清廷的灭亡危机，自感回天无力，遂于宣统二年（1910）自安徽任上引退。清亡以后，以遗老居上海。袁世凯曾多次征召，都被拒绝。民国六年（1917），曾植被王某、陈某挟持北上，参与张勋复辟。不久事败，仍归上海，至终。

　　沈曾植是近代在国内外颇具影响的著名学者。他八岁丧父，家境清苦，靠着自己的勤奋，"冬日无絮衣，手指僵裂，终不释卷"，（见王蘧常《沈寐叟年谱》）年轻时即精研了汉、宋儒学，文字音韵之学，中年任职刑部后，又在湛精今律的基础上从事古代刑律研究，由《大明律》、《宋刑统》、《唐律》以上，治汉魏律令，被时人推为"律

家第一"。又治辽、金、元史,西北南洋地理,于蒙古史钻研尤深,多
有创见。此外,佛学、道藏、医学、音乐、金石书画、目录版本,也都
涉猎匪浅。沈曾植在学术上不仅继承了清代乾嘉学风,从事中国
传统文化的研究,而且在近代世界思潮的影响下,开拓并跨入了不
少新的学术领域。他的学术成就,受到了国内外著名学者的高度
评价。王国维对他一生治学作了精辟的概括,说:"先生少年固已
尽通国初及乾、嘉诸家之说,中年治辽、金、元史,治四裔地理,又为
道、咸以降之学,然一秉光正成法,无或逾越。其于人心世道之污
隆,政事之利病,必穷其源委,似国初诸老;其视经史为独立之学,
而益探其奥窔,拓其区宇,不让乾、嘉诸先生;至于综览百家,旁及
两氏,一以治经、史之法治之,则又为自来学者所未及。"(《沈乙盦
先生七十寿序》)并说:"其忧世之深,有过于龚(自珍)、魏(源),其
择术之慎,不后于戴(震)、钱(仪吉)。学者得其片言,具其一体,犹
足以名一家,立一说。"胡先骕《海日楼集跋》称他为:"同光朝第一
大师","章太炎(炳麟)、康长素(有为)、孙仲容(诒让)、刘左庵(师
培)、王静庵(国维)先生,未之或先也。"在国外,著名汉学家如日本
那珂通世、藤田丰八、内藤虎次郎,法国伯希和、德国恺士林①诸博
士都十分倾慕曾植的学术成就,俄国卡伊萨林推他为"中国大儒"。
正是这个缘故,他的诗才形成了区别于同光体其他派别的独特面
目,并达到了极高造诣,这就是被陈衍称为"合学人诗人之诗二而
一之"(《近代诗钞·石遗室诗话》)的所谓"学人之诗"。

　　作为一个诗人,沈曾植在诗学上的成就是很突出的。陈衍、郑

_____

　　①　恺士林,或译凯泽尔、盖沙令等,原籍俄国,后入德国籍。

孝胥等曾将他推为"同光体之魁杰"。(《沈乙盦诗序》)所谓"同光体",原是陈、郑二人对"同(治)光(绪)以来诗人不墨守盛唐者"(同上)的戏称,后来便成了近代各种宋诗派的统称。它包括了闽派、江西派、浙派三大支。他们所说的"不墨守盛唐",或者如后来所说的"不专宗盛唐",实际上是以中唐的孟郊、韩愈、柳宗元,宋代的梅尧臣、王安石、黄庭坚、陈师道、陈与义为宗,而重点则在宗宋。但各派各家的具体的诗学主张,又不完全相同。沈曾植作为浙派的代表,与清初的朱彝尊、清中叶的钱载有着一脉相承的继承关系,但又不再是旧的浙派的面目。他早年用力于张籍乐府,李商隐,以及黄庭坚、韩驹等江西诗派,而不轻易诋斥明七子之学八代盛唐,但以为他们不过是死学,是呆六朝而非活六朝。他与同是浙人的袁昶很早就相识,他在为袁昶所作《安般簃诗集序》中,赞许袁的诗"庶几脱落陶(潜)、谢(灵运)之枝梧,含咀风雅之推激"。而他自己的诗作,如为袁昶作的《题渐西村人初集》二诗,就是融颜(延之)谢(灵运)、北宋于一手的,体现了他早年即具雏形的融通六朝、盛唐、北宋于一的主张。中年在武昌,与陈衍相识,相与切磋诗艺。陈衍论诗,创"三元"之说,以为"诗莫盛于三元:上元开元,中元元和,下元元祐。"(《石遗室诗话》)沈曾植同意陈的主张,并进一步指出"三元皆外国探险家觅新世界、殖民政策、开埠头本领",(同上)强调了陈衍"三元说"的创新精神,即要在学古的基础上开辟新境界。到了晚年,沈曾植总结自己的诗学观,鲜明地提出了"三关"之说,三关是将"三元"中的"开元"去掉,换上了"元嘉",一元之差,宗趣便与陈衍大异。沈曾植在《与金潜庐太守论诗书》中,对此作了系统的阐述:

　　吾尝谓诗有元祐、元和、元嘉三关，公于前二关均已通过，但着意通过第三关，自有解脱月在。元嘉关如何通法？但将右军（王羲之）《兰亭诗》与康乐（谢灵运）山水诗打并一气读。刘彦和（刘勰）言："庄老告退，而山水方滋。"意存轩轾，此二语便堕齐、梁人身分。须知以来书"意、笔、色"三语判之，山水即是色，庄老即是意；色即是境，意即是智；色即是事，意即是理；笔则空、假、中三谛之中，亦即偏计、依他、圆成三性之圆成实性也。康乐总山水、庄老之大成，支道林（遁）开其先。此秘密平生未尝为人道，为公激发，不觉忍俊不禁。勿为外人道，又添多少公案也。尤须时时玩味《论语》皇（侃）疏〔自注：与紫阳（朱熹）注止是时代之异耳〕，乃敢运用康乐，乃亦能运用颜光禄（延之）。记癸丑年（1913）同人修禊赋诗，鄙出五古一章，樊山（樊增祥）五体投地，谓此真晋、宋人诗，湘绮（王闿运）毕生何曾梦见。虽谬赞，却惬鄙怀。其实止用皇疏"川上"章义，引而申之。湘绮虽语妙天下，湘中《选》体，镂金错采，玄理固无人能会得些子也。其实两晋玄言，两宋理学，看得牛皮穿时，亦只是时节因缘之异、名文身句之异。世间法异，以出世法观之，良无一无异也。就色而言，亦不能无抉择，奈何？不用唐后书，何尝非一法门（自注：观刘后村集可反证）。无如目前境事，无唐以前人智理名句运用之，打发不开，真与俗不融，理与事相隔，遂被人呼伪体。其实非伪，只是呆六朝、非活六朝耳。凡诸学古不成者，诸病皆可以"呆"字统之。在今日学人当寻杜、韩，树骨之本，当尽心于康乐、光禄二家（自注：所谓字重光坚者）。康乐善用《易》，光禄长于《书》（自注：兼经纬），经训蓄畲,才大者尽容犓获。韩子因文见道,诗独不可为见道因乎?

与陈衍的"三元"之说相比较,可以看到,"三元说"是重在宗宋,而推本杜、韩,而沈曾植的"三关说"则重在宗颜、谢,要人着意通此关,做到"活六朝"。不论"三元""三关",都是要融通古今,要学古而仍应创新。但曾植要人能通经学、玄学、理学以为诗,要因诗见道。曾植曾对他的学生蒯寿枢说:"俟盖棺后,子为我序之,吾诗即语录,序必记此言也。"(蒯寿枢《海日楼诗序》)说的也是这个意思。这些观点,不仅体现了沈与陈虽同为宋诗派而同中有异,也体现了沈的宗汉魏与当时以王闿运为首的汉魏六朝派的呆学死学也迥然不同。应该说,这才是道道地地的"合学人诗人之诗二而一之"的主张。更值得注意的是,这番议论不仅表明了沈曾植诗论中重视艺术的一面,还表明了他并不忽视诗歌作品的思想内容,并且将二者统一起来进行认识。沈曾植在信中对金氏所说"意、笔、色"三点所作的分析,用今天的话来说,意,即相当于思想性,色,相当于作品所反映的现实,而笔,则是客观现实、主观情思与艺术性的统一。沈曾植在这里还借用佛家天台宗所宣扬的《中论》"空、假、中"三观和慈恩宗所宣扬的"偏计、依他、圆成实"三性以论诗,认为客观现实反映在诗中,是通过诗人主观认识的媒介的,它已不等同于现实本身,作品的思想性即在它所反映的现实境界中显示,是虚处体现而不是实发议论。这种观点,体现了思想性和艺术性的统一,与单纯着眼于艺术性或只强调思想性者,显然不同。也许就是这个缘故,沈曾植对近代革新诗派的先导,当时被一些保守诗人视为"终非当家"(谭献语)的龚自珍及其诗歌内容与形式的创新精神和奇肆风格，曾给予高度评价。早年，他在《书龚定庵文集后》中，称龚：
"才非盛世之所有也。盛世之民，浑浑淳淳而已，中声以为言，中制
以为行，中气以为养，无过听之声，固无荡心者为发其声也；无眩视
之色，固无有耀神者以发其色也。才之兴，其于中古乎?"从而赞扬
龚自珍为"通天人、齐古今之智者"，"才之量成，而才之事亦极。其
声非寻常之声也，其色非寻常之色也，其回薄激宕，江海不足以为
深，山岳不足以为高"，"而其幽灵殊异之心，疏通知远、体物无遗之
智，如电入物，如水注地，积微造微，泯然藏密，不可思议"，"定庵之
才，数百年所仅有也"。直至晚年作《龚自珍传》，仍称龚为"奇才"。
这种见解，是同时宋诗派的其他诗人所不敢提出的，也可见他诗学
思想的进步之处。

　　沈曾植既以一代著名学人而为诗，又具深厚的诗学根柢，于是
便形成了他学人之诗的独具一格的风貌。他的诗博大沉郁，融通
古今，卓然称大家。张尔田在《寐叟乙卯稿后序》中说："公诗以六
籍、百氏、叶典、洞笈为之溉，而度材于绝去笔墨畦町者，以意为轫，
而以辞为辖。"《钱仲联〈海日楼诗注〉序》中又说他"邃于佛，湛于
史，凡稗编脞录，书评画鉴，下及四裔之书，三洞之笈，神经怪牒，纷
纶在手，而一用以资为诗。故其于诗也，不取一法，而亦不舍一法，
其蓄之也厚，故其出之也富。"这种奇奥深博的风格，是沈曾植诗的
主要特色。正如陈三立《海日楼诗集跋》所说："寐叟为学，无所不
窥，道箓梵籍，并皆究习，故其诗沈博奥邃，陆离斑驳，如列古鼎彝
法物，对之气敛而神肃。"但沈曾植诗，并不是限于这一方面的。陈
衍在《沈乙盦诗序》中说："君诗雅尚险奥，聱牙钩棘中，时复清言见
骨，诉真宰，荡精灵。"在《石遗室诗话续编》中又说："乙盦诗虽多诘

屈聱牙，而俊爽迈往处，正复不少。"这些评说，不仅注意到了作为沈诗的主要特色的生涩奥衍的一面，还揭示了沈诗的"清言见骨"、"俊爽迈往"的另一面。这是符合沈诗的实际的。在今存的沈曾植的诗作中，确有大量的作品"雅尚险奥"、"诘屈聱牙"，好用僻典生字，尤爱用佛典佛语，今天读来，不免奥衍难懂。但在沈诗中，还有体现诗人艺术风貌另一面的作品。这些作品，无论是从数量还是从质量、从内容还是从形式而言，都是沈曾植诗不可忽视的重要组成部分。这些诗，有的形象地记录了时代的风云、历史的轨迹，有的抒发了对国家前途、民族命运的萦怀和关注，无论是咏怀、抒感、题画、酬赠、咏物、怀人、行旅，字里行间，都浓缩着对世事、人生的深刻思考，闪耀着哲理的色彩。同时，诗人虽致力于因诗见道，但仍未忘情，正如曾植自己所说："鄙人想虽不乏，情故难忘。"（《与金潜庐太守论诗书》）因此这些诗又往往凝聚了诗人深沉而强烈的感情，又都无不以"文从字顺"的笔墨，显示了"清言见骨"的特色，具有"诉真宰，泣精灵"的动人心魄的艺术魅力。如作于光绪三十三年（1907）的《题俞策臣师画册》之二，借题咏画册，记咸丰十年（1860）诗人十一岁时在北京亲历的英法联军入寇京城烧杀抢掠的情形："山气暗无昼，惨惨云而风。疲民魇若寐，危石支孤筇。青坂晓弃师，甘泉夕传烽。百里雷震惊，九天雾冥蒙。髫年识此境，播越军都东……噩梦印不忘，童心弱能容……去之四十年，兹怀耿犹逢。"画中景象与回忆孩提时的印象融而为一，在清王朝行将灭亡的前夜诗人写下此诗，其深意就不只在控诉西方列强侵略中国，而是有更深刻的思考的了。怵目惊心的画面与深邃沉郁的思想，赋予了这首诗的撼人心坎的力量。又如《懊侬曲》，是借用乐府古题写作的一组小诗,但诗小容量大,诗人运用双关隐语等乐府常用的手法,引用熟见的民谣、民谚,风格朴素,词句洗炼,揭露了中日甲午之战以后围绕变法而日益深化的光绪和慈禧帝后之间的矛盾,从而反映了那个历史时期动荡的政治风云,字里行间,深寄着诗人对国家命运的关注和忧虑。再如《怀道希》、《寄上虞山相国师》等写在戊戌变法前后的怀人之作,它们的思想内涵已远远超出了一般意义上的怀人诗,从"鱼羊忧世日,魑魅喜人时","松高独受寒风厄,凤老甘当众鸟侵","言妖舌毒纷无纪,吞炭聊为豫子喑"。在这些激愤填膺的诗句中,我们可以清晰地感受到诗人澎湃情感的涌潮,这里既有对变法志士遭到保守派打击、迫害的满腔不平,又有对慈禧扼杀革新的极度的愤慨,诗人忧世伤国的拳拳之情溢于言表,在艺术上也完全体现了沈曾植诗的另一种风貌。而如虽在"制中",因"情不能已,溢而为词"(《戊戌旅湘日记》)的《野哭》五首,以及稍后写成的《偕石遗渡江》、《古诗》、《遨游在何所行》等,则更强烈地表达了诗人对戊戌六君子惨遭慈禧杀害的深恸极哀,和对变法失败后国家命运前途的焦虑和忧心,沉郁苍凉,激越悲壮,完全可以称得上是陈衍所说"清言见骨,诉真宰,荡精灵"的作品。至于诗人其他题材的作品,或矜炼如洗,或气骨清劲,或高古,或俊逸,能体现"俊爽迈往"、"清言见骨"的,在集中俯拾皆是,就不一一列举了。本书的编选,在适当注意"生涩奥衍"的一种,借以认识沈诗全貌外,更多地注意编选了"清言见骨"的一种,这样,我们也许会在"雅尚险奥"的沈曾植以外,见到另一个面目的诗人。当然,应该指出,作为封建时代的知识分子,沈曾植的思想体系是属于封建儒家正统。辛亥革命以后,沈曾植在政治上又坚持了清遗老的立场,反映在诗作中,流露了忠于清王朝,希图复辟的思想。这种封建性的糟粕,必须加以扬弃。当然,此类作品,本书是不予选入的。

以上说的是选录标准。这里选录了一百八十五首诗,不论是奥衍奇诡的,还是清言见骨的,均僻典较多,这里一一注明,因为是选本,一般用典,也有在借用、活用之后,并非读者一望即知的,所以也予详细注明。每首诗除注释外,前有"题解",简要介绍写作时间、本事、人物、地理等。注释文字除引用出典的原书外,还简要解释其词语,并阐明诗人用典的含意,僻字用同音字及汉语拼音注明。读者可以通过各诗的题解和注释的启发,进一步自己去领会作品的思想性和艺术性。

钱仲联　钱学增
一九八九年八月

　　本书系据钱仲联及其哲嗣钱学增二先生上世纪 80 年代末所编著《沈曾植诗选》誉清稿本整理出版。

上海古籍出版社
二○二五年四月

目　　录

1

旅居近市,郁郁不聊,春夏之交,雾晨延望,万室濛濛,如在烟海,
　　憬然悟曰:此与峨眉、黄山云海何异! 汪社耆持此图来,乃名

别五弟（二首）

　　与尔共甘苦，蓼虫不知辛①。与尔共欢戚，蛮躯为同身②。尔笑我必矧③，我愁尔先嚬④。有时乐狂直，下策穷呵嗔⑤。呵嗔亦复佳，意尽情弥亲⑥。人生百年内，过眼风吹云。老大殊攻取⑦，孩提慰天真⑧。吁嗟事如影⑨，隐隐何时泯⑩？

　　一日十二时⑪，寸肠千万回⑫。回肠有时尽，行子何当归⑬？归来谅非旧，岁月各崔嵬⑭。阿兄薄升斗⑮，残年指长淮⑯。鸳湖二顷田⑰，叔也莼鲈催⑱。冉冉秋光驰⑲，悠悠行近乖⑳。扶扶劲翼奋㉑，吊晚孤根危㉒。苍然夕照色㉓，万古心伤悲。长行何可念，念汝将行时。依依慈母侧㉔，欲语不忍辞。万事不可论，艰难值乖离㉕。

【题解】

　　本诗作年未详，据诗中所述，似当为早作。曾植五弟沈曾桐，字子封，号同叔，光绪十二年（1886）进士，官广东提学使。曾植兄弟四人，姊二人（早夭）。曾植在家中排行第四，曾桐排行第五。如不计早夭的两姐，则曾植行二，曾桐行三。故诗中又称其为"叔"。

【注释】

① "蓼虫"句：蓼虫，寄生于蓼草中的昆虫。《楚辞·七谏》："蓼虫不知徙乎葵菜。"王逸《章句》："言蓼虫处辛烈，食苦恶，不能知徙于葵菜，食甘美，终以困苦而癯瘦也。"此处用此典，言兄弟虽生活艰辛，却能同甘共苦，安乐相处。

② 蛩駏（穷巨 qióng jù）：传说中的兽名。《尔雅·释地》："西方有比肩兽焉，与邛邛岠虚比，为邛邛岠虚啮甘草。即有难，邛邛岠虚负而走，其名谓之蟨。"《淮南子·道应》作"蛩蛩駏虚"。韩愈《醉留东野》："低头拜东野，愿得终始如駏蛩。"此喻兄弟间欢戚与共的亲密关系。

③ 矧（审 shěn）：齿龈。《礼记·曲礼》："笑不至矧。"郑玄注："齿本曰矧，大笑则见。"因以形容大笑。

④ 嚬（贫 pín）：皱眉。忧愁貌。

⑤ "有时"二句：用周仲智兄弟故事，状与五弟亲密无间、狂放率直的相处之乐。《世说新语·雅量第六》："周仲智饮酒醉，瞋目还面谓伯仁曰：'君才不如弟，而横得重名。'须臾，举蜡烛火掷伯仁。伯仁笑曰：'阿奴火攻，固出下策耳。'"狂直，疏狂直率。诃嗔，斥骂。

⑥ 弥：更；益。

⑦ 老大：年老。敉：平。攻取：攻为排斥、反对，取为赞同、同意。敉攻取意即无论面对赞同反对，都能心平气和。

⑧ 孩提：幼儿。慰天真：以天真无邪为快慰。

⑨ 吁嗟：叹词。犹"唉"。事如影：佛家语。佛家称人世一切皆虚幻影。《维摩诘所说经》："是身如影。"《大方广佛华严经》："一切世间，悉皆如影。"

⑩ 隐隐：忧戚貌。《荀子》："隐隐兮，其恐人之不当也。"泯：灭。

⑪ 一日十二时：即一日一夜。中国自汉太初改朔以后，以干支记时，分一日一夜为十二时，一时相当于今二小时。语本黄庭坚《思亲汝州作》："一日思君十二时。"

⑫ "寸肠"句：司马迁《报任少卿书》："是以肠一日而九回。"孟郊《远游联句》："别肠车轮转，一日一万周。"此合用二典，状别后离愁之深。

⑬ "回肠"二句：鲍照《代东门行》："行子心肠断。"又，陈师道《送内》："子去何当归?"何当，何日。

⑭ 崔嵬：山势高峻貌。此云崔嵬，犹言峥嵘，引申作超越寻常之意。鲍照《舞鹤赋》："岁峥嵘而愁暮。"

⑮ 阿兄：指曾植长兄沈曾棨，初名曾庆，字子承，号戟廷。时官扬州。薄升斗：奉禄微薄。《汉书·梅福传》："秩以升斗之禄。"

⑯ 长淮：指长江下游两淮地区。此指扬州。

⑰ 鸳湖：鸳鸯湖，一名双湖，即今嘉兴南湖，在嘉兴市东南城郊。二顷田：非实指。语本《史记·苏秦传》：苏秦喟然叹曰："且使我有雒阳负郭田二顷，吾岂能佩六国相印乎?"

⑱ 叔：指曾桐，兄弟中排行第三。古代以叔称兄弟行中的老三。莼(纯chún)鲈催：《世说新语·识鉴第七》："张季鹰辟齐王东曹掾，在洛，见秋风起，因思吴中菰菜羹、鲈鱼脍，曰：人生贵得适意尔，何能羁宦数千里，以要名爵? 遂命驾便归。俄而齐王败，时人皆谓为见机。"此合用诸典，谓曾桐，时自东三省归，将有乡里之行。莼，又名水葵，可作羹，味美；鲈，鲈鱼。二者均江南水乡之名肴。

⑲ 冉冉：渐进貌。《楚辞·离骚》："老冉冉其将分。"

⑳ 悠悠：远貌。行迈乖：离别远行。行迈，走路。《诗·王风·黍离》："行迈靡靡。"乖，离。

㉑ 抟扶：形容鸟乘风捷上。《庄子·逍遥游》："有鸟焉，其名为鹏，背若泰山，翼若垂天之云，抟扶摇羊角而上者九万里。"

㉒ 吊晚：哀伤黄昏到来。此二句即景取譬，上句以奋翼高举的鸟喻五弟未来的事业。下句以吊晚的孤根，寄作者的孤独悲哀。

㉓ "苍然"句：柳宗元《始得西山宴游记》："苍然暮色，自远而至。"

㉔ 慈母：曾植母韩太夫人。

3

㉕ 值：适逢。乖离：离别。

题《渐西村人初集》(二首)

此士不今有①，旷世一遇之②。炎天抱冰雪③，苦志娱文辞④。手作天马驰⑤，心穷溟涨窥⑥。不知人世短⑦，长意攀皇羲⑧。城南数间屋⑨，日日哦清诗⑩。诗或能穷人，人穷诗愈奇⑪。陶陶卒岁乐⑫，戚戚童年悲⑬。悲乐两无眹⑭，声文起相持⑮。刻然天弢解，至乐乃在兹⑯。我病拙细书⑰，姜芽未能胝⑱。但为鼠饮河，满腹忘其饥⑲。蒙暗不工言⑳，乃知言者非㉑。商清杂徵变，喻角疑非宜㉒。读君千琼琚㉓，引我无涯知㉔。移情成连操，榜舟海之湄㉕。

栎社有瘣木㉖，扶疏三十年㉗。不知用何直，且自希天全㉘。喟然见君子㉙。丧我平生焉㉚。夙素蕴元鉴㉛，神莹万灵先㉜。冥观洞性韵㉝，伐材锼瑕坚㉞。听音且知弦㉟，得鱼不离筌㊱。岂无万全药㊲，医此肒肩肩㊳。斫木贡匠门，将车奚仲前㊴。不辞拥肿丑㊵，所冀高庳便㊶。矢诗作先容㊷，叩关君勿键㊸。

【题解】

本诗作于光绪九年(1883)。诗题"渐西村人"，谓晚清诗人袁昶。昶字爽秋，号渐西村人，浙江桐庐人。光绪二年(1876)进士，授户部主事充总理各国事务衙门章京,办外交事务多年。义和团起,他与徐用仪等反对围攻使馆,被杀。昶博学多才,与曾植同为晚清浙江诗派的代表。著有《渐西村人集》《安般簃集》《于湖小集》《袁忠节公遗诗》等。王蘧常《沈寐叟年谱》:"公为袁爽秋序《安般簃集》,称其'比物连类,餐絜茹芳,骚人蝉蜕之心也;回视收思,乐不忘本,《小雅》明发之懿也。爰及交游赠答,存没哀思,儒林讲肆副墨雒诵之所揽蔓,闾阎阓阓风马歌鹭铙之所蕴藉,讯而后应,其出入不诉,则又九流之散,言出赋家,贾谊升堂,相如入室,所相与哜搐道真,箭勺物渗,揖让升降,礼乐以俟者也。行春花药,言寓思于哀驺;举目山河,独抚膺于逝者。朱干玉戚,则端冕以舞;清商激楚,乃绝弦可知。君之于此,几所谓持其性情,不令暴失者乎?庄生有言,况乎昆弟亲戚之謦欬于其侧。夫昆弟亲戚者,其声可识知,其端不可思。三复斯编,庶几脱落陶谢之枝梧,含咀风雅之推激。余乃于是抧首抑容,怡俙怫悁,梦不可理,废然以止者已'。案公壮岁诗文学,与悉伯(李慈铭)、爽秋最有渊源,论诗与爽秋尤契。其题爽秋《渐西村人初集》第二诗云云,合此观之,二人取经,未尝有二也。"

【注释】

① "此士"句:陶潜《拟古九首之一》:"此士难再得。"
② 旷世:隔世,历时长久。张衡《东京赋》:"故旷世而不觌。"
③ 抱冰雪:喻心地纯净。江总《入摄山栖霞寺》:"净心抱冰雪。"
④ 苦志:费尽心力。娱文辞:以著文吟诗自娱。陶潜《五柳先生传》:"常著文章自娱。"
⑤ "手作"句:道家以手为天马。李商隐《上萧侍郎启》:"手为天马,心绘国图。"《太平御览》引《三一经》:"天马,手也。"
⑥ 溟涨:大海。谢灵运《游赤石进帆海》:"溟涨无端倪。"李周翰注:"溟涨皆海也。"
⑦ 人世短:人生短促。班固《幽通赋》:"道修长而世短。"陶潜诗:"世短

意常多,斯人乐久生。"

⑧ 长意：鲍照《和王丞诗》："限生归有穷,长意无已年。"攀皇羲：追随皇羲,寓向往古代圣贤之意。皇羲,又作羲皇、伏羲。《太平御览》引《孝经钩命决》："华胥履迹,怪生皇牺。"

⑨ "城南"句：按,袁昶《渐西村人初集·街西一缘屋》诗自注："直西有园,黄左田(钺)尚书故居也。今析为四、三家。"又《雪》诗自注："宅后黄左田尚书故园,有'瀛洲一角'榜,今亡矣。左邻地藏庵。"

⑩ "日日"句：韩愈《蓝田县丞厅壁记》："日哦其间。"清诗,高雅的诗。杜甫《贻阮隐居》："清诗近道要。"

⑪ "诗或"二句：欧阳修《梅圣俞诗集序》："其兴于怨刺,以道羁臣寡妇之所叹,而写人情之唯言。盖愈穷则愈工。然则非诗之能穷人,殆穷者而后工也。"穷人,使人处境困厄。奇,指诗的风骨超绝不凡。

⑫ 陶陶：和乐貌。《诗·王风·君子阳阳》："君子陶陶。"卒岁：终岁,终年。《史记·孔子世家》："优哉游哉,可以卒岁。"

⑬ 戚戚：忧惧貌。《论语》："小人长戚戚。"

⑭ "悲乐"句：意谓人生的悲欢都虚幻不实无影迹可寻。无眹,无兆迹可寻。《庄子》："体尽无穷,而游无眹。"

⑮ 声文：《诗·大序》："情发于声,声成文,谓之音。"持：郑玄《诗谱序》孔颖达《正义》："《诗纬含神雾》云:诗者持也。"

⑯ "割然"二句：《庄子·养生主》："庖丁为文惠君解牛,手之所触,肩之所倚,足之所履,膝之所踦,砉然响然,奏刀騞然,莫不中音,合于桑林之舞,乃中经首之会。"句意本此。割(或 huò)然,皮骨相离声。割,通砉。天弢,谓天然的束缚。《庄子》："解其天弢,堕其天袠。"至乐,《庄子》："至乐无乐。"

⑰ 细书：小楷。《后汉书·循吏传序》："一札十行,细书成文。"

⑱ 姜芽：喻笔姿。刘禹锡《酬柳柳州家鸡之赠》："柳家新样元和脚,且尽姜芽敛手徒。"朱翌《猗觉寮杂记》："相书,手如姜芽者贵。"胝(知

zhī）：手茧。

⑲ "但为"二句：《庄子·逍遥游》："偃鼠饮河，不过满腹。"《诗·衡门》毛传："乐饥，可以乐道忘饥。"此合用二典，自谦才学浅薄。

⑳ 蒙暗：昏昧。《魏志·高贵乡公纪》："俾朕蒙暗垂拱而治。"工言：工于言辞。

㉑ 言者非：《庄子·齐物论》："言者有言，其所言者，特未定也。"又："道不可言，言而非也。"

㉒ "商清"二句：自注："谭君仲修评大集，有云：谈艺者以李西涯（东阳）诗为宫声，此于五音当属角云云。"商、徵、角，中国古代五音的三个音阶。商清，即商声，以属于清声而名，其声悲。《韩非子·十过》："师涓鼓究之。平公问师旷曰：此所谓何声也？师旷曰：此所谓清商也。平公曰：清商固最悲乎？师旷曰：不如清徵。"徵变，即变徵，古七音之下，徵的变声，较徵稍下。《史记·刺客传》："高渐离击筑，荆轲和而歌，为变徵之声，士皆垂泪涕泣。"又，宋玉《对楚王问》："引商刻羽，杂以流徵。"此二句谓袁昶诗风就如清商之中交杂变徵，将它比角，恐非适宜。按：谭仲修，名献，一名廷献，浙江仁和（今杭州）人，同治六年（1867）举人，官安徽歙县等县知县，晚年告归，张之洞聘主讲湖北经心书院。近代词人。有《复堂类稿》。

㉓ 琼琚：华美的佩玉，此喻华美的诗文。韩愈《祭柳子厚文》："琼琚玉佩，大放厥辞。"

㉔ 无涯知：知识没有尽头。《庄子·养生主》："吾生也有涯，而知也无涯。"

㉕ "移情"二句：用伯牙学琴典。《太平御览》引《乐府解题》曰："《水仙操》，伯牙学琴于成连先生，三年不成；至于精神寂寞，情之专一，尚未能也。成连云：'吾师方子春今在东海中，解移人情。'乃与伯牙俱往。至蓬莱山，留宿伯牙，曰：'子居习之，吾将迎师。'刺船而去，旬时不返。伯牙近望无人，但闻海水洞滑澜渐之声，山林窅寞，群鸟悲号，怆然而

叹曰：先生将移我情。乃援琴而歌，曲终，成连回，刺船迎之而还。伯牙遂为天下妙矣。"榜舟，摇桨使船前进。湄，水边。

㉖ "栎社"句：《庄子·人间世》："匠石之齐，至于曲辕。见栎社树，其大蔽数千牛，絜之百围，其高临山十仞，而后有枝，其可以为舟者旁十数，观者如市。匠石不顾……（曰：）散木也，以为舟则沉，以为棺椁则速腐，以为器则速毁，以为门户则液樠，以为柱则蠹，是不材之木也；无所可有，故能若是之寿。"栎社，旁有栎树的神社。瘣（汇 huì）木，病木。《尔雅》："瘣木符娄。"郭璞注："谓木病尫伛瘿肿无枝条。"

㉗ 扶疏：繁茂纷披貌。《韩非子·扬权》："木枝扶疏，将塞公闾。"《文选·上林赋》李善注："《说文》曰：扶疏，四布也。"按，曾植作此诗时三十四岁，此云三十年，是约数。

㉘ "不知"二句：《庄子·山木》："庄子行于山中，见大木，枝叶盛茂，伐木者止其旁而不取也。问其故，曰：无所可用。庄子曰：此木以不材得终其天年。"此用其意以自喻。直，同"值"。天全，《庄子·达生》："夫若是者，其天守全。"

㉙ 喟然：感叹貌。君子：指袁昶。

㉚ "丧我"句：《庄子·齐物论》："苶焉似丧其耦。"又："今者吾丧我。"此用其意，谓今天见到袁昶，才深感自己年华虚度，一无所得。

㉛ 夙素：平素；往昔。元鉴：即玄鉴，佛家语。指玄妙高超的见解。《最胜问菩萨十住除垢断结经》，"复有玄鉴三昧，菩萨得此三昧者，补了三世，无起灭法。"僧肇《般若无知论》："虚心玄鉴。"

㉜ 万灵：神灵。《史记·封禅书》："黄帝接万灵明廷。"

㉝ 冥观：深入观察。孙绰《游天台山赋》："浑万象以冥观。"性韵：指诗歌蕴含的性情与韵味。《南史·刘祥传》："祥少好文学，性韵刚疏。"

㉞ 伐材：《吕氏春秋·士容论》："山不敢伐材下木。"锼（搜 sōu）瑕坚：在木材上雕去瑕疵，喻精心雕琢。锼，雕刻。

㉟ "听音"句：《礼记·乐记》："君子之听音，非听其铿锵而已，夫亦有所

合之也。"又:"惟君子为能知乐,是故审声以知音,审音以知乐。"且,将。

㊱ "得鱼"句:《庄子·外物》:"筌者所以在鱼,得鱼而忘筌;蹄者所以在兔,得兔而忘蹄;言者所以在意,得意而忘言。"筌,捕鱼器。得鱼忘筌,比喻事情办成而忘其所凭借。此反用其意,谓要办好事离不开所凭借的事物。

㊲ 万全药:《庄子·逍遥游》:"宋人有善为不龟手之药者,世世以洴澼絖为事。客闻之,请买其方百金。"

㊳ 脰肩肩:形容不健全的人。《庄子·德充符》:"闉跂支离无脤说卫灵公。灵公说之,而视全人,其脰肩肩。"脰,项颈。肩肩:瘦小细长貌。

㊴ 奚仲:夏代的车正,传说中造车的始祖。《吕氏春秋·审分览》:"奚仲作车。"高诱注:"奚仲,黄帝之后,任姓也。传曰:为夏车正,封于薛。"以上二句寓班门弄斧之义。

㊵ 拥肿:同"臃肿"。《庄子·逍遥游》:"惠子(谓庄子)曰:吾有大树,人谓之樗,其大本拥肿而不中绳墨,其小枝卷曲而不中规矩。"此喻自己的作品,寓自谦之意。

㊶ 高庳便:高下适宜。高庳,高低。便,宜。《周礼·考工记》:"轮已崇,则人不能登也;轮已庳,则于马终古登阤也。"

㊷ 矢诗:陈诗。《诗·大雅·卷阿》:"矢诗不多。"先容:先加修饰。引申作事先致意。《汉书·邹阳传》:"蟠木根柢,轮囷离奇,而为万乘器者,以左右先为之容也。"

㊸ 叩关:敲门。《周礼·司徒·司关》:"凡四方之宾客敂关则为之告。"键:门锁。扬雄《方言》:"户钥,自关而东、陈楚之间谓之键。"此作动词,锁门。

问爱伯疾

　　依然谈笑却熊罴，谁识先生示疾时①。肝胆轮困老逾热②，奇胲形色候方奇③。稽山未许归狂客④，稷下新闻迓老师⑤。却笑画人穷慕想⑥，寻常惊怪见之而⑦。

【题解】

　　本诗作于光绪九年(1883)十二月。诗题爱伯，谓晚清诗人李慈铭。慈铭字爱伯，浙江会稽(今绍兴)人。光绪六年(1880)进士，官至监察御史。有《越缦堂文集》、《白华绛跗阁诗集》、《杏花香雪斋诗》等。时李慈铭患牙疾，曾植因以此诗问候。李慈铭称此诗"隽峭，善学山谷者"。(《荀学斋日记》)

【注释】

① "依然"二句：苏轼《维摩像诗》："此叟神完中有恃，谈笑可却千熊罴。"王士禛《问钝翁编修疾诗》："依然谈笑却熊罴。"《维摩诘所说经》："尔时毗耶离大城中有长者名维摩诘，其以方便现身有疾，以其疾故，国王、大臣、长者、居士、婆罗门等，及诸王子并馀官属，无数千人皆往问疾。其往问者，维摩诘因以身疾广为说法。"熊罴，二猛兽名。罴，俗称人熊。此二句用佛典，以维摩诘喻李慈铭，意谓慈铭纵然疾病缠身，依然谈笑风生，其气势足以却退熊罴，谁能识别慈铭正处病中呢！

② 肝胆轮困：喻壮志未伸。韩愈《赠别元十八协律》："穷途致感激，肝胆还轮困。"轮困，屈曲貌。逾：更。

③ 奇胲：又作"奇咳"，奇秘非常。《史记·扁鹊仓公传》："受其脉书上下

经、五色诊、奇胲术。"候方奇：征候异常。

④ 稽山：会稽山，在今绍兴东南十三里。据《新唐书·隐逸传》：贺知章，字季真，越州永兴人，自号四明狂客。"天宝初。病，梦游帝居，数日寤，乃请为道士，还乡里，诏许之，以宅为千秋观而居，又求周官湖数顷为放生池。有诏赐镜湖剡川一曲。"以李慈铭家在绍兴，此处巧用此典，反其意，谓慈铭无缘因病还乡。

⑤ 稷下：古地名，在战国齐都城临淄稷门。《史记·孟子荀卿传》："自驺衍与齐之稷下先生，如淳于髡、慎到、环渊、接子、田骈、驺奭之徒，各著书言治乱之事，以干世主。……荀卿，赵人，年五十，始来游学于齐。……田骈之属皆已死。齐襄王时，而荀卿最为老师，齐尚修列大夫之缺，而荀卿三为祭酒焉。"据李慈铭《荀学斋日记》："十四日，得桐孙十一日津门书，并合肥使相书，额玉如运使关书聘金十二两。此席一定，遂尔去官，亦殊非本意也。明岁东行，渐为归计。宦途尽处是青山，可为一叹。"此即以荀卿事借指慈铭应聘事。新闻：新近听说。老师：年老资深的学者。

⑥ 画人：画匠。《画鉴》："高克明山水虽工，不免画人之习。"穷慕想：穷尽想慕之怀。

⑦ 之而：须毛出《周礼·考工记·梓人》："梓人为筍虡，凡攫殺援簭之类，必深其爪，出其目，作其鳞之而。"

简袁爽秋

竹堂不到几旬馀①，想见焚香净溉除②。禅诵有时还谢客③，眼昏浑不废钞书④。酒阑软语春还寂⑤，物外真游鉴共虚⑥。问讯偃松新月状⑦，朝来步屧更相于⑧。

【题解】

　　本诗作于光绪十六年（1890），时曾植与袁昶（爽秋）同在京师。袁爽秋见《题渐西村人初集》题解。

【注释】

① 竹堂：虞世南诗："竹堂侵夜开。"此指爽秋的书斋。

② "想见"句：《宋史·孟珙传》："退则焚香扫地，隐几危坐，若萧然事外。"韩愈《蓝田县丞厅壁记》："南墙巨竹千梃，俨立若相持，水㶁㶁循除鸣，（崔）斯立痛扫溉。"此合用二典，写爽秋貌似隐退的闲散生活。净溉，冲刷干净。除，阶除。

③ 禅诵：坐禅诵经。杨衒之《洛阳伽蓝记》："志在禅诵，不干世事。"谢客：谢绝宾客。孔稚圭《北山移文》："为君谢逋客。"

④ "眼昏"句：杜荀鹤《闲居书事》："眼昏多为夜抄书。"此翻用其意，言袁昶之勤奋。浑，全。

⑤ 酒阑：酒酣。软语：佛家语。温和而适人情的话。《大般涅槃经》："诸佛常软语。"杜甫《赠蜀僧闾丘师兄》："夜阑接软语。"

⑥ 物外真游：王仁裕《开元天宝遗事》："王休不亲势利，常与名僧数人，或跨驴，或骑牛，寻访山水，自谓结物外之游。"又王安石《小茅山》："物外真游来几席。"物外，犹世外，超脱于世事之外。真游，象外之游。鉴共虚：心境澄彻，像镜子一样空明。鉴，镜。

⑦ 问讯：询问。《三国志·吴志·朱然传》："口自问讯。"又，佛家称僧尼行合掌礼或敬揖为问讯。赞宁《僧史略》："如比丘相见，曲躬合掌，口曰：不审何？此三业归仰也，谓之问讯。"偃松：卧松。《抱朴子》："大陵偃盖之松。"刘禹锡有《庙庭偃松涛》，苏轼有《偃松屏赞》。新月：韩愈《南溪始泛》："梢梢新月偃。"

⑧ 步屦：散步。《南齐书·高帝纪》：“步屦白杨郊野间。”相于：相亲相
　　厚。王符《潜夫论》：“俗人之相于也。”

和 答 樊 山

　　绝照孤光契有邻①，斫雕散朴总含真②。敢齐洛下能
言士③，已识樊南最后身④。云意渐回天际雪⑤，风怀相惜
座间人⑥。烟云供养图编集⑦，且颂升平作幸民⑧。

【题解】
　　本诗作于光绪十六年(1890)十一月。诗题樊山谓晚清诗人樊增祥。
增祥字嘉父,号云门、樊山、天琴,湖北恩施人。光绪三年(1877)进士,官
至江宁布政使。有《樊山集》、《续集》。此诗为和答樊山《简爽秋、子培》
诗而作。

【注释】
① “绝照”句：《论语》：“德不孤,必有邻。”此反用其意,庆幸自己得以结
　　交樊山这样志同道合的人。契,结交。
② 斫雕散朴：去除巧伪浮华,崇尚敦厚质朴。《史记·酷吏传序》：“汉
　　兴,破觚而为圆,斫雕而为朴。”又《老子》：“朴散则为器。”含真：旧称
　　保持人的真实本性。陶潜《劝农》：“抱朴含真。”此句意承上句,称誉樊
　　山为人淳朴真诚。
③ 洛下能言士：指魏晋时聚居洛阳的能言善辩的玄言家。《世说新语·
　　文学第四》：“非但能言人不可得,正索解人亦不可得。”朱熹《诗集传

序》:"尤非后世能言之士所能及之。"

④ 樊南:唐代诗人李商隐,著有《樊南甲集》二十卷、《乙集》二十卷。最后身:佛家语。谓生死界中最后之身,即阿罗汉及等觉菩萨之身。《别译杂阿含经》:"上大丈夫断除爱结,尽诸烦恼,除袪四取,获于寂天,能坏魔军,住最后身。"樊山著有《樊山集》,诗风近李,曾植因以"樊南最后身"称之。

⑤ "云意"句:雪渐止,云渐散,天渐放晴。据沈曾植《恪守庐日记》:"光绪庚寅十一月廿一日,子后微寒,大雪,廿二日早,雪霁美晴,竟日甚暖。"

⑥ 风怀:犹风情,指人的风采、神态,也指人的抱负、志趣。惜:珍视。座间人:指樊山。

⑦ 烟云供养:形容书斋中画幅多而佳。人处书斋中,似为画中烟云所供养。张丑《清河书画舫》:"黄大痴九十而貌如童颜,米友仁八十有馀,神明不衰,无疾而逝。盖画中烟云供养也。"据沈曾植《恪守庐日记》:"廿二日早,过樊云门斋中,见其书画佳迹甚夥。"

⑧ 升平:太平盛世。幸民:游惰苟活之民。《左传》:"善人在上则国无幸民。"后世诗人常以指幸福之民。黄庭坚《同子瞻和赵伯充团练》:"付与升平作幸民。"此用其意。

题王元照画山水,丁叔衡所藏伟迹也

苔碛鬖髿石骹跰①,簌簌松花落满地②。此中有径绝无人,麇兔躔远劣蹝跰③。阴壑济泉倏转雷④,阳厓谿厂倾县甄⑤。幽人一去不知年⑥,上有非烟晕丹翠⑦。下有磊砢仡傺之长松⑧，枞身栝叶芝栭容⑨。鳞之皵皴牙角童⑩，仙鼯老蝠潜形踪⑪。寓生女萝实唐蒙⑫，白日蔓蔚玄云封⑬。仰视高旻目精绝⑭，划然大壁掀当中⑮。胡冠巨灵角阆风⑯，堂防密成名无从⑰，迥绝上鹙天台通⑱。人间局促那得有此境⑲，只应真形五岳蟠心胸，丹青一往参元工⑳。著我高颠鹿卢蹻，下视万古真梦梦㉑。太常真人相家子㉒，少著朝冠老隐几㉓。阅世看山不殊似㉔，写山非山水非水㉕，古意今情荡毫纸㉖。吴兴之甥倘无是㉗，茗柯理极偶然耳㉘。丁侯玩画说画旨㉙，我习书平画能起㉚。明窗离坐煮茶沸㉛，长卷舒完谈有斐㉜，罢视高弧日倾暑㉝。

【题解】

　　本诗及其下三首均作于光绪十六年（1890）冬。沈曾植《恪守庐日记》："光绪庚寅十一月廿二日晚作《题王元照画山水诗，丁叔衡所藏伟迹也》，前数日尝观之。"诗题王元照，名鉴，明尚书王世贞之曾孙，江苏太仓人。明末清初著名画家，工山水，宗法董源、巨然，风格沉雄古逸。诗题丁叔衡，名立钧，江苏丹徒人。光绪六年（1880）进士，官翰林院编修，历充武英殿协修纂修总纂提调京察一等、山东沂州府知府等。

【注释】

① 鬖髿（三沙 sān shā）：毛发纷乱貌。郭璞《江赋》："绿苔鬖髿乎研上。"攲跂（旗旗 qí qí）：倾斜不平貌。

② 簌簌：纷纷下落貌。元稹《连昌宫词》："风动落花红簌簌。"

③ "麕兔"句：意谓山径上只有麕兔奔跳留下的足迹。麕，麕鹿。躔迒（谗杭 chán háng），兽迹。《尔雅·释兽》："麕，其迹躔。"又："兔，其迹迒。"劣，仅。蹢跙（直抵 zhí dǐ），跳跃践踏。

④ 阴壑：背阴的山壑。宋之问《太平公主山池赋》："阳厓夺景，阴壑生
风。"濆（笨 bèn）泉：奔泉；飞泉。

⑤ 阳厓：向阳的山厓。谢灵运《于南山往北山经湖中瞻眺诗》："朝旦发
阳厓。"豁厂（喊 hǎn）：空敞的厓岩。《说文》："厂，山石之厓岩，人可
居，象形。"倾县甀（坠 zhuì）：像倾悬着的瓶。县，同悬。甀，瓶。

⑥ 幽人：隐士。《易·履》："幽人贞吉。"

⑦ 非烟：指卿云，古人以为祥瑞的云。《史记·天官书》："若烟非烟，若
云非云，郁郁纷纷，萧索轮囷，是谓卿云。"晕丹翠：烘染着红绿相杂的
色彩。

⑧ 磊砢（裸 luǒ）：树木多节。《世说新语·赏誉第八》："庾子嵩目和峤：森
森如千丈松，虽磊砢有节目，施之大厦，有栋梁之用。"仡儗（异异 yì
yì）：舒展貌。司马相如《大人赋》："仡以佁儗兮。"

⑨ 枞：木名，《尔雅·释木》："枞，松叶柏身。"栝（瓜 guā）：木名。即桧。
《尚书·禹贡》："杶榦栝柏。"传："柏叶松身曰栝。"芝栭（而 ér）：木名。
《尔雅》："栭，芝。"郝懿行义疏："《诗·大雅·皇矣》：'其灌其栵。'陆
玑疏云：'叶如榆，木理坚韧而赤，可为车辕，今人谓之芝栭也。'《尔
雅·释木》释文：'栭字又作栵，音而。'《后汉书·王符传》注引《尔雅》
曰：'栭，栵，音而注反。'是栭或作栵，今依宋本作栭是也。"

⑩ 鳞之：见《问爱伯疾》注。皵皴（气村 qì cūn）：粗厚裂坼。状松柏的树
身。牙角：指枝丫。童：光秃。刘熙《释名》："牛羊之无角者曰童，山
无草木曰童。"

⑪ 鼯（吾 wú）：鼠名，俗称飞鼠，形似蝙蝠。

⑫ 寓生：寄生。女萝、唐蒙：攀附于松柏的地衣类植物，二者同物异名。
《尔雅》："唐蒙，女萝；女萝，菟丝。"郭璞注："别四名。"

⑬ 薆薱（爱对 ài duì）：草木茂盛貌。张衡《西京赋》："郁蓊薆薱。"玄云：彤
云。《楚辞·九歌》："纷吾乘兮玄云。"

⑭ 高旻（民 mín）：秋天的高空。《尔雅·释天》："秋为旻天。"目精绝：穷

目力之所极。目精,眼珠。王恽《东征诗》:"动荡耳目精。"

⑮ 划然:象声词。苏轼《后赤壁赋》:"划然长啸。"大壁:韩愈《纳凉联句》:"大壁旷凝净,古画奇驳荦。"

⑯ 巨灵:传说中的黄河水神。张衡《西京赋》:"缀以二华,巨灵赑屃,高掌远蹠,以流河曲。"薛综注:"巨灵,河神也。巨,大也。古语云,此本一山当河,水过之而曲行。河之神以手劈开其上,足蹋离其下,中分为二,以通河流,手足之迹,于今尚在。"阆风:传说中的山名。东方朔《十洲记》:"王母告周穆王云:咸阳去此四十六万里,山高平地三万六千里。上有三角,方广万里,形似偃盆,下狭上广,故名曰昆仑山。三角:其一角正北,干辰之辉,名曰阆风巅。"此均以状画中峰峦。

⑰ 堂防密成:状形态各异的山峰。《尔雅·释山》:"山如堂者密,如防者盛。"郭璞注:"山形如堂室者曰密。" 疏:"形隋而高峻,若黍稷之在器。"成,通盛。名无从:无以名状。

⑱ 迥绝:极高远之处。上鹜:向上飞驰。卢景亮《初日照露盘赋》:"峾嵺上鹜。"鹜,《说文》:"鹜,乱驰也。"天台通:即通天台。《汉书·武帝纪》:"元封二年,作甘泉通天台、长安飞廉馆。"注:"师古曰:通天台者,言此台高,上通于天也。"

⑲ "人间"句:苏轼《书王定国所藏烟江叠嶂图》:"不知人间何处有此境?"局促:狭窄,逼促。

⑳ "只应"二句:意谓如此神妙的画境,只能是画家胸蟠五岳,穷究画理,然后靠丹青妙手方能绘制出来。真形五岳,《抱朴子·登涉》:"上士入山,持《三皇内文》及《五岳真形图》。"《黄帝传》:"黄帝以四岳皆有佐命之山,而南岳孤特无辅,乃章词三天,命霍山为储君,潜山为衡岳之副以辅佐之。躬写形象为《五岳真形图》。"又《太平广记》引《汉武内传》:"帝又见王母巾笈中有一卷书,盛以紫锦之囊。帝问:'此书是仙灵方耶? 不审其目,可得瞻盼否?'王母出以示之曰:'此《五岳真形图》也。'"五岳,指东岳泰山,南岳衡山,西岳华山,北岳恒山,中岳嵩山。

蟠,盘曲。丹青:丹砂和石青,二种可制颜料的矿石,泛指颜料,也指代画。《汉书·苏武传》:"丹青所画。"参元工,参究画理。元工,自然的奥秘。此指画理。

㉑ "著我"二句:意谓真希望穿上鹿卢蹻置身山巅,俯视下面万代以来昏乱的世界。鹿卢蹻(决 jué),道家所称穿上它可以飞腾的鞋子。《抱朴子·杂应》:"若能乘蹻者,可以周流天下,不拘山河。凡乘蹻道有三法:一曰龙蹻,二曰虎蹻,三曰鹿卢蹻。"梦梦,昏乱貌。《诗·小雅·正月》:"视天梦梦。"

㉒ 太常真人:指明末清初画家王时敏。时敏字逊之,号烟客,与王元照为同族叔侄,而年相近。明大学士锡爵孙,以荫官至太常寺少卿。见《清史稿·艺术传》。按:王元照未官太常,其曾祖王世贞官尚书,并未为相,此处误将时敏当之。据诗意当指元照。否则,题中"元照"二字或误。真人,《庄子·大宗师》:"何谓真人?古之真人,不逆寡,不雄成,不谟士。"

㉓ 少著朝冠:年轻时为官。朝冠,臣子上朝时所戴的礼冠。隐几:凭几,即靠着几案。此指代隐居生活。《庄子·徐无鬼》:"南郭子綦隐几而坐。"

㉔ 阅世:经历世事,承"少著朝冠"而来;刘禹锡《送张盥赴举诗》:"阅世难重陈。"看山:指悠游山水的隐居生活,承"老隐几"而来。不殊似:完全没有相似之处。

㉕ "写山"句:钱载《倪文贞公画册歌》:"画山非山水非水,画树非树石非石。"

㉖ "古意"句:意谓在古朴的山水画幅中荡漾着元照那时的感情。《南齐书·文学传论》:"全综古语,用申今情。"杜甫《登兖州城楼》:"从来多古意。"

㉗ 吴兴之甥:指元末明初名画家王蒙。《明史·文苑传》:"王蒙,字叔明,湖州人。赵孟𫖯之甥也。敏于文,不尚榘度,工画山水,兼善人

物。……元末官理问。遇乱隐居黄鹤山,自称黄鹤山樵。"吴兴,赵孟
频居吴兴,故称。

㉘ 茗柯理极:《世说新语·赏誉》:"简文云:刘尹茗柯有实理。"又《文
学》:"何晏为吏部尚书,王弼未弱冠,往见之。晏闻弼名,因条向者胜
理语。弼曰:此理仆以为极,何得复难否?"按旧注以"茗柯"为"茗之枝
柯",误。茗柯当为茗芋,即酩酊之意。此言刘恢醉中亦无妄语。"茗
柯理极"当用此。偶然耳:《后汉书·刘昆传》:"昆对曰:偶然耳。"

㉙ 丁侯:指丁叔衡。玩:玩赏。

㉚ 书平:即书评。赵与峕《宾退录》:"梁武帝令袁昂作书评。"画能起:
画能给以启发。

㉛ 离坐:并坐。《礼记·曲礼》:"离坐离立,毋往参焉。"

㉜ 舒:展开。有斐:富有文采。《诗经·淇奥》:"有斐君子。"

㉝ 高弧:指天空。弧,星宿名,共九星,在天狼星东南。《礼记·月令》:
"仲春之月昏弧中。"郑玄注:"弧在舆鬼南。"日倾晷(轨 guǐ):太阳西
斜。晷,日影。

题王石谷仿江贯道山水直幅

　　画史由来非俗史,冥观洞古成殊艺①。世间不见宋元
君,盘礴何人赏元致②? 此是王翚老去工,南唐北宋嗟嗞
是③。实处为山虚处水,驲宕云峦入藤纸④。江南三月草
如烟⑤,茶坞渔庄尽清丽⑥。坡陀尽处天空明⑦,林表疑有
澄湖横⑧。山长水远望不见,高楼日暮心怦怦⑨。散地盘
回具形防⑩,晴光下映成宵突⑪。藤梢橘刺极蒙笼⑫,鼠尾

丁须最孅密⑬。贯道本是南州人⑭，金陵山水情所亲⑮。千载王郎起江国，冥契神明合绳墨⑯。笔界南宗有转师⑰，峦形北苑非常得⑱。要将习尚回波靡⑲，特起精能示钩勒⑳。寻常竞赏毫端巧，大智还薪学人识㉑。呜呼察拟有妙非失传㉒，鉴评过眼还云烟㉓。眇然末法今谁起㉔？寂寞江湖二百年㉕。

【题解】

沈曾植《恪守庐日记》："光绪庚寅十二月二十四日，录题画四诗送叔衡。"按，日记所云，即前诗及此下三首。诗题王石谷，乃清初名画家王翚。据《清史稿·艺术传》："王翚，字石谷，号耕烟，江南常熟人。太仓王鉴游虞山，见其画，大惊异。索见，时年甫冠，载归，谒王时敏，馆之西田，尽出唐以后名迹，俾坐卧其中。时敏复挈之游江南北，尽得观收藏家秘本，如是垂二十年，学遂成。康熙中诏征，以布衣供奉内廷……康熙五十六年卒，年八十六。翚论画曰：以元人笔墨，运宋人丘壑，而泽以唐人气韵，乃为大成。称之者曰：古今笔墨之龃龉不相入者，翚罗而置之笔端，融冶以出。画有南北宗，至翚而合。"诗题江贯道，谓宋代画家江参。夏文彦《图绘宝鉴》："江参，字贯通，江南人。形貌清癯，嗜香茶以为生，居霅川，深得湖天之景，平远旷荡，尽在方寸。长于山水，师董源、巨然、赵叔问。"

【注释】

① 冥观：见《题渐西村人初集》注。殊艺：不同凡响的技术。《北史·江式传》："殊艺异术。"

② "世间"二句：《庄子·田子方》："宋元君将画图，众史皆至，受揖而立，舐笔和墨，在外者半。有一史后至者，儃儃然不趋，受揖不立，因之舍。

公使人视之,则解衣般礴赢。君曰:可矣! 是真画者也。"盘礴,同"般礴",箕踞。即伸开两腿坐,以示不拘形迹。元致,即"玄致",奥妙的旨趣。

③ 嗟嗞(滋 zī):感叹声。《战国策·秦策五》:"嗟嗞乎司空马。"

④ 骀宕(代荡 dài dàng):同"骀荡"。舒缓荡漾貌。谢朓《直中书省诗》:"春物方骀荡。"藤纸:纸名。李肇《国史补》:"纸则有越之剡藤、台笺。"梅尧臣《送杜君懿屯田通判宣州》:"日书藤纸争持去。"

⑤ "江南"句:丘迟《与陈伯之书》:"暮春三月,江南草长。"此句以下十句,写画中意境。

⑥ 茶坞:遍植茶树的山坞。陆龟蒙有《茶坞诗》。清丽:陆机《文赋》:"清丽芊绵。"

⑦ 坡陀:即陂陀,倾斜不平貌。刘熙《释名》:"山旁曰陂,言陂陀也。"

⑧ 林表:林端。谢朓《休沐重还道中》:"林表吴岫微。"澄湖:明净的湖。李白《悲清秋赋》:"澄湖练明。"

⑨ "山长"二句:暗写画中倚楼独望之人。许浑《寄宋次郎》:"山长水远无消息。"怦怦:心跳貌。《楚辞·九辩》:"心怦怦兮谅直。"

⑩ 散地:古代指诸侯在自己国境内作战的地区。因士卒在危急时容易逃散,故名。《孙子·九变》:"用兵有散地,吾将一其志。"此指画中地。盘回:盘曲回旋。韩愈《桃源图》:"流水盘回山百转。"具形阞(lè):显现出地的脉理。阞,脉理。《周礼·考工记》:"凡沟逆地阞谓之不行。"

⑪ 窅突(杳异 yǎo yì):凹凸不平貌。

⑫ "藤梢"句:杜甫《将赴成都草堂途中有作先寄严郑公五首》诗之二:"菱刺藤梢咫尺迷。"蒙笼,茂密四布貌。

⑬ 鼠尾丁须:比喻松柏枝叶。米芾《画史》:"大夫蒋长源作著色山水,顶似荆浩,松身似李成,叶取真松为之,如灵鼠尾,大有生意。"又郎瑛《七修类稿》:"马远则曰:山是大斧劈,兼丁头鼠尾。"丁须,钉钩。《庄子·

天下》:"丁子有尾。"《荀子·不苟》:"钩有须。"杨倞注:"或曰钩有须,即丁子有尾也。丁之曲者为钩,须与尾皆毛类,是同也。"嬺(迷 mí)密:美而细密。曹植《静思赋》:"行嬺密而妍详。"黄伯思《东观馀论》:"世传《辋川图》本,多物象靡密。"

⑭ 南州:此泛指江南。

⑮ 金陵:今江苏省南京市。战国时楚威王于此置金陵邑。

⑯ 冥契神明:与神灵相默契。冥契,暗合;默契。王僧孺《任府君传》:"可称冥契。"神明,神祇,天地之神。《易》:"以通神明之德。"合绳墨:合乎规矩、法度。《庄子·逍遥游》:"其大本拥肿而不中绳墨。"绳墨,木工以绳濡墨打直线的工具,后因喻规矩、法度。

⑰ 界:作画时所用的界尺。南宗:中国画的流派之一。董其昌《画禅室随笔》:"禅家有南北二宗,唐时始分。画之南北二宗,亦唐时始分也,但其人非南北耳。北宗则李思训父子著色山水,流传而为宋之赵幹、赵伯驹、伯骕,以至马、夏辈。南宗则王摩诘始用渲淡,一变钩斫之法,其传乃张璪、荆、关、郭忠恕、董、巨、米家父子以至元之四大家。"转师:博采众家之长,不专师一家。杜甫《戏为六绝句之六》:"转益多师是汝师。"

⑱ 北苑:指南唐画家董源。沈括《梦溪笔谈》:"江南中主时,有北苑使董源,善画,尤工秋岚远景,多写江南真山,不为奇峭之笔。"

⑲ 回波靡:犹言挽狂澜。波靡,水倾注而下,喻世时俗一时的风尚。

⑳ 钩勒:双钩,绘画笔法之一。张庚《国朝画微录》:"温仪尝述其师王麓台说,钩勒处笔锋须若触透纸背。"

㉑ "寻常"二句:意谓寻常人都只是竞相赞赏绘画笔法的工巧,画幅中真正的高明之处还须有学问的人才能识别鉴赏。大智,《庄子·齐物论》:"大知闲闲。"知通智。蕲,求。

㉒ 察拟:洞察拟似之迹。指从相似中分辨出不似之处。以王石谷仿江贯道,故云。

㉓ 过眼云烟：喻事物很快就消失。苏轼《宝绘堂记》："譬之云烟之过眼。"宋周密有《云烟过眼录》四卷,《续录》一卷。

㉔ 眇然：渺茫貌。王羲之帖："当今人物眇然,而艰疾若此,令人短气。"末法：佛家语。佛家称释迦入灭后五百年曰正法时,次一千年曰象法时,后万年曰末法时。《瑜伽师地论》："末法时生诸声闻相,云何可知？谓诸声闻,于当来世,法末时生。法末时者,所谓大师般涅槃后,圣教没时。"

㉕ "寂寞"句：王士禛《高邮雨泊》："寂寞人间五百年。"按,王翚死,至作诗时,历一百七十馀年,云二百年,为约数。

题唐子畏《雪景》

虚室夜生白①,千岩静天光②。嵯峨沕寥极③,视听咸茫茫④。逸士卧敝庐⑤,枯禅老是乡⑥。宁知天地闭⑦,肝膈森清凉⑧。爱此万法俱⑨,了无一邱当⑩。所怀竟云何⑪？非圣焉知狂⑫！

【题解】

沈曾植《恪守庐日记》："拟东坡《题王晋卿著色山水》诗,超越元著,固非常人胸臆所有。"唐子畏：名寅,字伯虎,一字子畏,吴（今江苏苏州）人,明代著名画家,精山水,多取法李唐、刘松年,景物清丽,笔墨灵秀俏丽。兼工仕女、人物,笔势流转。工笔、写意俱佳。

【注释】

① "虚室"句：《庄子·人间世》："瞻彼阕者,虚室生白,吉祥止止。"陆德明《释文》："崔云:白者,日光所照也。司马云:室,比喻心,心能空虚,则纯白独生也。"此处用此典,实写画中雪景,也用以表达明彻的心境。

② 天光：指天空的光景。《庄子·庚桑楚》："宇泰定者,发乎天光。"

③ 嵯峨：山高峻貌。沇寥：旷荡虚静。

④ 视听：所见所闻。《庄子·在宥》："无视无听,抱神以静。"

⑤ 逸士：遁世隐居的人。此指画中人物。敝庐：简陋破旧的茅舍。

⑥ 枯禅：佛家语。指僧人静坐参禅。此指僧人。严粲《元上人访见》："枯禅堕佛机。"老是乡：伶玄《飞燕外传》："吾老是乡矣。"老,终老。

⑦ 天地闭：《周易·坤·文言》："天地闭,贤人隐。"此处用此典,寄诗人归隐山林的志趣。天地闭,指冬天。《礼记·月令》："孟冬之月,天地不通,闭塞而成冬。"

⑧ 肝膈：指内心。膈,横膈膜。森：阴冷。

⑨ 万法：佛家语。佛家称永恒常在、不生不灭的一种实体、实性。《维摩诘所说经》："万法即真如,由不变故;真如是万法,由随缘故。"此指混沌一体、无虚无实的雪景。

⑩ "了无"句：意谓眼前一片洁净,没有任何阻隔视野的东西。了,一点。

⑪ 怀：心中的结想。

⑫ "非圣"句：意谓不是无事不通的圣明之士,怎能领悟这狂放不羁的人所获得的境界是什么呢! 圣,无事不通谓圣。狂,狂放不羁。《书·多方》："惟狂克念作圣,惟圣罔念作狂。"

题赵吴兴《鸥波亭图》

鸥波亭上佳公子①,绝代丹青写清思②。渊源不到宋遗民③,大雅能窥唐画史④。茗渚蘋洲满意春⑤,管公楼对比肩人⑥。还将平远溪山意⑦,消取沧桑异代身⑧。

【题解】

沈曾植《恪守庐日记》:"此章颇有道园(虞集)风味。"诗题赵吴兴指元初书画名家赵孟頫。孟頫字子昂,宋宗室,浙江吴兴(今湖州)人。工书画,画山水木石花竹人马尤精致。题中鸥波亭,据《大清一统志》:"鸥波亭在湖州府治江子汇上,元赵孟頫游息之所也。"

【注释】

① 佳公子:赵孟頫《题所画梅竹赠石民瞻》诗自注:"伯几有诗见寄云:'寄声雪上佳公子,飞尽梅花不见君。'"此指赵孟頫。

② 绝代丹青:世所罕有的画。清思:清雅的情思。《汉书·礼乐志》:"清思眑眑。"

③ "渊源"句:宋亡后赵孟頫曾出仕元朝,故曾植视他和富有民族气节的画家(如龚开等)不属于同一流派。

④ "大雅"句:意谓从画中显示的赵孟頫的高雅之才,可以看出他的画继承了唐画的传统。大雅,高雅之才。《汉书·景十三王传》:"夫惟大雅,卓尔不群。"

⑤ "茗渚"句:罗隐《送雪川郑员外》:"歌听茗坞春山暖,诗咏蘋洲暮鸟飞。"此咏画卷意境。

⑥ 管公:赵孟頫的岳父管伸,字直夫。无子。其女道升嫁赵后,就其父旧居建祠,是为管公楼。见赵孟頫《管公楼孝思道院记》。比肩人:指相互敬重的夫妇。《太平广记》引《述异记》:"吴都海盐有陆东美,妻朱氏,亦有容止,夫妻相重,寸步不相离,时人号为比肩人。"此指赵孟頫夫妇。

⑦ 平远溪山意:《旧唐书·王维传》:"如山水平远,云峰石色,绝迹天机,

非绘者之所及。"赵孟頫《吴兴山水清远图记》:"昔人有言,吴兴山水清远。"朱彝尊《论画和宋中丞》:"王五溪山擅平远。"平远,平静旷远的境界。

⑧ "消取"句:葛洪《神仙传》:"麻姑自说云:'接侍以来,已见东海三为桑田,向到蓬莱,又水浅于往日会时略半耳,岂将复为陵陆乎?'王远叹曰:'圣人皆言,海中行复扬尘也。'"后因以沧桑喻世事巨变或朝代更迭。赵孟頫生宋世,后入元,故称"沧桑异代身。"此句意承上,谓赵孟頫的画,似寄世代变迁、身仕两朝的感慨。

病中柬张季直

荒塍重为别①,意气不能骄②。病假衰颜示③,情缘减劫饶④。定心知憺憺⑤,削牍想迢迢⑥。有约张元伯⑦,无令岁过交⑧。

【题解】

本诗作于光绪十七年(1891),时曾植在京师。据张謇(季直)《出都酬沈子培诗引》:"被放归,时子培方病,临发之晨,柬诗一章,盖中夜而作者。车中往复,凄动心脾,宁惟离别之伤?抑亦风义之感?因酬之二诗。""柬诗一章",即本诗。诗题张謇,字季直,号啬翁,江苏通州(今南通)人。光绪二十年(1894)状元,为阅卷大臣翁同龢赏拔。官翰林院修撰。主张政治改良,与康有为等开强学会于上海。在乡兴办工业,为著名实业家。有《张季子诗录》。

【注释】

① 荒塍：荒凉的田埂。宋程俱《到官两旬四走山野作诗以自劳》："荒塍曲涧无远近。"重：难。

② "意气"句：元马臻《新州道中》："阮籍愁来气不骄。"此翻用其意，言离别的愁绪。

③ "病假"句：谓疾病借助于衰颓的容颜得到显示。

④ "情缘"句：谓自己与季直的友情因年寿削减而益见深厚。减劫，佛家语，意指削减年寿。说见《阿毗达磨俱舍论》。饶，增。

⑤ 定心：佛家语。因修禅行而远离烦恼、闲适专一的心情。《中阿含习相应品不思经》："因止便得乐，因乐便得定心。"憺憺：安静貌。《楚辞·九章》："心怛伤之憺憺。"

⑥ 削牍：古代用刀削竹木作简册，在上面写字，称削牍。《汉书·原涉传》："削牍为疏。"注："师古曰：牍，木简也。"此指写信。

⑦ 张元伯：东汉张邵，字元伯。《太平御览》引《后汉书》："范式，字巨卿，与汝南张元伯为友。二人春别京师，以暮秋为期。元伯以九月十五日杀鸡以待巨卿，母曰：'相去千里，汝何信之也？'言未卒而巨卿至，相随上堂，再拜母，极欢悦。"此处用此典，以张元伯切张季直，寓有与季直相约年内再聚之意。

⑧ 无令：不要让。岁过交：交岁；过年。

南　市

南市喧阗夜未央①，栈车轈辘路方长②。归来小极甘寒具③，客去孤怀得定光④。海月夜升东壁静⑤，胡床跂对北风凉⑥。诙谐沉默都无似,惭愧侏儒粟一囊⑦。

【题解】

　　本诗作于光绪二十年(1894),时曾植居北京西南宣武门外南横街。南市即指此。

【注释】

① 喧阗:哄闹声。夜未央:夜未尽;半夜。《诗·小雅·庭燎》:"夜如何其? 夜未央。"

② 栈车:《诗·小雅·何草不黄》:"有栈之车,行彼周道。"毛传:"栈车,役车也。"又《周礼·宗伯·巾车》:"士乘栈车。"郑玄注:"栈车,不革鞔而漆之。"此泛指各种车辆。辚辚:车轮转动声。

③ 小极:小病。《世说新语·言语第二》:"顾司空诣王丞相,丞相小极,对之疲睡。"甘:嗜好。寒具:冷食名。以糯米粉和面油煎而成,俗称馓子。因常于寒食禁火时食用,故名。

④ 孤怀:孤独的情怀。定光:佛家语。神定中出现的光明。《琼湛注华严七字经题法界观三十门颂》:"心光定光,物无不见。"

⑤ 东壁:星宿名,又称壁宿,为玄武七宿之一,以在营室星之东,故名。《初学记》引《石氏星经》曰:"东壁之星主文籍。"因以指藏书之所。此指曾植书斋。

⑥ 胡床:俗称交椅,一种可折叠的轻便坐具,因由胡地传入,故名。跂(气 qì):垂足而坐。《世说新语·容止》载,谢万诣王恬,既坐,少时便入。良久,沐头散发而出,据胡床,坐中庭晒头,了无酬对。又:"企脚北窗下。"

⑦ "诙谐"二句:自注:"是日俸米运到。"《汉书·东方朔传》:"朔绐驺朱儒,曰:'上以若曹无益于县官……今欲尽杀若曹。'朱儒大恐,啼泣。……上知朔多端,召问朔:'何恐朱儒为?'对曰:'朱儒长三尺馀,

奉一囊粟,钱二百四十;臣朔长九尺馀,亦奉一囊粟,钱二百四十。朱儒饱欲死,臣朔饥欲死。臣言可用,幸异其礼;不可用,罢之。无令但索长安米。'"又:"朔上书,陈农战强国之计,因自讼独不得大官,欲求试用。其言专商鞅、韩非之语也。指意放荡,颇复诙谐,辞数万言,终不见用。"又:"又设非有先生之论,其辞曰:'非有先生仕于吴,进不称往古以厉主意,退不能扬君美以显其功,默然无言者三年矣。'"此处用此典,寄曾植抱负难伸的心志。侏儒,身材矮小的人。

谢　　客

　　谢客千金洴澼方①,世间画饼愿谁偿②?囊中判作千年处③,弦上何曾一箭当④!万物自来刍狗真⑤,命宫何必斗箕张⑥。顾荣羽扇牢收在⑦,会有清风拂故乡。

【题解】
　　本诗作于光绪二十年(1894)。时曾植官总理各国事务衙门章京,为同官顾肇新所扼制,郁郁不得志,此诗有感于此而作。谢客,谢绝来客。见《简袁爽秋》注③。

【注释】
① 千金洴澼(平僻 píng pì)方:见《题渐西村人初集》注㊲。洴澼,洗絮之声。
② 画饼:《魏志·卢毓传》:"时举中书郎,诏曰:得其人与否,在卢生耳。选举莫取有名,名如画地作饼,不可啖也。"后因以喻徒有其名而无其

实的事物。

③ "囊中"句：用战国时毛遂事。《史记·平原君虞卿传》："门下有毛遂者前，自赞于平原君。……平原君曰：'先生处胜之门下几年于此矣？'毛遂曰：'三年于此矣。'平原君曰：'夫贤士之处世也，譬若锥之处囊中，其末立见。今先生处胜之门下三年于此矣，左右未有所称诵，胜未有所闻，是先生无所有也。先生不能，先生留。'毛遂曰：'臣乃今日请处囊中耳。使遂蚤得处囊中，乃颖脱而出，非特其末见而已。'"此处用此典，寄被人扼制，才能不得施展的愤慨。判作，拚作，甘心作。

④ "弦上"句：陈琳《为袁绍檄豫州》李善注引《魏志》："琳避难冀州，袁本初使典文章，作此檄以告刘备，言曹公失德，不堪依附，宜归本初也。后绍败，琳归曹公。曹公曰：'卿昔为本初移书，但可罪状孤而已，恶恶止其身，何乃上及父祖耶？'琳谢罪曰：'矢在弦上，不可不发。'曹公爱其才，而不责之。"又《景德传灯录》："元安禅师问道于临济。临济常对众美之，曰：'临济门下一只箭，谁敢当锋。'"此合用二典，言己未曾充当弦上之箭，不愿阿附于人。

⑤ "万物"句：《老子》："天地不仁，以万物为刍狗；圣人不仁，以百姓为刍狗。"又《庄子·天运》："夫刍狗之未陈也，盛以箧衍，巾以文绣，尸祝斋戒以将之；及其已陈也，行者践其首脊，苏者取而爨之而已。"刍狗，草和狗。一说结草为狗，供祭祠之用，比喻轻贱无用之物。寘（置 zhì），通置。

⑥ "命宫"句：韩愈《三星行》："我生之辰，月宿南斗；牛奋其角，箕张其口。牛不见服箱，斗不挹酒浆，箕独有神灵，无时停簸扬。"又，《东坡志林》："退之诗云：'我生之辰，月宿南斗。'乃知退之磨蝎为身宫，仆以磨蝎为命宫。平生多得谤誉，殆是同病也。"此翻用此意，以命宫未必要遇上箕斗，喻自己的命运也和韩愈、苏轼相似。命宫，古代星相家术语。星相家以人生时加太阳宫，顺数遇卯即为命宫。命宫好坏，决定人一生的命运。斗箕，星宿名，斗宿和箕宿。

⑦ 顾荣羽扇：《北堂书钞》引《晋中兴书》："顾荣与甘卓等攻陈敏,于是荣
等并登岸上,以白羽扇麾之,敏众皆溃败。"牢收：牢牢把握住。《景德
传灯录》："是即牢收取。"

送伯愚赴热河

　　剑骑翩翩出五陵①,空同人武雅言称②。军锋早致楼
烦将③,天意难量渤海冰④。晓转《玉钤》藏九地⑤,夜回璇
管望三能⑥。丈夫揽辔非无意⑦,讵是穷边一障乘⑧?

【题解】

　　本诗作于光绪二十年(1894)甲午之战爆发后。诗题伯愚指志锐。
锐字公颖,又字伯愚,他塔拉氏,满州正红旗人。光绪六年(1880)进士,
选庶吉士,授编修,累迁詹事,擢礼部右侍郎。中日甲午之战起,上疏画
战守策,累万言,并自请募勇设防,称旨,命赴热河练兵。此诗即为赠别
志锐而作。题中热河,即今河北承德。清雍正元年(1723)设热河厅,三
年改承德州,乾隆七年(1742)罢州仍设热河厅。四十三年(1778)改设
承德府,属直隶省。

【注释】

① 剑骑翩翩：状伯愚飒爽英姿,离开京城的情景。吴庆坻《志将军传》：
　　"公少负奇气,从宦绥定,即好习武事,善骑射,能于马上发枪命中。"
　　又,南朝宋袁淑《效曹子建乐府白马篇》："剑骑何翩翩,长安五陵间。"
　　翩翩,轻疾貌。五陵：汉代皇帝的陵墓:长陵、安陵、阳陵、茂陵、平陵。

在今陕西西安。此借指明十三陵,在北京北郊。

② 空同人武:空同,又作"空桐"、"崆峒",古地名。《尔雅·释地》:"空桐之人武。"雅言:合乎正道的言谈。《论语·述而》:"子所雅言。"

③ 军锋:军中前锋。《史记·黥布传》:"至咸阳,布常为军锋。"楼烦:《史记·项羽本纪》:"项王令壮士出挑战,汉有善骑射者楼烦,楚挑战三合,楼烦辄射杀之。项王大怒,乃自被甲持戟挑战,楼烦欲射之,项王瞋目叱之,楼烦目不敢视,手不敢发,遂走还入壁,不敢复出。"《集解》:"应劭曰:楼烦,胡也,今楼烦县。"此处借指日本将领。

④ "天意"句:中日甲午之战,在渤海、黄海一带,胜败如何,尚难预测,故诗语如此。

⑤ 《玉钤》:古代兵书名。刘向《列仙传》:"吕尚者,冀州人也,二百年而告亡,有难而不葬。后子伋葬之,无尸,惟有《玉钤》六篇在棺中云。"藏九地:指善守者。《孙子·形篇》:"善守者藏于九地之下,善攻者动于九天之上。"九地,极深的地下。

⑥ 璇管:星名,即北斗七星。又指古代测天器。《史记·天官书》:"北斗七星,所谓璇玑玉衡,以齐七政。"《索隐》:"《春秋运斗枢》云:斗,第一天枢,第二旋,第三玑,第四权,第五衡,第六开阳,第七瑶光。第一至第四为魁,第五至第七为杓,合而为斗。《文耀钩》云:斗者天之喉舌,玉衡属杓,魁为旋玑。《尚书》旋作璇。马融云:璇,美玉也。玑,浑天仪,可转旋,故曰旋玑。衡,其中横箫。以璇为玑,以玉为衡,盖贵天象也。郑玄注《大传》言:浑机,其中箫为璇玑,外规为玉衡者是也。"三能:星名,又称三台。《史记·天官书》:"魁下六星两两相比者,名曰三能。三能色齐君臣和,不齐为乖戾。"《开元占经》:"《黄帝占》曰:'三能者,三公之位也,诸侯贵人也。'"

⑦ 揽辔:《后汉书·范滂传》:"冀州饥荒,乃以范滂为清诏使按察之。滂登车揽辔,慨然有澄清天下之志焉。"后因以指处于乱世,有革新政治、澄清天下的抱负。

⑧ 诇：岂。穷边：荒远的边境。障乘：韩愈《答崔立之书》："上希卿大
夫之位，下犹取一障而乘之。"障，边境的城堡。

入　城

破晓城隅万瓦霜①，更骑嬴马挹朝阳②。风云塞上遥
相接③，鼓角军前惜未忘④。知死岂应惟让屈⑤，辱生从古
有怜王⑥。侏儒奉粟馀年了⑦，却对官厨泪数行。

【题解】

本诗作于光绪二十一年(1895)秋，时曾植在北京。上年，中日甲午
之战爆发，以失败告终。本年初，签订了丧权辱国的马关条约。七月，曾
植与康有为等开强学会于京师，旨在变法图强。此诗盖有感于甲午战败
而作。

【注释】

① "破晓"句：陈沇《扬州城楼》："万瓦霜中听雁呼。"
② 嬴马：病弱的马。
③ "风云"句：杜甫《秋兴八首之一》："塞上风云接地阴。"风云，喻战事。
④ "鼓角"句：严遂成《三垂冈》："鼓角灯前老泪多。"
⑤ "知死"句：《楚辞·九章·怀沙》："知死不可让，愿勿爱兮。"屈，指
　 屈原。
⑥ 辱生：忍辱而生。《大戴礼·曾子制言》："生以辱，不如死以荣。"怜
　 王：《韩非子·奸劫臣弑》："谚曰：厉怜王。此不恭之言也。虽然，古

无虚谚,不可不察也。此谓劫杀死亡之主言也。……故劫杀死亡之君,此其心之忧惧,形之苦痛也,必甚于厉矣。由此观之,虽厉怜王可也。"厉,指恶疾之人。

⑦ "侏儒"句:见前《南市》诗注⑦。馀年了:了却残年。

懊侬曲(五首)

尺布亦可缝,斗粟亦可舂①。侬是无米炊,丈人未从容②。

东云故是鳞,西云故非爪③。莫作天龙身,终生居热恼④。

勿笑五杂组⑤,侬是三眠蚕⑥。新丝行且尽⑦,郎衣冬不堪。

可怜九张机,及此一绚丝⑧。非侬强和合⑨,惨见争梨时⑩。

桐根参差生⑪,桐心坚且苦。夜夜听西风,艰难我与汝⑫。

【题解】

　　本诗作于光绪二十一年(1895)秋。《懊侬曲》乃乐府吴声歌曲名,又作"懊恼歌"。产生于东晋、南朝吴地。宋少帝采此曲制新歌三十六曲,今存十四首,大多是情歌。相传其中"丝布涩难缝"一首为石崇姜绿珠所作。郭茂倩《乐府诗集》引《宋书·五行志》:"晋安帝隆安中,民忽作《懊恼歌》,其曲中有'草生可揽结,女儿可揽抱'之言。桓玄既篡居天位,义旗以三月二日扫定京都,玄之宫女及逆党之家子女妓妾悉为军赏,东及瓯越,北流淮泗,皆人有所获焉。时则草可结,事则女可抱,信矣。"曾植作此五诗时,正值中日甲午之战战败,曾植与康有为等于年初发动公车上书,不久,康有为又第三次上书光绪帝请求变法。受到慈禧太后掣肘的光绪帝为挽救衰败的国运,并掌握实权,因想方设法企图摆脱太后控制,帝后的矛盾日趋激化,祸机潜伏。诗即有感于此而作。

【注释】

① "尺布"二句:《史记·淮南衡山传》:"孝文十二年,民有作歌歌淮南厉王曰:'一尺布,尚可缝;一斗粟,尚可舂;兄弟二人,不能相容。'"此用其意,影射帝、后不能相容。

② "侬是"二句:翟灏《通俗编》:"《鸡肋编》陈无己诗'巧手莫为无面饼',即俗语云'无米之炊'也。"此用其意承前转,指斥慈禧独揽大权,以致光绪似无米之炊,难以有所作为。侬,吴语,我。丈人,这里泛指老人。从容,举动。《书·君陈》:"从容以和。"《广雅》:"从容,举动也。"王念孙疏证:"案,从容有二义,一训为舒缓,一训为举动。"

③ "东云"二句:龚自珍《识某大令集尾》:"东云一鳞焉,西云一爪焉,使后世求之而皆在。"龙在云中,东面云似乎是鳞,西面云又不像是爪,难见其全,难见其真。此东云指帝,西云指太后,因居西宫,人称西太后。

④ "莫作"二句:《长阿含经》:"此阎浮提所有龙王,尽有三患,唯阿耨达龙无有三患。云何为三? 一者,举阎浮提所有诸龙,皆被热风、热沙著

身,烧其皮肉及烧骨髓,以为苦恼,唯阿耨达龙无有此患。二者,举阎浮提所有龙宫,恶风暴起,吹其宫内,失宝饰衣,龙身自现,以为苦恼,唯阿耨达龙王无如是患。三者,举阎浮提所有龙王,各在宫中相娱乐时,金翅大鸟入宫搏撮,或始生方便欲取龙食,诸龙怖惧,常怀热恼,唯阿耨达龙无如是患。苦金翅鸟念欲往,即便命终,故名阿耨达。阿耨达,秦言无恼热。"热恼,剧苦交迫,使身热心恼的境况。此以天龙指帝。

⑤ 五杂组:古乐府名,三言六句:"五杂组,冈头草,往复还,车马道;不获已,人将老。"

⑥ 三眠蚕:蚕自孵化至结茧,要经过三次蜕变,其时不食不动,称眠。《尔雅翼》:"荀卿赋曰:三俯三起,事乃大已,俯谓之眠。"

⑦ 丝:双关"思"。

⑧ "可怜"三句九张机:《乐府雅词》:"九张机,双花双叶又双枝。薄情自古多离别,从头到底,将心萦系,穿过一条丝。"又刘𫗧(渠)《隋唐嘉话》:"张昌仪兄弟恃易之、昌宗之宠,所居奢溢,愈于王主。末年有人题其门曰:'一绚丝,能得几日络?'昌仪见之,遽以笔书其下曰:'一日即足。'无何而祸及。"此合用二典,九张机只一绚丝,可见丝少。丝双关思。绚,马永卿《嬾真子录》:"绚字当作𦂴。《太玄经》:络之次,五曰蜘蛛之务,不如蚕一𦂴之利。𦂴,音七侯反,与绚同音。"

⑨ 强和合:勉强撮合。

⑩ 梨:双关"离"。

⑪ 桐:双关"同"。

⑫ 我与汝:指太后与帝。

车中口占(三首选二)

众山起夕岚①,魂魂眩奇丽②。思从大蒙外③,挹此朝霞气。

　秋光爱瘦诗④，无机成旅逸⑤。千载嵚崎人⑥，英灵此
来宅。

【题解】
　本诗作于光绪二十一年（1895）。所选原列第一、第二首。口占，即
随口吟诗。

【注释】
① 夕岚：傍晚山林间升腾的云气。
② 魂魂：盛大貌。《山海经》："南望昆仑，其光熊熊，其气魂魂。"
③ 大蒙：传说中的日落之处，指极西方。《尔雅·释地》："西至日所入为
　大蒙。"
④ "秋光"句：杨万里《病后觉衰》："秋光染瘦诗。"瘦诗，喻意境清淡
　之诗。
⑤ "无机"句：《沈曾植词集·喜迁莺》自注："无机成旅逸，唐人诗。"盖用
　唐欧阳詹《荆南夏夜水楼怀昭丘直上人云梦李莘》。无机，没有机诈之
　心。旅逸，为客而放逸。
⑥ 嵚（侵 qīn）崎人：杰出不群的人。《世说新语·容止》："周伯仁道桓茂
　伦：'嵚崎历落可笑人。'或云谢幼舆言。"

怀　道　希

　化石终焉补①，衔碑未有期②。鱼羊忧世日③，魑魅喜

人时④。独鹤归何向⑤？踦轮转可知⑥。途穷言语尽⑦，槁项老奚辞⑧！

【题解】

　　本诗作于光绪二十三年(1897)，时曾植在京师官刑部主事。诗题道希，乃文廷式，字道希，号云阁、纯常子，江西萍乡人。光绪十六年(1890)进士，官至翰林院侍读学士。文廷式因赞助光绪帝亲政，支持康有为发起强学会，光绪二十二年(1896)二月被慈禧太后削职，返居上海。诗盖为此而作。道希曾有《答沈子培刑部寄赠》诗酬答。

【注释】

① 化石：乐史《太平寰宇记》："昔有人往楚，其妻登山望之，久乃化为石。"补：补天，此指道希志在匡救帝室。《淮南子·览冥》："于是女娲炼五色石以补苍天。"此合用二典，谓道希纵然是身化为石，也无济于补天的大事。

② 衔碑：含悲的隐语。古乐府《读曲歌》："奈何许！石阙生口中，衔碑不得语。"又："悠然未有期。"

③ 鱼羊：《宋书·五行志二》："苻坚中，歌云：'鱼羊田斗当灭秦。''鱼羊'，鲜也；'田斗'，卑也。坚自号秦，言灭之者鲜卑。"此以鱼羊之忧影射帝国主义的入侵。

④ 魑魅(痴昧 chī mèi)：传说中的山神、鬼怪。杜甫《天末怀李白》："魑魅喜人过。"按，后党及李鸿章爪牙曾在上海多方迫害文廷式。

⑤ 独鹤：何逊《日夕出富阳浦口和朗公》："独鹤凌空逝。"此借喻道希处境。归何向：何处是归宿。

⑥ 踦轮：独轮，指文廷式独行飘泊，辗转南方。

⑦ 途穷：路尽，喻境遇窘困。《世说新语·栖逸十八》注引《魏氏春秋》："阮籍常率意独驾，不由径路，车迹所穷，辄痛哭而反。"

⑧ 槁项：枯槁的项颈，形容衰老。《庄子·列御寇》："夫处穷闾阨巷，困
　窘织屦，槁项黄馘者，商之所短也。"奚：何。

野哭（五首）

　　野哭荒荒月①，灵归黯黯魂②。薰莸宁共器，玉石惨
同焚③。世界归依报④，衣冠及祸门⑤。嵇琴与夏色⑥，消
息断知闻⑦。

　　烈士宁忘死⑧，难甘此日名⑨。信犹迟蜀道⑩，命岂堕
长平⑪。精爽虹应贯⑫，虚无狱会明⑬。信知全物理，乱世
直难争⑭。

　　交已非刘柳⑮，官宁到贾王⑯。《诗》《书》敦雅德⑰，刀
剑剧锋芒⑱。披发天何叫，缄衣血不亡⑲。《辨奸》遗论
在⑳，青史与评量㉑。

　　草草投东市㉒，冥冥望北辰㉓。并无书牍语㉔，虚望解
环人㉕。天地微生苦㉖，山河末劫真㉗。一哀终断绝㉘，千
古为酸辛。

　　悔祸宁无日㉙，招魂已隔生㉚。难穷瓜蔓迹㉛，翻恨剡

章名^㉜。孰与收遗草^㉝,他年托志铭。遥知梁庑下^㉞,涕泪并纵横。

【题解】

　　本诗作于光绪二十四年戊戌(1898)。据沈曾植《戊戌旅湘日记》八月二十二日记:"制中不为韵语,情不能已,溢而为词。"按,是年六月至八月,光绪帝接受康有为、梁启超等人的变法主张,引用谭嗣同、林旭、刘光第、杨锐等维新人士,推行新政,史称"百日维新"。八月,慈禧太后与守旧党人发动政变,囚禁光绪帝,捕杀谭、林、刘、杨、康广仁、杨深秀等六人,通缉康、梁,罢免维新派官员。变法遂告失败。被害的刘光第,生前曾与曾植为刑部同官,此诗即为痛悼变法失败、刘光第等人的被害而作。《日记》所云"制中",指曾植母韩太夫人于上年八月二十九日殁于京师,至作此诗时尚未满周年之期。

【注释】

① 野哭:《礼记·檀弓》:"孔子恶野哭者。"荒荒:黯淡无际貌。杜甫《漫成二首之一》:"野日荒荒白。"

② 黯黯:昏暗不明貌。

③ "薰莸"二句:《孔子家语·致思》:"薰莸不同器而藏。"薰,香草名;莸,臭草名。《书·胤征》:"火炎昆冈,玉石俱焚。"据陈三立《刘裴村(光第)衷圣斋文集序》:"谭(嗣同)、林(旭)年少气盛,论议锋出折一世,为最易取忌怒,即杨(锐)君差持重,或遇感时发愤,犹稍自激昂。独君淡泊遗物,不轻与人接,人亦莫由窥其蕴,竟亦偕数子名四章京者骈戮于市,妻孥流离,兹尤为天下后世所极哀者也。"按:诗以薰莸同器为言,似乎不伦。盖曾植为维新运动中之稳健派,于激进派之谭嗣同,有不满也。

④ 依报:佛家语。心身所依一切之山河大地与种种事物。《翻译名义

集》:"《楞严》云:世为迁流,界为方位。汝今当知东、西、南、北、东南、西南、东北、西北、上、下为界,过去、未来、现在为世。世界有二种,一众生世界,是正报;二器世界,是依报。"又《菩萨本业璎珞经》:"若凡夫众生住五阴中为正报之土,山林大地共有,名依报之土。"

⑤ 衣冠:古代士大夫的穿戴,因以指士大夫。《汉书·杜钦传》:"故衣冠谓钦为'盲杜子夏'以相别。"注:"师古曰,衣冠谓士大夫也。"此指刘光第等人。祸门:喻灾祸。《左传·襄公二十三年》:"祸福无门,唯人所召。"

⑥ "嵇琴"句:嵇,指嵇康;夏,指夏侯玄。《三国志·魏志·嵇康传》注引《魏氏春秋》:"康临刑自若,援琴而鼓,既而叹曰:'雅音于是绝矣。'时人莫不哀之。"又《夏侯玄传》:"玄格量弘济,临斩东市,颜色不变,举动自若。"《宋书·范晔传》载晔在狱,为诗曰:"虽无嵇生琴,庶同夏侯色。"此即以嵇、夏况刘光第等临刑不俱之无畏气概,同时感叹他们被害所造成的重大损失。

⑦ "消息"句:杜甫《将适吴楚留别章使君留后兼幕府诸公》:"中原消息断。"

⑧ 烈士:勇烈之士。《庄子·秋水》:"白刃交于前,视死若生者,烈士之勇也。"宁忘死:表反诘,不忘死。意即视死若生。《孟子·滕文公下》:"勇士不忘丧其元。"

⑨ "难甘"句:对今日屈死的罪名难以心甘。

⑩ "信犹"句:刘光第占籍四川富顺,故诗云蜀道。信,音讯。

⑪ "命岂"句:《史记·廉颇蔺相如传》:"秦与赵兵相距长平……赵括出锐卒自搏战,秦军射杀赵括。括军败,数十万之众遂降秦,秦悉坑之。"长平,战国时赵邑,故城在今山西高平西北。

⑫ 精爽:犹精神。《左传·昭公七年》:"用物精多则魂魄强,是以有精爽至于神明。"疏:"精亦神也,爽亦明也,精是神之未著,爽是明之未昭。"虹应贯:《战国策·魏策四》:"唐雎(谓秦王曰):'……聂政之刺韩傀

也,白虹贯日。'"又《史记·邹阳传》:"昔者荆轲慕燕丹之义,白虹贯日。"白虹贯日,白色长虹穿日而过。古人以天象应人事,认为这是精诚感天所致。

⑬ "虚无"句:《宋史·岳飞传》:"狱之将上也,韩世忠不平,诣桧诘其实。桧曰:'飞子云与张宪书虽不明,其事体莫须有。'世忠曰:'莫须有三字,何以服天下?'"此即以岳飞冤狱况刘光第等人之蒙冤遭害定会昭明于世。

⑭ "信知"二句:自注:"杜甫诗:乱世轻全物。"全物,即保全事物的完整。

⑮ 刘柳:指刘禹锡、柳宗元。《旧唐书·刘禹锡传》:"刘禹锡,字梦得,彭城人。王叔文用事,引禹锡与宗元入禁中,与之图议。"又刘禹锡《子刘子自传》:"叔文,北海人,自言猛之后,有远祖风,唯东平吕温、陇西李景俭、河东柳宗元以为言。然三子者,皆与予厚善,日夕遇,言其能。"此以唐代刘、柳作比,既切变法,又谓刘光第虽与谭嗣同等都主张变法,而私人交谊,并非甚深,非刘、柳可比。

⑯ 贾王:指贾谊、王叔文。《史记·屈原贾生列传》:贾生,名谊,雒阳人。文帝召以为博士,超迁,一岁中至太中大夫。"贾生以为汉兴至孝文二十馀年,天下和洽,而固当改正朔,易服色,法制度,定官名,兴礼乐。乃悉草具其事仪法:色尚黄,数用五,为官名,悉更秦之法。孝文帝初即位,谦让未遑也。诸律令所更定,及列侯悉就国,其说皆自贾生发之。于是天子议以为贾生任公卿之位。绛、灌、东阳侯、冯敬之属尽害之,乃短贾生曰:'雒阳之人,年少初学,专欲擅权,纷乱诸事。'于是天子后亦疏之,不用其议。乃以贾生为长沙王太傅。"《旧唐书·顺宗纪》载:顺宗贞元二十一年正月丙申即位,风病不能听政,以王伾为右散骑常侍,王叔文为户部侍郎度支盐铁转运使,事无巨细,皆决于二人。物论喧杂。四月册皇太子,八月册为皇帝,贬王伾为开州司马,王叔文为渝州司户。贾谊、王叔文,均为中国历史上著名的改革家,此即以之比况刘光第等主张维新变法的人,但刘光第等人仅以四品卿衔为军机处

章京,参预新政,官职远在贾、王之下,诗云"官宁到贾王",言外深寄了对刘光第等人惨遭杀害的不平和愤慨。

⑰《诗》《书》:《诗》,指《诗经》;《书》,指《尚书》。《左传》:"悦礼乐而敦诗书。"陶潜《辛丑岁七月赴假还江陵夜行涂口》:"诗书敦宿好。"此处合用诸义,称颂刘光第深好《诗》《书》,敦厚文雅。

⑱ 刀剑:《刘子·伤谗》:"昔人兴谗言于青蝇,譬利口于刀剑者,以其点素成缁,刃劲伤物。"剧锋芒:《汉书·王莽传》:"众将未及齐其锋芒。"

⑲ "披发"二句:写刘光第等人临刑时悲壮含冤的情形。披发叫天,典出《左传·哀十七年》:"卫侯梦于北宫,见人登昆吾之观,被发北面而噪曰:登此昆吾之虚,绵绵生之瓜,余为浑良夫,叫天无辜。"缄衣血不亡,事出《晋书·嵇绍传》:"王师败绩于荡阴,百官及侍卫莫不散溃,惟绍俨然端冕,以身捍卫,遂被害于惠帝侧,血溅御服,天子深哀之,及事定,左右欲浣衣。帝曰:'此嵇中侍血,勿去。'"

⑳《辨奸》:即《辨奸论》,宋苏洵所作。叶梦得《避暑录话》:"苏明允(洵)本好言兵,见元昊叛,西方用事,久无功,天下事有当改作,因挟其所著书,嘉祐初来京师,一时推其文章。王荆公为知制诰,方谈经术,独不喜之,屡诋于众,以故明允恶荆公甚于仇雠。会张安道亦为荆公所排,二人素相善,明允作《辨奸》一篇,密献安道,以荆公比王衍、卢杞,而不以示欧文忠。荆公后微闻之,因不乐子瞻兄弟,两家之隙,遂不可解。《辨奸》久不出。元丰初,子由从安道辟南京,请为明允墓表,特全载之,苏氏亦不入石,比年,稍传于世。"

㉑ 青史:史册。《汉书·艺文志》:"《青史子》五十七篇,古史官记事也。"

㉒ 草草:《诗·小雅·巷伯》:"劳人草草。"郑玄笺:"草草者,忧将妄得罪也。"东市:汉代处决罪犯之处,后因以为刑场的代称。《史记·袁盎晁错传》:"上令晁错朝衣斩东市。"

㉓ 冥冥:昏暗不明貌。北辰:北极星。

㉔ "并无"句:《史记·绛侯周勃世家》:"廷尉下其事长安,逮捕勃,治之。

勃恐,不知置辞。吏稍侵辱之,勃以千金与狱吏,狱吏乃书牍背示之,曰:'以公主为证。'"按:据黄鸿寿《清史纪事本末》:"例捕罪犯,必加讯鞫,廉得其实,然后杀之。深秀等既下狱,刑部请派大臣会讯。太后命军机大臣会同刑部都察院严行审讯,随召见刑部尚书赵舒翘,命严究其事。舒翘曰:'此辈无父无君之禽兽,杀无赦,何问为!若稽时日,恐有中变。'盖惧外人干涉也。太后颔之。及会讯日,刑部各官方到堂,坐待提讯,而忽有'毋庸讯鞫,即行处斩'之命,闻者相顾愕眙。"又《清史稿·刘光第传》:"临刑,协办大学士刚毅监斩。光第诧曰:'未讯而诛,何哉?'令跪听旨。光第不可,曰:'祖制,虽盗贼,临刑呼冤,当复讯。吾辈纵不足惜,如国体何?'刚毅默不应。再询之。曰:'吾奉命监刑耳,他何知?'狱卒强之跪。光第崛立自如。杨锐呼曰:'裴村跪!跪!遵旨而已。'乃跪就戮。"无书牍语事,当指此。

㉕ 虚望:空望。解环人:指解救的人。《战国策·齐策》:"秦始皇尝遣使者遗君王后玉连环,曰:'齐多知,而解此环否?'君王后以示群臣,群臣不知解。君王后引锥椎破之,谢秦使曰:'谨以解矣。'"

㉖ 微生:微小的生命。杜甫《奉赠鲜于京兆二十韵》:"微生霑忌刻。"

㉗ 末劫:佛家语。佛家称天地的一成一败为一劫,末劫,犹言末世。《瑜珈师地论》:"于末劫末世末时,见诸浊恶,众生身心十随烦恼之烦恼。"

㉘ 一哀:《礼记·檀弓上》:"孔子曰:予乡者入而哭之,遇于一哀而出涕。"又:"尽一哀反位。"

㉙ 悔祸:追悔已酿成的灾祸。《左传·成十三年》:"君亦悔祸之延。"

㉚ 招魂:召唤死者的灵魂。《礼记·丧大纪》郑玄注:"复,招魂复魄也。"隔生:生死相隔。

㉛ 穷:尽。瓜蔓:喻一人坐罪,辗转株连。《明史·景清传》:"籍其乡,转相攀染,谓之瓜蔓抄。"

㉜ 剡章:削牍写成奏章。

㉝ 遗草:遗稿;遗著。唐刘眘虚《寄江滔求孟六遗文》:"相如有遗草。"

㉞ 梁庑下:《东观汉记》:"梁鸿适吴,依大家皋伯通庑下,为赁舂。"庑,走
　　廊。按,此借以指逃亡在外的梁启超。

寄上虞山相国师

　　江上穷愁十日霖①,摇摇孤愤结微音②。松高独受寒
风厄,凤老甘当众鸟侵③。睢眦一夫成世变④,是非千载
在公心⑤。言妖舌毒纷无纪⑥,吞炭聊为豫子喑⑦。

【题解】

　　此诗于光绪二十四年(1898)应张之洞聘,客武昌主两湖书院史席时
作。题中虞山相国,指翁同龢。同龢字叔平,江苏常熟人。虞山为常熟
城西北山名,因以称翁氏。翁氏于咸丰六年(1856)中状元,任同治、光绪
两帝师傅,官至户部尚书协办大学士。维新变法时,支持康有为的一些
主张,因遭慈禧痛恨,光绪二十四年(1898)四月,"百日维新"未起,即被
慈禧太后罢职,令回原籍。戊戌政变后,被革职,永不叙用,交地方官严
加管束。光绪三十年(1904)卒于家,后谥文恭。沈曾植于光绪六年
(1880)会试中式时,翁同龢为副考官,故以师称之。作此诗时,翁氏已罢
官归里。

【注释】

① 江上:武昌在长江边,故云。穷愁:《史记·平原君虞卿传》:"虞卿非
　　穷愁,亦不能著书,以自见于后世云。"十日霖:《庄子·大宗师》:"子
　　舆与子桑友,而霖雨十日。子舆曰:'子桑殆病矣。'裹饭而往食之。至

子桑之门,则若歌若哭,鼓琴曰:'父邪母邪! 天乎人乎! 有不任其声而趋举其诗焉。'"此处暗用此典,寄曾植对翁氏思念之情。

② 摇摇:心神不宁。《诗·王风·黍离》:"行迈靡靡,中心摇摇。"孤愤:《韩非子》有《孤愤篇》,此指正直之士不能见容于世的悲愤。微音:《淮南子》高诱注:"微音生于寂寞。"

③ "松高"二句:喻翁氏以德高望重,因屡遭小人的谗言诬陷。据《翁文恭日记》光绪二十一年(1895)六月十日记:"恭邸屡在上前奏请欲余至总署,余力辞。今日乃责余畏难,余与辨论,不觉其词之激。荣仲华(禄)亦与邸相首尾,余并斥之。"又据叶昌炽《缘督庐日记》光绪二十四年(1898)四月二十九日记:"闻虞山之去,刚毅实挤之。"又金梁《近世人物志》:"按,罢翁闻为恭邸遗命,而荣相发之,刚下石而已。"

④ 睚眦一夫:指翁氏结怒于恭邸。睚眦,怒目而视。《战国策·韩策》:"夫贤者以感忿睚眦之意。"

⑤ "是非"句:意谓翁氏和恭邸诸人的是非千载自有公正的评说。《孟子·公孙丑上》:"无是非之心,非人也。"

⑥ 言妖舌毒:形容恶言中伤。《尔雅·释诂》郭璞注:"世以妖言为讹。"又王充《论衡·言毒篇》:"促急之人,口舌为毒。"纷无纪:世道纷乱,失去了纪纲。《楚辞·九章》:"纷容容之无经兮,罔芒芒之无纪。"

⑦ "吞炭"句:用豫让事,寄与虞山相国的知己之情与对世道颠倒的愤慨。《史记·刺客列传》:"赵襄子与韩、魏合谋灭智伯……豫让遁逃山中,曰:'嗟乎! 士为知己者死,女为说己者容。今智伯知我,我必为报仇而死。'……居顷之,豫让又漆身为厉,吞炭为哑,使形状不可知。"喑,哑。

夜不能寐,未明即起,寓目偶书(二首)

乾鹊有好音①,高梧发奇光②。东南五色霞③,旁薄来榑桑④。霄气湛清泰⑤,日华静沧凉⑥。起坐灭残膏⑦,揽衣振我裳。稍回华池咽⑧,默转琴心章⑨。安用挽三关⑩,紫车灌黄堂⑪。且当休六用⑫,定宇收天光⑬。至道谅不遐,委心任常常⑭。引手撷流珠⑮,徂年共徜徉⑯。清风洒庭内,寤梦惺其忘⑰。

　　檐日照我衣,竹篱写我影。田家识罔两⑱,休王占颠顶⑲。置此勿复云⑳,馀生随化迥㉑。菵然德机杜㉒,安得光音骋㉓?石台挹旦气㉔,烟意阒万井㉕。江汉盥清波㉖,灵斐蔓神景㉗。楚山睡中起㉘,丹翠晨妆整。喟以有涯生㉙,延兹无尽境㉚。西飞一鹤来㉛,清都倘余省㉜。

【题解】
　　本诗作于光绪二十四年(1898)秋。时曾植应湖广总督张之洞之邀,在武昌任两湖书院史席,寓武昌纺纱官局西院。诗题一作"晓感"。

【注释】
① 乾鹊:方以智《通雅》:"喜鹊曰乾鹊,性恶湿,故谓之乾。"好音:《诗·鲁颂·泮水》:"翩彼飞鸮……怀我好音。"
② 奇光:奇异的光华。陶潜《读山海经》:"瑾瑜发奇光。"
③ 五色霞:《云笈七签》:"五色飞霞,混合交并。"
④ 旁薄:同"磅礴",混同貌。《淮南子·俶真》:"旁薄为一。"榑桑:同"扶桑",传说中的神木,为日出之处。《淮南子·墬形》:"登保之山,汤谷榑桑,在东方。"《说文》:"榑桑,神木,日所出也。"
⑤ 霄气:云气。湛清泰:云气散尽,露出清明宁静的天地。孙楚《为石仲

容与孙皓书》:"九野清泰。"

⑥ 日华:太阳的光华。谢朓《和徐都曹出新亭渚》:"日华川上动。"沧凉:《列子·汤问》:"日初出沧沧凉凉。"

⑦ 残膏:残灯。

⑧ 华池咽:道家养生的一种方法,即用口液漱口,然后下咽。《太上黄庭外景经》:"沐浴华池生灵根。"《上清黄庭内景经》:"三十六咽玉池里。"务成子注:"口为玉池,亦曰华池。胆为中池,胞为玉泉。华池咽液入丹田,所谓溉灌灵根也。"

⑨ 琴心章:道家经籍《黄庭内景经》的别名。务成子《黄庭内景经》注序:"《黄庭内景》者,一名《太上琴心文》。"

⑩ 挽三关:养生之法。指活动头、手、足部。三关,道家称口、手、足为人之三关。《上清黄庭内景经》:"三关之中精气深,九微之内幽且阴。口为心关精神机,足为地关生命柴,手为人关把盛衰。"

⑪ "紫车"句:养生之法,指咽口液。紫车,紫河车,道家称修炼而成的玉液,色紫,饮之可以长生。《云笈七签》:"王母歌曰:'紫河车一,龙潜变易;却老还童,枯阳再益。'"黄堂,黄庭明堂的合称。道家语。道家称人的脾为黄庭,心为明堂。《上清黄庭内景经》务成子注叙注:"脾为黄庭命门,明堂中部,老君居之。"

⑫ 休六用:指人达到的清净无为的一种境界。六用,佛家语。佛家称眼、耳、鼻、舌、身、意之六官为六根,六根之用,称六用。《大佛顶如来密因修证了义诸菩萨万行首楞严经》:"反流全一,六用不行。"

⑬ "定宇"句:《庄子·庚桑楚》:"宇泰定者,发乎天光。"释文:"王(叔子)曰:宇,器宇也,谓器宇闲泰,则静定也。"

⑭ "至道"二句:意谓自己无心去探求至道,但至道不远,只求听任自然。至道,深微的道理。《庄子·在宥》:"至道之精,窈窈冥冥;至道之极,昏昏默默。"谅,大概。不遐,不远。委心,随心。陶潜《归去来兮辞》:"曷不委心任去留。"任常常,《庄子·山木》:"纯纯常常,乃比于狂。"

⑮ 流珠：《周易·参同契》："太阳流珠,常欲去人。"

⑯ 徂年：已往的岁月。傅毅《迪志诗》："徂年如流。"徜徉：徘徊。

⑰ 寤梦：半睡半醒、似梦非梦的梦境。《周礼》："四曰寤梦。"惺：醒悟。

⑱ 识罔两：谓能由罔两而识人事。罔两,影子外层的淡影。《庄子·齐物论》："罔两问景曰。"郭象注："罔两,景外之微阴也。"陆德明《释文》："罔两,向云:景之景也。"《淮南子·道应》高诱注："罔两,恍惚之物。"

⑲ 休王：《白虎通义》："木王、火相、土死、金囚、水休,王所胜者死、囚,故王者休。"颠顶：天。《法苑珠林》："天者颠也。颠谓上颠,万物之中,唯天在上,故名颠也。"《说文》："顶,颠也。"以上二句写田家占候。

⑳ 此：指田家占候。

㉑ 馀生：幸存的生命。按,作此诗时,曾植四十九岁,不能算老,此馀生盖对戊戌变法的牺牲者而言。随化迴:听任自然摆布,让生命自行消亡。王羲之《兰亭集序》："况修短随化,终期于尽。"化：造化,自然。迴：远。

㉒ 蕄(萌 méng)：心所在。德机杜：生机断绝。《庄子·应帝王》："乡吾示之以地文,萌乎不震、不正,是殆见吾杜德机也。"

㉓ 光音：佛家语。色界第二禅最后之天为光音天,以此天无言语音声,欲语时,以口发净光当语,因称光音。《起世经》："倍梵身上有光音天。"

㉔ 石台：指曾植寓所院子中的石台,在武昌纺纱局西院。挹(弋 yì)：舀;酌取。旦气：清晨的空气。《孟子·告子上》："平旦之气。"

㉕ 閟：闭。万井：千家万户。

㉖ 盥(贯 guàn)：冲洗。

㉗ 灵斐：灵妃,神女。斐,通"妃"。郭璞《游仙诗》："灵妃顾我笑。"左思《蜀都赋》："娉江斐与神游。"刘逵注："江斐二女游于江滨,逢郑交甫,挑之,不知其神女也,遂解佩与之。交甫悦,受佩而去。数十步,空怀

无佩,女亦不见。语在《列仙传》。" 蔼(爱 ài):隐蔽貌。神景:神奇的景色。陶潜《读山海经》:"神景一登天。"

㉘ 楚山:楚地的山,湖北春秋时属楚地。睡中起:汤垕《画鉴》:"郭熙论画山,曰:'冬山惨淡而如睡。'"

㉙ 有涯生:有限的生命。《庄子·养生主》:"吾生也有涯,而知也无涯。"

㉚ 无尽境:没有穷尽的境界。《列子·汤问》:"无尽之中复无无尽。"孙绰《喻道论》:"恣化无穷之境。"这二句说:让有限的生命,在无限的空间延伸。

㉛ "西飞"句:苏轼《后赤壁赋》:"适有孤鹤,横江东来。"

㉜ "清都"句:意谓或许能让自己去清都省视一番。清都,传说中天帝所居之处。《列子·周穆王》:"王实以为清都紫微,钧天广乐,帝之所居。"

苦 寒 行

老乌啄树屑洒雪,孤华著梅噤瘁枝①。羲和辔短悲谷驰②,深屋潭潭昏昼疑③。足寒伤心壮士嘻④,奇温中夜啼孤儿⑤。苦寒苦南不苦北,太阴魖霸低双眉⑥。

【题解】

本诗作于光绪二十四年(1898)冬。时曾植在武昌。诗题苦寒行,乃古乐府《清调曲》名,古辞已亡。

【注释】

① 嚛瘁(申 shēn)：闭口寒战。韩愈、孟郊《斗鸡联句》："磔毛各嚛瘁。"此状梅枝在寒风中颤动。

② 羲和：神话中太阳的御者。《楚辞·离骚》："吾令羲和弭节兮。"注："羲和，日驭也。"悲谷：传说中的西方大壑。《淮南子·天文》："(日)至于悲谷，是谓晡时。"

③ 深屋潭潭：苏轼《次韵子由书李伯时所藏韩幹马》："潭潭古屋云幕垂。"潭潭，宽深貌。

④ 足寒伤心：《古谚》："足寒伤心，民怨伤足。"

⑤ "奇温"句：《南史·隐逸传》："(朱)百年室家素贫，母以冬月亡，衣并无絮，自此不衣绵帛。尝寒时就孔觊宿，衣悉袷布。饮酒醉眠，觊以卧具覆之，百年不觉也。既觉，引卧具去体，谓觊曰：'绵定奇温。'因流涕悲恸。"时曾植母韩太夫人没已一年余，故云。

⑥ 太阴：极盛的寒气。《春秋繁露》："太阴因水而起，助冬之藏也。"黮黮(但对 dàn duì)：云黑貌。

雪霁石台晓望

尽放晴光覆大千①，迥飞黄鹄见方圆②。垸田已卜年丰楚③，朝集欣逢使入燕④。雪野万家生皎洁⑤，天门一往洞风烟⑥。老郎白首思青琐⑦，鸀鶋蓬莱象宛然⑧。

【题解】

本诗作于光绪二十四年(1898)冬。诗题雪霁，即雪后初晴。石台，见前《夜不能寐》注㉔。

【注释】

① 大千：佛家语。三千大千世界的省称。《长阿含经》："如一日月，周行四天下，光明所照，如是千世界。千世界中，有千日月、千须弥山王、四千天下、四千大天下、四千海水、四千大海、四千龙、四千大龙、四千金翅鸟、四千大金翅鸟、四千恶道、四千大恶道、四千王、四千大王、七千大树、八十大泥犁、十千大山、千阎罗王、千四天王、千忉利天、千焰摩天、千兜术天、千化自在天、千他化自在天、千梵天，是为小千世界；如一小千世界尔所，小千世界，是为中千世界；如一中千世界尔所，中千千世界，是为三千大千世界；如是世界，周匝成败，众生所居，名一佛刹。"此泛指世界。

② "迥飞"句：《楚辞·惜誓》："黄鹄之一举兮，知山川之纡曲；再举兮，睹天地之圆方。"黄鹄，鸟名，又名天鹅。方圆，旧有天圆地方之说。此指大地。

③ 垸（院 yuàn）田：沿江湖的地区，于洼田四周筑起堤坝以防外水流入农田，这种区域称垸田。此指所见垸田的景象。卜：预卜；预见。楚：指湖北。

④ 朝集使：汉代每年各郡派掌管财政的官吏赴京报告政情及一年收入情况，称上计使者，唐袭汉制，各道每年遣使者朝集于京师，谒见皇帝、宰相，称朝集使。燕：指北京。

⑤ 雪野：卢纶《酬陈翃郎中冬至携柳郎窦郎归河中旧居见寄》："烧烟浮雪野。"

⑥ 天门：传说中天上的门。《楚辞·九歌·大司命》："广开兮天门，纷吾乘兮玄云。"

⑦ 老郎：用西汉颜驷事。张衡《思玄赋》："尉庞眉而潜郎兮。"李善注："《汉武故事》曰：颜驷，不知何许人，汉文时为郎。至武帝辇过郎署；见

驷庞眉皓发,上问曰:'叟何时为郎? 何其老也?'答曰:'臣文帝时为
郎,文帝好文,而臣好武;至景帝好美,而臣貌丑;陛下即位,好少,而
臣已老。是以三世不遇,老于郎署。'上感其言,擢拜会稽郡尉。"此借
怀才不遇的颜驷以自况。青琐:宫门上缕刻的青色图案。《汉书·元
后传》:"赤墀青琐。"注:"孟康曰:'以青画户边镂中,天子制也。'师古
曰:'青琐者,刻为连环文而青涂之也。'"后因以指宫门。也指代朝廷。

⑧ 鳷鹊蓬莱:二宫殿名。司马相如《上林赋》:"过鳷鹊,望露寒。"李周翰
注:"皆宫观名。"又《雍录》:"东内大明宫含元殿,基高于平地四丈,其
北遂为蓬莱殿。"

借石遗渡江

湍深刚避鹄矶头,望远还迷鹦鹉洲①。残腊空舻容二
客②,清江晓日写千愁。刚肠志士丹衷在③,壮事愚公白
发休④。只借柏庭收寂照⑤,四更孤月瞰江楼⑥。

【题解】

本诗作于光绪二十四年(1898)冬。诗题石遗,指陈衍。衍字叔伊,
号石遗,福建侯官(今福州市)人。光绪八年(1882)举人。戊戌变法时,
曾为《戊戌变法榷议》十条,提倡维新。光绪二十四年四月,应湖广总督
张之洞之邀,往武昌任官报局总编纂,与沈曾植相识。后历任学部主事、
京师大学堂教习,清亡后,讲授南北各大学,编修《福建通志》。陈与沈同
为晚清同光体的主要诗人。据陈声暨《陈石遗先生年谱》:"(戊戌)四月,
至武昌。九月,广雅(张之洞)令家君入参幕府,与乙庵丈同住节署。是

冬,苏堪丈以总办芦汉铁路局差至汉口,常来武昌。腊月,偕乙庵丈过江,宿苏堪铁路局楼上,约暇时相督为律诗。"此诗即与石遗渡口后所作。

【注释】

① "湍深"二句:写在险恶的江水中前进的情景,暗寓戊戌政变后险恶的形势。鹄矶头:即黄鹄矶。《湖北通志》:"《荆州图记》:江夏郡所治夏口城,其西南角因矶为墉,上则迥眺山川,下则激浪崎岖,是曰黄鹄矶。"鹦鹉洲:《湖北通志》:"江夏县鹦鹉洲,在县西南二里。江之右岸,当鹦鹉洲南,旧自城南跨城西大江中,尾直黄鹄矶。"

② 残腊:腊月的尽头。舻:小船。

③ 刚肠志士:指戊戌政变中被杀害的"戊戌六君子"。详前《野哭》注。刚肠,刚直的性格。嵇康《与山巨源绝交书》:"刚肠疾恶"。丹衷:丹心。

④ "壮事"句:以愚公自指并指陈衍,感叹虽有移山壮志,但老大无成,万事已休。壮事,犹壮志。《国语》:"既无老谋,而又无壮事。"愚公,传说中移山的老人。见《列子》。按,曾植和陈衍都是维新变法的积极支持者,光绪二十一年(1895)曾植曾与康有为等发起开强学会于京师,提倡新政。陈衍于光绪二十四年三月由武昌入京,发表《戊戌变法榷议》十条,支持变法。政变后,仍归武昌。

⑤ "只借"句:用佛典,意谓在当今混浊的世上,还是收心于佛学为好。柏庭,《景德传灯录》:"问如何是祖师西来意,师曰:不可向汝道,庭前柏子树。"指佛境。寂照,亦佛家语。佛家称真理之体名寂,真智之用为照,体用双举,称寂照。《大佛顶如来密因修证了义诸菩萨万行首楞严经》:"湛然寂照。"

⑥ "四更"句:杜甫《明》:"四更山吐月,残夜水明楼。"

书扇赠杨惺吾

海王村里杨风子①,电眼人间三十年②。经文校见孔陆上③,笔势自喜颜欧前④。汉阴乐岁可为圃⑤,阳五有人疑古贤⑥。霜朝煮茗说奇字⑦,匹如枯衲参婆禅⑧。

【题解】

本诗作于光绪二十四年(1898)。题中杨惺吾,名守敬,湖北宜都人。近代藏书家,藏书数十万卷。通训诂,考证金石文字,能书摹钟鼎,工俪体。以举人官黄冈教谕,加中书衔。

【注释】

① 海王村:北京地名。蔡绳格《北京岁时记》:"昔之海王村,今工部之琉璃厂也。廛市林立,以古玩字画纸张书帖为正宗。"杨风子:五代时书法家杨凝式。胡仔《苕溪渔隐丛话》:"蔡宽夫《诗话》云:杨凝式仕后唐晋汉间,落魄不自检束,自号杨风子,终能以智自完。书法高妙,杰出五代,可与颜、柳继轨。"此借指杨惺吾。

② 电眼:《世说新语·容止第十四》:"裴令公目王安丰,眼烂烂如岩下电。"指杨守敬目光如电,器宇非凡。电眼人间,亦喻人世疾去如电。

③ 校:校勘。孔陆:唐经学家孔颖达、陆德明的合称。《新唐书·儒学传》:"孔颖达,字仲达,冀州衡水人……颖达与颜师古、司马才章、王恭、王琰受诏撰《五经》义训凡百馀篇,号《义赞》,诏改为《正义》云。"又:"陆元朗,字德明,以字行,苏州吴人。论撰甚多,传于世。"又《艺文志》:"陆德明《周易文句义疏》二十四卷,《文外大义》二卷,《经典释文》

三十卷。"

④ 颜欧：唐书法家颜真卿、欧阳询的合称。《新唐书·颜真卿传》："善正、草书，笔力遒婉，世宝传之。"又《儒学传》："欧阳询，字信本，潭州临湘人。询初仿王羲之书，后险劲过之，因自名其体。"

⑤ "汉阴"句：《庄子·天地篇》："子贡南游于楚，反于晋，过汉阴，见一丈人方将为圃畦，凿隧而入井，抱瓮而出灌。"汉阴，汉水之南。乐岁，丰年。《孟子·梁惠王上》："乐岁终身饱。"为圃，治理菜园。

⑥ "阳五"句：《北史·阳休之传》："（弟俊之）当文襄时，多作六言歌辞，淫荡而拙，世俗流传，名为《阳五伴侣》，写而卖之，在市不绝。俊之尝过市，取而改之，言其字误。卖书者曰：'阳五，古之贤人，作此《伴侣》，君何所知？轻敢议论。'"

⑦ 霜朝：有霜的早晨。庾信《明月山铭》："霜朝唳鹤。"煮茗：煮水沏茶。韦应物《登秀上座院》："何人适煮茗。"奇字：汉王莽时有六体书，其二曰奇字。即古文而异者。一说奇字即大篆。《汉书·扬雄传》："刘棻尝从雄学作奇字。"

⑧ 匹如：俗语，犹譬如。清沈钦韩《范石湖诗集注》："匹如，俗语，《白乐天集》屡用之。"枯衲：坐禅的僧人。婆禅：《景德传灯录》："浮杯和尚，有凌行婆来礼拜师，师与坐吃茶。行婆乃问曰：'尽力道不得句，还分付阿谁？'师云：'浮杯无剩语。'婆云：'某甲不恁么道。'师遂举前语问婆，婆敛手哭云：'苍天！中间更有冤苦。'师无语。婆云：'语不知偏正，理不识倒邪，为人即祸生也。'"《古尊宿语录》："河南新妇子，木塔老婆禅。"

古诗（二首）

伶伦千载遥①，凤鸟隐不至②。乐髓有新经③，中声洞元气④。箫磬在虞廷⑤,邦国惜未备⑥。坐令青青衿⑦,罔识声容懿⑧。昔侍南海翁⑨,铿铿说音器⑩。低徊大予乐⑪,白首尚忘味⑫。吁嗟斯人没⑬,元语长已矣⑭。海客诧夷歌⑮,《剑俞》邈谁记⑯?鸿都狗豕斗⑰,讲肆山膏詈⑱。斯文化矛戟⑲,戕贼先同类⑳。耆艾丧精魂㉑,童孺感疵疠㉒。乃知弦诵兼㉓,和动有深旨㉔。曷月谱《鹿鸣》㉕,有儒抱琴止㉖。

义利有双行㉗,王霸久并用㉘。河流厮二渠㉙,大屋轩两栋。毁故以为新㉚,荚钱不成重㉛。未闻羡南稻,尽揠麦田种㉜。哀彼一目民㉝,铤焉边见哄㉞。九流遏排决㉟,百国缪甄综㊱。大厉凭厥身㊲,谵语百无中㊳。车裂咸阳市,秦民不为痛㊴。

【题解】
本诗作于光绪二十四年(1898)戊戌变法失败以后。

【注释】
① 伶伦:黄帝时乐官。《吕氏春秋·古乐》:"昔黄帝令伶伦作为律。伶伦自大夏之西,乃之阮隃之阴,取竹于嶰溪之谷,以生空窍厚钧者,断两节间,其长三寸九分,而吹之,以为黄钟之宫,吹曰舍少;次制十二筒,以之阮隃之下,听凤凰之鸣,以别十二律。其雄鸣为六,雌鸣亦六,以比黄钟之宫适合。"
② 凤鸟不至:《论语·子罕》:"凤鸟不至,河不出图,吾已矣夫!"此二句合用二典,以伶伦距今之遥,凤鸟之不至,感叹礼乐沦丧,深寄末世之慨。

③ "乐髓"句：《乐髓新经》，宋代乐书。《宋史·乐志》："景祐《乐髓新经》六篇。"

④ 中声：中和之声。《国语》："古之神瞽，考中声而量之以制。"沈括《补笔谈》："乐有中声，有正声。所谓中声者，声之高至于无穷，声之下亦无穷，而各具十二律。作乐者必求其高下最中之声，不如是不足以致大和之音，应天地之节。"元气：旧称大化之始气。古代律制，称黄钟管发出之音为十二律所依据。《汉书·律历志》："故黄钟纪元气之谓律。"

⑤ 箾磬（消韶 xiāo sháo）：虞舜时乐名。《说文》："虞舜乐曰箾韶。"《周礼·大司乐》："以乐舞教国子舞云门大卷大咸大磬。"郑玄注："大磬，舜乐也。言其德能绍尧之道也。"

⑥ 邦国：分封的诸侯国。《尚书·周官》："平邦国。"

⑦ 坐令：致使。青青衿：青衿，古代学子所服，后因以称秀才，学者。《诗·郑风·子衿》："青青子衿，悠悠我心。"

⑧ 罔：不。声容懿：指乐曲美好的音色。《礼记》："声容静。"据陈澧《东塾读书记》："唯君子为能知乐，今则去古太远，古乐声容之美，耳不得而闻，目不得而见，何由而知乐哉？"句意本此。

⑨ 南海翁：指陈澧，字兰甫，广东番禺人。道光十二年（1832）举人，授河源县训导，两月告归，后任学海堂学长数十年，晚年主讲菊坡精舍。通汉学宋学，精声律，著《声律通考》十卷。曾植于光绪三年（1877）赴粤探望叔父宗济，得谒兰甫，讲学甚契。

⑩ 铿铿：形容言词明朗。《东观汉记》："杨政，字子行，京兆人。治梁丘《易》，与京兆祁圣元同好，俱名善说经书。京师号曰：'说经铿铿杨子行，论难番番祁圣元。'"音器：乐曲和乐器。陈澧于古音古器多有研求。《清史列传·儒林传》载："（澧）初著《声律通考》十卷，谓《周礼》六律六同，皆文之以五声。《礼记》五声六律十二管，还相为宫。今之俗乐，有七声而无十二律，有七调而无十二宫，有工尺字谱而不知宫商

角徵羽。惧古乐之遂绝，乃考古今声律为一书，自《周礼》三大祭之乐，为千古疑义，今考唐时三大祭各用四调，而《周礼》乃可通，以此知古乐十二宫本有转调。又据《隋书》及《旧五代史》，而知梁武帝、万宝常皆有八十四调。宋姜夔谓八十四调出于苏祗婆琵琶，近时凌廷堪《燕乐考源》遂沿其误。至唐宋俗乐，凌氏已披寻门径；然二十八调之四韵，实为宫商角羽，其四韵之第一声，皆名为黄钟，凌氏于此未明，其说亦多不合。且宋人以工尺配律吕，今人以工尺代宫商，此今人失宋人之法，律吕由是而亡。凌氏乃以今人之法驳宋人，尤不可不辨。若夫古今乐声高下，则有《隋志》所载，历代律尺皆以晋前尺为比，而晋前尺，则有王厚之《钟鼎款识》传刻尚存。今依尺以制管，隋以前乐律皆可考见。《宋史》载王朴律准尺，亦以晋前尺为比，又可以晋前尺求王朴乐、求唐宗辽金元明乐高下异同。史籍具在，可排比句稽而尽得之。至于晋泰始之笛，可仿而造，唐开元之谱，可按而歌，古器古音，千载未泯。"

⑪ 低徊：纡回婉曲，形容乐曲。大予乐：东汉乐名。《后汉书·曹褒传》："显宗即位，充上言：'……大汉当自制礼，以示百世。'帝问：'制礼乐云何？'充对曰：《河图括地象》曰："有汉世礼乐文雅出。"《尚书璇玑钤》曰："有帝汉出，德洽作乐，名予。"'帝善之，下诏曰：'今且改太乐官曰太予乐，歌诗曲操，以俟君子。'"

⑫ 忘味：《论语·述而》："子在齐，闻《韶》，三月不知肉味。"

⑬ 斯人：此人。指陈澧。陈澧卒于光绪八年（1882），年七十三。

⑭ 元语：玄语，深妙的言论。

⑮ 海客：渡海作客之人。张华《博物志》："旧说天河与海通。近世有人居海渚者，年二、八月，有浮槎去来，不失期，乃多赍粮，乘槎而去，忽忽不觉昼夜。奄至一处，有城廓状，屋舍甚严，遥望宫中多织妇，见一丈夫牵牛渚次饮之。人问：'此是何处？'答曰：'君还至蜀，访严君平则知之。'因还如期。后至蜀，问君平，曰：'某年月日有客星犯牵牛宿。'计年月，正是此人到天河时也。"骆宾王《饯郑安阳入蜀》："海客乘槎渡。"

夷歌：异域的歌。

⑯《剑俞》：晋代舞乐名。《宋书·乐志》：晋宣武舞歌四篇：《矛俞》第一，《剑俞》第二，《弩俞》第三，《安台》第四。邈谁记：年代久远，谁还能记得？

⑰ 鸿都：指学府。《后汉书·灵帝纪》："光和元年，始置鸿都门学士。"注："鸿都，门名也，于内置学。"狗豕斗：喻不顾廉耻、见利忘义的小人之间的相争。《荀子·荣辱》："争饮食，无廉耻，不知是非，不辟死伤，不畏众强，恈恈然唯利饮食之见，是狗豕之勇也。"

⑱ 讲肆：讲舍。鲁褒《钱神论》："京洛衣冠，疲劳讲肆。"山膏：传说中的怪兽。《山海经》："苦山有兽焉，名曰山膏，其状如逐，赤若丹火，善詈。"詈（力 lì）：骂。

⑲ 斯文：指礼乐制度。《论语·子罕》："天之将丧斯文也，后死者不得与于斯文也。"矛戟：《荀子·荣辱》："伤人之言，深于矛戟。"

⑳ 戕（羌 qiāng）贼：残害。《孟子·告子上》："将戕贼杞柳而后以为桮棬也。"

㉑ 耆艾：老人。《礼记·曲礼》："五十曰艾，六十曰耆。"精魂：精神；精力。张衡《思玄赋》："精魂回移。"

㉒ 疵疠：灾害疫病。《庄子·逍遥游》："使物不疵疠而年谷熟。"

㉓ 弦诵：古代授诗，以琴瑟配乐歌咏为弦歌，不配乐只朗诵称之为诵。合称弦诵。《礼记·文王世子》："春诵夏弦，太师诏之。"

㉔ 深旨：深意。

㉕ 曷月：何月。《鹿鸣》：《诗·小雅》篇名，宴宾客时的乐曲。《诗·小序》："《鹿鸣》，燕群臣嘉宾也。"

㉖ "有儒"句：韩愈《上巳日燕太学听弹琴诗序》："有一儒生，魁然其形，抱琴而来，历阶而升。"此用其意寄恢复礼乐的期望。

㉗ "义利"句：《荀子·大略》："义与利者，人之所两有也。"此用其意，谓见利当思义，利义当兼顾。

㉘ "王霸"句：王，指王道，旧时儒家主张以仁义治天下，称王道；霸，霸道，旧称国君凭借武力、刑法、权势等治理国家，称霸道。《汉书·元帝纪》："孝元皇帝，宣帝太子也。宣帝所用多文法吏，以刑名绳下。尝侍燕从容言：'陛下持刑太深，宜用儒生。'宣帝作色，曰：'汉家自有制度，本以霸王道杂之；奈何纯任德教，用周政乎？'"

㉙ "河流"句：《史记·河渠书》："禹以为河所从来者高，水湍悍，难以行平地，数为败，乃厮二渠以引其河。"河，黄河。厮，分开。

㉚ "毁故"句：意谓除旧布新。

㉛ "荚钱"句：汉灭秦，改制钱币，形如榆荚，重三铢，半径五分，称荚钱，又称五分钱。《汉书·食货志》："秦钱重，难用，更令民铸荚钱。"

㉜ "未闻"二句：《淮南子·墬形》："济水通和而宜麦，江水肥仁而宜稻。"此取其意，以种田为喻，谓变革须因时而异，因地制宜。南稻，魏武帝诗："冬节食南稻。"揠（迓 yà），拔。

㉝ 一目民：传说中只长一目的人。《山海经》："一目国一目，中其面而居。"郝懿行笺疏："案：一目国其人威姓，见《大荒北经》。《淮南·墬形训》有一目民，在柔利民之次。"

㉞ 铤：疾走貌。《左传·文公十七年》："铤而走险。"边见：佛家语，佛家所称五见之一，是偏于断见或常见一边之恶见者。《成实论》："若说诸法，或断或常，是名边见。"这二句以一目民比喻审察事物不能全面的人，谓他们常只看到事情的一面就乱起哄。

㉟ 九流：战国时九个不同的流派。《汉书·艺文志》："儒家者流，盖出于司徒之官；道家者流，盖出于史官；阴阳家者流，盖出于羲和之官；法家者流，盖出于理官；名家者流，盖出于礼官；墨家者流，盖出于清庙之守；从横家者流，盖出于行人之官；杂家者流，盖出于议官；农家者流，盖出于农稷之官；小说家者流，盖出于稗官。诸子十家，可观者九家而已。"又《叙传》："刘向司籍，九流以别。"此泛指当时各种不同的流派。排决：本谓排除障碍，导流入江。此处形容各种派别互相排斥攻击。

㊱ 甄综：综合分析，鉴别品评。《三国志·蜀志·庞统传》注："甄综人物。"

㊲ 大厉：恶鬼。《左传·成公十年》："晋侯梦大厉，被发及地。"注："厉，鬼也。"

㊳ 谵语：病中说胡话。《内经》："不欲食，谵语。"注："谓妄谬而不次也。"百无中：一百句话没有一句话是中用的。

㊴ "车裂"二句：用商鞅变法失败被杀事。《战国策·秦策》："商君归还，惠王车裂之，而秦人不怜。"车裂，古代以车撕裂人体的酷刑。此处运用此典，谓变革如脱离人民，失败后便得不到人民的同情。沈曾植《护德瓶斋客话》曾批评康有为曰："此禅家所谓草贼也，草贼终须大败。""政恐意气褊激，诸公未免将为此人鼓动耳。"即此诗以上十句之意。又，康有为独尊今文学《公羊》，托为孔子改制的根据。著《新学伪经考》，尽斥古文学诸经为刘歆伪造，此即诗之所谓"未闻羡南稻，尽揠麦田种"也。

遨游在何所行

遨游在何所？乃在弇州之首，河出昆仑墟①。骖乘海人餐海间②，前马策大丙，后骑钳且③。摽然高驰气承舆④，径超凉风帝下都⑤。四百四门，列仙所居⑥。问讯西王母⑦，揖东王公⑧。地二气则泄藏，天二气成虹⑨。人寿无百年⑩，阴阳错其中⑪。理乱迭代乘⑫，孰哉不从容⑬？目不两视明，耳不兼听聪⑭。悲矣乎！世间朝食三斗醋⑮，暮饮一石冰⑯。越人责之射⑰，胡奴操艨艟⑱。悲矣乎！巨蟹八跪踬[19]，鼫鼠五技穷[20]。南走且北驰[21]，画方复有圆[22]，当西而更东[23]。悲矣乎！世间曷不角者补以齿[24]，翼者倍其足[25]。日乌重轮地双轴[26]，人口歧舌面四目[27]，蒿任栋梁木生谷[28]？遨游乎归来，沧海却西流[29]，人头化为鱼[30]。鱼羊食人不可居[31]，精卫衔石徒区区[32]。城头有乌尾毕逋[33]，汝南雄鸡喑不苏[34]。风雨晦且阴[35]，啾啾来鬼车[36]。

【题解】

本诗作于光绪二十四年(1898)戊戌变法失败以后。

【注释】

① 弇(眼 yǎn)州：传说中地名。《山海经·大荒西经》："有弇州之山，五采之鸟仰天，名曰鸣鸟。"河出昆仑墟：《山海经·海内西经》："昆仑之虚，方八百里，高万仞，河水出东北隅。"

② 驂乘海人：以海人为驂乘。驂乘，乘车时居于车右，即陪乘。《左传·文公十八年》："而使职驂乘。"杜预注："驂乘，陪乘。"海人，传说中的海中人鱼。《淮南子·墬形》："朕生海人。"海闾：传说中的水生植物。《淮南子·墬形》："海闾生屈龙。"高诱注："海闾，浮草之先也。"

③ 大丙、钳且：传说中的善御者。《淮南子·原道》："昔者冯夷、大丙之御也。乘云车，入云蜺……排阊阖，沦天门……虽有轻车良马，劲策利锻，不能与之争先。"又《览冥》："若夫钳且、大丙之御，除辔衔，去鞭弃策，车莫动而自举，车莫使而自走也。"又《齐俗》："钳且得道，以处昆仑。"

④ 摽(标 biāo)然：高举貌。《管子·侈靡》："摽然若秋云之远。"高驰：《楚辞·离骚》："神高驰之邈邈。"气承舆：乘舆由气承托，凌空而驰。

《北魏书·杨固传》:"夕承其舆。"

⑤ 径超:径直超越。凉风:传说中山名。《淮南子·墬形》:"昆仑之丘或上倍之,是谓凉风之山。"帝下都:指昆仑。《山海经·海内西经》:"海内昆仑之虚,在西北帝之下都。"又《西山经》:"西南四百里曰昆仑之丘,是实惟帝之下都。"下都,传说中天帝在地上所住的都邑。

⑥ "四百"二句:《淮南子·墬形》:"掘昆仑虚以下地中,有增城九重……旁有四百四十门,门间四里,里间九纯,纯丈五尺。"

⑦ 问讯:见《简袁爽秋》注⑦。西王母:传说中的天神。《山海经·西山经》:"玉山,是西王母所居也。西王母其状如人,豹尾虎齿而善啸,蓬发戴胜,是司天之厉及五残。"近代诗中多以西王母影射慈禧。

⑧ 东王公:传说中的天神,与西王母并称。《神异经》:"东荒山中有大石室,东王公居焉。长一丈,头发皓,人形鸟面而虎尾,载一黑熊,左右顾望。"近代诗中多以东王公影射光绪帝。

⑨ "地二"二句:《淮南子·说山》:"天二气则成虹,地二气则泄藏,人二气则成病。"古代以阴、阳二气相生相克来解释万物的发展变化,此用其语,指斥西太后夺光绪帝之柄,酿成清室灾祸。

⑩ "人寿"句:《荀子·王霸》:"人无百岁之寿。"

⑪ "阴阳"句:《淮南子·天文》:"阴阳相错。"错,错杂。

⑫ 理乱:指社会的治和乱。蔡邕《释诲》:"运极则化,理乱相乘。"迭代乘:治与乱互相替代。

⑬ 从容:举动。《尚书·君陈》:"从容以和。"《广雅》:"从容,举动也。"王念孙疏证:"案:从容有二义,一训为舒缓,一训为举动。"

⑭ "目不"二句:《荀子·劝学》:"目不能两视而明,耳不能两听而聪。"两视、兼听,同时看二种事物,听两种声音。

⑮ 朝食三斗醋:《隋书·崔弘度传》:弘度素贵,御人严急,"时有屈突盖为武侯骠骑,亦严刻。长安为之语曰:'宁饮三斗酢,不见崔弘度;宁茹三升艾,不见屈突盖。'"酢,同醋。

⑯ 暮饮一石冰：《庄子·人间世》："叶公子高将使于齐,问于仲尼曰：'今吾朝受命而夕饮冰,我其内热与。'"此处用二典,谓世间百姓日夕为国事忧心。

⑰ "越人"句：督责越人学射,喻离开具体条件办事。《淮南子·说山》："越人学远射,参天而发。适在五步之内,不易仪。"越人,指南方人。

⑱ 胡奴：犹胡儿,指西北的游牧民族。操：驾驶。艨艟（艨艟 méng chōng）：《广雅》："艨艟,舟也。"

⑲ "巨蟹"句：《荀子·劝学》："蟹六跪而二螯,非蛇蟺之穴无可寄托者,用心躁也。"跪,足。踬（志 zhì）,挫折;困顿。

⑳ "鼫鼠"句：《荀子·劝学》："梧鼠五技而穷。"杨倞注："梧鼠,当为鼫鼠。五技,谓能飞不能上屋,能缘不能穷木,能游不能渡谷,能穴不能掩身,能走不能先人。"

㉑ "南走"句：荀悦《申鉴》："先民有言,适楚而北辕者,曰：'吾马良用多御善。'此三者益侈,其去楚亦远矣。"

㉒ "画方"句：《韩非子·功名》："右手画圆,左手画方,不能两全。"

㉓ "当西"句：曹植《吁嗟篇》："当南而更北,谓东而反西。"

㉔ 角者补以齿：给牛增添牙齿。韩愈《获麟解》："角者,吾知其为牛。"

㉕ 翼者倍其足：给鸟增加一双足。

㉖ 日乌重轮：让太阳出现光晕。日乌,太阳。《淮南子·精神》："日中有踆乌。"重轮,日、月外围呈现的光晕。崔豹《古今注》："日重光,月重轮,群臣为汉明帝所作也。"地双轴：旧称大地有轴支柱。双轴,谓增加一倍轴。木华《海赋》李善注："《河图括地象》曰：'地下有四柱,广十万里,有三千六百轴相制。'"

㉗ 人口歧舌：让人口中长出两个舌头。歧舌：《山海经》有"歧舌国",郭璞注："其人舌皆歧。或云支舌也。"面四目：脸上长四只眼睛。《周礼·夏官司马》："方相氏掌蒙熊皮,黄金四目。"

㉘ 蒿任栋梁：让蓬蒿任栋梁之用。《大戴礼记·子张问入官》："周时德

泽洽和,蒿茂大,以为宫柱,名蒿宫也。"《魏书·高允传》:"浩以蓬蒿之才,任栋梁之重。"木生谷:树木上长稻谷。《山海经·海内西经》:"昆仑之虚,上有木禾,长五寻,大五围。"郭璞注:"木禾,谷类也,可食。"

㉙ 沧海西流:《史记·大宛列传》:"于寘之西,则水皆西流,注西海。"元好问《镇州与文举百一饮》:"古今谁见海西流。"此喻世事逆转,暗寓戊戌变法失败之意。

㉚ "人头"句:郦道元《水经注》:"《神异传》曰:由拳县,秦时长水县也。始皇时,县有童谣曰:'城门当有血,城陷没为湖。'有老姁闻之,忧惧,旦,往窥城门。门侍欲缚之,姁言其故。姁去后,门侍杀犬,以血涂门。姁又往,见血,走去不敢顾。忽有大水长欲没县,主簿令干入白令,令见干曰:'何忽作鱼?'干又曰:'明府亦作鱼。'遂乃沦陷为谷矣。因目长水城水曰谷水也。"

㉛ 鱼羊食人:《晋书·前秦载记》:"时有人于坚明光殿大呼,谓坚曰:甲申乙酉,鱼羊食人,悲哉无复遗。"按:甲申乙酉:前秦苻坚建元二十年(384)和二十一年的甲子纪年。鱼羊,即"鲜"字,指鲜卑。建元二十一年,苻坚为鲜卑族慕容冲所败,后为姚苌所俘杀。此暗寓帝国主义的入侵。

㉜ 精卫衔石:《山海经·北山经》:"发鸠之山,其上多柘木,有鸟焉,其状如乌,文首白喙赤足,名曰精卫,其鸣自詨。是炎帝之少女,名曰女娃,游于东海,溺而不返,故为精卫,常衔西山之木石以湮于东海。漳水出焉,东流注于河。"徒区区:勤劳也是徒然。区区,孔融《荐祢衡表》刘良注:"区区,犹勤勤也。"

㉝ "城头"句:《后汉书·五行志》:"桓帝之初,京都童谣:城上乌,尾毕逋。公为吏,子为徒。"毕逋,乌尾摆动貌。

㉞ "汝南"句:《鸡鸣歌》:"汝南晨鸡登坛唤。"此反用其意,以雄鸡尚在昏睡,寓光绪帝被幽禁,称病不愈。汝南,古郡名,汉时郡治在上蔡,历代有变迁。暗(音 yīn)不苏:尚在昏睡,默然无声。

㉟ "风雨"句：《诗·郑风·风雨》："风雨如晦，鸡鸣不已。"此用其意，谓当今正处黎明前的黑暗时分。晦，昏暗。

㊱ 啾啾：《楚辞·离骚》："鸣玉鸾之啾啾。"王逸章句："啾啾，鸣声也。"鬼车：传说中的九头鸟。《重修政和证类本草》："鬼车晦瞑则飞鸣，能入人室，收人魂气。一名鬼鸟。"此借指后党。

丹 徒 渡 江

　　海门日上曙霞开①，沙路盘纡首重回②。形胜岂因兵技改③，江山曾识霸图来④。悬仪坤轴心全动⑤，烛渚鲛人泪亦灰⑥。坚固焦岩留片石⑦，瓜庐终与老山隈⑧。

【题解】

　　光绪二十五年(1899)秋，沈曾植偕五弟曾桐由湖北至江苏镇江，送之北上。此诗即作于丹徒渡江赴扬州时。

【注释】

① 海门：山名。《大清一统志》："焦山馀支东出，有二岛对峙江流中，曰海门山，亦名双峰山。"

② 盘纡：盘回迂曲。宋玉《高唐赋》："水澹澹而盘纡兮。"

③ "形胜"句：陆游《舜庙怀古》："山川不为兴亡改。"形胜，指优越的地理条件。《史记·高祖本纪》："秦，形胜之国。"兵技，用兵的技巧。《汉书·艺文志》："右兵技巧十三家，百九十九篇。"

④ "江山"句：朱彝尊《吴山望浙江》："江山真作霸图看。"霸图，霸者的雄

图。按,江南为三国时吴国称霸之地,又是南朝建都之地。曾植面对大好河山和当时衰颓的国势,因想及当年霸图。

⑤ 悬仪坤轴:旧称维系天地的支柱。悬仪,犹天仪。《易·系辞上》:"易有太极,是生两仪。"坤轴,地轴。见《遨游在何所行》注㉖。杜甫《后苦寒二首》之二诗:"杀气南行动坤轴。"心全动:中心因国家多难而动摇。

⑥ 烛渚:刘敬叔《异苑》:"晋温峤至牛渚矶,闻水底有音乐之声,水深不可测,传言下多怪物。乃燃犀角而照之,须臾,见水族覆火,奇形异状,或乘马车,著赤衣帻。其夜,梦人谓曰:'与君幽明道隔,何意相照耶?'峤甚恶之。未几卒。"鲛人:张华《博物志》:"鲛人水居,出寓人家卖绡。临去,从主人索器,泣而出珠满盘,以与主人。"泪已灰:李商隐《无题》:"蜡炬成灰泪始干。"案,此句合用诸典,谓烛渚下的鲛人见到此情此景也应痛心得哭干了眼泪。

⑦ 焦岩:指焦山。《大清一统志》:"焦山在丹徒县东九里大江中,与金山对峙,相距十里许。……《舆地纪胜》:以后汉处士焦先隐此而名。……《府志》:较金山差大山巅盘礴处曰焦仙岭。"

⑧ 瓜庐:《三国志·魏志·管宁传》注:"臣松之案:《魏略》云:焦先及杨沛并作瓜牛庐,止其中。以为瓜当作蜗,蜗牛,螺虫之有角者也,俗呼为黄犊。先等作圆舍,形如蜗牛蔽,故谓之蜗牛庐。"老山隈:终老于山中。隈,角落。

宝　塔　湾

　　萧晨烟未泮①,散舸趁轻凫②。一往闻扬语,重来识佛图③。风微渔唱远,月淡晓光无。行色兼悲喜④,沙头问仆夫⑤。

【题解】

　　本诗与前诗同时作。时曾植长兄曾榮在扬州,曾植与五弟抵扬州后,二人同往兄所,此诗作于途中。诗题宝塔湾,在今扬州市南。《大清一统志》:"自六合瓜步山入仪征县境,经黄天荡。又东五十里,经县南上江口东十八里为沙河港,又东五里曰深港,又五十徐里曰宝塔湾。"

【注释】

① 萧晨:秋天的早晨。殷仲文《南州桓公九井作》:"哲匠感萧晨。"未泮:没有消散。《诗·邶风·匏有苦叶》:"迨冰未泮。"

② 舸:小舟。

③ 佛图:塔。《大清一统志》:"高文寺在江都县南三汉河西岸,有塔曰天中,其地为茱萸湾,亦名塔湾。"

④ "行色"句:曾植此行,一为送别五弟,二为与长兄相聚,因曰"兼悲喜"。行色,出行的神态。杜甫《行次古城店泛江作不揆鄙拙奉呈江陵幕府诸公》:"行色兼多病。"

⑤ 仆夫:驾车的人。《诗·小雅·出车》:"召彼仆夫,谓之载矣。"

舟 发 广 陵

　　归程指烟水,心与楚云驰。客久谙船理①,江清见鬓丝。老悭筋力用②,壮惜太平时。鼓角中宵动③,江湖岁晚悲④。

【题解】

　　此诗和下一首均为曾植送别五弟后于九月间自扬返鄂时作。诗题广陵即今扬州,战国时属楚,为广陵邑。

【注释】

① "客久"句:王士禛《至日怀申凫盟兼寄张覆舆》:"久客谙吴语。"谙船理:熟悉行船的规律。

② "老悭"句:谓人入老境,吝于劳动筋力。《礼记·曲礼上》:"老者不以筋力为礼。"老悭,《宋书·王玄谟传》:"刘秀之俭吝,呼为老悭。"

③ 鼓角:战鼓与号角,军中用以传号令壮军势。杜甫《阁夜》:"五更鼓角声悲壮。"中宵:中夜,半夜。

④ 岁晚:犹岁夕,农历九月尽至十二月为岁之夕。

道中杂题(六首选二)

　　榆叶干青柳叶黄,淡云斜日蜀东冈①。秋心总在无人处②,坐看凫翁没野塘③。

　　江潮只是爱平流,帆自从容橹自柔④。至竟海门原咫尺⑤,浪花何事白人头⑥?

【题解】

　　本诗作于自扬返鄂途中。所选原列第一、第三首。

【注释】

① 蜀东冈：即蜀冈，在今扬州市城西北四里。

② 秋心：秋思。

③ "坐看"句：黄庭坚《再答冕仲》："春溪蒲稗没凫翁。"凫翁，史游《急就章》颜师古注："凫者水中之鸟；翁，颈上毛也。"

④ 从容：舒缓貌。见前《懊侬曲》注②。

⑤ 海门：见前《丹徒渡江》注①。咫尺：比喻距离很近。《左传·僖公九年》："天威不违颜咫尺。"咫，八寸曰咫。

⑥ "浪花"句：曹松《八月十五夜》："海门风急白潮头。"陈师道《十七日观潮》："谁使清波早白头？"黄景仁《横江阻风》："恶浪无情也白头。"案，沈诗本此而更饶情趣。

晚 牖

蠖屈诚何赖①，鹏骞自不堪②。晓庭苔沁入③，晚牖日光含④。故纸身俱积⑤，陈人块独甘⑥。题襟虚胜想⑦，摇落向江潭⑧。

【题解】

光绪二十五年九月初九日，曾植自扬州归抵武昌。此诗作于返鄂以后。诗题一作《客去作》。

【注释】

① 蠖屈：比喻人不逢时，屈身退隐。《易·系辞下》："尺蠖之屈，以求信

（伸）也。"何赖：无聊赖。

② 鹏骞：大鹏展翅高飞。比喻实现雄图。语本《庄子·逍遥游》，参前《别五弟》注㉑。不堪：不能。

③ 沁入：渗入。

④ "晚牖"句：《说文》："牖所以见日。"牖（有 yǒu）：窗户。

⑤ "故纸"句：历年写下的文章堆积起来已可等身。故纸：指代文稿、著作。《北齐书·韩轨传》："朝庭处之贵要之地，必以疾辞，告人云：废人饮美酒，对名胜，安能作刀笔吏，返披故纸乎？"又《景德传灯录》："神赞禅师受业师，一日在窗下看经，蜂子投窗纸求出，师睹之曰：'世界如许广阔，不肯出，钻他故纸！'"此合用二典。

⑥ 陈人：陈旧之人，犹言老朽。《庄子·寓言》："人而无以先人，无人道也；人而无人道，是之谓陈人。"块独甘：自甘孤独。《楚辞·九辩》："块独甘此无泽兮，仰浮云而永以。"块，孤独；孤高。

⑦ 题襟：《新唐书·艺文志》："《汉上题襟集》十卷，段成式、温庭筠、余知古撰。"此借以指曾植与诗人们唱和作诗。虚胜想：意谓对题襟一类的风流韵事只能徒然作美好的切盼想象。

⑧ "摇落"句：庾信《枯树赋》："今看摇落，凄怆江潭。"摇落，凋谢；零落。

雨夜（二首选一）

短檠三尺光①，写此寒人影②。浪浪檐雨声③，众响入孤警。宵气憺回迥④，羁魂逝超骋⑤。云车与风马⑥，见我城南景⑦。蟠藤翠髯矫⑧，偻桧亚枝整⑨。游子去不还⑩，阴虫露阶哽⑪。去国岁再寒⑫，清江洗盯矃⑬。寸心扃万念⑭,瞥眼造陈境⑮。击柝在遥衢⑯,秋城四边静。推枕起旁皇⑰,听鸡夜方永⑱。

【题解】

本诗作于光绪二十五年(1899)秋冬之交,时曾植在武昌。所选原列第一首。

【注释】

① "短檠"句:韩愈《短灯檠歌》:"短檠二尺便且光。"檠,灯架。亦借指灯。短檠一般指读书灯。

② 寒人:寒微之人。《南史·齐明帝纪》:"驱使寒人。"

③ 浪浪:流动貌。韩愈《别知赋》:"雨浪浪其不止。"

④ 宵气:夜气。回遹:语本《诗·小雅·小旻》:"谋犹回遹。"毛传:"回,邪;遹,辟也。"此处不用旧解,借作回荡意。

⑤ 羁魂:客居异地的心神。戴叔伦《过郴州》:"羁魂愁似绝。"逝超骋:超然远逝。形容心神恍惚。

⑥ 云车风马:傅玄《吴楚歌》:"云为车兮风为马。"

⑦ "见我"句:据《沈曾植文集·苻娄亭漫稿序》:"光绪己亥(1899)旅寓鄂州,南皮公(张之洞)馆余城南之姚园。"

⑧ 蟠藤:蟠曲的青藤。翠髵矫:高举着翠绿的枝枒。

⑨ 偻桧:躬屈的桧树。亚枝:低垂的树枝。王士禛《同愚山侍讲弘衍庵看海棠柬耦长》:"平阳池馆亚枝红。"亚,通"压",低垂貌。

⑩ "游子"句:《古诗十九首》:"游子不顾返。"

⑪ 阴虫:蟋蟀。颜延之《夏夜呈从兄散骑车长沙》:"阴虫先秋闻。"李善注:"《易通系卦》曰:'蟋蟀之虫,随阴迎阳。'"

⑫ 去国:指离开京城。曾植于上年三月出都来鄂,至此已是第二年在武昌过冬,故云"岁再寒"。

⑬ 盯瞪（成拧 chéng nǐng）：视。

⑭ 扃万念：凝聚着万种思念。扃，闭。

⑮ 瞥眼：转眼。陈境：陈旧之境。

⑯ 击柝：打更。衢：街。《尔雅》："四达谓之衢。"

⑰ 旁皇：同"彷徨"，徘徊不定貌。

⑱ "听鸡"句：《世说新语·赏誉第八》刘峻注引《晋阳秋》："祖逖与司空刘琨俱以雄豪著名。年二十四，与琨同辟司州主簿，情好绸缪，其被而寝，中夜闻鸡鸣，俱起，曰：'此非恶声也。'"此用此典，寓报国之意。永，长。

梅道人《墨竹》

竹君风味出孤直①，檀栾晚节无矜持②。吴生荡胸渭川隘③，扑笔万梢生墨池④。旧闻江南铁钩锁⑤，悬挽乃自颜、张遗⑥。此竹千丈扶寸耳⑦，折钗拆壁锋端追⑧。至元文采袭延祐⑨，水晶宫有南宗师⑩。倪黄吴家虫蚀木⑪，密印岂独王蒙持⑫。神都昔觏夏山图⑬，笔与元气相淋漓⑭。却回鹏游入蜩掇⑮，瘦茎滴露风参差⑯。墨王蜕神五百年⑰，题字淡与秋云澌⑱。画人去来拟丁个⑲，骨董颇得摩绢丝⑳。付与支郎赏神骏㉑，骊黄牝牡坐忘时㉒。

【题解】

本诗作于光绪二十五年（1899）冬，时曾植在武昌。诗题梅道人，指元代画家吴镇。镇字仲圭，浙江嘉兴人。以爱梅，自号梅花道人。善画山水竹石。

【注释】

① 竹君：旧谓竹有君子之风，故称。苏轼《墨君堂记》："王子猷谓竹君，天下从而君之。"王子猷事出《世说新语·任诞第二十三》。风味：风度；风采。《宋书·自序》："温雅有风味。"孤直：孤傲挺拔。宋之问《题张老松树》："百尺无寸枝，一生自孤直。"

② 檀栾：秀美貌。左思《吴都赋》李善注引枚乘《兔园赋》："修竹檀栾，隔水碧鲜。"晚节：晚年的风节。邹阳《上书吴王》："至其晚节末路。"竹为岁寒三友之一，故云晚节。矜持：因竭力保持严肃端庄而显得做作、不自然。鲍照《答客》："放纵少矜持。"

③ 荡胸：荡涤心胸，使人心胸开豁。张衡《南都赋》："洑水荡其胸。"渭川：《史记·货殖传》："渭川千亩竹。"后因以渭川千亩指竹林繁茂。苏轼《筼筜谷》："渭川千亩在胸中。"沈诗本此。这句说：吴镇胸怀广阔，千亩渭川与他相比也显得狭隘。

④ 扑笔：挥笔作画。韩愈《卢郎中云夫寄示送盘谷子诗两章歌以和之》："推书扑笔歌慷慨。"墨池：陆游《焚香作墨渖诀讼吏皆退立一文外戏作此诗》："霡霂玄云起墨池。"

⑤ 江南铁钩锁：黄庭坚《次韵谢黄斌老送墨竹十二韵诗》："古来作生竹，能者未十辈。吴生勒枝叶，笔窠远不逮。江南铁钩锁，最许诚悬会。"自注："世传江南李主作竹至根至梢，极小者一钩勒成，谓之铁钩锁，自云惟柳公权有此笔法。"

⑥ 悬捥：写字时手腕悬空。捥，同"腕"。《古今法书苑》："悬腕者，悬着空中而书之。"颜、张：颜真卿、张旭。二人均唐代著名书法家。

⑦ 千丈扶寸：苏轼《文与可画筼筜谷偃竹记》："因以所画筼筜谷偃竹遗予，曰：'此竹数尺耳，而有万尺之势。'"此用其意，谓画竹虽仅扶寸，而有千丈之势。扶寸，古代长度单位，铺四指为扶，一指为寸。

形容短小。

⑧ 拆钗拆壁：形容笔法。姜夔《续书谱》："草书用笔，如折钗股，如屋漏痕，如锥画沙，如壁坼。此皆后人之论。折钗股者，欲其曲折，圆而有力；屋漏痕者，欲其横直，匀而藏锋；锥画沙者，欲其无起止之迹；壁坼者，欲其无布置之巧。"又《墨竹谱》："直枝谓之钗股。"

⑨ 至元文采：指元初的著名书画家赵孟頫、吴镇、黄子久等的书画艺术风采。至元，元世祖年号(1264—1294)。袭：沿袭。延祐：元仁宗年号(1314—1320)。

⑩ 水晶宫：指赵孟頫。陶宗仪《辍耕录》："吴兴之水晶宫，不载图经。子昂有'水晶宫道人印。'"南宗：我国山水画两大流派之一，由唐代王维开创，画风重渲染而少钩勒，其传为荆浩、关仝、董源、巨然及米芾父子，赵孟頫等则直接继承这一流派。参前《题王石谷仿江贯道山水直幅》注⑰。

⑪ 倪黄吴家：倪，倪瓒，字元镇，无锡人。黄，黄子久，字公望，常熟人。吴即吴镇。三人均元初画家，连同王蒙，有元四家之称(一说以赵、吴、黄、王为元四家)。虫蚀木：黄庭坚《次韵冕仲考进士试卷》："少年迷翰墨，无异虫蠹木。"任渊注："《智论》云，佛言善说无失，无过佛语，诸外道中，设有好语，如虫蚀木，偶然成文。"

⑫ 密印：佛家语。佛家称诸佛菩萨各有本誓，为标帜此本誓，以两手之十指形种种之相，此本誓之印象印契谓之印，其理趣秘密深奥谓之密。《大毗卢遮那成佛神变加持经》："身分举动住止，应知皆是密印。"李邕《大照禅师碑》："诲门人曰：吾受托先师，传兹密印。"王蒙：字叔明，湖州人，赵孟頫之甥，元代画家。工山水，善人物。

⑬ 神都：帝都。鲍照《侍宴覆舟山》："明辉烁神都。"此指北京。夏山图：吴镇作。《石渠宝笈初编》："吴镇《夏山欲雨图卷》。"

⑭ 元气淋漓：形容笔墨酣畅，洒脱豪放。杜甫《奉先刘少府新画山水障歌》："元气淋漓障犹湿。"

⑮ 鹏游：见《别五弟》注㉑。蜩掇：《庄子·达生》："仲尼适楚，出于林中，见痀偻者承蜩，犹掇之也。"意谓粘蜩如同拾取一般，极为容易。蜩，蝉；掇，拾取。这句说：吴镇在画幅中表现大鹏展翅高飞的雄迈气势如痀偻承蜩一般容易。

⑯ 瘦茎：指墨竹。《茅亭客话》："有绿竹，叶细而青，茎瘦而紫，亦谓之墨竹。"滴露：孟浩然《夏日南亭怀辛大》："竹露滴清响。"风参差(cēn cī)：柳宗元《南涧中题》："回风一萧瑟，林影久参差。"参差，不齐貌。

⑰ 墨王：陆友仁《研北杂志》："米元章称法书曰墨王。"蜕神：指留下的神采。五百年：自元初吴镇在世至作此诗时历近五百年。

⑱ 渐：尽。

⑲ 画人：见《问爱伯疾》注⑥。

⑳ 骨董：古器，俗称古董。摩绢丝：以绢丝摩抚。

㉑ 支郎：东晋僧人支遁，字道林，以好鹤、好马称。《世说新语·言语第二》："支道林常养数匹马。或言道人畜马不韵。支曰：'贫道重其神骏。'"

㉒ 骊黄：黑色马与黄色马。牝牡：雄马与雌马。《淮南子·道应》："秦穆公谓伯乐曰：'子之年长矣。子姓有可使求马者乎？'对曰：'臣之子皆下材也，臣有所与供儋缠采薪者方九堙，此其于马非臣之下也。请见之。'穆公见之，使之求马。三月而反报曰：'已得马矣，在于沙丘。'穆公曰：'何马也？'对曰：'牝而黄。'使人往取之，牡而骊。穆公不说。召伯乐而问之曰：'败矣！子所使求者，毛物牝牡弗能知，又何马之能知？'伯乐喟然太息曰：'若彼之所相者，乃有贵乎马者。'马至而果天下之马。"此用此典，指真正能欣赏画的真髓所在。坐忘：道家所追求的物我两忘的精神境界。《庄子·大宗师》："颜回曰：'回坐忘矣。'仲尼曰：'何谓坐忘？'回曰：'堕枝体、黜聪明，离形去知，同于大通，此谓坐忘。'"

月夕寄五弟

清风北陆来①,吹我梧上月。石台倚倒影②,零露在衣发③。万里羁旅游④,三秋沉寥节⑤。黄华屈宋艳⑥,伴我张寒色。流光若逝水⑦,刹刹不容揭⑧。娱玩此须臾⑨,行人想天末⑩。

【题解】

本诗作于光绪二十五年(1899)冬。时曾植在武昌。诗题五弟即沈曾桐。

【注释】

① 北陆:星名,即虚宿,也称玄枵,位在北方。因以指北方。时曾桐居京师,故云。

② 石台:见前《夜不能寐,未明即起,寓目偶书》注㉔。

③ 零露:露。《诗·郑风·野有蔓草》:"零露溥兮。"

④ 羁旅:寄居作客。

⑤ 三秋:秋季三个月。沉寥:见前《题唐子畏雪景》注③。节:节气;季节。

⑥ 黄华:即黄花,指菊花。《礼记·月令》:"(季秋之月),鞠有黄华。"杜牧《冬至日寄小侄阿宜诗》:"高摘屈宋艳。"按,《楚辞·离骚》有"夕餐秋菊之落矣"。《九歌》有"春兰兮秋菊"。因以屈宋艳指称菊。屈宋:屈原、宋玉。

⑦ "流光"句:流光:时间。逝水:《论语·子罕第九》:"子在川上曰:逝者

如斯夫！不舍昼夜。"又，李白《古风其十一》："逝川与流光，飘忽不相待。"

⑧ 刹刹：犹云刹那，形容时间极短。

⑨ 须臾：片刻。

⑩ 天末：天边，极远的地方。张衡《东京赋》："眇天末以远期。"

初 十 夜 月

微月出复没，暗虫终夕鸣①。夜花收露静，深树闪星明。怪石盘陀供②，商歌曳縰行③。赤藤吾至友④，危处不相倾。

【题解】

本诗亦作于光绪二十五年（1899），唯前诗重在怀人，此诗则重在抒怀。

【注释】

① 暗虫：犹阴虫，这里指蟋蟀。参前《雨夜》注⑪。终夕：终夜。

② "怪石"句：苏轼《怪石供》："《禹贡》：青州有铅、松、怪石。解者曰：'怪石，石似玉者。'今齐安江上往往得美石，与玉无辨，多红黄白色，其文如人指上螺，精明可爱。齐安小儿浴于江，时有得之者。戏以饼饵易之。既久，得二百九十有八枚，大者兼寸，小者如枣栗菱芡。其一如虎豹之首，有口鼻眼处，以为群石之长。又得古铜盘一枚，以盛石，挹水注之，粲然。而庐山归宗佛印禅师适有使至，遂以为供。"盘陀，石不平

貌。苏轼《游金山寺》："中泠南畔石盘陀。"

③ "商歌"句：《庄子》："曾子居卫……曳縰而歌《商颂》，声满天地，若出金石。"此处用此典，谓在园中吟歌而行。曳縰(shǐ)，拖着鞋。縰，一种没有后跟的便鞋。

④ 赤藤：藤杖，韩愈《和虞部卢四酬翰林钱七赤藤杖歌》："赤藤为杖世未窥。"

客　久

客久成騃贷①，庭虚断见思②。乾坤多难老③，鸿雁入云悲。过去事无迹④，适来生有涯⑤。中园抚霜柏，念尔岁寒时⑥。

【题解】

作于光绪二十五年(1899)冬，时曾植至武昌已两年。

【注释】

① 騃(dāi)贷：犹呆子。刘熙《释名》："贷騃者，贷言以物贷予；騃者，言必弃之不复得也。不相量事者之称也。"騃，同"呆"。

② 断见思：断除见思惑。宋濂《送觉初禅师还江心序》："次至十住位断见思惑。"见思，佛家语。佛教所称三惑之一。见，即分别，谓意根对法尘起诸邪见；思，即思维、贪染，谓五根贪爱五尘而起想望。《妙法莲华经玄义》："二者通别见思障第一义空。"又："修定伏见思苦，修生无生慧破见思苦。"谛观《天台四教仪》："二集谛者，郎见思惑。"

③ "乾坤"句：意谓天地因多难而衰老。
④ "过去"句：《中阿含根本分别品温泉林天经》："过去事已灭，未来复未至。"此用佛经语，谓往事已消失，未留下任何踪影。
⑤ 适来：来，来者。《庄子·养生主》："适来，夫子时也；适去，夫子顺也。"生有涯：人生有尽。参前《题渐西村人初集》注㉔。
⑥ "念尔"句：《论语·子罕下》："岁寒然后知松柏之后凋也。"此用其意。

红梅（四首）

江城万雪冻木折①，天工不悭深色花②。尽作朱看无碧处③，偶然水静见枝斜④。绛趺梦破垂垂老⑤，翠羽巢倾念念差⑥。强撷丹心缄蜜蒂⑦，为谁孤萼启春华？

故著娇红上瘦枝，小风晴日弄迟迟⑧。不从月地矜奇夜⑨，自向霜馀得冶思⑩。天女花身无漏果⑪，老夫色相已空时⑫。朱朱白白谁差别⑬？正好香闻鼻观知⑭。

屈指东风有闹春⑮，知君早已蜕仙尘⑯。馀妍竞作千红秀⑰，先醒难留一染身⑱。小醉未须欺酒面⑲，晚妆犹与点歌唇⑳。万山如梦霞如海，别向罗浮见丽人㉑。

吹笛关山落照残㉒，秋华谁信更孤寒㉓。人间久失燕支色㉔，竹外长疑泪点斑㉕。含采苦经春轧轧㉖，攀枝还堕雪珊珊㉗。广平铁石曾相许㉘,漫作寻常素面看㉙。

【题解】

　　本诗作于光绪二十六年(1900)春。时曾植在武昌。陈声暨《石遗先生年谱》:"屠维大渊献冬大雪,《红梅和苏堪》四首,乙庵、节庵皆有和,家君作多自寓身世。"按,曾植手稿自注庚子(1900)作,而郑孝胥《海藏楼诗》原唱编于己亥(1899)年,盖曾植和作在后。郑诗为金月梅而作。

【注释】

① "江城"句:齐己《早梅》:"万木冻欲折,孤根暖独回。前村深雪里,昨夜一枝开。"

② 深色花:白居易《买花》:"一丛深色花。"

③ "尽作"句:王僧孺《夜愁示诸宾》:"谁知心眼乱,看朱忽成碧。"

④ "偶然"句:林逋《梅花》:"疏影横斜水清浅。"又:"屋檐斜入一枝低。"周邦彦《花犯·咏梅花》:"但梦想一枝潇洒,黄昏斜照水。"

⑤ 绛跗:深红色的花萼。束皙《补亡诗》:"白华绛跗,在陵之陬。"跗,通柎,花萼。《群芳谱》:"凡梅花附蒂皆绛紫色。"垂垂老:渐近老年。贯休《陈情献蜀皇帝》:"一瓶一钵垂垂老。"

⑥ 翠羽:翠鸟。柳宗元《龙城录》:"隋开皇中,赵师雄迁罗浮。一日,天寒日暮,在醉醒间,因憩仆车于松林间。酒肆旁舍,见一女人,淡妆素服,出迓师雄。时已昏黑,残雪未消,月色微明。师雄喜之,与之语,但觉芳香袭人,语言极清丽,因与之扣酒家门,得数杯,相与共饮。少顷,有一绿衣童子来,笑歌戏舞,亦自可观。师雄醉寐,但觉风寒相袭。久之,东方已白。师雄起视,乃在大梅花树下,上有翠羽,啾嘈相顾,月落参横,但惆怅而已。"此暗用此典。念念差:犹一念之差。念念,佛家语,极短的时间,起灭连续不断。《大佛顶如来密因修证了义诸菩萨万行首楞严经》:"我观现前,念念迁谢新新不住。"《维摩诘所说经》:"是

身如电,念念不住。"

⑦ 抑:压制;抑制。缄:封。

⑧ 迟迟:和舒貌。《诗·豳风·七月》:"春日迟迟。"

⑨ "不从"句:范成大《亲戚小集》:"月从雪后皆奇夜,天向梅边有别春。"
矜:夸。

⑩ "自向"句:苏轼《和述古冬日牡丹》:"却向霜馀染烂红。"

⑪ 天女花身:用佛典。《维摩诘所说经》:"时维摩诘室有一天女,见诸天
人,闻所说法,便现其身,即以天华散诸菩萨大弟子上。华至诸菩萨,
既皆堕落,至大弟子便著不堕。一切弟子神力去华,不能令去。尔时
天问舍利弗何故去华,答曰:'此华不如法,是以去之。'天曰:'勿谓此
华为不如法,所以者何? 是华无所分别,仁者自生分别想耳。'观诸菩
萨不着者,已断一切分别想故;结习未尽,华著其身,结习尽者,华不着
也。"无漏果:佛家语。漏,漏泄之义,烦恼之异名。贪瞋等之烦恼,日
夜由眼耳等六根门漏泄,流泄而不止,谓之漏。又漏,漏落之义,烦恼
能使人漏落三恶道,谓之漏。故有烦恼之法曰有漏,离烦恼之法曰无
漏,无漏道所得之果德,称无漏果。《大般涅槃经》:"有漏法者,有二
种,有因有果;无漏法者,亦有二种,有因有果。有漏果者,是则名苦;
有漏因者,则名为集;无漏果者,则名为灭。无漏因者,则名为道。"

⑫ "老夫"句:杨基《梅花诗》:"讵知色相本来空。"色相:佛家语。色身之
相貌现于外,可以外见,故称色相。空:佛家语。佛经称因缘所生之
法,究竟无实体,因谓之空。

⑬ "朱朱"句:范成大《梅谱》:"红梅与江梅同开,红白相间,园林初春绝
景也。"朱朱白白,韩愈《感春》:"晨游百花林,朱朱兼白白。"差别:佛
家语。分别。《显扬圣教论》:"差别,分别,谓即于色等想事起诸分别:
此有色,此无色,此有见,此无见,此有对,此无对,如是等无量差别,于
自性分别所依处事,分别种种差别之义。"

⑭ 鼻观:指鼻。《五门禅经要用法》:"初习坐禅法,教注意观鼻头。"苏轼

《烧香诗》:"且令鼻观先参。"

⑮ 屈指东风:苏轼《洞仙歌》:"但屈指西风几时来。"屈指,弯曲手指计数。闹春:宋祁《玉楼春》:"红杏枝头春意闹。"

⑯ 蜕仙尘:指梅花已凋谢。仙尘,道家称一世为一尘。沈汾《续仙传》:"释译之劫,道谓之尘。"范成大《题记事册》:"佛劫仙尘只故吾。"

⑰ "馀妍"句:按,陈曾寿《落花诗》:"馀妍犹作千春好。"夺胎于此。

⑱ 先醒:率先醒悟。《韩诗外传》:"古之谓知道者曰先王,何也?犹言先醒也。"染身:佛家称染垢染污、不洁不净曰染。《瑜伽师地论》:"染者谓乐著受用故。"杨郇伯《送妓人出家》:"便是莲花不染身。"

⑲ 酒面:醉酒人的脸。欧阳修《书怀感事寄梅圣俞》:"残花落酒面。"此喻梅花。廖正《和补之梅花诗》:"寒欺薄酒魂销夜。"

⑳ 点歌唇:词调有《点绛唇》。梅尧臣《梅花》:"聚笑发丹唇。"沈诗夺胎于此,喻红梅。

㉑ "万山"二句:用赵师雄罗浮山下梦梅仙故事。见注前⑥。

㉒ 吹笛关山:郭茂倩《乐府诗集》:"《梅花落》,本笛中曲也。按唐《大角曲》亦有《大单于》、《小单于》、《大梅花》、《小梅花》等曲,今其声犹有存者。"又:"横吹曲辞《关山月》。"高适《和王七玉门关听吹笛诗》:"借问《落梅》凡几曲?从风一夜满关山。"此用诸意,双关梅花。落照:落日。

㉓ 秾华:繁盛的花朵。《诗·召南·何彼秾兮》:"何彼秾矣,华如桃李。"

㉔ 久失燕支色:《史记·匈奴传》张守节《正义》:"《西河故事》云:'匈奴失祁连焉支二山,乃歌曰:……失我焉支山,使我妇女无颜色。'"此用其意。燕支,同"焉支"。

㉕ "竹外"句:张华《博物志》:"尧之二女、舜之二妃曰湘夫人。舜崩,二妃啼,以涕挥竹,竹尽斑白。"苏轼《和秦太虚梅花诗》:"竹外一枝斜更好。"

㉖ 轧轧:生机始发貌。《史记·律书》:"乙者,言万物生轧轧也。"《说

文》:"乙象阳春草木冤曲而生,阴气尚强,其出轧轧也。"

㉗ 珊珊:象声词。状声音舒缓。宋玉《神女赋》:"拂墀声之珊珊。"

㉘ 广平铁石:唐宰相宋璟,封广平郡公。性刚正。皮日休《桃花赋序》:"余尝慕宋广平之为相,贞姿劲质,刚态毅状。疑其铁肠石心,不解吐婉媚辞。然睹其文而有《梅花赋》,清便富艳,得南朝徐、庾体,殊不类其为人也。"

㉙ 素面:不施脂粉的面容。乐史《杨太真外传》:"三姨皆月给钱十万,为脂粉之资。然虢国不施妆粉,自炫美艳,常素面朝天。"

新　月

　　新岁见新月①,北人思北风。玉钩太肖似②,碧汉长冥濛③。流宕千生返④,孩提一相同⑤。黯然还下泪⑥,归卧夜堂空。

【题解】

　　本诗作于光绪二十六年(1900)岁初。陈诗《尊瓠室诗话》:"沈培老有句云:'新岁见新月,北人思北风。'颇脍炙人口,乃庚子春客鄂作。时景皇(光绪帝)方被幽瀛台,议立储,盖有为而言也。"按,戊戌变法失败,光绪帝被慈禧太后软禁于瀛台。光绪二十五年十二月,慈禧立端王载漪之子溥儁为大阿哥(即皇储),谋废光绪。诗即以新月为喻,抒发感慨。

【注释】

① 见新月:彭大雅《黑鞑事略》:"其择日行事,则视月盈亏以为进止,见

新月必拜。"新月,喻指大阿哥。

② 玉钩:弯月。鲍照《玩月城西门廨中》:"蛾眉蔽珠栊,玉钩隔琐窗。"肖似:极为相似。

③ 碧汉:天空。汉,天河。江总《和衡阳殿下高楼看妓》:"起楼侵碧汉。"冥濛:昏暗貌。此句暗指光绪帝之被囚于瀛海。

④ "流宕"句:佛家有生死轮回之说,此句谓在生死轮回中经历了千番流转以后,又返回到了生的境域。流宕,流浪;流转。《古乐府·燕歌行》:"兄弟两三人,流宕在他县。"

⑤ 孩提:幼儿。一相:佛家语,佛家称物之同样相为一相,即真如一实之相。《大智度论》:"三世一相,所谓无相。"

⑥ 黯然:沮丧貌。江淹《别赋》:"黯然销魂兮,惟别而已矣。"

涉　　江

　　水枕云容与①,春堤雾缭环②。黝葱生界色③,澹沱见江山④。迟日看鸥度⑤,新花逗燕还。向来惭楚老⑥,回首望吴关⑦。

【题解】

　　本诗作于光绪二十六年(1900)春,时在武昌。诗题"涉江"原系《楚辞·九章》篇名,其中记述了屈原将渡长江、入洞庭时因念及被谗见疏而生的愤世忧国、坚贞自守的心情。

【注释】

① 水枕：以水为枕。苏轼《六月二十七日望湖楼醉书》："水枕能令山俯仰。"容与：起伏貌。《楚辞·九怀》："浮云分容与。"

② 缭环：缭绕。

③ 黝葱：青黑色。《尔雅·释器》："黑谓之黝，青谓之葱。"界色：分界的色彩。

④ 澹沱：同"淡沲""淡沱"，形容春日风光明媚。杜甫《醉歌行》："春光淡沱秦东亭。"

⑤ 迟日：春日。见前《红梅》诗注⑧。

⑥ 楚老：谢灵运《庐陵王墓下作》李善注："《徐州先贤传》曰：楚老者，彭城之隐人也。"

⑦ 吴关：李白《西施》："扬蛾入吴关。"此指曾植的故乡。

发 汉 口

渺然千里目①，超忽越吴都②。春远浮花下，霄明照月孤。五浆先逆旅③，三宿验浮屠④。晓入柴桑浦⑤，匡君送客无⑥？

【题解】

光绪二十六年（1900）三月，曾植挈眷离鄂东归，此诗作于离开汉口顺长江东下时。归家的喜悦、急切心情，油然而生笔下。

【注释】

① 渺然：茫远貌。千里目：形容看得极远。孙楚《之冯翊祖道诗》："抗
　我千里目。"

② 超忽：旷远貌。王少《头陀寺碑》："千里超忽。"吴都：今江苏苏州。
　左思《吴都赋》刘逵注："吴都者，苏州是也。"

③ "五浆"句：指途中进食、住宿。《庄子·列御寇》："列御寇之齐，中道
　而反，遇伯昏瞀人。伯昏瞀人曰：'奚方而反？'曰：'吾惊焉。'曰：'恶
　乎惊？'曰：'吾尝食于十浆，而五浆先馈。'伯昏瞀人曰：'若是，则女何
　为惊已？'曰：'夫内诚不解，形谍成光。'"陆德明《经典释文》："浆，本
　亦作浆。司马云：浆，读曰浆，十家并卖浆也。"逆旅，旅舍。

④ 三宿：《后汉书·襄楷传》："浮屠不三宿桑下，不欲久生恩爱，精之至
　也。"浮屠不三宿桑下，本指僧人一心向佛，不迷恋俗世生活。此借用，
　指一路上未曾在一地停留过二夜，寓归家心切之意。浮屠：僧人。

⑤ 柴桑浦：地名，在今江西九江西南九十里。《江西通志》："《名胜志》
　云：陶潜家于柴桑，即今之楚城乡也。"

⑥ 匡君：庐山，又称匡庐。《大清一统志》："《豫章旧志》曰：庐俗字君孝，
　本姓匡。父东野王，其吴芮佐汉定天下。汉封俗于鄡阳，曰越庐君。
　俗兄弟七人，皆好道术，遂寓精于洞庭之山，故世谓之庐山。汉武帝南
　巡，观山以为神灵，封俗大明公。又按周景式曰：匡俗字子孝，本东里
　子，生周武王时，生而神灵，屡逃征聘，庐于此山。俗后仙化，空庐犹
　存，故山取名焉。斯耳传之谈，非实证也。按《山海经》曰：庐江出三天
　子都，山水互称，名不因匡俗始。"

王店谒墓，归途口占（四首选一）

数点蔷薇坏壁红①，悄然春事故园空②。扁舟却过胭

脂汇③,惊起鸳鹅隔岸风④。

【题解】

光绪二十六年(1900)谷雨后一日,沈曾植由鄂归抵故乡浙江嘉兴。不久即赴王店谒父母墓,此诗作于谒墓归途中。所选原列第一首。诗题王店为镇名,在今嘉兴市南三十六里。曾植父葬于王店北七里十八庄榨箬里。

【注释】

① 坏壁:破败的墙壁。
② 悄然:忧愁貌。文中子《中说·魏相》:"子悄然作色。"春事:农事。
 《管子·幼官》:"十二,地气发,戒春事。"
③ 胭脂汇:水名,在今浙江桐乡濮院镇,传为范蠡西施遗迹。见《嘉兴府
 志》。
④ "惊起"句:陈师道《绝句》:"无端一棹归舟疾,惊起鸳鸯相背飞。"此化
 用其句。鸳鹅,野鹅。

途 中 偶 作

百受互回斡①,万缘判分驰②。孰居无事推③,饮啄宁有司④。当食故不饱,未明乃求衣⑤。烛微竟远虑⑥,巨谬愆初期⑦。巧算有数穷⑧,造化良善嬉⑨。不睹饱食子⑩,凶岁无辀饥⑪。不睹冥行人⑫,危地非险巇⑬。嗟哉赤水珠⑭,绝影襄城迷⑮。物故不可论⑯,浩歌涉江归⑰。

【题解】

　　本诗作于光绪二十六年(1900)。

【注释】

① 百受：受，佛家语。佛经称领纳所触境之心所法曰受。《五事毗婆沙论》："受云何？谓领纳性，有领纳用，名领纳性，即是领受所缘境义。此有三种，谓乐受、苦受、不苦不乐受，由可意不可意顺舍境有差别，故建立如是三领受性，是故但说有三种受，而实受性有无量种。"《大乘阿毗达磨杂论集》："受有二种业，一令诸有情于所受用生果流转，二与爱作缘。"此指经受各种心境。回斡（卧 wò）：回转。谢惠连《七月七日夜咏牛女》："倾河易回斡。"《玉篇》："斡，转也。"

② 万缘：缘，缘生，佛家语。言世上万物由缘而生。《瑜伽师地论》："言缘生者，谓依现世众因缘力所生起故。"

③ "孰居"句：《庄子·天运》："孰主张是？孰维纲是？孰居无事推而行是？"居，语助词。

④ 饮啄：鸟类饮水啄食。喻安居乐业，生活闲适。《庄子·养生主》："泽雉十步一啄，百步一饮，不蕲畜乎樊中。"

⑤ "当食"二句：邹阳《上书吴王》："始孝文皇帝据关入立，寒心销志，不明求衣。"韩休《和圣制喜雨赋》："未明求夜，当食昃晷。"

⑥ 远虑：长远的谋划。《论语·卫灵公》："人无远虑，必有近忧。"

⑦ 巨谬：大错误。《后汉书·陈元传》："以年数小差，掇为巨谬。"愆初期：违反了最初的心愿。

⑧ 数穷：《老子》："多言数穷。"

⑨ 造化：《庄子·大宗师》："夫造化者必以为不祥之人。"《淮南子·原道》高诱注："造化，天地，一曰道也。"良：确实。善嬉：善于戏弄人。

⑩ 饱食子：《论语》："饱食终日。"

⑪ 辀（招 zhāo）饥：同调饥，即朝饥。杨凝式《韭花帖》："辀饥正甚。"

⑫ 冥行人：盲人。扬雄《法言》："摛埴索途，冥行而已。"

⑬ 险巇：险阻崎岖。《楚辞·九辨》："何险巇之嫉妒也。"

⑭ 赤水珠：《庄子·天地》："黄帝游乎赤水之北，登乎昆仑之丘而南望，还归，遗其玄珠。使知索之而不得，使离朱索之而不得，使喫诟索之而不得也。乃使象罔，象罔得之。黄帝曰：'异哉，象罔乃可以得之乎！'"

⑮ 襄城迷：《庄子·徐无鬼》："黄帝将见大隗乎具茨之山，方明为御，昌寓骖乘，张若、谮朋前马，昆阍、滑稽后车，至于襄城之野，七圣皆迷，无所问途。"

⑯ 物故：世事；世故。颜延年《五君咏·阮步兵》："物故不可论，途穷能无恸。"

⑰ 浩歌：放声歌唱。《楚辞·九歌》："临风恍兮浩歌。"涉江：《楚辞·九章》有《涉江》。

发京口至芜湖

小雨拂空凉意悭，渴日解驳云斑斑①。舶邸人喧伧楚语②，水宿月上于湖山③。未忘尘务话京洛④，得跻民位称荆蛮⑤。舶趋风来袂开阖⑥，芦荻洲长人往还。

【题解】

本诗作于光绪二十六年(1900)。自注："端午后二日。"是年五月，沈曾植母丧服满，自家乡浙江嘉兴赴北京还刑部供职，值八国联军入侵，遂停留上海，住沈瑜庆家。出于保护长江以南安全的考虑，与督办商约大臣盛宣怀、沈瑜庆、汪康年等密商中外互约之策。为此，曾植往来于南京、武汉，与两江总督刘坤一、两湖总督张之洞商议与各国领事订立东南互保条约，在两广总督李鸿章力主下，订东南保护约款共九条。此诗与下二首即作于上海、南京、武汉的往返途中。诗题京口，即今江苏镇江，三国时吴于此置京口镇。

【注释】

① 渴日：酷日。杜甫《南岳》："渴日绝壁出。"解驳：云层散开。韩愈《南海神庙碑》："云阴解驳，日光穿漏。"

② 舶邸：船舱。舶，大船；邸，传舍，即今旅馆。旧时长江轮船上有统舱、官舱、客舱等大小房间，故诗中比它为传舍的房间。伧楚：泛称江淮一带的人。玄应《一切经音义》："《晋阳秋》曰：吴人谓中州人为伧人，俗又总谓江淮间杂楚为伧人。"

③ 于湖：古地名。故址在今安徽芜湖。

④ "未忘"句：陆机《为顾彦先赠妇》："京洛多风尘，素衣化为缁。"尘务，世事。此指八国联军入侵京都事。京洛，洛阳。周平王东迁建都于此，东汉光武帝亦建都洛阳，因称。此指北京。

⑤ 跻：登。荆蛮：古代中原地区泛称江南楚地之民为"荆蛮"。元末画家倪瓒别名"荆蛮民"（见彭蕴璨《历代画史汇传》）。

⑥ 舶趠（秒 chào）风：苏轼《舶趠风诗序》："吴中梅雨既过，飒然清风弥旬，岁岁如此，吴人谓之舶趠风。"开阖：开合。

蟂矶

落帆昔入刘郎浦①，驭风今过灵泽矶②。坛垣荒荒石数级③，萑苇骚骚江四围④。神鸦敛翅危突烟⑤，潜虬戢浪轮人机⑥。吴侯少年不了事,草草兵谋输女弟⑦。帐前侍婢浪狰狞⑧,世上英雄能决弃⑨。蜀道吴江望渺然⑩,月下玉人方宠贵⑪。至今激浪拥回潮⑫,中有吴娥滴酸泪⑬。兵车会绌纵横施⑭,甥舅恩深婚媾尊⑮。周郎计失未须笑⑯,还有西欧那破仑⑰。

【题解】

　　蟂(消 xiāo)矶原在安徽芜湖西七里长江中,今已与岸相连。相传三国时蜀汉刘备孙夫人自沉于此,后人建庙,称灵泽夫人祠。顾炎武《日知录》:"按《水经注》,武陵,屦陵县故城,王莽更名屦陆也。刘备孙夫人,权妹也,又更修之,则是随昭烈而至荆州矣。《蜀志》曰:'先主既定益州,而孙夫人还吴。'又裴松之注引《赵云列传》曰:'先主入益州,云领留营司马。时孙夫人以权妹骄豪,多将吴吏兵,纵横不法。先主以云严重,必能整齐,特任掌内事。权闻备西征,大遣舟船迎妹,而夫人欲将后主还吴。云与张飞勒兵截江,乃得后主还。'是孙夫人自荆州复归于权,而后不知所终,蟂矶之传殆妄。"又据孙志祖《读书脞录续编》:"案夫人之还吴与沉江,俱未可知,不得竟断为妄也。且宋黄庭坚文云:'矶有灵泽夫人庙,相传蜀先主夫人葬此。'元林坤《诚斋杂记》云:'先主入蜀,权遣船迎妹,妹回至焦矶,溺水而死,今俗呼为焦矶娘娘。'则自宋元以来相传久矣。"

【注释】

① 落帆:降下船帆。帆,船帆。刘郎浦:地名,在今湖北石首西北沙步,一名刘郎洑,相传为刘备纳孙权妹之处。杜甫《发刘郎浦》:"挂帆早发刘郎浦。"按曾植于同治十一年(1872)入蜀就姻时经此。

② 驭风:同"御风",乘风。《庄子·逍遥游》:"列子御风而行。"灵泽矶,即蟂矶。

③ 荒荒：见前《野哭》注①。

④ 萑（环 huán）苇：即芦苇。《诗·小雅·小弁》："萑苇淠淠。"骚骚：风劲貌。张衡《思玄赋》："拂穹岫之骚骚。"

⑤ 神鸦：即乌鸦。范成大《吴船录》："凝真观前有驯鸦，客舟将来，迎于数里之外，舟过亦送数里，土人谓之神鸦。"危突：高高的烟囱。突，烟突。

⑥ 潜虬：传说中的水中蛟龙。左思《吴都赋》："出潜虬。"戢（急 jí）浪：息浪，使浪逐渐平静。轮人：周官名，掌制造车轮及有关部件。《周礼·考工记》："轮人为轮。"又："轮人为盖。"

⑦ "吴侯"二句：意指孙权用计不成，反而将妹妹输给刘备作夫人的故事。《三国志·蜀书·先主传》："琦病死，群下推先主为荆州牧，治公安。权稍畏之，进妹固好，先主至京见权，绸缪恩纪。"吴侯，指孙权。权曾封南昌侯。不了事，不懂事，糊涂。草草，劳心。《诗·小雅·巷伯》："劳人草草。"女弟，妹妹。

⑧ "帐前"句：《三国志·蜀书·法正传》："初，孙权以妹妻先主，妹才捷刚猛，有诸兄之风。侍婢百馀人，皆亲执刀侍立；先主每入，衷心常凛凛。"浪，徒然。

⑨ 世上英雄：指刘备。《三国志·蜀书·先主传》："曹公（操）从容谓先主曰：'今天下英雄，惟使君与操耳。'"决弃：决绝；舍弃。

⑩ "蜀道"句：孙志祖《读书脞录续编》："庙有对联'思亲泪落吴江冷，望帝魂归蜀道难'二语，亦雅切，徐文长撰。"句意本此。

⑪ 月下玉人：指刘备甘后。王嘉《拾遗记》："先主甘后，沛人也。生于贱微。里中相者云：'此女后贵，位极宫掖。'及后长，而体貌特异。至十八，玉质柔肌，态媚容冶。先主及入绡帐中，于户外望者如月下聚雪。河南献玉人，高三尺，乃取玉人置后侧，昼则讲说军谋，夕则拥后而玩玉人。常称：'玉之所贵，德比君子，况为人形而不可玩乎？'后与玉人洁白齐润，观者殆相乱惑，嬖宠者非惟嫉于甘后，亦妒于玉人也。"宠

贵：宠幸。

⑫ "至今"句：王士禛《蟂矶灵泽夫人祠》："都将家国无穷恨,分付浔阳上下潮。"句意本此。

⑬ 吴娥：吴地女子,指孙夫人。

⑭ 兵车会：《穀梁传·庄公二十七年》："兵车之会四,未尝有大战也,爱民也。"兵车,战车。绌：不足;减损。纵横：战国时的纵横家。《韩非子》："从衡之党……而借力于国。从者,合众弱以攻一强也;而衡者,事一强以攻众弱也。"从衡即纵横。这句意指三国时谋士各逞其计。

⑮ "甥舅"句：《左传·昭公二十五年》："为父子、兄弟、姑姊、甥舅、昏媾、姻亚,以象天明。"

⑯ "周郎"句：《三国志·吴书·周瑜传》："故时人谣曰:曲有误,周郎顾。"按："周郎妙计安天下,赔了夫人又折兵。"《三国演义》中语。

⑰ 那破仑：今译作"拿破仑"。诗中所指,系拿破仑娶奥国女大公马利路易为后之事。1810年,拿破仑因前妻约瑟芬无出,欲娶一俄国公主为后,俄皇亚历山大不允,拿破仑转而娶奥国女大公马利路易为后,法俄因此不和,1812年,拿破仑乃亲率六十万大军征俄,攻占莫斯科城。后俄军在苏沃洛夫元帅统率下,断法军后路,大败拿破仑。事见韦尔斯《世界史纲》。

晚　　望

极望灞桐阔①,悲思六蓼残②。民援依德建③,祀古喟君难④。夜气蒸云合⑤,平湖拓涨宽⑥。漂流愁旅逸⑦,纤轸结忧端⑧。

【题解】

本诗与前诗同时作于曾植途经安徽安庆时。

【注释】

① 灊（前 qián）桐：霍山和桐城。灊，古县名，汉置，属庐江郡，隋时改置霍山县，今属安徽。桐，桐城。

② 六蓼：六国和蓼国，春秋时国名。《左传·文公五年》："六人叛楚即东夷。秋，楚成大心、仲归、帅师灭六。冬，楚子燮灭蓼。"杜预注："六国，今庐江六县（今六安）"，"蓼国，今安丰蓼县（今河南固始东蓼城冈）。"

③ "民援"句：意谓百姓的支持有赖于君王德政的建立。《左传·文公五年》："臧文仲闻六与蓼灭，曰：皋陶庭坚，不祀忽诸。德之不建，民之无援，哀哉！"

④ 祀古：祭祀古人，指上句中的祀皋陶、庭坚。皋陶，传说中舜的臣子，传为六国的先祖。庭坚，传说中的"八恺"之一。一说庭坚是皋陶的字。喟君难：感叹为君之难。《论语·子路》："为君难。"

⑤ "夜气"句：孟浩然《望洞庭湖上张丞相》："气蒸云梦泽。"蒸，升腾。

⑥ 平湖：指漳湖。在安徽望江东北六十里。《大清一统志》载此湖"广四十里，袤六十里"。拓涨宽：因水涨而拓宽了湖面。

⑦ 旅逸：见前《车中口占》注⑤。

⑧ 纡轸：委屈和隐忧。《楚辞·九章·惜诵》："心郁结而纡轸。"结忧端：忧思聚结。谢灵运《长歌行》："顾已识忧端。"

石遗书来却寄

浩劫微生聚散看①，空江老眼对辛酸。河山落日沧浪色②，兄弟危时冗散官③。肠绕蓟门通梦远④，石穷滇海化禽难⑤。邗江鄂渚书邮返⑥，叠鼓鸣笳烛泪残⑦。

【题解】

　　本诗作于光绪二十六年(1900)夏，曾植在扬州。时八国联军进犯京津，陈衍(石遗)子声渐、曾植弟曾桐均在京师，石遗有诗《用苏堪韵送子培，时子培有弟，余有子均在北方乱中》相寄，此诗为和作。

【注释】

① 浩劫：佛家语，佛家称天地由成、住、坏、空为一劫。后人常以浩劫指称巨大的灾难。微生：见前《野哭》诗注㉖。

② 沧浪色：陆机《塘上行》李善注："《孟子》曰：'沧浪之水清。'沧浪，水色也。"

③ 冗散：多馀闲散。《汉书·张周赵任申屠传》："故冗官居其中。"《南齐书·武十七王传》："政当作散官。"冗散官，指有官名而无固定职事的官。按，时曾植弟曾桐在京师为官。

④ 肠绕：形容思念心切。《三国志·吴书·孙破虏讨逆传》注："母怀妊坚，梦肠出绕吴阊门，寤而惧之，以告邻母。曰：'安知非吉徵也？'"蓟门：今北京德胜门传为古蓟门遗址，"蓟门烟树"乃昔之"京师八景"之一。

⑤ "石穷"句：用精卫衔石填海的神话(见《邀游在何所行》注㉜。)此谓回天无力。穷，尽。

⑥ 邗江：又名"邗沟"，江苏境内自扬州西北至淮安北入淮的一段运河。鄂渚：在今湖北武昌西长江中。时曾植在扬州，陈衍在武昌。故云。书邮：传送书信。

⑦ 叠鼓鸣笳：岑参《献封大夫破播仙凯歌》："鸣笳叠鼓拥回军，破国平蕃昔未闻。"烛泪：蜡烛燃烧时流下的烛蜡，如泪下状，因称。白居易《谕

妓》:"烛泪夜粘桃叶袖。"

题徐积馀《定林访碑图》(四首)

六代山川满眼中①,长衢广广逝波空②。披图最识徐
卿意③,自剔残碑踏薛丛④。

风烟焦麓昔心悸,雨壁定林今墨凝⑤。我与龟堂同念
乱⑥,小朝何敢薄隆兴⑦。

花枝娅妊冶城北⑧,来及平台啜茗时⑨。蓄缩雕虫壮
夫老⑩,燃脂甘读女郎词⑪。

吴蜀经行总惘然⑫,荆舒得失过云烟⑬。明朝戴笠骑
驴去⑭,试酌僧光一笕泉⑮。

【题解】

本诗作于光绪二十七年(1901)。诗题徐积馀,名乃昌,号随庵,安徽
南陵人。光绪二十年(1894)举人,官江苏盐法道。狄葆贤《平等阁诗
话》:"南陵徐积馀宦游白下(南京),好古綦笃。(光绪)丙申(1896)之秋,
尝借郑太夷(孝胥)诸名士,诣定林寻陆务观(游)题名处,倩人写《定林访
碑图》行卷,题者綦众,郑太夷云:'题名岩腹墨犹濡,惘惘相看入画图。
一段烟云成故事,十年江汉老今吾。钟山游侣踪谁继?乾道诗人世已

无。剩就徐郎求揭本，霜筠雪竹共模糊。'辛丑岁沈子培题云云（按，即本
诗），清词隽句，辉映画图，千祀而过，当亦有好事者称述弗衰也。"又张謇
《酬徐积徐太守定林访碑图十二韵》自注："丙申七月，积徐与梁节庵、郑
太夷、刘聚山、况葵生、周仪同游钟山，得陆放翁题名。"　　定林，南京禅
寺名。《建康志》："定林寺有二，上定林寺旧在蒋山应潮井后，宋元嘉十
六年，禅僧竺法秀造，在下定林寺之西。乾道间，僧善鉴请其额于方山，
重建下定林寺，在蒋山宝公塔西北，宋元嘉元年置，后废。今为定林庵，
王安石旧读书处。"按，宋乾道元年七月四日陆游赴通判隆兴军事任时至
南京，冒大雨独游定林寺，并曾题名于此。

【注释】

① 六代山川：南京为三国时吴，南北朝时东晋、宋、齐、梁、陈六代建都之
　地，称六代山川，寓历史悠久之意。

② 长衢：长街；大街。《古诗十九首》："长衢罗夹巷。"广（旷 kuàng）广：
　空旷貌。《汉书·武五子传》："横术何广广兮，固知国中之无人。"逝
　波：逝水，喻已逝的时光。参前《月夕寄五弟》注⑦。

③ 披图：打开画卷。徐卿：徐积徐。

④ 剔：指剔除残碑上的污物。

⑤ "风烟"二句：写陆游当年的行踪。陆游《入蜀记》："乾道六年七月八
　日晨，至钟山道林真觉大师塔焚香，塔后又有定林庵。旧闻先君言，李
　伯时画王文公象于庵之昭文斋壁，著帽束带，神彩如生。文公没，斋常
　扃闭，遇重客至，寺僧开户，客忽见象，皆惊耸，觉生气逼人，写照之妙
　如此。今庵经火，尺椽无复存者。予乙酉（乾道元年）秋尝雨中独来
　游，留字壁间。后人移刻崖石，读之感叹，盖已五、六年矣。"焦麓，见前
　《丹徒渡江》注⑦。

⑥ 龟堂：陆游晚年的号。俞正燮《癸巳存稿》："陆游晚号龟堂，取龟有三
　义；《自述》云：'拜赐龟章纡旧紫，养成鹤发扫馀青。'龟贵，一义也；《长

饥》云：'早年羞学仗下马，末路幸似泥中龟。'龟闲，一义也；《杂兴》云：'鼻观舌根俱得道，悠悠谁识老龟堂。'龟寿，一义也。"

⑦ 小朝：小朝廷，偏安一隅的朝廷。《宋史·胡铨传》："臣有赴东海而死耳，宁能处小朝廷求活耶？"隆兴：宋孝宗年号，凡癸未（1163）、甲申（1164）两年。按：曾植作此诗时，值八国联军占领北京，慈禧太后与光绪帝西逃西安以后，因称"同念乱"而发此"何敢薄隆兴"之感慨。

⑧ 花枝娅姹（亚诧 yà chà）：黄庭坚《同尧民游灵源庙廖献臣置酒用马陵二字赋诗》："花柳轻娅姹。"王士祯《曹正子邀同家兄子侧及诸君丰台看芍药晚过祖氏园亭》："花枝娅姹雨廉纤。"娅姹，又作娅姹，明媚、美丽貌。冶城：古城名。在今南京市朝天宫附近。《大清一统志》："冶城在上元县西。张敦颐《六朝事迹》：'本吴冶铸之所，因以为名。'《寰宇记》：'晋王导疾，方士戴洋云："君命在申，而申地有冶，金火相烁，不利。"遂移冶城于石头城东，以其地为冶城园。古冶城在上元县西五里，隋开皇九年，移江宁县冶城。'《舆地纪胜》：'嘉定中，制帅黄度即冶城山建冶城楼，为一郡登览之盛。'"

⑨ 啜茗：品茶。杜甫《重过何氏五首》之二："落日平台上，春风啜茗时。"此句指本年春曾植南京之游。

⑩ 蓄缩：退缩，懈怠。《汉书·息夫躬传》："方今丞相王嘉健而蓄缩，不可用。"此用作谦词，自谓无能。雕虫壮夫：扬雄《法言》："或问吾子少而好赋，曰：'然！童子雕虫篆刻。'俄而曰：'壮夫不为也。'"雕虫，对文人雕辞琢句的讥称。此以雕虫壮夫自称，有自谦之意。

⑪ 燃脂：点燃油脂以照明，暗喻人至老年。徐陵《玉台新咏序》："然脂暝写。"女郎词：元好问《论诗绝句》："始知渠是女郎诗。"

⑫ 吴蜀经行：陆游曾通判建康府、隆兴府，均属古代吴地；后又入蜀，通判夔州，王炎宣抚川陕，辟为干办公事，范成大帅蜀，又为参议官。曾植亦于同治十一年（1872）入蜀就姻，故云。经行，佛家语。佛教徒因养身散除郁闷，往返于一定之地，称经行。此指往返。惘然：自失貌。

《世说新语·俭啬》:"恺惘然有失。"

⑬ 荆舒得失:指王安石变法中的浮沉。《宋史·王安石传》:"封舒国公。元丰三年,改封荆。崇宁三年,追封舒王。"此借以指戊戌变法。过云烟:过眼云烟,比喻事物很快消失。洪亮吉《北江诗话》:"盖胜地园林,亦如名人书画,过眼云烟,未有百年不易主者。"

⑭ 戴笠骑驴:指归隐。《晏子春秋·内篇谏上》:"君将戴笠衣褐。"叶梦得《石林山堂记》:"王荆公平生不喜坐,非睡即行。居钟山,每饭已,必跨一驴,一至山中,或西庵,或定林。"

⑮ "试酌"句:王安石《道光泉诗》李璧注:《建康志》:"道光泉在蒋山之西,梁灵曜寺之前。熙宁八年,僧道光披榛莽得之,其深五尺,穴竹引注寺中,由岭至寺凡三百步,有舒王手植二松于其旁。其后道光又得二泉,合为一派,主寺者作屋覆其上,名曰蒙泉。以此泉得之道光,故名道光泉。王平甫作记。"僧光泉指此。笕(捡 jiǎn),引水的长竹管。白居易《石函记》:"钱塘湖北有石函,南有笕,放水溉田。"

新正六日,自十二圩至镇江,独游金山江天禅林

百里遥瞻窣堵波①,岩阶拾级转坡陀②。溯流不汩中泠泠③,云气常随北顾多④。末法定僧依槁木⑤,大身香象蹴奔河⑥。庄严世界终无尽⑦,未信诸天瞥眼过⑧。

【题解】

光绪二十七年辛丑(1901)除夕,沈曾植溯江至十二圩长兄曾棨官舍度岁,此诗为光绪二十八年(1902)新正所作。诗题十二圩,地属扬州。

金山则在今江苏镇江西北,原在长江中,后泥沙渐淤,遂与长江南岸相联。山上有江天禅寺,旧名泽心,康熙二十五年(1686)赐额江天寺。咸丰三年(1853)惜毁于炮火,同治十年(1871)重建之。

【注释】

① 遥瞻:远望。窣堵波:梵语译音,又作"浮图",指塔。《大唐西域记》:"窣堵波,即旧所谓浮图也,又曰偷婆,又曰塔婆,又曰私偷簸,又曰数斗波,皆讹也。"按,金山塔在定蟒洞侧,唐云坦禅师建。

② 拾级:逐级登阶。坡陀:又作"陂陀",长而不平的阶梯。《楚辞·招魂》:"侍陂陀些。"王逸《章句》:"陂陀,长陛也。"

③ 溯流:逆水而上。汨:流。中泠:泉名。在今镇江西北石山簿东。素有"天下第一泉"之称。

④ 北顾:山名。又作"北固",在今镇江北。梁武帝登此山,谓此处"北望海口,实为壮观,以理而推,宜改为顾望之顾",因又称北顾。详《太平御览》引刘桢《京口记》。

⑤ 末法:佛家语。参前《题王石谷仿江贯道山水直幅》注㉔。定僧依槁木:《丹徒县志》:"焦山枯木法成禅师嗣法曹洞芙蓉楷,住东京净因,次住金山,移焦山,卒。"定僧,入定的僧人。佛教徒静坐参禅,长坐不卧呆若枯木,称枯禅,其打坐的房间,称枯木堂。槁木,枯木。

⑥ 大身香象:《丹徒县志》:"石公山在城北九里,滨江,山形如双象,一名象山。"大身,佛家语,对丈六之小身而言,为遍虚空之大化身。《菩萨璎珞经》:"过去无数世佛,号大身尊。"蹴奔河:《大般涅槃经》:"如彼驶河,能漂香象。"又《景德传灯录》:"亦如香象截流而过,更无疑滞。"又:"菩萨在定,闻香象渡河。"按,香象渡河,佛教中用以喻佛菩萨证道之深。此处切象山,又暗用佛典。蹴,踏。

⑦ 庄严世界:佛家语。佛教称以善美饰世界,谓庄严世界。《大方广佛华严经》:"此华藏庄严世界海,是毗卢遮那如来,往昔于世界海微尘数

劫修菩萨行时,一一劫中,亲近世界海微尘数佛,一一佛所,净修世界海微尘数,大愿之所严净。"

⑧ 诸天:佛家语。佛教称自四天王天至非有想、非无想天,总谓之诸天。《阿毗达磨大毗婆沙论》:"问诸天住在何处。答曰:四大王众天住七金山及妙高山四层级上并日月星中,三十二天住妙高山顶,夜摩乃至色究竟天皆在空中,密云如地,各有宫殿,于中居止。无色界天无形色,故无别处住。"

湖楼公宴奉呈湘绮

诀荡湖山偶主宾①,危楼百尺谢风尘②。江流不隔中原望③,塔影难回梵劫春④。阅世衣冠都似梦⑤,会心鱼鸟故亲人⑥。南来兰浪诚何事⑦,且伴先生一垫巾⑧。

【题解】

本诗作于光绪三十年(1904)。时曾植官南昌知府,署江西督粮道。据王闿运《湘绮楼日记》:光绪二十九年(1903)十一月十日,应江西巡抚夏时聘至南昌,岁暮归。次年复往,主讲豫章书院。此诗有"春"字,甲辰春作。诗题中湘绮,指王闿运。闿运字壬秋,又字壬父,湖南湘潭人。咸丰五年(1855)举人,为晚清诗坛湘湖派首领,有《湘绮楼诗集》。

【注释】

① 诀(迭 dié)荡:旷荡貌。《汉书·礼乐志》:"天门开,诀荡荡。"偶方宾:柳宗元《雨后晓行独至愚溪北池》:"偶此成宾主。"此用其意,谓自己和

湖山彼此投合,宾主相得。

② 危楼:犹高楼。王逵句:"斜倚危楼百尺高。"又《三国志·魏书·陈登传》:"(许)氾曰:'昔遭乱过下邳,见元龙。元龙无客主之意……自上大床卧,使客卧下床。'(刘)备曰:'君有国士之名,今天下大乱,帝主失所,望君忧国忘家,有救世之意,而君求田问舍,言无可采,如小人,欲卧百尺楼上,卧君于地,何但上下床之间邪?'"谢风尘:与风尘隔绝。《宣和书谱》:"层台缓步,高谢风尘。"

③ "江流"句:苏轼《龟山》:"地隔中原劳北望。"此翻用其意,谓虽有江流相隔,但隔不断自己对中原局势的思念。

④ 塔影:指绳金塔,在南昌进贤门外绳金塔寺内,唐天祐中建。梵劫:佛劫。梵,即佛。劫,见前《石遗书来却寄》诗注①。

⑤ 阅世:经历世事。刘禹锡《送张盥赴举》:"况今三十载,阅世难重陈。"衣冠:指为官。见前《野哭》诗注⑤。

⑥ "会心"句:《世说新语·言语第二》:"简文入华林园,顾谓左右曰:会心处不必在远,翳然林木,便自有濠濮间想也。觉鸟兽禽鱼,自来亲人。"此处用此典,寓寄情山水自得其乐之意。会心,领悟。亲人,亲近之人。

⑦ 兰浪:即澜浪,浪荡。胡仔《苕溪渔隐丛话》:"东坡云:鲁直作《渔父词》云:'新妇矶头眉黛愁,女儿浦口眼波秋。'才出新妇矶,又入女儿浦,此渔父无乃太澜浪也。"又吴炯《五总志》:"温公一日至独乐园,园吏视公太息曰:方花木盛时,公一出数十日。不惟老却春色,亦不曾看一行书,可惜澜浪却相公也。"

⑧ 垫巾:《后汉书·郭泰传》:"尝于陈梁间行,遇雨,巾一角垫。时人乃故折巾一角,以为林宗巾。"林宗,郭泰字。

题俞策臣师画册(七首选三)

溪水无声夕照红,山村进艇不须风①。橛头船上收渔具②,捆楫眯睰一睡翁③。

山气阇无昼④,惨惨云而风⑤。疲民魇若寐⑥,危石支孤笻⑦。青坂晓弃师⑧,甘泉夕传烽⑨。百里雷震惊,九天雾冥蒙⑩。髫年识此境⑪,播越军都东⑫。慈母抚诸孤,寒宵泪灯红⑬。沙河长铍夹⑭,南寺毗沙雄⑮。噩梦印不忘⑯,童心弱能容⑰。先生昔画此,触境膺忡忡⑱。去之四十年,兹怀耿犹逢⑲。我生遘多难,浩浩将焉穷⑳。

长松落晨阴㉑,乳窦渗云液㉒。道人避世久㉓,瞑诵二三策㉔。晞发迎朝阳㉕,烹茶掬古雪㉖。林外若有人㉗,知非异方客㉘。

【题解】

　　本诗作于光绪三十三年(1907)安徽提学使任上。所选原列第一、第二、第四首。曾植《自跋》:"右俞策臣先生画六页,咸丰辛酉(1861)居南横街老屋东厢时作也。先生讳功懋,号幼珊,以优贡知县需次上都,适馆余家。余时年十二,从先生授《小戴礼》、唐人诗歌。先生甚爱余也,而未尝勤勤督课。率禹中出游,夜漏下乃归。归而与戟廷兄纵谈朝士见闻,兵事胜败,阛阓优侏、游侠戏乐,诙朝跌宕,穷日夜不倦。兄出,即作画,能兼习诸家法,墨法深厚,而青绿著色尤巧密。钱湘吟侍郎激赏之。居半载,从侍郎适南楚,濒行,余流涕牵衣不忍别。先生乃留是册,以慰余也。后先生令粤东,(光绪)戊寅(1878)、辛巳(1881),余适粤,再相见。得尽观所藏书画,杂糅多伪品,乃知先生画固得自天才,非关学力。是时先生好为诗,出入温、韦,多才语,而画不数作,意气亦非复从前豪宕矣。甲申(1884)乙酉(1885)之间,罢官归,未几而卒。吾乡近日画史,殆无有能知先生姓氏者。光绪丁未(1907)新正曾植敬识。"诗题俞策臣,浙江海盐人。

【注释】

① 进艇:杜甫有《进艇诗》。

② 橛头船:小木船。张志和《渔父歌》:"钓车子,橛头船,乐在风波不用仙。"

③ 栧:船桨。瞇瞇(密痴 mì chī):微合双眼。

④ 阁:昏暗。

⑤ 惨惨:忧伤貌。《诗·小雅·正月》:"忧心惨惨。"毛传:"惨惨,犹戚戚也。"又,王士禛《雪中寄宗定九东原兼呈司勋先生》:"天色惨惨云而风。"

⑥ 疲民:劳累的百姓。《周礼·大司寇》:"以嘉石平疲民。"魇(眼 yǎn):恶梦。

⑦ 孤筇:孤竹杖。

⑧ 青坂:为唐代房琯官军驻守之地,约在咸阳西南。安史之乱起,陈涛斜败后,房琯持重不进,中官促之,率军再战,又败。此处用以写咸丰十年(1860),英法联军入侵,攻占大沽、天津等地,清军败退。杜甫《悲青坂》诗:"我军青坂在东门,天寒饮马太白窟。"弃师:战败。

⑨ 甘泉:汉宫名,在长安。《汉书·匈奴传》:"胡骑入代句注边,烽火通于长安、甘泉数月。"此用以指代京城。英法联军于七月攻占天津后,

即向北京进逼。北京告急。

⑩ 百里雷震惊：《易》："震惊百里。"孔颖达正义："先儒皆云：雷之发声，闻乎百里。"九天：古代称天有九重，说法不一，见《吕氏春秋》、《太玄经》等。此指天。《楚辞·九歌·少司命》："登九天兮抚彗星。"冥蒙：不明貌。左思《吴都赋》："迥眺冥象。"按，咸丰十年（1860）八月，英法联军逼近北京，朝廷震惊，咸丰帝仓皇逃奔热河，联军占领北京后，大肆劫掠，并焚毁了圆明园。此二句记此事。

⑪ 髫（条 tiáo）年：童年。《说文新附》："髫，小儿垂结也。"按，曾植十二岁时在北京，英法联军入侵时，随母及叔父等避走昌平。

⑫ 播越：离散；流亡。《左传·昭公二十六年》："兹不谷震荡播越，窜在荆蛮。"军都：县名，今北京昌平，西北有军都山，为太行八陉之一，主峰八达岭，明时在此建居庸关。

⑬ 泪灯：蜡烛灯。因蜡滴如泪，故名。

⑭ 沙河：即南沙河，在北京昌平南二十五里。铍（披 pī）夹：《左传·昭公二十七年》："夹之以铍。"铍：兵器，剑属，形如刀而两边有刃。

⑮ 南寺：指龙泉寺，在昌平西南五十里。毗沙：《大楼炭经》："须弥山王北去四万里，有天王，名毗沙门。"此指僧寺中四天王塑像。

⑯ 噩梦：恶梦。

⑰ 童心：童稚之心。《左传·襄公三十一年》："于是昭公十九年矣，犹有童心。"

⑱ 膺：胸。忡忡：忧愁貌。《诗·召南·草虫》："忧心忡忡。"

⑲ 耿：明。

⑳ "我生"二句：自注："记（咸丰）庚申（1860）岁从叔父连州公，外舅蓼生先生登昌平州城楼，四山黯黕，略如此画。时初闻圆明园警，虽童幼甚惨怛也。"按，其叔父名宗济，字廉仲，官至广东连州、直隶州知州。蓼生：李德莪，字蓼生，江苏新阳人，官四川川东道。遭，遭逢。浩浩，旷远貌。《诗·小雅·雨无正》："浩浩昊天。"将焉穷，即"何处是尽头"之意。

㉑ "长松"句：孙绰《游天台山赋》："荫落落之长松。"

㉒ 乳窦：石钟乳洞。鲍照《从登香炉峰》："乳窦通海碧。"云液：本指酒，此指泉水。吴筠《庐山云液泉赋》："滴乃云华之液。"

㉓ 道人：僧人。

㉔ 暝诵：默诵。二三策：《孟子》："吾于《武成》，取二三策而已。"策，简。

㉕ 晞发：散发使干。《楚辞·九歌》："晞女发兮阳之阿。"又，张衡《思玄赋》："晞余发于朝阳。"

㉖ 掬：双手捧取。古雪：李白《寻高凤石门中元丹丘》："溪深古雪在。"

㉗ 若有人：《楚辞·九歌·山鬼》："若有人兮山之阿。"

㉘ 异方：司马相如《子虚赋》："异方殊类。"

幽　禽

　　麴部终嫌丝管繁①，幽禽相对忽无言。何因一饮溪桥醉②，细雨斜风过柳村③。

【题解】

　　本诗作于宣统元年（1909），时在安徽布政使任上。幽禽，指幽居的鸟。

【注释】

① 麴部：又作"菊部"。宋时称宫中歌舞人员的班组。周密《癸辛杂志》："思陵（宋高宗）朝，掖庭有菊夫人者，善歌舞，妙音律，为仙韶院之冠，宫中号为菊部头。"丝管：弦乐和管乐。宋之问《桂州三月三日》："主

人丝管清且悲。"

② "何因"句：李群玉《寄友》："无因一向溪桥醉。"

③ "细雨"句：张志和《渔父词》："斜风细雨不须归。"

题宋芝山《晴江列岫图卷》(三首选二)

野市喧馀更寂①，秋山病后凝妆②。图绘胸中度世③，蜕元范宋晞唐④。

缥缈归云岫远，微茫极浦帆迟⑤。政尔黄农未没⑥，不知魏晋何时⑦。

【题解】

本诗作于宣统二年(1910)，时在安徽布政使任上。诗中所选原列第一、第二首。自注："宣统庚戌三月朔日，孺庵老人检校书箧书此。"曾植《题跋》："瘦笔腴色，参情悟趣，其契会尚在荆(浩)、关(仝)、范(宽)、郭(熙)以前，町畦未成而风期固已远矣。譬以唐文为皮(日休)、陆(龟蒙)，譬以宋诗则四灵(徐照、徐玑、翁卷、赵师秀)生乎雍(正)、乾(隆)以后，绝不乞灵太仓、常熟一笔，芝山诚有特操者哉。此于画学极有关，难为俗人道也。(光绪)壬寅(1902)小除日跬息轩书。"又："(民国)乙卯(1915)仲秋，重阅此卷，适陈仁先(曾寿)侍御以宣和御笔《晴麓归云》索题，两卷合观，信知芝山必曾见摩诘(王维)画者，余前题语为不谬，后题遂不堪重读，噫。"按，后题，即指此诗。题中宋芝山，名葆淳，字帅初，号芝山，山西安邑人。乾隆五十一年(1786)顺天孝廉，司铎隰州。所作山水，苍秀娴润,几自成家。

【注释】

① 喧馀:喧闹以后。

② 凝妆:盛妆。谢偃《新曲》:"凝妆艳粉复如神。"

③ 胸中度世:指全神贯注、忘乎一切的境界。陈师道《后山诗话》:"故谓诗非力学可致,正须胸中度世尔。"度世,出世;脱离世界。

④ "蜕元"句:意谓广泛学习唐、宋、元画家之长,自出机杼,蜕变出自己的风格。晞(希 xī),望,引申作学习。

⑤ 极浦:极远的水边。《楚辞·九歌》:"望涔阳兮极浦。"

⑥ 政尔:恰如。政,通"正",正好。黄农未没:意指时代古远。黄农:谓黄帝、神农。《史记·伯夷列传》:"神农虞夏,蠡焉没矣。"

⑦ "不知"句:陶潜《桃花源记》:"问今是何世,乃不知有汉,无论魏晋。"

阁夜示证刚

　　不待招邀入户庭①,龙山推分我忘形②。流连未免耽光景③,餔啜谁能较醉醒④。雨后百科争夏大⑤,风前一叶警秋蕭⑥。五更残月难留影⑦,起看苍龙大角星⑧。

【题解】

　　本诗作于宣统二年(1910)。时官安徽布政使。据李翊灼《海日楼诗补编序》:"丙午(1906)叟(曾植)被命提学于皖。己酉(1909),以皖藩摄巡抚事。闻予因学校事致劳瘁,亟召予。署有成园,园有天柱阁,叟之所葺也。阁凡五级,登临四望,近揽龙山,远招庐霍,长江衣带,旋绕襟袖,游目骋怀,致饶佳趣。叟政事闲暇,即相与放论其上,解题析义,唯辨风生,往往自昏达旦而无倦色。叟每乐甚,辄曰:'有此江阁以来,还有此主客不?'庚戌(1910),叟以国事日危。上书言大计。权贵恶之,留中不答。叟抚膺太息曰:'天乎!人力竟不足以挽之耶?'因赋《阁夜》长律见示云云。"李翊灼,字证刚,江西临川人,曾入沈曾植门下,研究佛学,曾任东北、北京、南京诸大学教授。诗题之阁,正指天柱阁,在今安徽怀宁。

【注释】

① "不待"句:苏轼《越州张中舍寿乐堂》:"青山偃塞如高人,常时不肯入官府。高人自与山有素,不待招邀满庭户。"此用其意,谓登阁远眺,青山不待相邀,自来眼底。

② 龙山:在怀宁城北三十里,为怀宁、桐城分界岭,以山势蜿蜒若龙,故名。推分:以自己的身分看待对方。《晋书·王导传》:"任真推分,淡如也。"此谓龙山将诗人看作知己。忘形:不拘形迹。《庄子·让王》:"故养志者忘形。"此谓忘记了自己与龙山的主客关系。

③ 流连:乐而忘返。光景:时光。元稹《唐故检校工部员外郎杜君墓系铭》:"盖吟写性灵,流连光景之文也。"

④ 铺啜:即"铺其糟而啜其醨",随波逐流之意。铺,食;啜,喝。较:分清。《楚辞·渔父》:"屈原曰:'世人皆浊我独清,众人皆醉我独醒,是以见放。'渔父曰:'圣人不凝滞于物,而能与世推移。世人皆浊,何不淈其泥而扬其波;众人皆醉,何不铺其糟而啜其醨?何故深思高举,自令放为?'"此处用此典,谓当今世上,无人能分清醉醒,辨明清浊。

⑤ 百科:泛指各种植物。《广雅》:"科,本也。"夏大:长大。《太平御览》:"《三礼义宗》曰:夏,大也,谓万物长大也。"

⑥ 一叶警秋蓍(灵 líng):强幼安《唐子西文录》:"唐人有诗云:'山僧不解数甲子,一叶落知天下秋。'"意谓看见一片落叶,便知秋季来临。秋

蕭,秋尽。蕭,零落。这二句以雨后风前的变化,喻当前时局。意谓新的力量在迅速增长,清室的命运岌岌可危。

⑦ "五更"句:暗喻清王朝终将亡覆。

⑧ 苍龙大角星:星宿名。苍龙,东方七宿角、亢、氐、房、心、尾、箕之总称。《史记·天官书》:"大角者,天王帝廷。"此暗指清帝。

燕亭宴坐

　　检点琴书坐悄然①,簟纹如水乍凉天②。偶成平子归田计③,已愧王家誓墓年④。江上断云含雨去⑤,沙头征雁警秋先。浮屠三宿能无意⑥,莫作西河泪眼传⑦。

【题解】

　　本诗作于宣统二年(1910)。时曾植在署安徽布政使护理巡抚任上,将引退。诗题燕亭,据王蘧常《沈寐叟年谱》云:"安徽布政使内署北成园之东北,为拄笏亭。"燕亭即指此亭。题云"宴坐",亦闲坐之意。白居易有诗云:"宴坐小池畔。"

【注释】

① 琴书:琴和书。陶潜《归去来辞》李善注:"刘歆《遂初赋》曰:玩琴书以涤畅。"坐悄然:杜甫《奉先刘少府新画山水障歌》:"悄然坐我天姥下。"悄然,忧愁貌。

② "簟纹"句:苏轼《南堂》:"簟纹如水帐如烟。"簟纹,竹席上的纹路。

③ "偶成"句:平子,张衡的字。张衡《归田赋》李周翰注:"衡游京师,四

十不仕。顺帝时，阉官用事，欲归田里，故作是赋。"按，曾植于光绪三十三年(1907)出任安徽布政使，次年八月护理安徽巡抚。本年，曾植上书言大计，为权贵所恶，留中不答。适值贝子载振出皖境，当道命藩库支巨款供张，曾植不允，结怨于当局，因生归田之意。六月，曾植乞退。此句即指此事。

④ 王家誓墓年：晋王羲之与王述情好不协，羲之为会稽内史，述后检察会稽郡，羲之深耻之，慨然称疾去郡，于父母墓前自誓不复出仕。见《太平御览》引《晋中兴书》。后人因以誓墓称去官归隐。这里用此典，寓自愧归田已晚之意。

⑤ "江上"句：韩偓《春尽》："断云含雨入孤村。"

⑥ 浮屠三宿：见前《发汉口》诗注④。

⑦ 西河泪眼：《吕氏春秋·仲冬纪》："吴起治西河之外，王错谮之于魏武侯，武侯使人召之。吴起至于岸门，止车而休，望西河，泣数行而下。其仆谓之曰：'窃观公之意，视舍天下若舍屣。今去西河而泣，何也？'吴起雪泣应之曰：'子不识。君诚知我而使我，毕能，西河可以王。今君听谗人之议而不知我，西河之为秦取不久矣。魏从此削矣。'吴起果去魏入荆，有间，西河毕入秦。魏日以削，秦日益大，此吴起之所以先见而泣也。"这里用此典，寄对潜人当道、清室危殆的忧虑和感慨。

西湖杂诗（十七首选十）

残年泛泛住虚舟①，也作西湖十日留。卅载童心凄不返，余官巷北阿姨楼②。

湖上波光罨雪光③,张祠清绝胜刘庄④。仙人自爱楼居好,六面屏山晓镜妆⑤。

游船平浅泛艖艒⑥,隔一牛鸣路转纤⑦。消得桑蓬残习否⑧,中流容与数鸥凫⑨。

山僧自说宾王裔⑩,墓祭都归处士家⑪。天壤偶然名氏纪⑫,南枝雪绽岳坟花⑬。

石罅苔花朱不枯⑭,空岩乳水静春揄⑮。枫林一叶吊霜艳⑯,竹翠万梢矜雪腴⑰。

雪湖游罢思月湖,月来可惜云模糊⑱。天公不请亦饶假,放汝烟波充钓徒⑲。

过眼沧桑记总难⑳,酒悲万事触汍澜㉑。西湖犹是销金窟,一勺谁知沧海宽㉒。

山环一匝带湖腰㉓,可惜亭台半水坳。欲与元龙商建筑㉔,吴山高处酹胥潮㉕。

江门帆点夕阳明㉖,江上愁心向晚生㉗。我寄悲怀东海若㉘,要回胥种荡蓬瀛㉙。

湖沙眇莽月冥蒙^⑩，可有千潭一印通^㉛。输与老夫探夜壑，飞来原在户庭中^㉜。

【题解】

本诗作于宣统二年(1910)冬。曾植《与朱彊村书》："冬月明圣泛舟，灵山韶䕶，颇有领会，得诗十馀首。"又李翊灼《海日楼诗补编序》："庚戌，访叟嘉兴，快聚匝月，即偕作西湖游。时长至前旬日也。湖山幽闭，杳无游人，静对荒寒，宛若置身于倪瓒画稿中。叟笑曰：'余辈可谓孤芳自赏者已。'乃尽十日之力，遍览湖山之胜。素妆西子，不御铅华，而风韵天然，偏多真趣，寒山诗所谓'皮骨脱落尽，唯有真实在'者，良堪移赠。叟有句云'应心开净域，凡圣无殊差'，盖契证语也。而湖君好事，似忧嘉客堕入枯禅，十日之中，晴晦、雨雪、风月，几无不备。寂然境中，妙现神变，枯木寒岩，顿有生意。"所选十首，原列第一、二、三、四、六、七、八、九、十一、十四首。

【注释】

① 残年：老年。《列子·汤问》："以残年馀力。"泛泛：漂浮貌。虚舟：空船，也指轻便的木船。语本《庄子·列御寇》："其生也若浮，其死也若休，泛若不系之舟，虚而遨游。"

② "卅载"二句：自注："(光绪)辛巳(1877)东游，馆于余官巷金氏姨母家，今后人移湖墅矣。"余官巷，杭州巷名。

③ 罨(掩 yǎn)：覆盖。

④ 张祠：张公祠，在西湖断桥东宝石山麓，为清人张曜祠。刘庄：又称水竹居，在杭州丁家山前，滨临西湖，为香山刘学询别业。

⑤ "仙人"二句：《史记·封禅书》："且仙人好楼居。"胡祥翰《西湖新志》："张公祠有楼一角，额曰'水明'。跋曰：'湖楼多一面临水，此独擅内外湖之胜，复穿池引湖水绕其前，为桥曲曲以环之，山光波渌，相映相带，

望之不尽。月夜凭瞩，四界空明，若坐晶宫玉宇矣。'"山屏，以山作屏障。

⑥ 艖艀（茶符 chá fú）：扬雄《方言》："南楚江湘，凡船大者谓之舸，小舸谓之艖。"又："艇长而薄者谓之艞，短而深者谓之艀。"注："艀，今江东呼艖艀者。"

⑦ 一牛鸣：梵语"拘卢舍"意译，长度单位。一拘卢舍，合四百丈。《大唐西域记》："穷微之数，分一逾缮那为八拘卢舍。拘卢舍者，谓大牛鸣声所极闻，称拘卢舍。"纡：屈曲回旋。

⑧ "消得"句：《大方广佛华严经》："离一切烦恼心垢及其馀习。"此用其意，谓西湖的湖光山色能消除自己年轻时的远大抱负否。桑蓬，桑弧蓬矢的省语。《礼记·内则》："国君世子生……射人以桑弧蓬矢六，射天地四方。"郑玄注："桑弧蓬矢，本太古也；天地四方，男子所有事也。"后因以桑弧蓬矢指远大志向。

⑨ 容与：宽舒自在貌。《楚辞·离骚》："遵赤水而容与。"

⑩ 山僧：指灵隐寺的僧人。灵隐寺在杭州西湖西灵隐山麓。宾王：唐诗人骆宾王。据《万历钱塘县志》："骆宾王，义乌人。文明中，与李敬业起义广陵。业败，遁灵隐山为僧。宋之问至寺，夜吟不属，宾王隔垣朗吟终之，世所传'楼观沧海日，门对浙江潮'二语是也。质明求见，则避去矣。竟卒于寺。今天香院是其隐处。"裔：后代。

⑪ 处士：指宋诗人林和靖。《万历钱塘县志》："和靖处士林逋墓在孤山之阴。"高翥《拜林和靖墓》："惟是年年寒食日，游人来与酹芳尊。"

⑫ 天壤：天地。《战国策·齐策》："名与天壤相敝也。"喻事物的经古不朽。

⑬ "南枝"句：据《万历钱塘县志》："岳王庙在栖霞岭之阳，墓在祠右。初，飞潜瘗九曲丛祠，孝宗时改葬是处，墓木皆南向。"又胡祥翰《西湖新志》："墓旧有南枝树，今已不存矣。"

⑭ 石罅（下 xià）：石间缝隙。苔花：苔类植物的花。

⑮ 乳水：石岩上的滴水。舂揄：《诗·大雅·生民》："或舂或揄。"舂，曰舂稻谷；揄，从石臼中舀出米。此喻"乳水"下滴时断断续续的声音。

⑯ "枫林"二句：自注："韬光至龙井行万竹中。"吊霜艳，枫林红色，故云霜艳。凋零已剩一叶，故吊之。

⑰ 矜雪腴：丛竹傲雪，经雪而翠色更见敷腴，故云。矜，傲。

⑱ "雪湖"二句：自注："月湖不如雪湖，樊榭诗语。"按，厉鹗，字太鸿，钱塘（今杭州）人，祖本慈溪，故以四明山樊榭名其集。其《春湖夜泛歌》云："晴湖不如游雨湖，雨湖不如游月湖。"厉氏自注："二语出明张合《宙载》，乃当时杭谚。"曾植自注语，有误。

⑲ 烟波钓徒：《新唐书·张志和传》："居江湖，自称烟波钓徒。"又，查慎行《连日恩赐鲜鱼恭纪诗》："笠檐簑袂平生梦，臣本烟波一钓徒。"

⑳ 过眼沧桑：谓经历世变。沧桑，见前《题赵吴兴鸥波亭图》诗注⑧。

㉑ 酒悲：白居易《答劝酒》："谁料平生狂酒客，如今变作酒悲人。"朱翌《猗觉寮杂记》："饮酒而泣曰酒悲。"汍澜：泪流貌。《后汉书·冯衍传》："泪汍澜而雨集兮。"

㉒ "西湖"二句：自注："客谈国债事有感。"按，国债，指清王朝每年偿付帝国主义国家的巨额债款。销金窟，本作"销金锅"，比喻糜费钱财，挥霍无度。周密《武林旧事》："西湖景朝昏晴雨皆宜，杭人亦无时不游，而春游特盛，日糜金钱，靡有既极，故杭谚有'销金锅儿'之号。"一勺，喻微少。《礼记·中庸》："今夫水一勺之多。"

㉓ "山环"句：《万历钱塘县志》："西湖三面环山。"一匝，一圈。带湖腰，形容湖中的白堤和苏堤。

㉔ 元龙：汉末陈登，字元龙，志向高迈。见前《湖楼公宴奉呈湘绮》诗注②。

㉕ 吴山：胡祥翰《西湖新志》："吴山，本名胥山。《山经注》：'吴浮子胥于江，吴人怜之，立祠江上，名曰胥山。'旧濒江，宋以后通称吴山。"又《吴越春秋》："子胥伏剑而死。吴王乃取子胥尸，盛以鸱夷之器，投入江

中。子胥因随流扬波,依潮来往,荡激崩岸。"酹:以酒洒地,表示祭奠。

㉖ 江门:杭州望江门,在杭州东城,城门外不远即钱塘江。

㉗ 江上愁心:苏轼《书王定国所藏〈烟江叠嶂图〉》:"江上愁心千叠山。"向晚:傍晚。

㉘ 东海若:海神。柳宗元《东海若》:"东海若陆游,登孟诸之阿。"

㉙ 胥种:指伍子胥和文种。《吴越春秋》:"越王葬种于国之西山,葬一年,伍子胥从海上穿山胁而持种去,与之俱浮于海。故前潮水潘候者,伍子胥也;后重水者,大夫种也。"此指钱塘江潮水。蓬瀛:传说中东海上的神山。《史记·封禅书》:"自威宣燕昭使人入海,求蓬莱、方丈、瀛洲。"此以荡平海上神山,寓荡平帝国主义侵略势力之意。

㉚ 眇莽:辽远而迷茫不清。法琳《辨正论》:"《上清经》云:吾生眇莽之中甚幽冥。"冥蒙:见前《题俞策臣师画册》诗注⑩。

㉛ "可有"句:西湖有三潭印月。《西湖志》:"三潭印月,旧名月光映潭,分塔为三,故有三潭印月之目。"《景德传灯录》:"韶州龙光和尚曰:'千江同一月,万户尽逢春。'"又《禅门日诵》:"《大悲檀赞》:'苦海驾慈航,遍现十方,如月印千江。'"此句由此脱化而出。

㉜ "输与"二句:自注:"张祠小洞,玲珑幻绝,偕石钦(谢凤孙)冥索得之,而证刚踏月未归。"老夫,曾植自称。飞来,飞来峰,一名灵鹫峰,在杭州灵隐寺前,山下多洞穴,传说由中天竺国飞来,因名。

游　韬　光

已过灵隐寺①,才转普南房②。翠竹凌霄静,青泉引籁长③。山深多月窟④,寺古入云乡⑤。池上金莲发⑥,韬光自有光。

【题解】

本诗与前诗同时作。题中韬光为寺名,在杭州灵隐寺西,唐长庆中有诗僧结庵于此,自号韬光,因名。

【注释】

① 灵隐寺:在杭州武林山之阴,北高峰下,始建于东晋咸和元年(326)。

② 普南房:即普门房。邵穆生《游天竺寺诗》注:"冽泉在普门房后。"

③ "翠竹"二句:《西湖志》:"从灵隐罗汉堂而西,径路屈曲,筠篁夹植,草树篆密,晨曦穿漏,如行深谷中。山僧刳竹引泉,随磴道盘折,玎玎作琴筑声,倾耳可听。援箩挽葛,约三、四里始达韬光庵。"凌霄,超越云霄,形容高。引籁,引来声响。

④ 月窟:扬雄《长杨赋》:"西压月窟。"刘良注:"月窟,月出穴也。"此指代洞穴。

⑤ 云乡:云雾缭绕之处。李纲《简寂观》:"云乡空旧居。"

⑥ "池上"句:韬光庵有金莲池。《西湖志》引《灵隐寺旧志》谓此池为"韬光禅师引水种金莲处"。

驾浮阁夜望(二首选一)

大地平沉相①,高楼昧爽辰②。憬然千劫世③,已尽百年身④。露上清花气,风微整角巾⑤。还将瓢饮意,相与井亭民⑥。

【题解】

　　本诗作于宣统三年(1911)初,时曾植家居浙江嘉兴城南姚家埭新居。其《涛园记》有云:"余有新居于湖沉烟雨之中,有阁曰驾浮,有楼曰晁采。"有轩曰东轩。所选原列第一首。

【注释】

① "大地"句:《景德传灯录》:"澹权禅师问:'金鸡未鸣时如何?'师曰:'失却威音王。'曰:'鸣后如何?'曰:'三界平沉。'"又《五灯会元续略》:"绍兴府香雪庵具足明有禅师偈曰:'虚空粉碎无偏正,大地平沉孰是亲。'"平沉,渐渐下沉。相,佛家语。事物之相状表于外而想象于心称相。

② 昧爽:拂晓。《书·牧誓》:"时甲子昧爽。"《说文》:"昧爽,旦明也。"

③ 憬然:觉悟貌。《说文》:"憬,觉寤也。"千劫世:历尽劫难的人世间。《正法念处经》:"或于一劫至百千劫生死流转。"

④ 百年身:人的一生。鲍照《行药至城东桥》:"各事百年身。"

⑤ 角巾:方巾。古代隐士的冠饰。《晋书·羊祜传》:"既定边事,当角巾东路归故里。"

⑥ "还将"二句:自注:"武庙前井凿三十六丈,得地泉,极甘冽。"按,姚家埭之西为市心弄,埭口有关帝庙(武庙)。瓢饮,指儒家所追求的安贫乐道的生活。《论语·雍也》:"一箪食,一瓢饮,在陋巷人不堪其忧,回也不改其乐。"相与,相交。《吕氏春秋·慎行论》:"始而相与。"井亭民,张端义《贵耳集》:"独乐园,司马公居洛时建。有园丁吕直,性愚而鲠,公以直名之。夏月,游人入园,微有所得,持十千白公,公麾之使去。后几日,自建一井亭,公问之,直以十千为对,复曰:'端明要作好人,直如何不作好人?'"此处暗用此典,切井,又寓家乡人民心地善良之意。

简伯严(二首)

曲碕隘巷下稷日①，别雨淮风漫与诗②。壮士愿成为厉鬼③，病夫老后立枯枝④。光明坐想千山雪⑤，幽绝人间百亩池⑥。我与先生偕石隐⑦，盖头茅把乐朝饥⑧。

诗律缘知有退时⑨，弥明闭口不相欺⑩。清新早识诚斋趣⑪，闲适真疑白傅辞⑫。衮衮天机年后腊⑬，堂堂人物局中棋⑭。无弦琴里陶潜在⑮，跂脚南窗午昼移⑯。

【题解】

本诗作于宣统三年(1911)辛亥革命以后之冬。时寓上海，居直隶路。诗题伯严，为陈三立的字。三立号散原，江西义宁人。光绪十二年(1886)进士，官吏部主事。因协助其父湖南巡抚陈宝箴推行新政，戊戌政变后，父子同被革职放归故里，永不叙用。三立为近代同光体赣派的首领，著有《散原精舍诗》。时在上海。

【注释】

① 曲碕(欺 qí)隘巷：谓弯曲的河岸，狭小的街巷。谢灵运诗李善注："《埤苍》曰：碕，曲岸头也。"《韩非子·外储说左上》："以见穷间隘巷之士。"下稷日：天将暮时。《穀梁传》："日下稷。"范宁集解："稷，昃也。下昃，谓晡时。"

② 别雨淮风：今本《尚书大传》有"别风淮雨"，刘勰《文心雕龙》认为应作"列风淫雨"，列，别；淮，淫，因字形而误。后因称书籍文字以讹传讹为

别风淮雨。此语义双关。漫与：率意作诗，并不刻意求工。

③ "壮士"句：《北魏书·显和传》："显和曰：乃可死作恶鬼，不能生为叛臣！"又《旧唐书·张巡传》："城将陷，西向再拜曰：'臣智勇俱竭，不能式遏强寇，保守孤城。臣虽为鬼，誓与贼为厉，以答明恩。'"此合用二典。

④ 病夫：诗人自称。按，据手卷，夫作身，作身字胜。立枯枝：指为僧参禅。枯枝，犹枯木，佛教称僧人修禅，心志专一，形如枯木。《庄子·达生》："吾处身也，若厥株枸，吾执臂也，若槁木之枝。"又，《最胜问菩萨十住除垢断诘经》："专心苦体，枯木不别。"又，《景德传灯录》："庆诸禅师止石霜山二十年间，学众有长坐不卧，屹若株杌，天下谓之枯木众也。"

⑤ 光明：佛家语。《瑜珈师地论》："光明色相想者，谓于如前所说种种诸光明相，极善取己，即于彼相作意思惟。"坐：因。

⑥ 百亩池：苏轼《寄题兴州晁太守新开古东池》："百亩清池傍郭斜。"

⑦ "我与"句：《左传·僖公二十四年》："与女（汝）偕隐。"按：计楠有《石隐砚谈》，石隐二字本此。

⑧ 盖头茅把：比喻清苦的生活。《六祖大师法宝坛经》："师曰：汝向去有把茅盖头。"乐朝饥：《诗·陈风·衡门》："可以乐饥。"又："惄如调饥。"毛传："调，朝也。"原意为乐而忘饥。后因用作安贫乐道的典故。

⑨ 诗律：诗的格律。杜甫《遣闷戏呈路十九曹长》："晚节渐于诗律细。"

⑩ 弥明闭口：韩愈《石鼎联句诗序》："衡山道士轩辕弥明自衡下来。旧与刘师服进士衡、湘中相识。将过太白，知师服在京，夜抵其居宿。有校书郎侯喜，新有能诗声，夜与刘说诗。弥明在其侧，指炉中石鼎谓喜曰：'子云能诗，能与我赋此乎？'刘与侯皆赋十馀韵，弥明应之如响，皆颖脱含讥讽。夜尽三更，二子思竭不能续，道士即又唱出四十字，为八句。书讫，曰：'吾闭口矣'。"

⑪ 诚斋：南宋诗人杨万里，号诚斋。杨云彩《重修杨文节公诗集序》称诚

斋诗"始而清新,中而奇迈,终而平淡"。

⑫　白傅:指白居易。开成初,居易授同州刺史,不拜,改太子少傅,后人因以白傅称之。白居易《与元九书》:"又或退公独处,或移病闲居,知足保和,吟玩性情者一百首,谓之闲适诗。"

⑬　衮衮天机:陈与义《次韵周教授秋怀》:"天机衮衮山新瘦。"腊:岁终祭神,按:旧时十二月中逢立春节后,即以为进入新的一年。年后腊,谓立春在除夕之前。

⑭　堂堂人物:一表人才。王定保《摭言》:"裴思谦见高锴,人物堂堂。锴见之改容。"堂堂,形容仪容庄严大方。局中棋:《三国志·吴书·陆逊传》:"方今英雄棋跱。"传邵雍句:"汤武征诛一局棋。"

⑮　无弦琴:《宋书·陶潜传》:"(陶)潜不解音声,而畜素琴一张,无弦。每有酒适,辄抚弄以寄其意。"此处陶潜自比,寄隐居之意。

⑯　跂脚南窗:《世说新语·容止第十四》:"企脚北窗下。"又,陶潜《归去来辞》:"倚南窗以寄傲。"陆龟蒙《和同润卿寒夜访袭美各惜其志次韵》国:"如能跂脚南窗下。"跂脚:见《南市》注⑥。晷(轨 guǐ)移:日影移动,指时间推移。张衡《西京赋》:"白日未及移其晷。"

忆　茶　花

　　扬子江南数雨期①,冬朝第二快晴时②。遥知玉茗舒新蕊③,直要琼华为正辞④。湖峤行中初识眼⑤,文城赋里岁寒思⑥。春晖楼阁休回首⑦,荡荡江湖鼓角悲⑧。

【题解】

本诗作于宣统三年(1911)冬,时在上海。山茶花,一名曼陀罗,花有数种,每年十月开花,至次年二月。

【注释】

① 扬子江:长江的别名。

② 冬朝:立冬。快晴:《田家五行志》:"谚云:快雨快晴。"《农政全书》:"十月立冬晴,则一冬多晴;雨,则一冬多雨,亦多阴寒。谚云:卖絮婆子看冬朝,无风无雨哭号咷。"

③ 玉茗:《群芳谱》:"玉茗如山茶而色白,黄心绿萼。"郎瑛《七修类稿》:"古诗有'浅为玉茗深都胜,大曰山茶小海红',则知今宝珠乃都胜,粉红者为玉茗,大朵为山茶,小朵为海红矣。"

④ "直要"句:郎瑛《七修类稿》:"《野客丛书》载《扬州后土庙玉蕊花序文》,序文以玉蕊即琼花也。改之为琼花者,宋王元之更之也。"此句意本此。正辞,确定其名称。《左传·桓公六年》:"祝史正辞,信也。"

⑤ 湖峤:湖山。初识眼:陈与义有《初识茶》诗。按:曾植光绪二十五年(1899)冬《山茶》诗云:"我识蜀茶三十年。"则曾植初识山茶在同治十一年(1872)入蜀时。诗云三十年,约数。

⑥ "文城"句:黄庭坚《白山茶赋》:"姨母文城君作《白山茶赋》,兴寄高远,盖以自况,类楚人之《橘颂》,感之,作《后白山茶赋》。孔子曰:'岁寒然后知松柏之后凋也。'丽紫妖红,争春而取宠,然后知白山茶之韵胜也。"句意本此。

⑦ 春晖:春阳;春光。孟郊《游子吟》:"谁言寸草心,报得三春晖。"

⑧ 鼓角悲:见前《舟发广陵》诗注③。

和韵答樊山（七首选一）

雪研生凌冻指僵^①，羡君妙想逸云将^②。屏深老子婆娑影^③，风定昙花自在香^④。此日灵光尊鲁殿^⑤，不妨漫仕爱唐装^⑥。量圭正惜初长日^⑦，墐户常留建德乡^⑧。

【题解】

本诗作于宣统三年（1911）冬，时在于上海。樊增祥于辛亥革命军兴时，弃江宁布政使职，逃至上海作寓公。所选原列第一首。

【注释】

① 雪研：同"雪砚"，砚名。徐宝之句："吟归雪砚枯"。凌：积冰。冻指僵：范成大《良乡》："新寒冻指似排签。"

② 逸云将：奔逸的云。此喻妙想。云将，云之主将，即云。《庄子·在宥》："云将东游，过扶摇之枝而适遭鸿蒙，鸿蒙方将拊髀雀跃而游。"

③ 老子婆娑影：《晋书·陶侃传》："将出府门，顾谓王愆期曰：'老子婆娑，正坐诸君辈。'"婆娑，容与、偃息。

④ "风定"句：陆游《桥南纳凉》："风定池莲自在香。"昙花，佛经中所称乌昙跋罗花的略语。意为祥瑞灵异天花。

⑤ 灵光尊鲁殿：王褒《鲁灵光殿赋》："鲁灵光殿者，盖景帝程姬之子恭王馀之所立也。遭汉中微，盗贼奔突，自西京未央、建章之殿，皆见隳坏，而灵光岿然独存。"此句意喻樊山为当时诗坛泰斗。

⑥ 漫仕：又作"漫士"，指放浪不受检束的文人。《新唐书·元结传》："家瀼滨，乃自称浪士。及有官，人以为浪者亦漫为官乎，呼为漫郎。既客

樊上,漫遂显。"唐装:唐人的装束。邵伯温《闻见前录》:"熙宁初,洛阳老人党翁者,戴卷脚幞头,衣黄衫,系革带,犹唐装也。"又陆游《老学庵笔记》:"翟耆年,字伯寿,能清言,工篆及八分。巾服一如唐人,自名唐装。"此句谓樊山辈服古装。

⑦ 量圭:圭,即土圭,古代量日影的仪器。《周礼·大司徒》:"以土圭之法测土深,正日景以求地中。日南则景短,多暑;日北则景长,多寒;日东则景夕,多风;日西则景朝,多阴。日至之景,尺有五寸,谓之地中。"此处指估算时间。初长日:指过了冬至,白天开始长起来。杜甫《至后》:"冬至至后日初长。"

⑧ 堇(进 jìn)户:用泥土涂塞门窗孔隙。指与外界隔绝。《诗·豳风·七月》:"塞向堇户。"《礼记·月令》:"季秋之月,蛰虫咸俯在内,皆堇其户。"建德乡:传说中地名。诗文中常作为人们向往的风俗淳朴之地。《庄子·山木》:"南越有邑焉,名为建德之国。其民愚而朴,少私而寡欲,其生可乐,其死可葬。"谢灵运《游岭门山》:"早莅建德乡。"

题沅叔诗稿即送北归

傅侯岷山精①,嗜书剧食色②。顾野马群空③,下韝鹰眼疾④。赵张吻钩距⑤,仪秦舌捭阖⑥。操奇市方哄,得售数可必⑦。秦金散能斗⑧,羿彀中无失⑨。此手应弦声,讵堪前著敌⑩?胡然久滞淫⑪,江海弄明月⑫?曷不略西南⑬,奇书探禹穴⑭?频来省瓜庐⑮,衔袖炫签帙⑯。簿录掇中经⑰,国闻诹藏室⑱。析疑到纤琐⑲,矜获勇间诘⑳。年少何不廉㉑,雄成遂无匹㉒。新诗洪河注㉓,鱼乐感有述㉔。谅知连鳌手㉕,绝倒赋狙术㉖。天地见方圆㉗,孰堪池沼潏㉘？峨轲海大艑㉙,昨夜沙头屹。抗手便言归㉚,五车夥颐吓㉛。南行录已侈㉜,西笑愿方溢㉝。蹙蹙市朝栖㉞,荡荡云烟迹㉟。念有西州宝㊱,勿随徐福逸㊲。江湖有尺素㊳,为君叙故物㊴。

【题解】

本诗作于民国元年(1912)三月,时客居上海直隶路寓庐。诗题沇叔指傅增湘,增湘字沇叔,四川江安人。光绪二十四年(1898)进士,授职编修。宣统三年(1911)十月,奉清廷命以参议随唐绍仪南下至上海,与南方各省军政府代表议和,后因议和中断,沇叔奏请开缺,留居上海。至本年三月北还。诗即作于此时。沇叔为近代著名藏书家。其《藏园居士六十自述》云:"余家藏书,肇自先祖,兴文涑《鉴》,名著一时,莫邵亭(友芝)所赞为万叶巨编,吴桐城(汝纶)所表为三世善守者是也。余绮岁耽书,尤嗜古本。通籍后稍稍求写刻精本,棉纸明椠,而于宋元古籍,未遑措意也。然间与缪艺风(荃孙)、曹撰一(元忠)、董授金(康)往还,薰习日深,颇谙厓略。辛亥避地上海,时方军兴,故家藏庋,一时星散,偶以百金,买宋刊《古文集成》,为四库馆进本,出乎得卢,私用自喜。更遍交沈乙盦、杨邻苏、莫楚生、徐积馀、张菊生(元济)诸公,文宴从容,备闻清论,商略校雠,每见异书,往往质证,习之数月,忽有解悟,遂敢放意搜求。迨壬子(民国元年)三月,裒聚千有馀册,连篋北归,乙盦为诗赠行,有'傅侯岷山精,嗜书剧食色。顾野马群空,下韝鹰眼疾','年少诚不廉,雄成遽无匹'。是为余收书之始。"

【注释】

① 岷山精:《水经注》:"《河图·括地象》曰:岷山之精,上为井络。"岷山,

在四川,以沉叔为四川人,故以岷山精称之。精,精灵。

② 嗜书:酷爱书籍。剧食色:剧于食色。食色,《孟子·告子上》:"食色,性也。"

③ "顾野"句:韩愈《送温处士赴河阳军序》:"伯乐一过冀北之野,而马群遂空。"本指善于识别人才,能使人才网罗一空,此借指沉叔嗜书,所到之处,使珍本善本选购一空。

④ "下韝(勾 gōu)"句:《东观汉记》:"(桓)虞乃叹曰:'善吏如良鹰矣,下韝即中。'"韝,皮制臂套,用以束衣袖,以便于射箭。鹰眼疾,象鹰一样眼快。王维《观猎》:"草枯鹰眼疾。"这里用以形容沉叔选择书籍的精明利落。

⑤ "赵张"句:赵,指赵广汉。张,指张汤。《汉书·赵尹韩张两王传》:"(赵)尤善为钩距以得事情。钩距者,设欲知马贾(价),则先问狗,已问羊,又问牛,然后及马,参伍其贾(价),以类相准,则知马之贵贱,不失实矣。唯广汉至精能行之,它人效者,莫能及也。"又:"自孝武置左冯翊、右扶风、京兆尹,而吏民为之语曰:前有赵张,后有三王。"此以赵广汉善钩距,称誉沉叔购书精明能干。傅增湘《藏园居士六十自述》:"闻有奇秘,必多方钩致。"钩距,反复调查,互相参比,以求其实。

⑥ "仪秦"句:仪,指张仪;秦,即苏秦。均战国时纵横家。《史记·张仪传》:"张仪者,魏人也。始尝与苏秦俱事鬼谷先生。"又《苏秦传》:"苏秦者,东周洛阳人也。东事师于齐而习之于鬼谷先生。"《鬼谷子·捭阖篇》:"夫贤不肖、智愚、勇怯、仁义有差,乃可捭,乃可阖。"又:"捭之者,开也,言也,阳也;阖之者,闭也,默也,阴也。"此即以战国时纵横家的善于游说,称誉沉叔能言善辩,精于应对。

⑦ "操奇"二句:写沉叔在书市购书的情形。操奇,语本《汉书·食货志》"操其奇赢,日游都市"。颜师古注:"奇赢,谓有馀财而蓄聚奇异之物也。一说奇,谓残馀物也。"此以操奇指书商以善本古书为奇货可居。市方哄,形容交易正激烈。扬雄《法言·学行》:"一哄之市必立之平。"

售,行。张衡《西京赋》薛综注:"售,犹行也。"必,一定达到目的。

⑧ "秦金"句:《战国策·秦策》:"使唐雎载音乐,予之五千金居武安,高会相与饮,谓邯郸人谁来取者?于是其谋者固未可得予也,其可得与者,与之昆弟矣。公与秦计功者,不问金之所之,金尽者功多矣。今令人复载五千金随公唐雎行,至武安,散不能三千金,天下之士大相与斗矣。"此用其意,谓沅叔善于用财。

⑨ "羿彀"句:《庄子·德充符》:"游于羿之彀中,而不中者,命也。"羿,古代传说中的善射者;羿彀,指羿的弓矢所及。此以喻沅叔,言其选择力之强。

⑩ "此手"二句:《史记·李将军传》:"其(李广)射,见敌急,非在数十步之内,度不中,不发;发即应弦而倒。"此用其意,言沅叔的审慎和命中率高。讵堪,何能。

⑪ 滞淫:《国语·晋语》:"底著滞淫。"韦昭注:"滞,废也;淫,久也。"韩愈《孟生诗》:"无为久滞淫。"

⑫ 江海弄明月:韩愈《别赵子》:"婆娑海水南,簸弄明月珠。"这二句脱胎于韩诗,指沅叔久留上海。

⑬ 曷:何。略:巡行。

⑭ 探禹穴:《史记·太史公自序》:"二十而南游江淮,上会稽,探禹穴。"禹穴:《大清一统志》:"禹穴在会稽委宛山,禹藏书之所,唐郑朌从事越州,大书禹穴二字,立石序之。"按,曾植曾详加考证,以为"宛委者,亦必灊山(安徽天柱山),非越山矣。禹求书于衡山,神人授书于岩岳之下,得书则返岳治水,则始于霍山,明此天柱在衡、霍山内,而宛委即灊山天柱,皖人乃自古无知之者。"(详见《文集·说宛委山》)。此借指藏书处。

⑮ 瓜庐:见前《丹徒渡江》诗注⑧。此指曾植寓所。

⑯ 衔袖:韩愈《试大理评事王君墓志铭》:"翁望见文书衔袖。"炫签帙:炫耀自己的藏书。签帙,书的标识,此指书。陆龟蒙《袭美先辈以龟蒙

所献五百言既蒙见和复示荣唱至于千字提奖之重蔑有称实再抒鄙怀用仲酬谢》:"抽书乱签帙。"

⑰ "簿录"句:《隋书·经籍志》:"魏秘书郎郑默始制《中经》,秘书监荀勖又因《中经》,更著《新簿》,分为四部,总括群书。"又:"普通中,有处士阮孝绪沉静寡欲,笃好文史,博采宋、齐以来王公之家凡有书记参校官簿,更为《七录》。"掇,补掇。中经,这里指藏于皇帝秘府中的经籍,亦泛指藏书。

⑱ "国闻"句:《史记·十二诸侯年表》:"孔子西观周室,论史记旧闻。"又《老子韩非传》:"老子者,周守藏室之史也。孔子适周,将问礼于老子。"此合用二典,指沅叔四处访贤,咨询藏书事宜。诹,问;咨询。

⑲ 析疑:解析疑难。陶潜《移居》:"疑义相与析。"纤琐:极细微琐屑之处。

⑳ 矜获:夸耀所得。勇间诘:勇于问难。间诘,问难。程秉钊《勇庐间诘序》:"间诘者,《淮南》之佚文也。"

㉑ "年少"句:《梁书·朱异传》:"(异)年十二诣都,尚书令沈约面试之。因戏异曰:'卿年少,何乃不廉?'异逡巡未达其旨。约乃曰:'天下惟有文义棋书,卿一时将去,可谓不廉也。'"此借指沅叔自幼之酷爱书籍。不廉,不俭。此作为对书籍贪求而永无止境的戏语。

㉒ 雄成:《庄子·大宗师》:"古之真人,不逆寡,不雄成。"无匹:无双。《楚辞·九章》:"独无匹兮。"

㉓ "新诗"句:《隋书·李德林传》:"文笔如长河东注。"此用其意,称誉沅叔的诗。洪河,大河。

㉔ 鱼乐:比喻闲适忘我的境界。《庄子·秋水》:"庄子与惠子游于濠梁之上。庄子曰:'鯈鱼出游从容,是鱼之乐也。'惠子曰:'子非鱼,安知鱼之乐?'庄子曰:'子非我,安知我不知鱼之乐?'惠子曰:'我非子,固不知子矣。子固非鱼也,子之不知鱼之乐,全矣。'庄子曰:'请循其本。子曰汝安知鱼乐云者,既已知吾知之而问我,我知之在濠上也。'"感有

述：感而有作。

㉕ 谅知：推知。连鳌手：《列子·汤问》："龙伯之国有大人……一钓而连六鳌，合负而趣归。"此喻沅叔在沪购书之富。

㉖ 绝倒：倾倒，佩服之极。《世说新语·赏誉第八》："王平子迈世有儁才，少所推服，每闻卫玠言，辄叹息绝倒。"赋狙术：《庄子·齐物论》："狙公赋芧，曰：'朝三而暮四。'众狙皆怒。曰：'然则朝四而暮三。'众狙皆悦。"

㉗ "天地"句：见前《雪霁石台晓望》诗注②。此寓天地广大之意。

㉘ "孰堪"句：意承上句，谓以天地之大，谁愿做池沼中涌出的一滴水呢！潏（玉 yù），水涌出。

㉙ "峨舸"句：指沅叔航海北上的大船。古乐府《估客乐》："大艑舸峨头。"峨舸，高貌，艑，大船。

㉚ 抗手：举手。《汉书·扬雄传》："莫不踦足抗手。"言归：《诗·周南·葛覃》："言告言归。"言，语助词。

㉛ 五车：形容书多。《庄子·天下》："惠施多方，其书五车。"夥颐：《史记·陈涉世家》："见殿屋帷帐，客曰：'夥颐！涉之为王沈沈者。'楚人谓多为夥，故天下传之，夥涉为王，由陈涉始。"吓：惊叹词。表惊叹、惊羡。《庄子·秋水》："仰而视之曰吓。"

㉜ 南行：指沅叔南来。录已侈：收录书籍已很多。

㉝ "西笑"句：意谓沅叔此番北归，心愿已足。西笑，曹植《与吴季重书》李善注："《桓子新论》曰：人闻长安乐，则出门向西而笑；知肉味美，则对屠门而大嚼。"本指对帝都的仰慕，此指归京时十分喜悦。溢，满足。

㉞ 蹙蹙：局促；不舒展。《诗·小雅·节南山》："蹙蹙靡所骋。"市朝：人众会集之处。《礼记·檀弓下》："则将肆诸市朝。"

㉟ 云烟迹：见《题徐积馀定林访碑图》注⑬。

㊱ 西州宝：袁宏《后汉纪》："杜林，字伯山，右扶风茂陵人。王莽败，盗贼并起，林与弟成俱至河西。林尝得漆书古文《尚书》一卷，独宝爱之，每

遭困阨,自以不能济于众也,犹握抱此经,独叹息曰:'古文之学,将绝于此耶?'全建武初,弟成死故,林持丧东归。济南徐兆始事卫弘,后皆更受,林以前所得一卷古文《尚书》示弘曰:'林危阨西州时,常以为此道将绝也,何意东海卫弘、济南徐生复得之耶? 是道不坠于地矣。'"西州,州名。罗振玉《西州志残卷跋》:"西州本高昌。贞观十四年平高昌,置西州都督府并置县。"高昌在今新疆吐鲁番东南,辖境相当今吐鲁番盆地一带。诗以"西州宝"借指我国西北地区的敦煌文物。据罗振玉《流沙访古记》载,英国人斯坦因,于 1906 年,"得印度英官资助,由西藏北境而入新疆,迄于敦煌。越二年有八月而归。敦煌西南山中,有大小岩洞寺院无数,中有千佛寺一处,尚存壁画及唐人所刻佛象甚多。寺中藏汉字及西藏、印度其馀种种文字之写本极夥,又有绢画绣象多种。距斯君至该地前不久,寺中人始发见之,斯君乃购而运归英国。"又引沈纮译《伯希和氏演说》云:"1907 年十二月末,别乌鲁木齐趣敦煌,匈牙利人斯丹为印度总督遣来,先余过千佛洞,逆计宝藏已归捷足,寝食不安。比到敦煌,趣访洞僧,知窖尚未虚,心始稍慰。一日,僧启窖导余观之,窖方广不过三迈当,而三面钞本堆积,分二三列,高过人身,约计万五千种,有册有卷,有绢,有梵文,有藏文,有回鹘文,汉文最多。余亟向僧议购,幸僧不识字,故成交易,竭三周之力,运之始尽。"

㉧ 徐福:秦方士,齐人。《史记·淮南衡山传》:"又使徐福入海求神异物,还为伪辞曰:臣见海中大神言曰:汝西皇之使耶? 臣答曰:然。汝何求? 曰:愿请延年益寿药。神曰:汝秦王之礼薄,得观而不得取。即从臣东南至蓬莱山,见芝成宫阙,有使者铜色而龙形,光上照天。于是臣再拜问曰:宜何资以献? 海神曰:以令名男子若振女与百工之事,即得之矣。秦皇帝大说,遣振男女三千人资之五谷种种百工而行。徐福得平原广泽,止王不来。"此处以徐福影射外国人,表达诗人对敦煌文物将被盗殆尽的忧虑。

㊳ 尺素：书信。蔡邕《饮马长城窟行》："中有尺素书。"

㊴ 故物：《古诗十九首》："所遇非故物。"元好问有《故物谱》。此指文物。

为伦叔题文待诏画册（五首选一）

　　故乡只在春江绿，阿那春帆媚幽独①。源头水在路却迷，还共溪翁话心曲②。泥滑滑声双竹篱③，主人不在尽情啼④。春来春去春非我⑤，谁吃桃花说晚饥？

【题解】

　　本诗作于民国元年（1912），时居上海直隶路寓庐。所选原列第二首。题中伦叔，指方守彝。守彝字伦叔，号贲初，又号清一老人。安徽桐城人。好为诗，著有《网旧闻斋调刁集》。时寓居上海赫德路春平坊。文待诏则指明画家文徵明，初名璧，以字行，更字征仲，号衡山，长洲人。学画于沈周。正德末授翰林院待诏。

【注释】

① 阿那：柔弱貌。《古乐府·懊侬歌》："布帆阿那起。"媚幽独：李白《寻阳紫极宫感秋作》："浩然媚幽独。"

② 心曲：内心深处。《诗·秦风·小戎》："乱我心曲。"

③ 泥滑滑：竹鸡的别名。梅尧臣《禽言·竹鸡》："泥滑滑，苦竹冈。"

④ 尽情啼：韩愈《赠同游》："无心花里鸟，更与尽情啼。"

⑤ "春来"句：寓世事皆非之概。语本《汉书·礼乐志》："日出入安穷？时世不与人同，故春非我春，夏非我夏，秋非我秋，冬非我冬。"

旅居近市，郁郁不聊，春夏之交，雾晨延望，万室濛濛，如在烟海，憬然悟曰：此与峨眉、黄山云海何异！汪社耆持此图来，乃名之曰山居，约散原同赋，散原先成，余用其韵（四首选一）

山居不识山①，宅相乃非宅②。心精一回瞀③，万象转朱碧④。以马喻马非⑤，骑驴孰驴觅⑥。茫砀毗岚风⑦，堕我群魔窟。牢守颠当门⑧，岐缘蜥蜴壁⑨。辽海八尺床，坚待穿当膝⑩。土垢变之净⑪，法云闻自昔⑫。飨朽倒为香，逢子原非疾⑬。反覆究阴阳⑭，居游皆木石⑮。吾朝礼姑射⑯，冰雪照肝膈。吾夕游华胥⑰，鸟兽绝远迹⑱。市声涛共泻⑲，心月眼有食⑳。即此造商颜㉑，何曾耳班翟㉒。善来子陈子㉓，分我白鸥席。天宇迥寥泬㉔，方隅无阂隔㉕。东望云海空㉖，或有骑鲸客㉗。

【题解】

本诗作于民国元年（1912）四月，时居上海直隶路寓楼。所选原列第一首。曾植《余尧衢参议德配左夫人古希偕老图序》："昔余初至此邦（按，指上海），尝作《山居图》寓意：以途人为鱼鸟，阛阓为峰崎，广衢为大川，而高闳为窒堵波。而其后梁文忠公（鼎芬）即用此意，使鸥客为图，寿余七十。"诗题憬然，觉悟貌。题中汪社耆，名洛年，一字鸥客，钱塘（今杭州）人。近代书画家。

【注释】

① 不识山：苏轼《题西林壁》："不识庐山真面目，只缘身在此山中。"

② 宅相：《世说新语·赏誉第八》刘孝标注："（魏舒）幼孤，为外氏宁家所养。宁氏起宅，相者云：'当出贵甥。'外祖母意以盛氏甥小而惠，谓应相也。舒曰：'当为外氏成此宅相'。"又张彦远《历代名画记》有《阴阳宅相图》。此指住宅的形状。

③ 心精：佛家语。《大佛顶如来密因修证了义诸菩萨万行首楞严经》："心精遍圆，含裹十方。"此指心神。回督：迷惑，迷乱。督，眼睛昏花，昏暗。《荀子·非十二子》"世俗之沟犹督如"，杨倞注："督，阇也。"《亢仓子》："夫督视者，以鞋为赤。"

④ 万象：万有的景象。王巾《头陀寺碑》李善注："《孝经钩命决》曰：地以舒形，万象咸载。"转朱碧：王僧孺《夜愁示诸宾》："谁知心眼乱，看朱忽成碧。"

⑤ "以马"句：《庄子·齐物论》："以马喻马之非马，不若以非马喻马之非马也。"

⑥ "骑驴"句：《景德传灯录》："梁宝志和尚《大乘赞》：不解即心即佛，真似骑驴觅驴。"黄庭坚《和黄龙清老》："骑驴觅驴真可笑，以马喻马亦成痴。"

⑦ 茫砀：旷荡貌。韩愈《苦寒》："芒砀大包内。"方崧卿《举正》："芒砀，乃茫砀也。芒，平、上声通。李白诗：'君看石芒砀，掩泪悲千古。'古书'茫'只作'芒'，'砀'与'荡'通。《诗》：'洪水芒芒。'《庄子》：'芒乎何之？'皆茫字也。又：'吞舟之鱼，砀而失水。'《汉志》：'西灏沆砀。'皆荡义也。"毗岚风：佛家语。佛教称能坏世界的暴风。《大宝积经》："此三千大千世界，为毗岚猛风之所吹坏，一切散天，无有遗馀。"玄应《一切经音义》："吠蓝婆风，旧经中或作毗岚婆，或作鞞篮，亦作随篮，或作旋篮，皆梵之楚夏耳。此云迅猛风也。"

⑧ "牢守"句：段成式《酉阳杂俎》："成式书斋前，雨后多颠当窠，深如蚓

穴,网丝其中,土盖与地平,大如榆荚,常仰桿其盖,伺蝇蝼过,辄翻盖捕之,才入复闭,与地一色,并无丝隙可寻也。其形似蜘蛛。《尔雅》谓之王蛛,《鬼谷子》谓之蛛母。秦中儿童戏曰:'颠当颠当牢守门,蠮螉寇汝无处奔'。"

⑨ "岐缘"句:《汉书·东方朔传》:"上使诸数家射覆,置守宫盂下,射之皆不能中。朔曰:'跂跂脉脉善缘壁,是非守宫即蜥蜴'。"岐缘,爬着向上攀缘。

⑩ "辽海"二句:《魏志·管宁传》:"管宁,字幼安,北海朱虚人也。天下大乱,闻公孙度令行于海外,遂至于辽东,乃庐于山谷。"注:"《高士传》曰:管宁自越海,及,归常坐一木榻,积五十馀年,未尝箕踞,榻上当膝处皆穿。"此用其意,寄效法管宁之意。八尺床,《晋书·何曾传》:"赐钱百万,绢五百匹,及八尺床帐箪褥。"

⑪ "土垢"句:《维摩诘所说经》:"德顶菩萨曰:垢、净为二见,垢实性则无净相,顺于灭相,是为入不二法门。"又:"菩萨于一切众生悉皆平等,深心清净,依佛智慧,则能见此佛土清净。于是佛以足指按地,即时三千大千世界,若千百千珍宝严饰,譬如宝庄严佛,无量功德,宝庄严土,一切大众,叹未曾有。佛告舍利弗,我佛国土常净,若此为欲度斯下劣人,故示是众恶不净土耳。若人心净,便见此土功德庄严。"又,道世《诸经要集》:"问曰:'何名净土?'答曰:'世界皎洁,目之为净,即净所居,名之为土。故《摄论》云:所居之土无于五浊,如玻梨柯等,名清净土。'《法华论》云:无烦恼众生住处,名为净土。"又《大方广佛华严经》:"秽世界即是净世界,净世界即是秽世界。"又《成唯识论》:"此诸身土,若净若秽,无漏识上所变现者。"此处用佛家语,谓污浊的世界要让它变得干净。

⑫ "法云"句:佛经称大法之智云遍注:甘露之雨之位为法云地,为菩萨十地之第十。《十住经》:"菩萨摩诃萨住法云地,于一佛所,能受大法明雨,二佛三四五十百千万亿,乃至无量无边,不可称,不可说,无有

限,过诸算数,于一念中皆能堪受,如是诸佛大法云雨,是故此地,名法
之地。"

⑬ "飨朽"二句:《列子·周穆王》:"逢子有迷罔之疾,视白以为黑,飨香
以为朽,尝甘以为苦。"

⑭ 阴阳:古代用以解释万物化生的理论。《易·乾》:"终日乾乾,反复道
也。"姚配中《周易姚氏学》:"阴消阳长,阳极阴生。无平不陂,无往不
复,六十四卦,旁通反复。"

⑮ "居游"句:《孟子·尽心上》:"舜之居深山之中,与木石居,与鹿
豕游。"

⑯ 姑射:神话中山名。《庄子·逍遥游》:"藐姑射之山,有神人居焉,肌
肤若冰雪,绰约如处子。"

⑰ 华胥:神话中国名。《列子·黄帝》:"黄帝昼寝而梦游于华胥氏之国。
华胥氏之国,在弇州之西,台州之北,不知斯齐国几千万里,盖非舟车
足力之所及,神游而已。"

⑱ 远迹:鸟兽足迹。《说文》:"见鸟兽蹄远之迹。"

⑲ 市声:陆游《闲意》:"好风时卷市声来。"

⑳ "心月"句:《大乘本生心地观经》:"凡夫所观菩提心相,犹如清净圆满
月轮,于胸臆上明朗而住,月即是心,心即是月,尘翳无染,妄想不生。"
又《景德传灯录》:"夫心月孤圆,光吞万象。"眼食,《增壹阿含经》:"眼
以色为食。"

㉑ "即此"句:用商山四皓事。《汉书·王贡两龚鲍传》:"汉兴,有园公、
绮里季、夏黄公、角里先生,此四人者,当秦之世,避而入商雒深山,以
待天下之定也。自高祖闻而召之,不至。其后吕后用留侯计,使皇太
子卑辞束帛致礼,安车迎而致之。四人既至,从太子见高祖,客而敬
焉。太子得以为重,遂用自安。"《北堂书钞》:"崔琦《四皓颂》曰:秦之
博士,遭世阍昧。焚灭《诗》、《书》,是公乃退而作歌,曰:'莫莫高山,
深谷威夷。晔晔紫芝,可以疗饥。唐虞世远,吾将安归?'"造,造访。

商颜,商山。《汉书·沟洫志》注。应劭曰:"商颜,山名也。"师古曰:
"商颜,商山之颜也。谓之颜者,譬人之颜额。"

㉒ 耳:听说。班翟:鲁班、墨翟。《抱朴子》:"夫班输、倕狄,机械之圣
也。"《国语》韦昭注:"翟或作狄。"

㉓ 善来:印度比丘欢迎来人之辞。义净《南海寄归传》:"西方寺众,多为
制法,凡见新来,无论客旧及弟子门人,旧人即须迎前,唱莎揭哆,译曰
善来。"子陈子:指陈三立。参前《简伯严》【题解】。

㉔ 天宇:天空。陶潜《辛丑岁七月赴假还江陵夜行涂口》:"昭昭天宇
阔。"寥沉:见前《题唐子畏雪景》诗注③。

㉕ 方隅:边境四周。隅,角落。阂隔:阻隔。

㉖ "东望"句:苏轼《登州海市》:"东方云海空复空。"

㉗ 骑鲸客:骑鲸背游海上,常喻豪侠之士或仙家。李白自署曰"海上骑
鲸客"。杜甫《送孔巢父谢病归游江东兼呈李白》诗:"若逢李白骑
鲸鱼。"

易实甫过谈(二首选一)

万首诗歌百卷书①,南行落帽意何如②? 虫沙变化朱
颜在③,服食从容素女俱④。世界是空还是色⑤,先生非有
且非无⑥。神仙到处成游戏⑦,亦道长安不易居⑧。

【题解】

本诗作于民国元年(1912),时居上海麦根路寓庐。所选原列第一
首。诗题易实甫,名顺鼎,一字中实。湖南龙阳人。光绪元年(1876)举

人,官至广东钦廉道。晚清诗人,与樊增祥齐名,时称"樊易",著《丁戊之间行卷》、《四魂集》等。

【注释】

① "万首"句:陈衍《石遗室诗话》:"实甫生平诗将万首。"

② 落帽:指农历九月初九重阳登高。《世说新语》刘孝标注引《孟嘉别传》:"后为征西桓温参军。九月九日,温游龙山,参僚毕集。时佐吏并著戎服。风吹嘉帽堕落,温戒左右勿言,以观其举止。嘉初不觉,良久如厕,命取还之。"按,实甫于本年秋北上,旋即偕姬人花琴南还。

③ 虫沙变化:《太平御览》:"《抱朴子》云:周穆王南征,一军尽化,君子为猿为鹤,小人人为虫为沙。"后因以虫沙指战死的士卒。此指经历世变。朱颜:红润的面容,泛指青春的容貌。苏轼《纵笔》:"儿童误喜朱颜在,一笑那知是酒红。"

④ 服食:道家的养生之法,指服食丹药。《古诗十九首》:"服食求神仙。"素女:传说中的神女名。王充《论衡》:"素女为黄帝陈五女之法,非徒伤父母之身,乃又贼男女之性。"这二句记实甫在京时狎姬人花琴同游事。樊增祥《后数斗血歌和实甫》诗云:"女伶也爱神童俊,摆下风流迷魂阵。""在京日日饱看十一美,在沪天仙三美日日看。""爱君老有少年意,但见花枝即心醉。不必梅花又牡丹,鸠槃茶花亦膜拜。只知灵均目与成,不恤王敦体为敝。淫女二万万人尽可夫,神童八十一妻皆可妻。"又增祥《调实甫》诗自注:"君所眷女伶五十矣。"按,实甫晚年犹爱搔头傅粉,故曾植诗用"朱颜"之语。

⑤ "世界"句:《摩诃般若波罗蜜经》:"色不异空,空不异色,色即是空,空即是色。"

⑥ "先生"句:《汉书·东方朔传》:"又设非有先生之论。"《中论》:"是故知虚空,非有亦非无。"

⑦ "神仙"句:《太平御览》:"《汉武内传》曰:西王母曰:东方朔为太上仙

官,太仙使至方丈助三天司命,朔但务山水游戏。"

⑧ 长安不易居:比喻在城市中生活不易。张固《幽闲鼓吹》:"白尚书应举,初至京,以诗谒著作顾况。顾况睹姓名,熟视白公曰:'米价方贵,居亦弗易。'乃披卷,首篇曰:'离离原上草,一岁一枯荣。野火烧不尽,春风吹又生。'即嗟赏曰:'道得个语,居即易矣'。"

壬子秋暮归里作(九首选三)

筑室陈三瓦①,种树计十年②。我生眇轻弱③,何敢期完坚④!亦复莳花药⑤,觊为顷刻妍⑥。山樱海东来⑦,玉茗西江迁⑧。白槿从吾久⑨,黄榴纪行旋⑩。磊落数盆盎⑪,纷敷被墙墙⑫。世事迫流徙,芜园闳寒烟⑬。靡然嘉植瘁⑭,翻赖场师专⑮。排闷主人入⑯,人花两听然⑰。周行如一梦,化蝶随翩翻⑱。

木笔有书势⑲,锋锋向天开。杜鹃非吾种⑳,移植西土来。望帝夜啼血,殊方乃同哀㉑。森森青木香㉒,辟恶真良才㉓。馀事小白花㉔,芳芬遍楼台。惜哉琼树枝㉕,已作蕃厘灰㉖。怀彼艺花人,清祠照山隈。傥收天上去,不受魔罗灾㉗。

蔷薇天西贵㉘,樱花日东夸㉙。牡丹吾国艳㉚,王泽风弥嘉㉛。吾宅错三种㉜,同时竞芳华。春工不歧视,象译徒乖差③。

【题解】

本诗作于民国元年（1912）九月，时曾植由沪归里。所选原列第一、二、四首。

【注释】

① 陈三瓦：铺设瓦片。此指建筑屋舍。《史记·龟策列传》："物安可全乎？天尚不全。故世为屋，不成三瓦而陈之。"

② "种树"句：《管子·形势》："一年之计，莫如树谷；十年之计，莫如树木，终身之计，莫如树人。"

③ 眇：细小；低微。轻弱：不坚实。傅咸《羽扇赋》："体荏苒以轻弱。"

④ 完坚：完好坚实。《太上黄庭外景经》："玉芝金籥身完坚。"

⑤ 莳（是 shì）：移植；栽种。花药：陶潜诗："花药分列。"

⑥ "觊（计 jì）为"句：刘斧《青琐高议》："韩愈侄孙湘，字清夫，落柘不羁，愈勉之学，乃笑作诗，有'能开顷刻花'之句，愈曰：'汝能夺造化开花乎？'湘遂聚土覆盆，良久，曰：'花已发矣。'举盆乃碧花二朵。"觊，希冀。

⑦ 山樱：樱花。《日本国志·礼俗志》："樱花为五部洲所无，东人名为花王。"因来自日本，故云"海东来"。

⑧ 玉茗：茶花的一种。见前《忆茶花》诗注③。

⑨ 白槿：木槿，花小而艳，有深红、粉红、白色、单叶、千叶等多种。

⑩ 黄榴：色微黄，带白花，比常榴差大。

⑪ 磊落：多貌。潘岳《闲居赋》："石榴蒲桃之珍，磊落蔓延乎其侧。"

⑫ 纷敷：分张，茂盛貌。《楚辞·九叹》："桂树列兮纷敷。"壖（堧 ruán）：垣外短墙。

⑬ 芜园：荒芜的家园。陶潜《归去兮来辞》："田园将芜胡不归？"阒：闭。

⑭ 靡然：倒下的样子。《史记·平准书》："靡然发动。"嘉植：美好的植

物。孟郊《城南联句》:"嘉植鲜危朽。"瘁:病。

⑮ 场师:管理场圃的人。《孟子·告了》:"今有场师,舍其梧槚,养其樲棘。"

⑯ 排闼:推门。《史记·樊哙传》:"高祖尝病甚,恶见人,卧禁中,诏户者无得入群臣,哙乃排闼直入。"

⑰ 听然:笑的样子。司马相如《上林赋》:"亡是公听然而笑。"

⑱ "周行"二句:用庄周化蝶典故。《庄子·齐物论》:"昔者庄周梦为蝴蝶,栩栩然蝴蝶也,自喻适志与,不知周也。俄然觉,则蘧蘧然周也,不知周之梦为胡蝶与?胡蝶之梦为周与?周与胡蝶,则必有分矣,此之谓物化。"翩翩,轻逸环飞貌。

⑲ 木笔:花名,以花苞有毛尖长如笔,故名。书势:指笔锋。

⑳ 杜鹃:花名,又名映山红。洪迈《容斋随笔》:"润州鹤林寺杜鹃……外国僧钵盂中所移。"

㉑ "望帝"二句:自注:"近世欧洲若法、若西、若葡,皆有皇党。"望帝,即杜鹃鸟,又称子规,二、三月杜鹃鸟鸣时杜鹃花开。左思《蜀都赋》:"鸟生杜宇之魄。"刘逵注:"《蜀记》曰:昔有人姓杜名宇,王蜀,号曰望帝。宇死,俗说云宇化为子规。子规,鸟名也,蜀人闻子规鸣皆曰望帝。"杜甫《元都坛歌寄元逸人》:"子规夜啼山竹裂。"李山甫《闻子规啼》诗:"啼血溅芳枝。"此处即以子规喻皇帝。殊方,异城。班固《西都赋》:"殊方异类。"此指外国。

㉒ 森森:繁密貌。青木香:多年生草本,根可入药。疗毒肿,消恶气。

㉓ 辟恶:驱除恶气。

㉔ 小白花:山矾花。黄庭坚《题高节亭边山矾花引》:"江南野中有一种小白花,木高数尺,春开极香,野人谓之郑花。王荆公尝欲作诗而陋其名,予请名曰山矾。""海岸孤绝处,补陀落伽山,译者以谓小白花,予疑即此花尔,不然何以观音老人端坐不去耶?"

㉕ 琼树枝:琼花,花木名,叶柔而莹泽,花色微黄而有香。杜游《琼花

记》："余自京口过扬州,寻访旧事,知世所传后土(祠)琼花,在今城之蕃厘观。绍兴辛巳之变,金人入扬州,揭其本而去。"又郑思肖《吊扬州琼花诗序》："扬州琼花,天下惟一本,后土夫人司之。花之盛衰,淮境丰歉系焉。南渡前经兵火,此花亦死。今遭大故,丙子岁维扬陷,丁丑岁此花又死,孰谓草木无知乎?"

㉖ 蕃厘：蕃厘观,在扬州大东门外,即古后土祠,旧有琼花一株,因又称琼观。

㉗ "怀彼"四句：自注："赣州道署琼花,宋世故物。江云卿大令植之盆盎,贻余一枝,频岁开花,如聚八仙,而瓣蕊略殊,失养而槁,至可惋惜。云卿有遗爱于赣南,高安人为立祠。"按,江云卿,名召棠,历官上高、新建、南昌、庐陵、临川、德化诸县知县,有政绩。光绪三十二年(1906)正月,在南昌知县任上,以拒绝法国教士王安之无理要求,被王安之行凶判死。发生南昌教案。艺花人、育花人,指江云卿。清祠,指高安人为纪念江氏所建的祠。傥收天上去,不受魔罗灾：郑思肖《吊扬州琼花诗》："定应摄向天宫种,不忍陷于胡地开。"诗意本此。魔罗,佛家语,玄应《一切经音义》："梵言魔罗,此译云障,能为修道作障碍也。"

㉘ 天西：指西方国家。按,英国王族以蔷薇为徽。故云。

㉙ 日东：指日本。

㉚ "牡丹"句：张端义《贵耳集》："寿皇(宋孝宗)使御前画工写曾海野喜容,带牡丹一枝,命徐本中作赞曰：一枝国艳,两鬓东风。寿皇大喜。"

㉛ 王泽：帝王的恩泽。班固《两都赋》："王泽竭而诗不作。"风弥嘉：陆机《吴趋行》："土风清且嘉。"风,风气,民风。嘉,美好。

㉜ 错：同"措",置。

㉝ 象译：南北。《礼记·王制》："东方曰寄,南方曰象,西方曰狄鞮,北方曰译。"乖差：差别。

和 天 琴

坐对花枝谱《竹枝》^①，暮春春服既成时^②。桃开便作仙源住^③，草长宁无故国思^④。化士戒成除绮语^⑤，骚人赋里有微辞^⑥。谁驱白日堂堂景^⑦，正好晴空袅袅丝^⑧。

【题解】

本诗作于民国二年(1913)春，时居上海麦根路寓庐。诗题天琴，乃樊增祥别署。

【注释】

① "坐对"句：语本王彦泓《赠所欢》："笑把花枝唱《竹枝》。"花枝，此指桃花。《竹枝》，《竹枝词》，唐刘禹锡始创制。刘禹锡《竹枝词序》："余来建平，里中儿联歌《竹枝》，吹短笛击鼓以赴节，歌者扬袂睢舞，以曲多为贤。聆其音，中黄钟之羽，卒章激讦如吴声，虽伧儜不可分，而含思宛转，有洪澳之艳。"

② "暮春"句：《论语·先进》："暮春者，春服既成，冠者五六人，童子六七人，浴乎沂，风乎舞雩，咏而归。"

③ "桃开"句：王维《桃源行》："不辨仙源何处寻。"

④ "草长"句：丘迟《与陈伯之书》："暮春三月，江南草长，杂花生树，群莺乱飞。见故国之旗鼓，感平生于畴日，抚弦登陴，岂不怆悢。"

⑤ 化士：犹化人，佛教称神、佛变形为人，以化度众生者，为化人。戒成：戒，佛教所称十戒。戒成，谓已实现了十戒。十戒指戒除十恶：杀生、偷盗、淫欲、妄语、两舌、恶口、绮语、贪欲、瞋恚、愚痴。见《受十善戒

经》。绮语：十恶之一。佛教称一切淫意不正的言辞。见《中阿含业相
  应品思经》。

⑥ 骚人：指《楚辞》的作者屈原、宋玉等人，也泛指诗人和失意的人。赋
  里有微辞：宋玉《登徒子好色赋》："大夫登徒子侍于楚王，短宋玉曰：玉
  为人体貌闲丽，口多微辞。"李商隐《有感》："非关宋玉有微辞。"微辞，
  隐晦的批评，委婉之辞。

⑦ 堂堂：公然地。元稹《人道短》："日亦堂堂。"薛能《春日使府寓怀》：
  "青春背我堂堂去。"

⑧ 袅袅丝：比喻柔弱细长的蛛丝。《宣和书谱》："山人蒲云，尝以双钩字
  为《河上公注道德经》，笔墨清细，若游丝萦汉，孤烟袅风，连绵不断。"

超社春集看杏花，和云门韵

海滨十日舶趋风，春寒切骨无饶容①。句萌不申天嚘
痒②，列缺失职云溟濛③。术人谬数九执墨④，东君未放千
华红⑤。樊园路近悭步屐⑥，病夫墐户裘蒙戎⑦。朝来相
乌自南转⑧，柳回青眼蒲舒茸⑨。南杏先桃竞佳节，搓酥
滴粉烦春工⑩。尚书春非玉楼闹⑪，学士烛扫金銮空⑫。
七百年前曲江梦⑬，枉将诤论留谈丛⑭。茕茕似闻花叹
息⑮，寂寂自闷香珑璁⑯。斜阳穿篱眼窥麀⑰，落英到地须
摇蜂⑱。樊侯距跃气尚雄⑲，林逋梅下搴衣从⑳。老夫何
妨竞儿戏㉑，浊酒正与浇愁胸㉒。嗟余随行苦整蘲㉓，敢希
社饮医暗聋㉔。长牋卷舒无绮语㉕，芳树徙倚成悲翁㉖。

酒阑出户弧矢直㉗，鹿车蜡屐分西东㉘。尚书有期修禊饮㉙，退笔更继山阴踪㉚。

【题解】

  本诗作于民国二年（1913）春。诗题超社，为诗社名，由流寓上海的文人樊增祥、瞿鸿禨、陈三立、缪荃荪、吴庆坻、吴士鉴、王仁东、沈瑜庆、林开暮、梁鼎芬、周树模及沈曾植等于本年春发起建立，全称超然吟社。此为第一集，会于樊增祥之樊园，（樊园，本名絜园，在沪西静安寺路，地甚宽广）会者十一人。初拟小花朝日宴集，后为悼念清隆裕太后，改至展花朝日。题中云门，乃樊增祥字。

【注释】

① "海滨"二句：苏轼《正月十二日往岐亭郡人潘古郭三人送余于女王城东禅庄院》："十日春寒不出门。"舶趠风，见前《发京口至芜湖》诗注⑥。切骨，深入于骨。白居易《酬严十八郎中见示》："秋吟切骨玉声寒。"

② 句萌：草木出土时，弯者为句，直者称萌。《礼记·月令》："句者毕出，萌者尽达。"嚛瘁：见前《苦寒行》诗注①。

③ 列缺：闪电。《汉书·司马相如传》："贯列缺之倒景兮。"注："服虔曰：'列缺，天闪也。'《陵阳子明经》：'列缺气去地二千四百里'。"溟濛：犹冥濛。模糊不清。江淹《颜特进侍宴》："青林结冥濛。"李善注："《吴都赋》曰：'回眺冥濛。'《玉篇》：'溟濛小雨。'"

④ 术人：掌管律历的人。九执：古代历法之一。《开元占经》："天竺《九执历经》。臣等谨按：《九执历法》，梵天所造，五通仙人，承习传授。"《新唐书·历志》："《九执历》者，出于西域。开元六年，诏太史监瞿昙悉达译之。断取近距，以开元二年二月朔为历首。度法六十。月有二十九日，馀七百三分日之三百七十三。历首有朔虚分百二十六。周天三百六十度，无馀分。日去没分九百分度之十三。二月为时，六时为

岁。三十度为相，十二相为周天。望前曰白博义，望后曰黑博义。其算皆以字书，不用筹策。其术繁碎，或幸而中，不可以为法。名数诡异，初莫之辨也。陈玄景等持以惑当时，谓一行写其术未尽，妄矣。"又，《大毗卢遮那成佛经》疏："诸执者，执有九种，即是日、月、火、水、木、金、土七曜及与罗睺、计都合为九执，罗睺是交会蚀神，计都正翻为旗，旗星，谓彗星也。"

⑤ 东君：日神。《楚辞·九歌》洪兴祖补注："《博雅》曰：'朱明耀灵，东君日也。'《汉书·郊祀志》有东君。"

⑥ 步屟：脚步。杜甫《答郑十七郎一绝》："花残步屟迟。"

⑦ 瑾户：见前《和韵答樊山》诗注⑧。裘蒙戎：《诗·邶风·旄丘》："狐裘蒙戎。"毛传："蒙戎，以言乱也。"

⑧ 相乌：又称相风乌，古代候风器。《北堂书钞》："《述征记》曰：长安台上有相风铜乌。或云，此遇千里风乃动。"《炙毂子》："舟樯上刻木作乌，衔幡以候四方之风，名五两竿。军行以鹅毛为之，亦曰相风乌。"

⑨ "柳回"句：黄庭坚《寄黄从善》："未春杨柳眼先青。"梅尧臣《和潘叔治早春游何山》："浅石长蒲茸。"

⑩ 搓酥滴粉：喻女子脸部娇嫩。王明清《玉照新志》："左与言，天台之名士也。……钱塘幕府乐籍有名姝张足女名浓者，色艺妙天下，君颇顾之。……'帷云剪水'、'滴粉搓酥'，皆为浓而作。当时都人有'晓风残月柳三变，滴粉搓酥左与言'之对。"这里用以喻杏花。

⑪ "尚书"句：用宋诗人张先、宋祁事。胡仔《苕溪渔隐丛话》："《遁斋闲览》云：张子野（先）郎中以乐章擅名一时，宋子京（祁）尚书奇其才，往见之，遣将命者谓曰：尚书欲见'云破月来花弄影'郎中乎？子野屏后呼曰：得非'红杏枝头春意闹'尚书邪？遂出，置酒尽欢。盖二人所举，皆其警策也。"

⑫ "学士"句：《新唐书·令狐绹传》："（绹）为翰林承旨，夜对禁中烛尽，帝以乘舆金莲花炬送还。院吏望见，以天子来，及绹至皆惊，俄同中书

门下平章事。"又《宋史·苏轼传》："尝锁宿禁中,召入对便殿,已而命坐赐茶,撤御前金莲烛送归院。"苏易简《翰林续志》："唐德宗移学士院于金銮坡上。"学士,官名。魏晋六朝征文学之士主掌典礼、编纂、撰述诸事,通称学士。唐开元时始置学士院,官员称翰林学士。金銮,金銮殿,唐宫殿名,殿与翰林院相接,召见学士常在此殿。

⑬ "七百"句:张籍《哭孟寂》："曲江院里题名处,十九人中最少年。今日春光吟不见,杏花零落寺门前。"曲江,水名,在今陕西西安东南,水流曲折,因称。唐时中式的进士,放榜后大宴于此,称曲江会。

⑭ 诤论:直言规劝、止人过失的言论。谈丛:丛谈之书。梁昭明太子《锦带书·十二月启》："谈丛发流水之源。"

⑮ 茕(穷 qióng)茕:孤零貌。《左传·哀公十六年》："茕茕余在疚。"

⑯ 寂寂:清静冷落。左思《咏史》："寂寂杨子宅。"珑璁:明洁貌。朱熹《数日前与判院丈有宋村之约雪中有怀奉呈判院通判二丈》："碧树珑璁掩映间。"

⑰ "斜阳"句:陆游《明日又来天微阴再赋》："短篱围鹿眼。"鹿眼,竹篱。按篱笆的菱形方格似鹿的斜方形眼,故名。

⑱ "落英"句:杜甫《徐步》："花蕊上蜂须。"

⑲ "樊侯"句:樊增祥《展花朝超社第一集樊园看杏花歌》自注:"余戏与贻书赌跳。"樊侯,指樊增祥。距跃,直跳向前。《左传·僖公二十八年》："魏犨束匈见使者曰:'以君之灵,不有宁也。距跃三百,曲踊三百。'"

⑳ 林逋:宋初诗人,字君复,钱塘(今杭州)人。隐居西湖孤山,赏梅养鹤,终身不仕,也不婚娶,世称"梅妻鹤子"。此指贻书。贻书,林开謩,号贻书,福建长乐人。光绪二十一年进士,清时官翰林院编修,授江西提学使署布政使。搴(千 qiān)衣:提起衣裳。苏轼《月夜与客饮杏花下》："搴衣步月踏花影。"

㉑ 儿戏:儿童游戏。《史记·绛侯周勃世家》："上自劳军之细柳营,曰:

'曩者霸上、棘门军,若儿戏耳。'"

㉒ "浊酒"句:《世说新语》:"王孝伯问王大:'阮籍何如司马相如?'王大曰:'阮籍胸中垒块,故须以酒浇之。'"

㉓ 蹩躠(萨 sà):《玉篇》:"蹩躠,旋行貌,一曰跛也。"

㉔ "敢希"句:叶梦得《石林诗话》:"世言社日饮酒治聋,不知其何据。五代李涛有《春从李昉求酒诗》云:'社公今日没心情,为乞治聋酒一瓶。恼乱玉堂将欲遍,依稀巡到第三厅。'昉时为翰林学士,有日给内库酒,故涛从乞之,则其传亦已久矣。"

㉕ 绮语:见前《和天琴》诗注⑤。

㉖ 芳树。《太平御览》:"梁元帝《纂要》曰:春卉木曰华木、华树、芳林、芳树。"徙倚:留连徘徊。《楚辞·运游》:"步徙倚而遥思兮,怊惝怳而乖怀。"悲翁:《宋书·乐志》:"汉鼓吹铙歌十八曲,《思悲翁》曲。"陆机《鼓吹赋》:"咏悲翁之流思。"

㉗ 弧矢:星名,共九星,位于天狼星东南。《礼记·月令》:"仲春之月,昏弧中。"《史记·天官书》:"狼下有四星,曰弧,直狼。"正义:"弧九星,在狼东南,天之弓也。弧矢向狼。"

㉘ 鹿车:用人力推挽的小车。《太平御览》:"《风俗通》曰:'鹿车窄小,裁容一鹿也。'"此指人力车。蜡屐:以蜡涂屐。《太平御览》:"《语林》曰:'……或有诣阮(孚),正见自蜡屐。'因叹曰:'未知一生当着几两屐!'"

㉙ "尚书"句:《汉书·游侠传》:"(陈)遵耆酒,每大饮,宾客满堂,辄关门,取客车辖投井中。虽有急,终不得去。尝有部刺史奏事,过遵,值其方饮。刺史大穷,候遵霑醉时,突入见遵母,叩头自白,当对尚书有期会状。母乃令后阁出去。"此处尚书指瞿鸿禨,字子玖,号止庵。湖南善化人。同治十年(1871)进士。光绪末,官至工部尚书、协办大学士。超社第二集修禊樊园,止庵作主人。修禊饮:《世说新语·企羡第十六》注引王羲之《临河叙》:"暮春之初,会于会稽山阴之兰亭,修禊事

也。"修禊，古代农历三月上巳日，到水边嬉戏采兰，以驱除不祥，称修禊。庾信《华林园马射赋》："虽行祓禊之饮。"《史记·外戚世家》集解："徐广曰：'三月上巳，临水祓除，谓之禊。'"

㉚ "退笔"句：张怀瓘《书断》："僧智永积年学书，有秃笔头十瓮，每瓮数十石。后取笔头瘗之，号为退笔冢。自制铭志。"

超社第二集，癸丑修禊于樊园，用杜诗《丽人行》韵

樊园花事朝朝新，春阴不殢看花人①。小车丞相行率真②，江村沙比堤沙匀③。桃之神专三月春，策驾碧凤骖青麟④。山桃嬖侍扶毂轮⑤，粉白辅颊丹朱唇⑥。碧桃涌现波昙云⑦，九华真降安妃身⑧。要与芬陀严供养⑨，肯从姚魏论疏亲⑩。昔偕紫芝逃嬴秦⑪，武陵路绝波鳞鳞⑫。不知魏晋是何世⑬，或有卞鲍蹲垂纶⑭。紫荆紫艳清不尘⑮，三鸦非花皮则珍⑯。樱从东方浮海至⑰，长腰小蛮娇风神。颇疑海棠分别子⑱，远随徐市移秋津⑲。尚书留花花爱客，蛮笺十幅觞三巡⑳。永和图舒长案茵，周甲廿七风过蘋㉑。题卷岂非天祐岁㉒，正冠不垫林宗巾㉓。酒狂忽发歌绝伦㉔，起将花须花不嗔㉕。

【题解】

本诗作于民国二年（1913）春上巳日（农历三月初三）。据樊增祥《三月三日樊园修禊序》云："旅沪之第三年，岁在癸丑三月三日，超然吟社诸

公仿兰亭修禊故事,集于樊园。止庵相公夙戒庖厨,命啸俦侣,芳晨既届,嘉宾徐来。相公分题试客,即事成章,继轨曲江之游,式遵《丽人》之韵。乙庵则谓事同王谢,故当诗仿兰亭。爰约同人,各赋五言七古诗二首。一人两诗,亦兰亭例也。"又:"兰亭之会四十二人,超社联吟才得十二,而伯严在南,涛园在北。"此选七古一首。

【注释】

① 瘏:困。

② 小车丞相:此指瞿鸿禨。《汉书·车千秋传》:"千秋年老,上优之,朝见,得乘小车入宫殿中,故因号曰车丞相。"率真:直爽,坦率。《晋书·羊曼传》:"曼拜丹杨,客来早者得佳设。日晏则渐罄,不复及精,随客早晚,而不问贵贱。有羊固拜临海守,竟日皆美供,虽晚至者犹获盛馔。论者以固之丰腆,不如曼之真率。"

③ "江村"句:杜甫《南邻》:"白沙翠竹江村暮。"李肇《国史补》:"凡拜相礼绝班行府县,载沙填路,自私第至子城东街,名曰沙堤。"

④ "策驾"句:《上清黄庭内景经》注:《元录经》云:'上清九天玄神八圣骖驾九凤。'"

⑤ 山桃:俗称毛桃。《尔雅》:"榹桃,山桃。"郭璞注:"实如桃而小,不解核。"嬖侍:宠爱的旁侍。扶毂(古 gǔ)轮:扶翼车轮。在侧拥进之意。扬雄《羽猎赋》:"齐桓曾不足使扶毂。"高彦休《阙史补》:"两汉才足以扶轮捧毂而已。"毂,车轮中间车轴贯入处的圆木。也指代车乘。

⑥ 粉白:《楚辞·大招》:"粉白黛黑。"辅颊:腮颊。《易》:"咸,其辅颊舌。"丹朱唇:成公绥《啸赋》:"发妙声于丹唇。"傅玄《苦相篇》:"素齿结朱唇。"

⑦ 碧桃:又称千叶桃。重瓣的桃花。波昙:佛经中所说赤莲华。玄应《一切经音义》:"波昙又云波暮,或云波头摩,或云钵昙摩,正言钵特摩,此译云赤莲华也。"《大方广佛华严经》:"歌赞如来不可说宝莲华

云。"此用以喻碧桃。

⑧ 九华真、安妃：道家所称紫清上宫九华真妃。《真诰》："兴宁三年，岁在乙丑，六月二十五夜，紫微王夫人见降，又与一神女俱来。神女著云锦裙，上丹下青，文采光鲜，视之年可十三、四许左右。紫微夫人曰：'此是太虚上真元君金台李夫人之少女也。'太虚元君昔遣诣龟山，学上清道。道成，受太上书，署为紫清上宫九华真妃者也。于是赐姓安，名郁嫔，字灵箫。"此用以喻碧桃。

⑨ 芬陀：佛经中所说白莲花。慧琳《一切经音义》："奔荼利迦花，古云芬陀利，正梵音云本絜哩迦华，唐云白莲花。其花如雪如银，光夺人目，甚香。"供养：佛家语。以香花、灯明、衣食等回向供养三宝。《妙法莲华经》："香华伎乐，常以供养。"

⑩ 姚魏：指牡丹花。欧阳修《县舍不种花惟栽楠木冬青茶竹之类因戏书七言四韵》："魏紫姚黄照眼明。"又《牡丹记》："姚黄者，千叶黄花，出于民姚氏家；魏紫龙者，千叶肉红花，出于魏相仁浦家。"

⑪ 紫芝：见《旅居近市》注。嬴秦：秦始皇，名嬴政。陶潜《桃花源诗》："嬴氏乱天纪，贤者避其世。黄绮之商山，伊人亦云逝。"

⑫ "武陵"句：苏轼《同正辅表兄游白水山》："武陵路绝无人送。"鳞鳞，喻水纹。鲍照《浔阳还都道中》："鳞鳞夕云起。"

⑬ "不知"句：陶潜《桃花源记》："问今是何世，乃不知有汉，无论魏晋。"

⑭ 卞鲍：卞随、鲍焦。《庄子·让王》："汤将伐桀，因卞随而谋。卞随曰：'非吾事也。'……汤遂与伊尹谋伐桀，克之。以让卞随。卞随辞曰：'后之伐桀也谋乎我，必以我为贼也。胜桀而让我，必以我为贪也。吾生乎乱世而无道之人再来漫我以其辱行，吾不忍数闻也。'乃自投椆水而死。"又，《韩诗外传》："鲍焦衣弊肤见，挈畚持蔬，遇子贡于道。子贡曰：'吾子何以至于此也？'鲍焦曰：'天下之遗德教者众矣，吾何以不至于此也？吾闻之，世不己知而行之不已者，爽行也；上不己用而干之不止者，是毁廉也。行爽廉毁，然且弗舍，惑于利者也。'子贡曰：'吾闻

之,非其世者,不生其利,污其君者,不履其土。非其世而持其蔬,诗曰:"溥天之下,莫非王土。"此谁有之哉?'鲍焦曰:'於戏!吾闻贤者重进而轻退,廉者易愧而轻死。'于是弃其蔬而立槁于洛水之上。"垂纶:垂丝钓鱼。嵇康《兄秀才公穆入军赠诗》:"垂纶长川。"时袁世凯窃位,以重币甘言招曾植,曾植谢绝,故诗语云尔。

⑮ 紫荆:观赏植物,多植于庭院,因似黄荆花而又深紫,故名。紫艳:李益《牡丹》:"紫艳丛开未到家。"

⑯ 三桠:人参。《重修政和证类本草》:"陶隐居云:高丽人作《人参赞》曰:'三桠五叶,背阳向阴。'"人参可自植于庭院,有小花。

⑰ 樱:见前《壬子秋暮归里作》诗注⑦。

⑱ "颇疑"句:沈曾植《双花王阁记》:"牡丹王于唐,樱王于海东。夫同类而前于牡丹者为芍药,同类而先于樱花者为海棠。其得名称见诗咏在二花王前,二花王起而夺嫡为大宗。然吾尝以千叶海棠与千叶樱花对勘,枝条跗萼咸如一,不若芍药木本草本之判然殊异也。"诗意同此,故云"分别子"。

⑲ "远随"句:《史记·秦始皇纪》:"齐人徐市等上书,言海中有三神山,仙人居之,请得斋戒,与童男女求之。于是遣徐市发童男女数千人,入海求仙人。"秋津,日本。黄遵宪《日本国志》:"神武即位于太和之橿原,国号秋津洲。"王先谦《日本源流考》:"《和汉年契》:国号秋津洲,巡幸登腋上嘛间丘望地形,如蜻蛉之臀岾焉。秋津洲之号始于此。蜻蛉秋津,国音相近。"

⑳ 蛮笺:唐代高丽笺的别称。《天中记》:"唐中国纸未备,故唐人诗中多用蛮笺字。高丽岁贡蛮笺纸,书卷多用为衬。"

㉑ 永和图:指《兰亭觞咏图》。宋濂《兰亭觞咏图记》:"《兰亭觞咏图》一卷,相传为李公麟所画。"樊增祥《三月三日樊园修禊序》:"自永和九年(353)至今,历二十七癸丑矣。"按,永和九年,岁在癸丑,为王羲之等四十二人兰亭修禊之年。至本年,值二十七甲子,故云"甲廿七"。永

和,东晋穆帝司马聃年号(345—356)。风过蘋,宋玉《风赋》:"夫风生于地,起于青蘋之末。"

㉒ 天祐:唐昭宗李晔年号(904)、哀帝李柷年号(905—907)。《旧唐书·昭宗纪》:"天祐元年八月壬辰朔壬寅夜,朱全忠令左龙武统军朱友恭、右龙武统军氏叔琮、枢密使蒋玄晖弑昭宗于椒殿。"此暗用此意,借指袁世凯窃国之年。

㉓ 正冠:《淮南子·人间》:"坐而正冠。"正,端正。林宗巾见前《湖楼公宴,奉呈湘绮》诗注⑧。

㉔ 酒狂:《汉书·盖宽饶传》:"宽饶曰:'无多酌我,我乃酒狂。'丞相魏侯笑曰:'次公醒而狂,何必酒也?'"绝伦:无与伦比。《汉书·扬雄传》:"而桓谭以为绝伦。"

㉕ 花须:花蕊。杜甫《陪李金吾花下饮》:"随意数花须。"花不嗔:元好问《纪子正杏园燕集》:"对花不饮花应嗔。"此反用其意。嗔,怒。

方伦叔、廉惠卿招饮小万柳堂,纵观书画竟日,归后默记,赋呈两君(十二首选四)

万柳堂前飏柳花①,园林依旧是廉家。衣冠侨寄今何日②,错认游踪过下窪③。

阁如清闷多奇迹④,家寄荆蛮作逸民⑤。淡墨疏林坡路尽,江山清绝更无人⑥。

帆影楼前数去帆⑦,梵王渡转夕阳衔⑧。老夫尚有沧洲性^⑨,梦断藩篱采药岩^⑩。

　　病过春风九十日^⑪,鸟唤提壶花笑人^⑫。伏槛观河添面皱^⑬,高阁枕流洗耳尘^⑭。

【题解】

　　本诗作于民国二年(1913)。所选原列第一、十、十一、十二首。方守彝(伦叔)《三月二十七日小万柳堂宴集呈座上诸老,并简廉南湖诗》自注云:"是日,瞿子玖、樊樊山、沈乙庵、陈伯严、李梅庵(瑞清)诸公在坐。"方伦叔:生平详前《为伦叔题文待诏画册》诗之【题解】。廉惠卿,名泉,号南湖,江苏无锡人。光绪二十年(1894)举人。题中小万柳堂,在上海曹家渡,为廉泉与妻吴芝瑛偕隐之所。据《上海县续志》载,"廉,吴以诗、书、画名海内,家多珍藏,中外士女之来访者,觞咏品题,殆无虚日"。

【注释】

① 万柳堂:法式善《万柳堂记》:"万柳堂,元廉希宪别墅,时称廉园,在彰仪门外丰台者是也。赵松雪(孟頫)、许圭堂(有壬)、贡云林(奎)、卢疏斋(挚)歌咏之地。国朝冯益都(铨)相国买沙河门内地一区,其地窪下多水,易植柳,且慕廉孟子风,故亦名万柳堂,实非希宪旧址。"此借指小万柳堂。

② 衣冠:见前《野哭》诗注⑤。侨寄:《文献通考·田赋考》:"自东晋寓居江左,百姓南奔者,并谓之侨人。"此寓清亡寓居上海之意。

③ 下窪:北京地名。万柳堂址所在。《顺天府志》:"南下窪,亦称窑窪,有东岳庙、都城隍庙。左安门迤西,至右安门,亘十馀里,其旷地皆下窪也。"

④ 清闷:元代画家倪瓒所居阁名。《明史·隐逸传》:"所居有阁曰清闷,

幽迥绝尘。藏书数千卷,皆手自勘定,古鼎法书,名琴奇画,陈列左右;四时卉木,萦绕其外,高木修篁,蔚然深秀,故自号云林居士。"

⑤ "家寄"门:倪瓒别号荆蛮民。荆蛮,古代中原地区泛称江南楚地的居民。逸民,避世隐居的人。

⑥ "淡墨"二句:自注:"云林轴册皆佳。"彭蕴璨《历代画史汇传》:"倪瓒,工山水,不着色、人物,枯木平远,竹石小景,以天真幽淡为宗,称逸品,为元季第一。"

⑦ 帆影楼:廉泉小万柳堂西有楼,名帆影楼。见《上海县续志》。

⑧ 梵王渡:上海地名。在法华镇。

⑨ 沧洲性:指归隐的志趣。赵孟頫《万柳堂诗》:"主人自有沧洲趣。"沧洲,滨水之地,古称隐者所居。阮籍《为郑冲劝晋王笺》:"临沧洲而谢支伯。"

⑩ 藩篱:篱笆。采药岩:苏鹗《杜阳杂编》:"罗浮先生轩辕集,每采药于深岩峻谷。"

⑪ "病过"句:苏轼《安国寺寻春》:"病过春风九十日。"九十日,此指春季三个月。

⑫ 提壶:鸟名。又作"提葫"、"提葫芦"。如鹍而小,身有麻斑,声清重。

⑬ 伏槛:倚在窗槛上。《楚辞·招魂》:"坐堂伏槛,临曲沼些。"观河添面皱:用佛典,谓岁月流驶,任何事物都要衰亡。《大佛顶如来密因修证了义诸菩萨万行首楞严经》:"佛言:'我今示汝,不生不灭。惟大王汝年几时,见恒河水?'波斯匿王言:'我生三岁,慈母携我谒耆婆天,经过此流,尔时即知是恒河水。'佛言:'大王,如汝所说,二十之时衰于十岁,乃至六十,日月岁时,念念迁变,则汝三岁,见此河时,至年十三,其水云何?'王言:'如三岁时,宛然无异。乃至于今,年六十二,亦无有异。'佛言:'汝今自伤发白面皱,其面必定皱于童年,则汝今时观此恒河,与昔时观河之见,有童耄不?'王言:'不也。'"

⑭ 枕流洗耳:《太平御览》:"王隐《晋书》曰:孙子荆谓王武子曰:'当枕流

漱石。'曰:'石非可以漱,流非可以枕。'孙曰:'所以枕流,洗其耳;漱石,砺其齿。'"又,皇甫谧《高士传》:"许由,字仲武。……尧闻,致天下而让焉。乃退而遁于中岳颍水之阳、箕山之下隐。尧又召为九州长,由不欲闻之,洗耳于颍水滨。"此合两典用之,寓不欲闻袁世凯征聘之言。耳尘:佛家语。佛家称眼、耳、鼻、舌、身为五根,五根所触之五境,称五尘。此五者能染污真性,故谓之尘。见《阿毗达磨俱舍释论》。

廉家荆浩画松峦山水障子,樊山作长歌,余亦继和

画中看画画非画①,高堂飒沓风云开②。九百年前冥漠人③,鸦叉招得精魂来④。建标峰如巨灵擘⑤,直干松自秦时栽⑥。天绅大瀑透空下⑦,彼岂胸臆填风雷⑧!礌礌磈磈崒中怒⑨,耳鸣恍忽惊涛催⑩。悬知松根攫危石⑪,石下定有龙湫洄⑫。满盈之动岂无日⑬,骊珠夜窃何为哉⑭?荆浩北人山北性,清秀不与王维侪⑮。亦掀思训拨昭道,忍将金碧污巅崖⑯。纯全山水大冬气⑰,闭隐道与希夷偕⑱。洶洶五季人相食⑲,厉有怜王僧话灰⑳。战尘飞不到萧寺,吴笔项墨随涂揩㉑。真形太行接恒岳,冥寄桃源及天台㉒。风云所通径路绝㉓,若有人兮宅崔嵬㉔。固知图画意未尽,上方气已通蓬莱㉕。十年江湖困卑湿㉖,董生平远非余怀㉗。长安岂知日同远㉘,岱宗正恐山其颓㉙。乾坤干戈身老病㉚,青鞋布袜行靡阶㉛。投床甘寝幻思梦㉜,梦身化作松根苔。

【题解】

　　本诗作于民国二年(1913)。诗题廉家,指廉泉家,生平见前首诗【题解】。题中荆浩,乃五代名画家。刘道醇《五代名画补遗》:"荆浩,字浩然,河南沁水人。五季隐太行之洪谷,自号洪谷子,尝画山水树石以自适,著《山水诀》一卷。"

【注释】

① "画中"句:钱载《观画图》:"人事无常画中画,画中看画无人会。"郭若虚《图画见闻志》:"虽曰画而非画。"

② 飒沓:群飞貌。傅毅《舞赋》:"飒沓合并。"

③ 冥漠人:谢惠连《祭古冢文》:"东府掘城北堑,入丈馀,得古冢,冢中有二棺……刻木为人……既不知其名字远近,故假为之号曰溟漠君云尔。"此指荆浩,荆浩生活于后梁,距作此诗时近千年,云"九百年前",是约数。

④ 鸦叉:即丫叉,树木分枝之处,此用以指物的丫叉。李商隐《病中闻河东公乐营置酒口占寄上》:"展障玉鸦叉。"精魂:灵魂。张衡《思玄赋》:"精魂回移。"

⑤ 建标:直立的标高。孙绰《游天台山赋》:"赤城霞起而建标。"巨灵擘:见前《题王元照画山水》注⑯。

⑥ 直干:笔直的树干。杜甫《戏为双松图歌》:"请公放笔为直干。"秦时栽:泰山有五大夫松,传为秦时所栽。

⑦ 天绅大瀑:韩愈《送惠师》:"悬瀑垂天绅。"天绅,从天空垂下的大带。喻瀑布。透空下:《隋书·沈光传》:"透空而下。"

⑧ "彼岂"句:孟郊《赠郑夫子鲂》:"天地入胸臆,吁嗟生风雷。"

⑨ "碨(垒 lěi)碟"句:宋玉《高唐赋》:"崒中怒而特高兮,若浮海而望碣石。砾磥碟而相摩兮,嵯震天之磕磕。"李善注:"崒,聚也;磥碟,众石貌。《字林》曰:磕,大声也。"

⑩ 恍忽：又作"恍惚"，模糊不清。《老子》："惟恍惟忽。"

⑪ 悬知：料想。攫（决 jué）危石：形容根须攀缘于山崖峭石之上。攫，抓取。

⑫ 龙湫：龙潭。《隋书·礼仪志》："龙湫出于荆石。"洄：水流回旋。

⑬ 满盈之动：《易》："雷雨之动满盈。"

⑭ 骊珠夜窃：《庄子·列御寇》："河上有家贫恃纬萧而食者，其子没于渊，得千金之珠。其父谓其子曰：'取石来锻之。夫千金之珠，必在九重之渊而骊龙颔下。子能得珠者，必遭其睡也，使骊龙而寤，子尚奚微之有哉？'"

⑮ 王维（699—759）：字摩诘，工诗善画，《宣和画谱》称其："精山水，当时之画家者流，以为天机所到，而所学者皆不及。"荆浩《画山水录》称他"笔墨宛丽，气韵高清。"侪：类。

⑯ "亦掀"二句：邓椿《画继》："李思训画著色山水，用金碧晖映，为一家法。其子昭道，变父之势，妙又过之，故时号曰'大李将军'，'小李将军'。"

⑰ 纯全山水：宋韩拙有《山水纯全集》一卷。大冬：严冬。《春秋繁露·阴阳出入》："天之道初薄大冬，阴阳各从一方来而移于后。"

⑱ 闭隐：《易·坤》："天地闭，贤人隐。"希夷：形容虚寂微妙。《老子》："视之不见名曰希，听之不闻名曰夷。"

⑲ 汹汹：动荡不安。焦赣《易林》："纷纷汹汹。"五季：指后梁、后唐、后晋、后汉、后周五代。《宋史·地理志》："唐室既衰，五季迭兴。"人相食：《孟子·滕文公下》："人将相食。"

⑳ 厉有怜王：见前《入城》诗注⑥。""僧话灰：《初学记》："曹毗《志怪》云：汉武帝凿昆明池极深，悉是灰墨，无复土。举朝不解，以问东方朔，朔曰：'臣愚不足以知之，可试问西域胡人。'帝以朔不知，难以移问。至后汉明帝时，外国道人入来洛阳，时有忆方朔言者，乃试以武帝时灰墨问之，胡人云：'经云，天地大劫将尽则劫烧，此劫烧之馀。'乃知朔言

有旨。"

㉑ "战尘"二句：自注："浩有《秋山萧寺图》，见《清河书画舫》。"战尘，陆游《曳策》："两京梅傍战尘开。"萧寺，僧寺名，梁武帝时所建。李肇《国史补》："梁武帝造寺，令萧子云飞白大书'萧寺'。"张丑《清河书画舫》："敏仲近购荆浩《秋山萧寺》巨幅，原系阜陵(宋孝宗陵)故物，上有《乾》卦图书，下有绍兴小玺，皴法与中立(范宽)相似，故米氏《画史》云：'范宽师荆浩。'其言信而有征矣。"吴笔项墨，吴，指吴道子；项，指项容。二人均为唐代画家。郭若虚《图画见闻志》："荆浩语人曰：吴道子有笔而无墨，项容有墨而无笔。吾当采二子之所长，成一家之体。"

㉒ "真形"二句：自注："郭若虚《图画见闻志》载浩《桃源》、《天台图》。"真形，见《题王元照画山水》注⑳。荆浩《笔法记》："太行山有洪谷，其间数亩之田，吾常耕而食之。有日登神钲山，四望迥迹，入大岩扉，苔径露水，怪石祥烟，疾进其处，皆古松也。明日携笔，复就写之，凡数万本，方如其真。"太行接恒岳，《尚书·禹贡》："太行恒山，至于碣石。"恒岳，北岳恒山，主峰在河北曲阳。桃源及天台，郭若虚《图画见闻志》："荆浩有《四时山水》、《三峰》、《桃源》、《天台》等图传于世。"

㉓ "风云"句：左思《吴都赋》："径路绝，风云通。"

㉔ 若有人兮：见前《题俞策臣师画册》诗注㉗。宅：筑宅。崔嵬：有石的土山。《诗·周南·卷耳》："陟彼崔嵬。"

㉕ 上方：此指天上。佛经称天上为上方，与下方相对。《阿毘昙毘婆沙论》："上者是上方，下者是下方。"蓬莱：传说中海上三神山之一。见前《西湖杂诗》诗注㉘。

㉖ 卑湿：地势低，潮气重。《汉书·地理志》："江南卑湿。"

㉗ 董生：董源。唐代画家。见前《题王石谷仿江贯道山水直幅》诗注⑱。平远：郭熙《山水训》："自近山而望远山，谓之平远。"此形容董源的画。

㉘ "长安"句：《世说新语·夙惠》："晋明帝数岁，坐元帝膝上。有人从长

安来,元帝问洛下消息,潸然流涕。明帝问:'何以致泣?'具以东渡意告之。因问明帝:'汝意谓长安何如日远?'答曰:'日远。'不闻人从日边来,居然可知。元帝异之。明日,集群臣宴会,告以此意,乃重问之,乃答曰:'日近。'元帝失色曰:'尔何故异昨日之言邪?'答曰:'举目见日,不见长安。'"

㉙ 岱宗:泰山。山其颓:《礼记·檀弓》:"泰山其颓乎!"颓,倾坍。

㉚ 干戈:二种兵器名,因用以指战争。

㉛ 青鞋布袜:山野之人的穿戴。杜甫《奉先刘少府新画山水障歌》:"青鞋布袜从此始。"靡阶:王粲《思亲诗》:"超焉靡阶。"

㉜ 投床:上床。《左传·定公三年》:"自投于床。"甘寝:甜睡。韩愈《郑群赠簟》:"倒身甘寝百疾愈。"思梦:《周礼·春官宗伯》:"三曰思梦。"

题扇赠鹤柴山人(二首)

　　庐江回倚沼①,淮水郁增波②。市隐江南美③,轺封塞上过④。沙深迷赤柳⑤,月冷渡黄河。病客昆仑梦⑥,因君发浩歌⑦。

　　吴刚修月去⑧,梅福故庭芜⑨。客有槎回问⑩,星传曙后孤⑪。瞳瞳凄老眼⑫,劫劫到今吾⑬。借问陈无己,《谈丛》续得无⑭?

【题解】

　　本诗作于民国二年(1913),时居上海麦根路寓庐。诗题鹤柴山人,指近代诗人陈诗。诗字子言,号鹤柴,安徽庐江人。工诗,善骈散文。隐居不仕,寓居上海三十馀年。著有《风台山馆诗》、《尊匏室诗话》等。上年陈诗自陇上归沪,以纪游诗呈曾植。此诗为回赠之作,书于扇上。

【注释】

① 庐江:古水名,《山海经·海内东经》:"庐江出三天子都,入江彭泽西。"旧庐江郡、庐江县因江而得名。《楚辞·招魂》:"路贯庐江兮左长薄,倚沼畦瀛兮遥望博。"

② "淮水"句:魏文帝《临涡赋》:"微风起兮水增波。"淮水,淮河。

③ 市隐:隐居于市朝。王康琚《反招隐诗》:"大隐隐朝市。"《晋书·邓粲传》:"夫隐之为道,朝亦可隐,市亦可隐,隐初在我,不在于物。"

④ 轺封:指驿车。《汉书·平帝纪》:"征天下通知逸经、古记、天文、历算、钟律、小学、史篇、方术、本草,及以五经、《论语》、《孝经》、《尔雅》教授者,在所为驾一封轺传,遣诣京师。"塞上:古称边界险要之处为塞,此指甘肃。按:晚清诗人俞明震任甘肃提学使期间,邀陈诗入幕。两人常于公暇时唱和。陈衍《石遗室诗话》称"穷边唱和,古今亦罕有其匹矣"。

⑤ 赤柳:即柽柳,红柳。《汉书·西域传》注:"师古曰:'柽柳,河柳也,今谓之赤柽。'"按:陈诗游甘肃时,有《红柳盦行卷》,曾植因以赤柳为点染。

⑥ 昆仑:见前《遨游在何所行》诗注①。

⑦ 浩歌:见前《途中偶作》诗注⑰。

⑧ 吴刚:传说中月中斫桂的神仙。段成式《酉阳杂俎》:"旧言月中有桂,有蟾蜍,故异书言,月桂高五百丈,下有一人常斫之,树创随合。其人姓吴名刚,西河人,学仙有过,谪令伐树。"又:"月势如丸,其影日烁其凸处也,常有八万二千户修之。"按:吴刚,此处借指吴保初。保初字彦复,陈诗同乡,近代诗人,清末官刑部主事,著有《未焚艸》、《此山楼诗

集》。宣统三年(1911)夏中风,卧病两载,本年元宵后一日卒于上海。修月去,指此。

⑨ 梅福:《汉书·梅福传》:"梅福,字子真,九江寿春人也。……为郡文学,补南昌尉。……王莽专政,福一朝弃妻子,去九江,至今传以为仙。"按,吴保初生前寓居上海梅福里,此语义双关。章炳麟《赠吴君遂》:"渐识吴君遂,高情弃直庐,卜居梅福里,草上杜根书。"章士钊《孤桐杂记》:"'卜居梅福里,草上杜根书'二语,先外舅曾书作门帖,以示矜重。"士钊为吴之长女婿,故以外舅称吴。

⑩ "客有"句:用"仙槎"典,见前《古诗二首》注⑮。此客即指陈诗。

⑪ "星传"句:《太平广记》引《明皇杂录》:"唐崔曙应进士举,作《明堂火珠诗》,续有佳句曰:'夜来双月满,曙后一星孤。'其言深为工文士推服。既夭殁,一女名星星而无男,当时咸异之。"按:吴保初嗣子世炎,十馀岁喉疾卒。仅有二女,一名弱男,一名亚男。

⑫ 暳(荒 huāng)暳:又作"晄晄",目不明。《灵枢经脉篇》:"目晄晄如无所见。"

⑬ 劫劫:宗密《华严原人论》:"劫劫生生,轮回不绝。"今吾:辛弃疾《鹧鸪天·有客慨然谈功名因追念少年时事戏作》:"追往事,叹今吾。"

⑭ 陈无己:北宋诗人陈师道,字无己。此指陈诗。陈振孙《直斋书录解题》:"《谈丛》六卷,秘书省正字彭城陈师道无己撰。"

晚　　望

晚云千里至,病树百年枯①。箧叟称经语②,舟师警泽苻③。万方成一概,七日有重苏④。鬼哭桥南路⑤,谁施

法食呼⑥?

【题解】

本诗作于民国二年(1913)秋,时居上海麦根路寓庐。

【注释】

① 病树:刘禹锡《酬乐天扬州初逢席上见赠》:"病树前头万木春。"

② "篾叟"句:《宋史·谯定传》:"初,程颐之父珦尝守广汉,颐与兄颢皆随侍。游成都,见治篾箍桶者挟册,就视之,则《易》也。欲拟议致诘,而篾者先曰:'若尝学此乎?'因指'《未济》男之穷'以发问。二程逊而问之,则曰:'三阳皆失位。'兄弟涣然有所省。翌日再过之,则去矣。其后袁滋入洛,问《易》于颐。颐曰:'《易》学在蜀耳,盍往求之?'滋入蜀访问,久无所遇。已而见卖酱薛翁于眉、邛间,与语,大有所得。……篾叟、酱翁,皆蜀之隐君子也。"

③ 泽苻:《左传·昭公二十年》:"郑国多盗,取人于萑苻之泽。"萑苻之泽,芦苇丛生的水泽,易于藏身,因以指盗贼聚众出没之处。

④ "万方"二句:杜甫《秦州杂诗二十首》之三:"万方声一概。"《左传·宣公八年》:"夏,会晋伐秦,晋人获秦谍,杀诸绛市,六日而苏。"此处用此二典,记民国二年七月李烈钧、黄兴等发动的讨袁战事。上年,袁世凯就任中华民国临时大总统。本年五月,袁氏组织进步党,企图在国会中与国民党相抗衡。六月,袁氏免去国民党系的安徽都督柏文蔚、江西都督李烈钧、广东都督胡汉民职。七月,李烈钧于湖口宣布独立文告,起兵讨袁,十五日,黄兴起讨袁军于南京。次日,以陈其美为驻沪讨袁军总司令,柏文蔚又安徽起讨袁军。随后,陈炯明于广东、许崇智于福建、蒋翊武于湖南、熊克武于重庆亦相维率部分军队独立。但在袁军大举进攻下,由于起事过迟,步骤不一,不久即以失败告终。此处"七日苏"的七日,是虚指。

⑤ "鬼哭"句：陈其美任驻沪讨袁军总司令后,于二十二日晚率众攻上海
　　江南制造局,失利,代以钮永建,二十八日晚又迎战于龙华、南市两处。
　　终因寡不敌众,退至吴淞及宝山一带。八月,袁军大举南下。在袁军
　　强大的炮火攻击下,讨袁失败。此句即指上海的战事。
⑥ 法食：佛家语。佛法中食物有法制,依其法制而食,是为法食。道宣
　　《四分律删繁补阙行事钞》："增一云：如来所著衣名曰袈裟,所食者名
　　为法食。"

秋　　郊

　　秋郊望密云①,远树散鸦群。暗水明燐屑②,荒城蔽
狄氛③。疲民艰粒食④,大象闷星文⑤。目断杨枝露⑥,闻
思竟不闻⑦。

【题解】

　　本诗作于民国二年(1913)秋,时居上海麦根路寓庐。本事见前诗。

【注释】

① "秋郊"句：《易·小畜》："密云不雨,自找西郊。"
② 暗水：杜甫《夜宴左氏庄》："暗水流花径。"燐：俗称鬼火。《诗·东
　　山》孔颖达正义："《淮南子》云：'久血为燐。'许慎云：'谓兵死之血为
　　鬼火。'"此用其意。
③ 狄氛：古代泛称北方少数民族曰狄。这里指战争的凶气。
④ 疲民：见前《题俞策臣师画册》诗注⑥。粒食：以谷物为食。《礼记·

王制》："有不粒食者矣。"

⑤ 大象：《易》传的组成部分。依据一卦的基本观念,说明事物变化和人事现象,称大象。《旧唐书·天文志》："大象可运算而窥。"星文：星象。苏味道《使岭南闻崔马二御史并拜台郎》："遥仰列星文。"

⑥ 杨枝：《大方广佛华严经》："手执杨枝,当愿众生,皆得妙法。"又《观音忏法》："我今具杨枝净水,惟愿大悲哀怜摄受。"

⑦ "闻思"句：苏轼《子由生日以檀香观音像及新合印香银篆盘为诗》："闻思大士应已闻。"此反其意而用之。

叶天寥象卷

天寥淡荡人①,道种观其悲②。一朝谢绮语③,木石甘寒饥④。宴然灭尽定⑤,身在明夷时⑥。笠屐斜阳行⑦,有思非有思⑧。

【题解】

本诗作于民国二年(1913)秋,时居上海麦根路寓庐。诗题叶天寥,乃明吴江人。据《吴江县志》："叶绍袁,字仲韶,天启五年进士,例当得县,以不习吏事,授南京武学教授,改北国子监助教,升工部虞衡司主事,念母在家年老,乞终养归。屏迹汾湖滨,与妻沈宜修菆水邀亲欢,闺门之内,歌咏唱酬以为乐。无何,母与妻相继没,幽忧憔悴,杜门萧然如枯衲。乙酉八月,一夕,出门走馀杭之径山荒刹,薙发为浮屠,已而依平湖母家冯氏村居止焉。感怆郁郁,成疾卒,年六十。所著有《天寥集》等书藏于家。"按,此诗为长沙叶德辉题。手稿自评曰："竟陵精谐。"

【注释】

① 淡荡人：放荡的人。李白《古风》其十："吾亦淡荡人，拂夜可同调。"

② 道种：佛家语。智度论所说三智之一，学一切道法济度众生菩萨之智。《大智度论》："苦菩萨能如是知，则能为众生分别世间出世间道，有漏无漏，一切诸道，亦如是入一相，是名道种慧。"观其悲：《妙法莲华经》："悲观及慈观。"

③ 绮语：见前《和天琴》诗注⑤。

④ 木石：见前《旅居近市》诗注⑮。

⑤ 窅(咬 yǎo)然：深远貌。《庄子·知北游》："夫道窅然难言哉，将为汝言其崖略。"灭尽定：佛家语。六识之心心所灭尽再不起之禅定。《中阿含哺利多品大拘缔罗经》："比丘入灭尽定时，先灭身行，次灭口行，后灭意行。"

⑥ 明夷：《易》卦名。《易·明夷》："明夷，利艰贞。""象曰：明入地中，明夷，内文明而外柔顺，以蒙大难，文王以之；利艰贞，晦其明也，内难而能正其志，箕子以之。"后因以喻主暗于上，贤人退避的乱世。天寥生活于明末清初乱世，故云。

⑦ "笠屐"句：叶绍袁《甲行日注》："薛谐孟作余小象，画成，顶笠执杖。适有山邻见之曰：'此韩文公也'。众皆鞹然。"

⑧ 有思：佛家语。《善见律毘婆沙》："以极乐美满，故于第三禅定而舍之，令喜止不起，是名有思。"苏轼《书临皋亭》："东坡居士酒醉饭饱，倚于几上，白云左缭，清江右洄，重门洞开，林峦坌入。当是时，若有思而无所思，以受万物之备，惭愧惭愧。"又《思无邪斋铭叙》："有思皆邪也，无思则土木也。吾何自得道，其惟有思而无所思者乎？"此用其意。

杂诗（八首选四）

我有兰百本，同心盟十年①。托根不藉地②，保种宁

非天？秋院肃清蔚③，孤英想幽妍④。杳然空谷思⑤，阔绝
怀香缘⑥。流宕夙心负⑦，衰疾岁月迁⑧。寻芳遇邻畹⑨，
予美愁悁悁⑩。

　　江雾晨漠漠⑪，江流静洄洄⑫。朝华绚五采，隐映遥空
来⑬。蜃气结层标⑭，虹梁冠崇隈⑮。飘摇海童游⑯，扮挩
青鸾偕⑰。目骛洞光景⑱，神行度埏垓⑲。若有羽衣人⑳，
星冠集灵台㉑。我乘升降烟㉒，天汉云昭回㉓。却倚白榆
枝㉔，眇延松乔侪㉕。香城一晌尽㉖，龙汉千期哀㉗。

　　秋叶无妍姿，秋灯无显迹。窗前老槐树，柯觡日槭
槭㉘。寒塘蒲荸短，淡日乾坤白㉙。解俙视荫情㉚，苍莽远
行客㉛。宿舂嗟已晚㉜，输载念谁役㉝。幸自可怜生，尔牛
来角尺㉞。

　　作诗必此诗，诗亦了无住㉟。偶然眼中屑，构此空中
语㊱。六凿杂悲欢㊲，七音迭宫羽㊳。太虚谁点缀㊴，流水
无焦腐㊵。笔汝亟前来，写我非云句㊶。

【题解】

　　本诗作于民国二年（1913）秋，时居上海麦根路寓庐。所选原列第
二、三、五、七首。陈衍《石遗室诗话》："以平原、康乐之骨采，写景纯、彭
泽之思致。即以诗中'蜃气虹梁'十句还状此八诗。"

【注释】

① "我有"二句：《易·系辞上》："二人同心，其利断金。同心之言，其臭如兰。"

② "托根"句：《宋遗民录》："卢熊《苏州府志·郑思肖小传》：自更祚后，为兰不画土，根无所凭借。或问其故。则云：'地为番人夺去，汝犹不知耶？'"此化用其意。

③ 清蔚：清新繁茂。

④ 孤英：一花孤放。元稹《芳树》："孤英尤可嘉。"幽妍：幽独妍丽。苏轼《端午遍游诸寺得禅字》："小窗幽更妍。"

⑤ "杳然"句：蔡邕《琴操》："猗兰操者，孔子所作也。孔子历聘诸侯，诸侯莫能任。自卫反鲁，过隐谷之中，见芗兰独茂，喟然叹曰：'夫兰当为王者香，今乃独茂，于众草为伍，譬犹贤者不逢时也！'乃止车，援琴鼓之，自伤不逢时，托辞于芗兰云。"空谷思，指此。杳然，深远貌。

⑥ "阔绝"句：《初学记》："应劭《汉官仪》曰：尚书郎含鸡舌香伏奏事，黄门郎对揖跪受。故称尚书郎怀香握兰，趋走丹墀。"阔绝，远隔。此句自谓离开在清朝任刑部郎中的时间已久。

⑦ 流宕：流浪。见《新月》注④。夙心：夙愿，以往的心愿。

⑧ 衰疾：衰老多病。谢灵运《游南亭》："衰疾忽在斯。"

⑨ 寻芳：姚合《题宣义池亭》："寻芳行不困。"

⑩ 予美：《诗·陈风·防有鹊巢》："谁侜予美。"悁悁：忧闷貌。《诗·陈风·泽陂》："中心悁悁。"

⑪ 漠漠：密布、广布貌。陆机《君子有所思行》："街巷纷漠漠。"

⑫ 洄洄：旋流貌。《隶释》："《桂阳太守周憬功勋碑》：'石纵横兮流洄洄。'"

⑬ 隐映：隐约。刘孝威《登覆舟山望湖北》："堂皇更隐映。"

⑭ 蜃气：海面上或沙漠中远处出现的城郊楼宇等幻象，由光线的折射而形成。古代以为蜃所吐之气所生成，因称。《史记·天官书》："海旁蜄

气象楼台,广野气成宫阙然。"层标:高霁《改九子山为九华山联句》:
"层标遏迟日。"

⑮ 虹梁:班固《西都赋》:"抗应龙之虹梁。"李善注:"应龙虹梁,梁形似龙
而曲如虹也。"此指虹。崇隈:高谷。王勃《散关晨度》:"连栋起崇
隈。"《尔雅·释丘》:"厓内为隩,外为隈。"

⑯ 海童:传说中的海中神童。木华《海赋》:"海童邀路。"

⑰ 扮褫(吩志 fēn zhì):舒缓貌。《庄子·山木》:"其为鸟也,扮扮褫褫,
而似无能。"青鸾:传说中的神鸟。陆佃《埤雅》:"青凤为鸾。"

⑱ 骛:驰。光景:《说文》:"敆,光景流也。"

⑲ 神行:神游。《列子·黄帝》:"神行而已。"埏垓:极边远之处。司马
相如《封禅文》:"上畅九垓,下泝八埏。"

⑳ 羽衣人:指神仙。羽衣,用羽毛编织的衣服。《史记·封禅书》:"于是
天子又刻玉印曰'天道将军',使使衣羽衣,夜立白茅上,五利将军,亦
衣羽衣,夜立白茅上受印。"

㉑ 星冠:以星为冠。葛洪《神仙传》:"羽衣星冠。"灵台:西周时台名。
《诗·大雅·灵台》:"经始灵台。"笺:"观台而曰灵者,文王化行似神之
精明,故以名焉。"

㉒ 升降烟:郭璞《游仙诗》:"升降随长烟。"李善注:"《列仙传》曰:宁封子
者,黄帝时人也,积火自烧而随烟上下。"

㉓ 天汉:银河。《诗·小雅·大东》:"维天有汉。"云昭回:《诗·大雅·
云汉》:"倬彼云汉,昭回于天。"意为云汉星辰光照运转于天,夜空
晴朗。

㉔ 白榆:星宿名。《古乐府·陇西行》:"天上何所有?历历种白榆。"

㉕ 眇延:远招;远请。松乔:传说中的赤松子、王子乔。班固《西都赋》:
"庶松、乔之群类,时游从乎斯庭。"李善注:"《列仙传》曰:'赤松子者,
神农时雨师也,服水玉教神农'。又曰:'王子乔者,周灵王太子晋也,
道人浮丘公接以上嵩高山。'"侪:辈。

㉖ 香城：佛经中城名。《摩诃般若波罗蜜经》："从是东行，去此五百由
旬，有城名众香，其城七重，七宝庄严，台观栏楯，皆以七宝校饰七宝之
墼、七宝行树周匝，七重宝树行列，以黄金、白银、车渠、马瑙、珊瑚、颇
梨、红色真珠以为枝叶。"眴(顺 shùn)：同"瞬"、"瞚"，目转动。慧琳
《一切经音义》："眴，玄绢反。《玉篇》：'目动也。'王逸注《楚辞》云：
'眴，视貌也。'《说文》'从目旬声'也，旬字从目。经文从旬及音舜者，
非也。旬音县。"

㉗ 龙汉：道家语。道家所称天地之数的五劫之一。《云笈七签》："龙汉
一运，经九万九千九百九十九劫，气运终极，天沦地崩，四海冥合，乾坤
破坏，无复光明。"《元始天尊度人经》："元洞玉律，龙汉延康。眇眇亿
劫，混沌之中。溟涬大梵，寥廓无光。赤明开图，运度自然。"上阳子
注："东方得九气，以分天境，劫号龙汉；南方得三气，以分天境，劫号赤
明；中央得十二气，以分天境，劫号上皇；西方得七气，以分天境，劫号
延康；北方得五气，以分天境，劫号开皇。"此暗指清朝的灭亡。

㉘ 觡(格 gé)：僵木。《尔雅·释木》："栈木，干木。"郭璞注："僵木也。
江东呼木觡。"郝懿行《义疏》："觡之言犹格也，格犹阁也。《说文》格，
木长貌。"槭槭：树枝光秃貌。卢谌《时兴》："槭槭芳叶零。"

㉙ "寒塘"二句：《管子》："苴草林木，蒲苇之所茂。"刘基《满江红·次韵
和石末元帅》："阳乌未放乾坤白。"

㉚ 解㑊(亦 yì)：病症名。《素问》："尺脉缓濇，谓之解㑊。"视荫：《左
传·昭公元年》："秦后子有宠于桓，如二君于景，其母曰：'弗去，惧
选。'癸卯，鍼适晋……后子见赵孟……赵孟曰：'秦君何如？'对曰：'无
道。'赵孟曰：'亡乎？'对曰：'何为？一世无道，国未艾也。国于天地，
有与立焉。不数世淫，弗能毙也。'赵孟曰：'天乎？'对曰：'有焉。'赵孟
曰：'其几何？'对曰：'鍼闻之，国无道而年谷和孰，天赞之也，鲜不五
稔。'赵孟视荫，曰：'朝夕不相及，谁能待五？'后子出而告人曰：'赵孟
将死矣，主民，玩岁而愒日，其与几何？'"杜预注："后子，秦桓公子，景

公母弟铖也。""荫,日景也。"

㉛ 苍莽:空阔无边貌。《庄子·逍遥游》:"适莽苍者三飧而返,腹犹果然。"苏辙《黄楼赋》:"山川开阖,苍莽千里。"远行客:《古诗十九首》:"人生无地间,忽如远行客。"

㉜ 宿舂:《庄子·逍遥游》:"适百里者宿舂粮。"

㉝ "输载"句:《诗·小雅·正月》:"其车既载,乃弃尔辅。载输尔载,将伯助予!""屡顾尔仆,不输尔载。"此用其意,谓车上所载之物,因失去了"输",即将掉落,让谁来帮忙呢!

㉞ "幸自"二句:《景德传灯录》:"幸自可怜生。"又:"大安禅师云:安在沩山三十年来,吃沩山饭,屙沩山屎,不学沩山禅,只有一头水牯牛,若落路入草,便牵出,若犯人苗稼,即鞭挞。调伏既久,可怜生受人言语。"尔牛,《诗·小雅·无羊》:"尔牛来思。"角尺,《礼记·王制第五》:"祭天地之牛角茧栗,宗庙之牛角握,宾客之牛角尺。"

㉟ "作诗"二句:诗随诗人的个性而异,并无固定的模式。苏轼《书鄢陵王主簿所画折枝》:"赋诗必此诗,定非知诗人。"无住,佛家语。佛家称法无自性,自性无,故住著无所,随缘而起,为无住。无住为万有之本。《金刚般若波罗蜜经》:"菩萨于法应无所住。"又:"应无所住而生其心。"《维摩诘所说经》:"从无住本立一切法。"

㊱ "偶然"二句:《景德传灯录》:"白居易诣惟宽禅师,问:'垢即不可念,净无念可乎?'师曰:'如人眼睛上,一物不可住。金屑虽珍宝,在眼亦为病。'"又惠洪《冷斋夜话》:"法云师尝谓鲁直曰:'诗多作无害,艳歌小词可罢之。'鲁直笑曰:'空中语耳,非杀非偷,终不至坐此堕恶道。'"构,构思。空中语,指虚幻不实的话。

㊲ 六凿:古称喜、怒、哀、乐、爱、恶为六凿。《庄子·外物》:"心无天游,则六凿相攘。"

㊳ 七音:古乐理称宫、商、角、徵、羽、变宫、变徵为七音。《左传·昭公二十年》:"一气、二体、三类、四物、五声、六律、七音、八风、九歌以相成

也。"又,《周礼·春官·大师》:"皆文之以五声:宫商角徵羽。"

㊴ 太虚:天空。孙绰《游天台赋》:"太虚辽廓而无阂。"谁点缀:《世说新语·言语第二》:"司马太傅斋中夜坐,于时天月明净,都无纤翳,太傅叹以为佳。谢景重在坐,答曰:'意谓乃不如微云点缀。'太傅因戏谢曰:'卿居心不净,乃复强欲滓秽太清邪?'"苏轼《六月二十日夜渡海》:"云散月明谁点缀。"

㊵ "流水"句:《吕氏春秋·尽数》:"流水不腐,户枢不蠹。动也。形气亦然。"

㊶ "笔汝"二句:自注:"云句、非云句,见《楞伽经》。"笔来,《金史·施宜生传》:"取几间笔扣之曰:'笔来! 笔来!'"

以新刻江西诗派二家集呈止相,用枝字韵

斜上旁行谱几枝①,当年门户净期期②。东莱家法传元祐③,南渡诗林此导师④。昆体善知初祖意⑤,江湖终胜四灵诗⑥。野人芹美平生味⑦,诗侑先生艺苑卮⑧。

【题解】

本诗作于民国二年(1913)秋,时居上海麦根路寓庐。新刻《江西诗派二家集》,指宋代江西诗派韩驹、饶节二家诗集的新刻本。沈曾植《重刊江西诗派韩饶二集序》:"《江西诗派诗集》,《宋史·艺文志》著录为一百十五卷,《续宗派诗》二卷。《书录解题》著录正集一百三十七卷,续集十三卷。《文献通考》著录与《解题》同。据陈氏《诗派》解题下称'详诗集类',则诗集类自林敏功《高隐集》起,至江端本《陈留集》止,所谓皆入诗

派者,其次第当即《诗派》次第,综其卷数,计:林敏功《高隐集》七卷,林敏修《无思集》四卷,潘大临《柯山集》二卷,谢逸《溪堂集》五卷,补遗二卷,谢薖《竹友集》七集,李彭《日涉集》十卷,洪朋《清虚集》一卷,洪刍《老圃集》一卷,洪炎《西渡集》一卷,韩驹《陵阳集》四卷、别集二卷,高荷《还还集》二卷,徐俯《东湖集》三卷,吕本中《东莱集》二十卷、外集二卷,晁冲之《具茨集》十卷,汪革《清溪集》一卷,饶节《倚松集》二卷,夏倪《远游堂集》二卷,王直方《归叟集》一卷,李锜《李希声集》一卷,杨符《杨信祖集》一卷,江端本《陈留集》一卷,凡二十一家,九十二卷。益以别出之《山谷集》三十卷、外集十一卷、别集二卷,《后山集》六卷、外集五卷,皆明言《诗派》者,已溢出一百三十七卷之外。尚有祖可《瀑泉集》十三卷,善权《真隐集》三卷,都计合于后村总叙二十五家之数,而卷数则为一百六十二卷矣。《诗派》有旧本,有增刻。诸家次第,见于宋人纪述者,各各不同。就其最可依据者,陈氏所录与后村听叙,亦不尽同。刘氏明言旧本以吕紫微居后山上,而陈氏所录乃在徐东湖之次;刘氏言紫微以高荷殿诸公,而陈录高在陵阳之次。不知陈氏所录为江西旧本耶? 或即黄汝嘉所校刊耶? 北宋诗家之有江西诗派,犹南宋诗家之有《江湖诗集》,留存于今者,诸家卷第,种种不同,度《诗派》理亦宜然,七百年来,世间遂无流传完帙,释兹疑窦,深可惜也。其零本单行者,如此之《饶韩二集》、《晁叔用集》、《谢幼槃集》、《吕东莱诗集》皆有庆元己未校官黄汝嘉校刊题记一行,得藉知为《诗派》刻本,而韩、饶二集,校式不同,晁集十行二十字,与饶同;'江西诗派'四字在第一行,又与饶集列第二行者不同。诸本皆自宋本传摹,而差互不齐乃尔,亦足推见原本之刻非一时,成非一手矣。余少喜读陵阳诗,尝得倦圃所藏旧本;读《紫微诗话》、《童蒙训》,慕倚松之为人,而诗集恨未得见。宣统己酉(1909),艺风(缪荃孙)先生访余皖署,谈次谓有景宋本甚精,相与谋并《陵阳集》刻之,属陶子琳开板武昌,工未竣而兵起工停。越岁壬子,乃得见样本于沪上,适会盛伯希(昱)祭酒家书散出,中有残宋本《倚松老人集》,为吴君昌绥所得。艺风通信津门,属章式之

（钰）就样本校一过，行款字画，纤悉不遗。余复从《嘉泰普灯录》中搜得《如璧大师传》一篇，为向来诗苑所未见者，录附卷后。自庆元己未（1199）迄今癸丑（1913），七百有馀岁，两先生文字精神，仅借此《诗派》小集，再传雕印，而其足本，若陈氏所录五十卷之《陵阳集》，《宋志》所录十四卷之《倚松集》，寂寥天壤，绝不可寻，而同时诸公所推为祭酒，若夏均父（倪）、高子勉（荷）诸君，仅存一二篇章，乃并此数卷之小集，留存而不可得。士君子高才邃学，托传文字，良甚足悲。而余与艺风诸君崎岖转徙之馀，犹复白首编摩，出自所信好者，校刊流传，蕲以饷世变风移渺不相闻之同志，其为可悲，不滋甚乎。癸丑五月，姚埭老民沈曾植记。"诗题止相，指止庵，即瞿鸿機。

【注释】

① 斜上旁行：本指《史记》"三代世表"十二诸侯年表等表，后泛指用表格行式排列的系表、谱牒。《梁书·刘杳传》："王僧孺被敕撰谱，访杳血脉所因。杳云：'桓谭《新论》云：太史《三代世表》，旁行邪上，并效周谱。以此而推，当起周代。'"此指北宋江西诗派宗派图。

② 门户：古代谓树朋党为立门户。《新唐书·韦云起传》："今朝廷多山东人，自作门户，附下罔上为朋党。"净期期：指争论不休。《史记·张丞相传》："昌为人吃，又盛怒，曰：'臣口不能言，然臣期期知其不可'。"据胡仔《苕溪渔隐丛话》："吕居仁近时以诗得名，自言传衣江西，尝作《宗派图》，自豫章以降，列陈师道、潘大临、谢逸、洪刍、饶节、僧祖可、徐俯、洪朋、林敏修、洪炎、汪革、李錞、韩驹、李彭、晁冲之、江端本、杨符、谢薖、夏倪、林敏功、潘大观、何觊、王直方、僧善权、高荷，合二十五人以为法嗣，谓其源流皆出豫章（黄庭坚）也。其《宗派图序》数百言，大略云：'唐自李杜之出，焜燿一世，后之言诗者，皆莫能及。至韩、柳、孟郊、张籍诸人，激昂奋厉，终不能与前作者并。元和以后至国朝，歌诗之作或传者，多依效旧文，未尽其趣。惟豫章始大出而力振之，抑扬

反覆,尽兼众体,而后学者同作并和,虽体制或异,要皆所传者一。予故录其名字,以遗来者。'余窃谓豫章自出机杼,别成一家,清新奇巧,是其所长。若言抑扬反覆,尽兼众体,则非也。元和至今,骚翁墨客,代不乏人;观其英词杰句,真能发明古人不到处,卓然成立者甚众。若言多依效旧文,未尽所趣,又非也。所列二十五人,其间知名之士,有诗句传于世,为时所称道者,止数人而已,其馀无闻焉,亦滥登其列。居仁此图之作,选择弗精,议论不公,予是以辨之。"又,周辉《清波杂志》:"吕居仁图江西宗派,凡二十五人。议者谓陈无己(师道)为诗高古,使其不死,未甘为宗派。若徐师川(俯)则固不平行列在行间。韩子苍(驹)曰:'吾自学古人。'夏均父(倪)亦耻居下列。"诗言"浄期期",即指此。

③ 东莱家法:指吕本中的诗学。东莱,吕本中的别号。《宋史·吕本中传》:"吕本中,字居仁,元祐宰相公著之曾孙,好问之子,学者称为东莱先生,赐谥文清,有诗二十卷,得黄庭坚、陈师道句法。"家法,汉初儒生传授经学,都有口授,各有一家之学,师所传授,弟子不能改变一字,界限甚严,称家法。《后汉书·左雄传》:"诸生试家法。"注:"儒有一家之学,故称家法。"传元祐:传自元祐。元祐,宋哲宗赵煦年号(1086—1094)。此指元祐体。严羽《沧浪诗话》:"元祐体,苏、黄、陈诸公。"

④ 南渡诗林:指靖康二年北宋亡,康王南渡后南宗初以陆游为代表的诗坛。魏庆之《诗人玉屑》:"陆放翁诗本于茶山(曾几),故赵仲白(庚夫)《题曾文清公诗集》云:'清于月出初三夜,淡似汤烹第一泉。咄咄逼人门弟子,剑南已见一灯传。'谓放翁也。然茶山之学,亦出于韩子苍(驹)。三家句律,大概相似,至放翁则加豪矣。"诗林,犹诗坛。唐代有《诗林英选》十一卷。导师:佛家语。引导人成佛的人,佛菩萨的通称。《最胜问菩萨十住除垢断结经》:"号名导师,令众生类示其正路故。"

⑤ 昆体:此宋初诗派西昆体。杨亿《西昆酬唱集序》:"余景德中,忝佐修

书之任,得接群公之游,时今紫微钱君希圣(惟演)、秘阁刘君子仪(筠),并负懿文,尤精雅道,调章丽句,脍炙人口,予得以游其墙藩而咨其楷模,更迭唱和,互相切劘,凡五七言律诗二百四十七章,其属而和者,又十有五人,折为二卷,取玉山策府之名,命之曰《西昆酬唱集》云尔。"初祖:江西诗派宗杜甫为祖。方回《瀛奎律髓》:"予生平持所见,以老杜为祖。老杜同时诸人,皆可伯仲。宋以后,山谷一也,后山二也,简斋为三,吕居仁为四,曾茶山为五,其他与茶山伯仲亦有之,此诗之正派也。"又,朱弁《风月堂诗话》:"黄鲁直独用昆体工夫,而造老杜浑成之地,禅家所谓更高一著也。"句意本此。

⑥ 江湖:南宋诗派。方回《瀛奎律髓》:"宝庆(1225—1227)初,史弥远废立之际,钱唐书肆陈起宗之能诗,凡江湖诗人俱与之善,刊《江湖集》以售。"《四库全书总目·江湖小集提要》:"《江湖小集》九十五卷,旧本题宋陈起编。起,字宗之,钱塘人,开书肆于睦亲坊,亦号陈道人。今所传宋本诸书,称临安陈道人家开雕者,皆所刻也。是集所录,凡六十二家:洪近二卷,僧绍嵩七卷,叶绍翁一卷,严粲一卷,毛珝一卷,邓林一卷,胡仲参一卷,陈鉴之一卷,徐集孙一卷,陈允平一卷,张至龙一卷,杜旃一卷,李莱三卷,施枢二卷,何应龙一卷,沈说一卷,王同祖一卷,陈起一卷,吴仲孚一卷,刘翼一卷,朱继芳二卷,林尚仁一卷,陈必复一卷,斯植二卷,刘过一卷,叶茵五卷,高似孙一卷,敖陶孙二卷、附诗评,朱南杰一卷,余观复一卷,王琮一卷,刘仙伦一卷,黄文雷一卷,姚镛一卷,俞桂三卷,薛嵎一卷,姜夔一卷,周文璞三卷,危稹一卷,罗与之一卷,赵希樀一卷,黄大受一卷,吴汝式一卷,赵崇铦一卷,葛天民一卷,张弋一卷,邹登龙一卷,吴渊二卷,宋伯仁一卷,薛师石一卷、附诸跋及墓志,高九万一卷,许棐四卷,戴复古四卷,利登一卷,李涛一卷,乐雷发四卷,张蕴斗一卷,刘翰一卷,张良臣一卷,葛起耕一卷,武衍二卷,林同一卷。内惟姚镛、周文璞、吴渊、许棐四家有赋及杂文,馀皆诗也。"四灵:南宋诗派。晁公武《郡斋读书志》:"《四灵诗》四卷,右赵师

秀字灵秀、翁卷字灵舒、徐玑字灵困、徐照字灵晖四人之诗也。"

⑦ 野人芹美：赠人礼物的自谦之词。语本《列子·杨朱》："宋国有田夫，常衣缊，仅以过冬。暨春东作，自曝于日，不知天下之有广厦隩室、绵纩狐狢。顾谓其妻曰：'负日之暄，人莫知者，以献吾君，将有重赏。'里之富室告之曰：'昔人有美戎菽、甘枲茎芹萍子者，对乡豪称之。乡豪取而尝之，蜇于口，惨于腹，众哂而怨之。其人大惭。'"又，嵇康《与山巨源绝交书》："野人有快炙背而美芹子者，欲献之至尊，虽有区区之意，亦已疏矣。"

⑧ 侑(又 yòu)：酬答。艺苑卮：王世贞有《艺苑卮言》。王氏《艺苑卮言序》："余始有所评骘于文章家曰《艺苑卮言》者，成自戊午(1558)耳。"

止相复用山谷本字韵作一诗，和答

孟骨宛陵叟①，韩徒乐安公②。骑驴相公歌元丰③，大辩才属眉山翁④。团茶四君皆四果⑤，双井晚证菩萨空⑥。空中假说西江宗⑦，马驹蹴踏将无同⑧？廿五圆通各三昧⑨，仰山泉色沩山松⑩。自来已自成古风，一经关捩群言笼⑪。误矣沧浪眯句眼⑫，且与张家参别本⑬。

【题解】

本诗与前诗同时作。

【注释】

① "孟骨"句：孟，指唐诗人孟郊；宛陵，乃北宋诗人梅尧臣。晁公武《郡

斋读书志》:"梅圣俞《宛陵集》六十卷。右皇朝梅尧臣圣俞,宛陵人。少以荫补史,累举进士,辄抑于有司,幼习于诗,出语以惊其长者。王举正见而叹曰:'二百年无此作矣。'欧阳永叔与之友善,其意如韩愈之待郊、岛云。"欧阳修《读蟠桃诗寄子美》:"韩孟于文词,两雄力相当。孟穷苦累累,韩富浩穰穰。郊死不为岛,圣俞发其藏。嗟我于韩徒,足未及其墙。而子得孟骨,英灵空北邙。"

② "韩徒"句:韩,指韩愈;乐安公,指欧阳修。欧阳修《泷冈阡表》:"上柱国乐安郡开国公,食邑四千三百户,食实封一千二百户,修表。"乐安,县名,在今江西省。宋割崇仁县、永丰县地,立乐安县。为欧阳修故家。梅尧臣《依韵和永叔诗》:"退之昔负天下才,最称东野为奇瑰。欧阳今与韩相似,以我待郊嵯困摧。"

③ 骑驴相公:指王安石。见前《题徐积馀定林访碑图》诗注⑭。歌元丰:王安石《元丰行》:"击壤至老歌元丰。"元丰,北宋神宗赵顼年号(1078—1085)。

④ 大辩才:佛家语,梵语钵底婆,指解说佛法,贯通无滞,具辩说之才。《无量义经》:"无碍乐说大辩才。"眉山:苏轼,宋眉州眉山人。

⑤ 团茶:名茶。欧阳修《归田录》:"茶之品莫贵于龙凤,谓之团茶。凡八饼,重一斤。庆历中,蔡君谟(襄)为福建路转运使,始造小片龙茶以进。其品绝精,谓之小团。凡二十饼,重一斤,其价直金二两。"四君:指北宋诗人黄庭坚、张耒、晁补之、秦观四人。《宋史·文苑传》:"黄庭坚,字鲁直,洪州分宁人。陈师道谓其诗得法杜甫,学甫而不为者。与张耒、晁补之、秦观俱游苏轼门,天下称为四学士。"又,晁公武《郡斋读书志》:"时黄、秦、晁、张,皆子瞻门下士,号四学士。子瞻待之厚,每来必命侍妾朝云取密云龙,家人以此知之。"四果:佛家语。《杂阿含经》:"若比丘修习七觉分多,修习已,当得四果。何等为四?谓须陀洹果、斯陀含果、阿耶含果、阿罗汉果。"

⑥ 双井:指黄庭坚。叶梦得《避暑录话》:"草茶极品惟双井、顾渚。双井

在分宁县,其地属黄氏鲁直家也。"证:证悟。佛家称以正智证知真理而悟解。菩萨空:《摩诃般若波罗蜜经》:"色色空,受想行识识空,菩萨菩萨空,是色空菩萨空,不二不别,受想行识空菩萨空,不二不别。"

⑦ 空中假:佛家语。智颛《观无量寿佛经疏》:"观者观也,有次第三观,一心中三观,从假入空观,亦名二谛观,从空入假观,亦名平等观,二空观为方便,得入中道第一义谛观,心心寂灭,自然流入萨婆若海,此名出《璎珞经》,是为次第三观也。一心三观者,此出《释论》。论云:'三智实在一心中。'得只一观而三观,观于一谛而三谛,故名一心三观。《中论》云:'因缘所生法,即空,即假,即中。'此观微妙,即一而三,即三而一,一观一切观,一切观一观,非一非一切,如此之观,摄一切观也。"西江宋:北宋江西诗派。严羽《沧浪诗话》:"至东坡、山谷始出己意以为诗,唐人之风变矣。山谷用功尤为深刻,其后法席盛行,海内称为江西宗派。"又,赵彦卫《云麓漫钞》:"吕居仁作《江西诗社宗派图》,其略云:国朝歌诗,至于豫章,始大出而力振之。后学者同作并和,尽发千古之秘,亡馀蕴矣。录其名字曰'江西宗派',其源流皆出豫章也。宗派之祖曰山谷,其次陈师道无己,潘大临邠老,谢逸无逸,洪朋龟父,洪刍驹父,饶节德操,乃如璧也,祖可正平,徐俯师川,林敏修子仁,洪炎玉父,汪革信民,李錞希声,韩驹子苍,李彭商老,晁冲之叔用,江端本子我,杨符信祖,谢薖幼槃,夏倪均父,林敏功,潘大观,王直方立之,善权巽中,高荷子勉,凡二十五人,居仁其一也。"馀见前诗注。

⑧ 马驹蹴踏:《景德传灯录》:"怀让直诣曹溪,参六祖。祖曰:'西天般若多罗谶汝足下出一马驹,踏杀天下人。'"又:"六祖能和尚谓让曰:'向后佛法从汝边去,马驹踏杀天下人,厥后江西法嗣布于天下,时号马祖'。"将无同:《世说新语·文学第四》:"阮宣子有令闻。太尉王夷甫见而问曰:'老庄与圣教同异?'对曰:'将无同。'"将无,得无;莫非。

⑨ "廿五"句:用佛典。佛经称妙智所证之理曰圆通。性体周遍为圆,妙用无碍为通。又以觉慧遍法性通解通入曰圆通。是第一义以所证之

理体释之,第二义以能证之行门释之。经中有廿五大士,各依佛之问,为陈圆通之法门。见《大佛顶如来因修证了义诸菩萨万行首楞严经》。吕居仁《江西宗派图》共列二十五人,曾植因以二十五圆通为喻。三昧,玄应《一切经音义》:"三昧,正言三摩地,此云等持,持诸功德也。或云正定,谓住缘一境,离诸邪乱也。"圆通三昧,指楞严会上,二十五大士,各圆满法性之三昧行,如憍陈那以音声为圆通三昧,观音以耳闻为圆通三昧等。

⑩ "仰山"句:唐僧慧寂,俗姓叶,韶州怀化人,居江西大仰山,因号仰山。十七岁出家,初谒耽源,后参沩山,与沩山灵祐同为禅宗沩仰宗的祖师。唐僧灵祐,俗姓赵,福州长溪人。元和末随缘长沙,过湖南大沩山,遂居此密印寺七年,世称沩山禅师。均见赞宁《宋高僧传》。此以沩仰宗的门风,喻江西诗派。

⑪ 关捩:机轴;机关。《景德传灯录》:"问如何是向上一关捩子。"黄庭坚《杂书》:"凡百工各妙于一物,与极深研细者同一关捩耳。"杨万里《答徐子材谈绝句》:"国风此去无多子,关捩挑来只等闲。"群言:众言。《书》:"予誓告汝群言之首。"笼:笼括;包举。

⑫ 沧浪:严羽。字仪卿,福建邵武人,自号沧浪逋客,著《沧浪诗话》。句眼:古诗句中主要的某一个字,称句中眼。黄庭坚《赠高子勉》:"拾遗句中有眼。"惠洪《冷斋夜话》:"此皆谓之句中眼。"何汶《竹庄诗话》:"《漫斋语录》云:五字诗以第三字为句眼,七字诗以第五字为句眼。古人炼字,只于句眼上炼。"严羽在《沧浪诗话》中亦以为:"用工有三:曰起结,曰句法,曰字眼。"曾植对此说不以为然,故云"误矣"。

⑬ "且与"句:张表臣《珊瑚钩诗话》:"张衡作《四愁》而仲宣(璨)作《七哀》,陆士衡(机)作《拟古》而江文通(淹)述《杂体》,虽华藻随时,而体律相仿。李唐群英,惟韩文公(愈)之文,李太白之诗,务去陈言,多出新意。然退之《南山诗》,乃类杜甫之《北征》,《进学解》乃同于子云(扬雄)之《解嘲》,《郓州溪堂》之什,依于《国风》,《平淮西碑》之文,近于

《小雅》,则知其有所本也。"按,清张泰来有《江西诗社宗派图录》,谓"吕居仁作《江西诗社宗派图》自黄山谷而下,列陈后山等凡二十五人云云,此浚仪王伯厚(应麟)《小学绀珠》定本也"。曾植所云张家,如指参究诗学之本(根本)而言,则为张表臣,如指《小学绀珠》之本(版本)而言,则为张泰来。

简苏盦（三首选一）

君为四灵诗①,坚齿漱寒石②。我转西江水,不能濡涸辙③。道穷诗亦尽④,愿在世无绝⑤。湛湛长江水⑥,照我十年客。昔梦沧浪清⑦,今情天水碧⑧。彻视入沈冥⑨,忘怀阅潮汐⑩。

【题解】

本诗作于民国二年(1913)秋,时居上海麦根路寓庐。所选原列第三首。题中苏盦,乃郑孝胥。孝胥字苏堪,又字太夷,福建闽侯人。光绪八年(1882)举人。清亡前,历任中国驻日使馆书记官和神户领事,广西边防大臣,安徽、广东按察使,湖南布政使。清亡后,筑海藏楼于上海,以遗老自居。晚年叛国,曾任伪满洲国总理。为同光体闽派诗人的首领,有《海藏楼诗》传世。

【注释】

① 四灵:见前《以新刻江西诗派二家集呈止相,用枝字韵》诗注⑥。陈衍《海藏楼诗叙》:"己丑、庚寅入都,君诗已一变,再变为姚合体。"

② "坚齿"句：用《世说新语·排调》孙楚(子荆)言"枕流漱石"事。又欧
阳修《水谷夜行寄子美圣俞》："梅翁事清切，石齿漱寒濑。"欧诗原义以
清冷湍急的溪水流过石滩的声音称誉梅尧臣诗的清激。此借以称誉
郑诗。

③ "我转"二句：《庄子·外物》："庄周曰：周昨来，有中道而呼者。周顾
视，车辙中有鲋鱼焉。周问之曰：'鲋鱼来，子何为者邪？'对曰：'我东
海之波臣也，君岂有升斗之水而活我哉？'周曰：'诺，我且南游吴越之
王，激西江之水而迎子，可乎？'鲋鱼忿然作色曰：'吾失吾常与，我无所
处，吾得斗升之水然活耳。君乃言此，曾不如早索我于枯鱼之肆。'"此
借指江西派诗，曾植所宗法。濡，湿润。涸辙，干枯的车辙。

④ 道穷：《易·坤》："《象》曰：龙战于野，其道穷也。"

⑤ "愿在"句：佛家语。《大方广佛华严经》："菩萨摩诃萨，住欢喜地，以
十愿为首生如是等百万阿僧祇大愿，以十不可尽法而生是愿，为满此
愿，勤行精进。何等为十？一众生不可尽，二世界不可尽，三虚空不可
尽，四法界不可尽，五涅槃不可尽，六佛出世不可尽，七诸佛智慧不可
尽，八心所缘不可尽，九起智不可尽，十世间转法轮智转不可尽。若众
生尽，我愿乃尽；若世界、虚空、法界、涅槃、佛出世、诸佛智慧、心所缘、
起智、诸转尽，我愿乃尽。而众生实不可尽，世界、虚空、法界、涅槃、佛
出世、诸佛智慧、心所缘、起智、诸转实不可尽，我诸愿善根亦不可尽。"

⑥ 湛湛：水深貌。《楚辞·招魂》："湛湛江水兮上有枫。"阮籍《咏怀》：
"湛湛长江水。"

⑦ 沧浪清：《孟子·离娄上》："有孺子歌曰：沧浪之水清兮，可以濯我缨；
沧浪之水浊兮，可以濯我足。"

⑧ 天水碧：指国亡。蔡絛《铁围山丛谈》："昔江南李重光染帛，多为天水
碧。天水，国姓也。当是时，艺祖方受命，言天水碧者，世谓逼迫之兆。
未几，王师果下建业。及政和之末，复为天水碧。未几，金人寒盟，岂
亦逼迫之兆与？"

⑨ 彻视：透彻地观察。《菩萨本起经》："彻视洞见无极。"沈冥：扬子《法
　　言·问明》："蜀庄沈冥。"李轨注："沈冥，犹玄寂，泯然无迹之貌。"
⑩ 忘怀：不介意。陶潜《五柳先生传》："忘怀得失。"潮汐：《抱朴子》：
　　"海涛噓吸，随月消长，朝曰潮，夕曰汐。"

偕樊、周游徐园看梅

　　著意寻花蜡屐招①，徐园梅信绽芳椒②。春光那便荣
瘣木③，猗觉相将坐绮寮④。诗律未输词律细⑤，香尘更比
色尘超⑥。夕阳红处分途去，容裔春心落晚潮。⑦

【题解】

　　本诗作于民国三年(1914)初，时居上海麦根路寓庐。诗题之樊，指
樊增祥。周，指周树模。树模字少朴，号沈观，湖北天门人。光绪十五年
(1889)进士，官至黑龙江巡抚。题中徐园，为上海园林。据《上海县续
志》："徐园名双清别墅。光绪九年(1883)海宁徐鸿逵筑于闸北唐家弄。
宣统元年(1909)，鸿逵子仁杰、文杰以避市嚣故，迁筑于二十七保南十二
图康脑脱路，地址较广，布景一依旧式，有十二景，曰草堂春宴、寄楼听
雨、曲榭观鱼、画桥垂钓、笠亭闲话、桐阴对奕、萧斋读画、仙馆评梅、平台
眺远、长廊觅句、柳阁闻蝉、盘谷鸣琴。"

【注释】

① 著意：注意；用心。《楚辞·九辨》："惟著意而得之。"蜡屐：见前《超
　　社春集看杏花》诗注㉘。

② 梅信：梅花开放时节。王逵《蠡海集》："自小寒至谷雨，凡四月八气二十四候，每候五日，以一花之风信应之。小寒一候梅花。"芳椒：《楚辞·九歌》："乷芳椒兮成堂。"

③ 瘣木：病木。参前《题渐西村人初集》诗注㉖。

④ 猗觉：佛家语。《增壹阿含经》："知足于贤圣之财，悉舍家财，安其形体，猗觉意也。"慧苑《新译大方广佛华严经音义》："猗觉，猗，于宜反。淹师《文选音义》云：'猗，美也。'《玉篇》顾野王曰：'叹美之猗字又作袆。'郭璞注《尔雅》曰：'袆谓佳丽轻美之貌。'今此觉支，由定加行伏沉掉故，引定身心，轻美安和，即当轻美之义，故得定者，非惟心安调畅，亦复容貌光润也。"宋朱翌有《猗觉寮杂记》二卷。曾植《海日楼笔记》："《阿含正行经·七觉分》，第四除觉，《成实》四谛只作猗。朱新仲（翌）猗觉寮本此。"绮寮：左思《魏都赋》："曒日笼光于绮寮。"

⑤ 诗律细：见前《简伯严》诗注⑨。词律：《四库全书总目提要》："《词律》二十卷，国朝万树撰。"

⑥ 香尘、色尘：佛家语。《阿毗达摩俱舍释论》："五根，谓眼耳鼻舌身，五尘，是眼等五根境，谓色声香味触及无教。"此即指人对梅花香、色的感受。

⑦ 容裔：起伏貌。《楚辞·九怀》："儵忽兮容裔。"

俞幼莱藏常熟师《冬山》画卷

悲云霸玄空①，披卷凛寒色②。九州万古心，墨淡不容积。平林远更疏，高柯劲无折③。原野迥萧条，岁穷绝人迹④。横流遂沈陆⑤，集霰先知雪⑥。坐想海禺秋⑦，幅

巾黭斜日⑧。觹觹列星气⑨，经纬有馀赜⑩。儦喜定何
人⑪，寂寞田生膝⑫。千秋武乡集⑬，悦有承祚述⑭。俞侯
我曹长⑮，往事肝肠热⑯。头白两遗民，临风寄欹咽⑰。

【题解】

　　本诗作于民国三年(1914)春，时居上海麦根路寓庐。沈曾植《自识》
有云："甲乙之间，吾师所造膝而陈者，往往绌而不用，战事非师意也，独
居深念，曾植实亲见之。所处视鸿宝弥难，而志弥隐已。君实同年寄此
属题，老泪滂沱，不自知其情重而语结也。"诗题俞幼莱，名钟颖，字君实，
江苏常熟人。光绪二年(1876)进士，历任总理各国事务衙门章京、广东
按察使、河南布政使等职。著有《南郭草堂诗集》等。题中常熟师，指翁
同龢。《冬山》画卷素翁氏于光绪四年(1878)十二月十日临倪元璐画。
其《自识》云："倪文正公横幅，末署'壬午冬写'。案壬午为崇祯十五年
(1642)，是时公年四十九。公既以言事为乌程相国(温体仁)所忌，落职
闲住，至十五年九月，起兵部侍郎。明年抵都，拜户部尚书。作此画时，
正在拜令之后、启行之先也。最后书《四十初度》诗四首，盖补录十年前
作。今余年亦四十九，悲公之志，临其画并系以诗：'要典焚残士路清，
一篇党论太分明。相公煞费推挤力，破帽骑驴了此生。''逐客偏蒙诏语
温，论兵筹饷已无门。萧寥数笔云林画，中有忧时血泪痕。'"至若常熟
师，则指翁同龢，生平见前《寄上虞山相国师》之【题解】。

【注释】

① 悲云：《大方广佛华严经》："兴大悲云，遍满人间。"庾信《周柱国大将
　　军纥干弘神道碑》："悲云即起。"霴(对 duì)：云急飞貌。

② 披卷：打开画卷。

③ 高柯：高枝。陶渊明《联句》："高柯擢条干。"

④ "原野"二句：王粲《登楼赋》："原野阒其无人兮。"又，《楚辞·远游》：

"山萧条而无兽兮，野寂寞其无人。"岁穷：岁尽；一年将尽。

⑤ 横流：喻动荡的时势。《太平御览》引《晋中兴书》："王尼，洛阳倾覆，避乱江夏。……尼常叹沧海横流，无安处。"沈陆：喻国土沉沦。《世说新语·轻诋》："桓公（温）入洛，过淮泗，践北境，与诸僚属登平乘楼眺瞩中原，慨然曰：遂使神州陆沈，百年丘墟，王夷甫（衍）诸人不得不任其责！"

⑥ "集霰"句：见霰下而知雪至。《诗·小雅·頍弁》："如彼雨雪，先集维霰。"郑玄笺："将大雨雪，始必微温，雪自上下，遇温气而搏，谓之霰。久而寒胜，则大雪矣。喻幽王之不亲九族，亦有渐，自微至甚，如先霰后大雪。"用此典，以喻晚清朝政。

⑦ 海禺：常熟虞山，一名海隅。《重修常昭合志》："虞山，一名海隅。《括地志》、《祥符图经》均作海禺。"按，翁氏于光绪二十四年（1898）四月戊戌变法开始前被慈禧罢职归故里常熟。见前《寄上虞相国师》【题解】。

⑧ 幅巾：指庶民的装束。《北堂书钞》："《郑玄别传》云：大将军何进礼待甚优，玄不受朝服，而以幅巾见进，一宿而逃去。"

⑨ 觓觓：《后汉书·郭宪传》："帝曰：常闻关东觓觓郭子横，竟不虚也。"注："觓觓，刚直之貌。"列星：罗布天空，定时出现的恒星。《庄子·大宗师》："傅说得之，以相武丁，奄有天下，乘东维，骑箕尾，而比于列星。"此以喻翁氏。

⑩ 经纬：喻条理，秩序，规划治理。《左传·昭公二十八年》："经纬天地曰文。"赜：精微，深奥。《易·系辞上》："圣人有以见天下之赜。"

⑪ 雠喜：施雠、孟喜的合称。《汉书·儒林传》："施雠，字长卿，沛人也。雠为童子，从田王孙受《易》。后雠徙长陵，田王孙为博士，复从卒业。与孟喜、梁丘贺并为门人。"又："孟喜，字长卿，东海兰陵人也。父号孟卿，善为《礼》、《春秋》。孟卿以《礼》经多，《春秋》烦杂，乃使喜从田王孙受《易》。喜好自称誉，得《易》家候阴阳灾变书，诈言师田生且死，时

枕喜膝,独传喜。诸儒以此耀之。同门梁丘贺疏通证明之曰:田生绝
于施雠手中,时喜归东海,安得此事?"

⑫ 田生:即田王孙。

⑬ 武乡集:指诸葛亮文集。据《蜀志·诸葛亮传》,凡二十四篇。因诸葛
亮曾于建兴元年(223)封武乡侯。

⑭ 承祚:陈寿,字承祚。撰《三国志》。

⑮ "俞侯"句:俞官一省首长,犹古之诸侯,故称之为侯。尚书丞郎、郎中
相呼为曹长。光绪中,曾植官总理各国事务衙门章京,与俞为同僚,
因称。

⑯ 肝肠热:语本。杜甫《自京赴奉先县咏怀五百字》:"叹息肠内热。"

⑰ "临风"句:《楚辞·九歌·少司命》:"临风恍兮浩歌。"欱咽,同"呜
咽"。失声,抽泣。《淮南子》:"孟尝君为之增欷欱咽。"

和　　韵

　　柳已舒稊桑苗芽①,归心直与晓云赊②。乡风熟炀清
明藕③,霁雪寒禁上岕茶④。车堠只双迎白骑⑤,莱畦南北
遍黄花。还家那更身如客,蒸饼桥西且住佳⑥。

【题解】

　　本诗作于民国三年(1914)三月自沪返里时。

【注释】

① 稊(啼 tí):树木再生的嫩芽。《大戴礼·夏小正》:"正月柳稊。"

② 赊：远。

③ "乡风"句：顾禄《清嘉录》："市上卖青粄炀熟藕，为居人清明祀先之品。……《集韵·类篇》：'炀，并乌卧切，音涴，犹言煖也。吴语，谓煮食物得煖气而易烂曰炀'。"

④ 岕（介 jiè）茶：茶名。产于浙江长兴。《广群芳谱》引《西吴枝乘》："湖人于茗，不数顾渚而数罗岕。然顾渚之佳者，其风味已远出龙井，下岕稍清隽，然叶粗而作草气。"

⑤ "车堠（候 hòu）"句：韩愈《路旁堠》："堠堠路旁堠，一双复一只。迎我出秦关，送我入楚泽。"堠，路旁记里程的土堆。迎白骑，李贺《蝴蝶舞》："白骑少年今日归。"

⑥ 蒸饼桥：嘉兴桥名。《嘉兴府志》："至元《志》：蒸饼桥在府治西南三十步。"且住佳：颜真卿《寒食帖》："寒食只数日间，得且住为佳耳。"

上冢回，登烟雨楼，辛亥后未至此也，甸丞、果欧同游

　　华表归来鹤未仙①，河山无恙夕阳前。幼安已敝辽东榻②，鲁望虚期笠泽船③。大好家居撞几坏④，有情世界化无缘⑤。鸳鸯稳住澂湖水⑥，莫信飞来野鸭颠。

【题解】

　　本诗作于民国三年（1914）清明，时曾植由沪返里祭扫祖墓。诗题上冢，即祭墓。烟雨楼，在嘉兴南湖中，五代时中吴节度使景陵王钱元璙筑台为登眺之所，取杜牧"南朝四百八十寺，多少楼台烟雨中"诗意，以名此楼。建炎中废。嘉定间，吏部尚书王希吕因旧址建楼，历代相继拓治，成

一方胜景。题中辛亥,指辛亥革命。甸丞,指金蓉镜。蓉镜字甸丞,号香严,嘉兴人。光绪十五年(1889)进士,清末在湖南官知府。为曾植诗弟子,著有《澻湖遗老集》。果欧,指朱绂华。绂华嘉兴人,曾官教谕。

【注释】

① "华表"句:陶潜《搜神后记》:"丁令威,本辽东人,学道于灵虚山。后化鹤归辽东城门华表柱,时有少年举弓欲射之,鹤乃飞,徘徊空中而言曰:'有鸟有鸟丁令威,去家千岁今始归,城郭如故人民非,何不学仙冢累累。'遂高上冲天。"此反用其意,谓自己并非成仙而返故乡。华表,立于宫殿、城垣或陵墓前的石柱,柱身常刻有花纹。

② "幼安"句:用管宁事。见前《旅居近市》诗注⑩。

③ "鲁望"句:《新唐书·隐逸传》:"陆龟蒙,字鲁望,居松江甫里。不喜与流俗交,虽造门不肯见。不乘马。升舟设篷席,赍束书、茶灶、笔床、钩具往来,时谓江湖散人,或号天随子、甫里先生。"又,黄庭坚《题马当山鲁望亭》史容注:"《吴郡图经》云:松江一名笠泽,陆鲁望居甫里,号所著书曰《笠泽丛书》。"高启《三高祠》:"笠泽孤舟载笔床。"

④ "大好"句:语本《晋书·陆纳传》:"纳望阙叹曰:好家居,纤儿欲撞坏之耶!"

⑤ "有情"句:《大乘阿毘达磨集论》:"何等有情生? 即有情世间。谓诸有情生在那洛迦、旁生、饿鬼、人、天趣中。"《景德传灯录》:"佛能知群有情,穷亿劫事而不能化导无缘。佛能度无量有情,而不能尽众生界。"

⑥ 鸳鸯湖:即嘉兴南湖。见前《别五弟》诗注⑰。古乐府《晋夜黄》:"鸳鸯逐野鸭,恐畏不成双。"苏轼《和子由记园中草木》:"安得双野鸭,飞来成画图。"朱彝尊《闲情》:"鸳鸯有分成头白,肯许飞还野鸭俱。"澂(成 chéng),澄本字。水清而静。

和答樊山（二首选一）

谷雨已过馀冷在①，夕阳喜与晚晴佳。风来路有音声树②，诗就仙开顷刻花③。长物有情循麈柄④，虚窗随意拓蝉纱⑤。羲皇人近桃源远⑥，消息卢生一椀茶⑦。

【题解】

本诗作于民国三年（1914）春三月自乡返沪寓之后。所选原列第一首。

【注释】

① 谷雨：节气名。公历每年四月下旬。《逸周书·时训》："谷雨之日，萍始生。"

② 音声树：赵璘《因话录》："都堂省门东，道有古槐，垂荫至广，相传夜深闻丝竹之音，省中即有入相者。俗谓之音声树。"按：时北京屡欲招曾植等遗老出山，此时又有史馆总纂之招，故借用此典。

③ 顷刻花：见前《壬子秋暮归里作》诗注⑥。按：用意同前句。曾植谢绝袁氏之招而不往。

④ 长物：多馀之物。《世说新语·德行》："王恭从会稽还，王大看之，见其坐六尺簟，因语恭：'卿东来，故应有此物，可以一领及我！'恭无言。大去后，即举所坐者送之。既无馀席，便坐荐上。后大闻之，甚惊。曰：'我本谓卿多，故求耳。'对曰：'丈人不悉恭，恭作人无长物'。"麈柄：拂尘柄。《世说新语·容止》："王夷甫容貌整丽，妙于谈玄，恒捉白玉柄麈尾，与手都无分别。"

⑤ 蝉纱：一种薄纱。《海物异名记》："泉女织纱，轻如蝉翼，名蝉纱。"
⑥ 羲皇：陶潜《与子俨等疏》："五六月中，北窗下卧，遇凉风暂至，自谓是羲皇上人。"桃源：桃花源。陶潜有《桃花源记》。
⑦ 卢生一椀茶：卢生，唐代诗人卢仝。卢仝《谢孟谏议寄新茶》："一椀喉吻润。"椀，同"碗"。

赠 夏 映 庵

　　映庵诗思清到骨，古愁冥冥非世间①。散发能为小海唱②，服芝梦谒商颜山③。西江选佛心恰恰④，东海连鳌鳞斑斑⑤。绿槐如山楼一角⑥，步屐莫惜频叩关⑦。

【题解】

　　本诗作于民国三年(1914)。夏映庵，名敬观，字剑丞，江西新建人。光绪二十年(1894)举人，清末官浙江提学使。入民国，官浙江教育厅长，近代著名诗人，宗法梅尧臣。有《忍古楼诗》。其《忍古楼诗话》曰："予与子培居沪之车袋角者数年，楼阑相望，两屋才中隔一篱，子培赠予诗云云。"

【注释】

① "映庵"二句：陈衍《近代诗钞》："剑丞于诗尤刻意锻炼，不肯作一犹人语。视其乡人高伯足、陈散原，未知其徐行后长者否也。"
② "散发"句：《晋书·夏统传》："充又谓曰：'……卿颇能作卿土地间曲乎？'统曰：'……伍子胥谏吴王，言不纳用，见戮投海，国人痛其忠烈，

为作《小海唱》，今欲歌之。'众人金曰：'善。'统于是以足叩船，引声喉啭，清激慷慨，大风应至，含水嗽天，云雨响集，叱咤欢呼，雷电昼冥，集气长啸，沙尘烟起。王公以下皆恐，止之乃已。诸人顾相谓曰：'聆《小海》之唱，谓子胥、屈平立吾左右矣'。"此以夏统切夏敬观。

③ "服芝"句：用商山四皓事，见《旅居近市》注㉑。四皓之一夏黄公，切夏姓。

④ 西江选佛：《景德传灯录》："邓州丹霞天然禅师，不知何许人也。初习儒学，将入长安应举，方宿于逆旅，忽梦白光满室。占者曰：'解空之祥也。'偶一禅客问曰：'仁者何往？'曰：'选官去。'禅客曰：'选官何如选佛。'曰：'选佛当往何所？'禅客曰：'今江西马大师出世，是选佛之场，仁者可往'。"此以西江切夏为江西人。心恰恰：《景德传灯录》："法融禅师曰：'恰恰用心时，恰恰无心用。曲谈名相劳，直说无繁重。无心恰恰用，常用恰恰无。今说无心处，不与有心殊'。"《玄应一切经音义》："恰恰，用心也。"

⑤ 东海连鳌：《列子·汤问》："龙伯之国有大人……一钓而连六鳌。合负而趣归。"

⑥ "绿槐"句：苏轼《次韵答刘泾》："绿槐如山阁广庭。"

⑦ 步屧：杜甫《答郑十七郎一绝》："花残步屧迟。"叩关：犹叩门。

赠胡梓方

健儿身手瘦生心①，摇落江湖费苦吟②。江西自来有祖印，章泉山水多清音③。谁欤先锋当上将④，我欲去轸以观琴⑤。借向诗庐问诗境⑥，后山深是简斋深⑦？

【题解】

　　本诗作于民国三年(1914)，时居上海麦根路寓庐。诗题胡梓方，名朝梁，字子方，号诗庐，江西铅山人。官部曹。诗学黄庭坚，有《诗庐诗》。夏敬观《忍古楼诗话》曰："铅山胡梓方朝梁，伯严吏部之诗弟子也。毕业于震旦、复旦二校，于泰西文字亦颇深造，林琴南译小说多赖其助。"

【注释】

① 健儿身手：杜甫《哀王孙》诗："朔方健儿好身手。"瘦生：孟棨《本事诗》："李白戏杜曰：'饭颗山头逢杜甫，头戴笠子日卓午。借问别来太瘦生，总为从前作诗苦。'盖讥其拘束也。"

② "摇落"句：龚自珍《己亥杂诗》："谁分江湖摇落后。"按：梓方习海军，故云。

③ "江西"二句：见前《以新刻江西诗派二家集呈止相》之【题解】、《止相复用山谷本字韵作一诗和答》注⑦。祖印，据《景德传灯录》："某甲虽提祖印。"宗密《禅门师资承袭图》："慧能和尚将入涅槃，默受密语于神会语云：'从上已来，相承准的，只付一人，内传法印，以印自心，外传袈裟，标定宗旨'。"章泉山，即章山，在铅山北四十里，旁有溪。清音，左思《招隐》："山水有清音。"按：严复《诗庐说》："铅山胡梓方，旧治西学，晚而好诗，神游魄恋，若非诗无以悦心者。课其所作，则后者辄进乎前，遒峭精警，于其乡宋以来诗人以赓续派系无甚愧。"

④ "谁欤"句：罗大经《鹤林玉露》："姜尧章(夔)学诗于萧千岩(德藻)，琢句精工，有《姑苏怀古》诗云云，杨诚斋(万里)喜诵之。尝以诗《送江东集归诚斋》云云，诚斋大称赏，谓其冢嗣伯子曰：'吾与汝勿如姜尧章也。'报之以诗云：'尤萧范陆四诗翁，此后谁当第一功？新拜南湖为上将，近差白石作先锋。可怜公等皆痴绝，不见词人到老穷。谢遣管城依已晚，酒泉端欲乞疏封。'南湖谓张功父也。"

⑤ "我欲"句：《韩诗外传》："孔子南游适楚，至于阿谷之隧。有处子佩瑱

而浣者。孔子曰：'彼妇人其可与言矣。'抽琴去其轸，以授子贡曰：'善为之辞，以观其语'。"轸（枕 zhěn），琴瑟筝篌等乐器腹下用以转动弦的木柱。

⑥ "借向"句：严复《诗庐说》："民国定鼎，梓方官教育部，曹事清简，则益注意于诗。僦居城西，室中铛灶几研，床书砌花，四壁黏诗稿殆满，食满扪腹散行，环省吟啸，以为全乐，乃颜之曰'诗庐'，又得善画者，以意为图，广征题记。"

⑦ 后山：陈师道，有《后山集》。简斋：陈与义，有《简斋集》。

贞长见示近诗，和其《湖上》韵

　　《越纽》山川有古游①，好寻虖勺泛且瓯②。归来乡里小海唱③，雪尔林风天下秋④。葛岭路荒丹井竭⑤，胥涛势尽橹声柔⑥。白衣苍狗须臾幻⑦，安用千觥浇百忧⑧。

【题解】

　　本诗作于民国三年（1914）秋，时居上海麦根路寓庐。诗题贞长，指诸宗元。宗元字贞长，一字贞壮，浙江绍兴人。光绪二十九年（1903）副贡生。后入南社。著有《大至阁诗》。

【注释】

① 《越纽》：古书名。王充《论衡·案书》："吴君高之《越纽录》，周长生之《洞历》，刘子政、扬子云不能过也。"此指越地。

② 虖（乎 hū）勺：传说中山名。《山海经·南山经》："又东四百里，曰虖勺

之山,其上多梓楠,其下多荆杞,滂水出而东流注于海。"且瓯:古地名。《逸周书》:"且瓯文蜃。"孔晁注:"且瓯,在越。"

③ 小海:见前《赠夏映庵》诗注②。

④ 雪(狭 xiá)尔:忽然,倏忽。马融《广成颂》:"雪尔霅落。"天下秋:见前《阁夜示证刚》诗注⑥。

⑤ 葛岭、丹井:在杭州西湖。《西湖志》:"葛岭。《咸淳临安志》:'葛仙翁尝炼丹于此》。'"又:"丹井山房在葛岭下,有屋数楹,面临方井,水色白,味甘,深广各丈许。考《西湖游览志》,葛洪游江左,好神仙导养之术,后结庐西湖,因其所居,遂名葛岭,今其地原近葛翁之居。"

⑥ 胥涛:钱江潮。见前《西湖杂诗》注㉔。橹声柔:李存《春帆》:"中流何用橹声柔。"

⑦ 白衣苍狗:喻世事变幻无常。杜甫《可叹》:"天上浮云如白衣,斯须改变如苍狗。"

⑧ "安用"句:用阮籍事。参前《超社春集看杏花》诗注㉒。

偶成(二首选一)

翻书原不读①,得句已旋忘②。梵相观阿字③,仙居在睡乡④。莓苔寒袭雨,枫樾健矜霜⑤。来日秋分节,无慊夜漏长⑥。

【题解】

本诗作于民国三年(1914)秋,时居上海麦根路寓庐。所选原列第二首。

【注释】

① 翻书：范成大《再韵答子文》："眼明无用且翻书。"

② "得句"句：苏轼《湖上夜归》："清吟杂梦寐，得句旋已忘。"

③ "梵相"句：《大毗卢遮那成佛经》一行疏："以心净故，阿字现中。此阿字者，是一切诸佛之心，以心轮净，故能现阿字。此心之处，即是凡夫肉心，最在于中，是汗栗驮心也。将学观者亦于是处思莲华之形。所以者何？一切众生，此心即是莲华，三昧之因，以未能令开敷，故为诸烦恼等之所缠绕，所以不能自了其心如实之相也，是故先当观此心处，作八叶莲华观，令开敷诸蕊，具足于此台上，思想阿字，而在其中，从此字出无量光。"此用佛典，形容心地纯净平静。

④ 睡乡：梦乡；梦境。苏轼《睡乡记》："睡乡之境，盖与齐州接，而齐州之民无知者。"

⑤ 枫橙（摄 shè）：枫香树。

⑥ "来日"二句：贾岛《夜喜贺兰三见访》："漏钟仍夜浅，时节欲秋分。"秋分：廿四节气之一。《春秋繁露》："至于中秋之月，阳在正西，阴在正东，谓之秋分。秋分者，阴阳相半也，故昼夜均而寒暑平。"慊（遣 qiǎn）：嫌。

樊园钟集，止相以新橘一箪饷坐客，和天琴韵(二首)

抛却萸枝擘橘瓤①，老仙携与展重阳②。郁芬触手含神雾③，徕服牢愁托后皇④。秋远正思高口水，液甘如挹帝台浆⑤。岁寒心在乡关远⑥，且共深杯玩景光⑦。

绿野园中千树在⑧,不数吴柑与蜀卢⑨。此中偕隐有仙叟⑩,晚岁资家惟木奴⑪。书帖定知题百颗⑫,结根谁待赋三都⑬。棹歌声里乌菱角⑭,怅触羁怀到范湖⑮。

【题解】

本诗作于民国三年(1914)秋,时居上海,麦根路寓庐。诗题樊园,见《超社春集看杏花,和云门韵》【题解】。题中钟集,据陈衍《䌽斋招集积水潭高庙为诗钟之戏诗》自注:"诗钟非诗也。相传创于闽人,随拈两字不对者,限分嵌在第几字,为七言一联,名为诗而无韵,每人任作若干联,糊名易书,以评甲乙,限若干时刻作成,故称钟云。"止相,瞿鸿機。

【注释】

① 萸枝:茱萸。农历九月九日,旧时有插茱萸枝的习俗。《艺文类聚》:"《风土记》曰:九月九日,律中无射而数九,俗尚此日,折茱萸房以插头,言辟除恶气而御初冬。"

② 老仙:李白《大鹏赋》:"南华老仙"此指止相。展重阳:《月令粹编》:"《唐书》:开成元年,于三月十三日展上巳,以次年九月十九日展重阳。"

③ 郁芬:徐陵《咏柑诗》:"素荣芬且郁。"含神雾:《后汉书·方术传》注:"《诗纬》,《推度灾》、《记历枢》、《含神雾》也。"此指橘皮中的水雾。刘峻《送橘启》:"擘之香雾噀人。"

④ "徕服"句:《楚辞·橘颂》:"后皇嘉树,橘徕服兮。"后皇,天地。徕服,徕,同来;服,习惯。牢愁,《汉书·扬雄传》:"又旁《惜诵》以下至《怀沙》一卷,名曰《畔牢愁》。"注:"李奇曰:畔,离也;牢,聊也;与君相离,愁而无聊也。"

⑤ "秋远"二句:《山海经》:"又东南五十里,曰高前之山。其上有水焉,甚寒而清,帝台之浆也,饮之者不心痛。"

⑥ 岁寒：《论语·子罕》："岁寒然后知松柏之后凋也。"

⑦ 景光：《李陵录别诗》："随时爱景光。"方苞《杜苍略先生墓志铭》："寻花蒔，玩景光。"

⑧ 绿野园：唐裴度有别墅，名绿野馆，此借指樊园。《旧唐书·裴度传》："又于午桥创别墅，花木万株。中起凉台暑馆，名曰绿野堂。"千树：《史记·货殖传》："江陵千树橘。"

⑨ 吴柑：苏州太湖洞庭山盛产柑橘，称吴柑。见《明一统志》。蜀卢：卢，卢橘，橘的一种，产于四川，因称。《史记·司马相如传》："于是乎卢橘夏孰。"《集解》："郭璞曰：今蜀中有给客橙，似橘而非，若柚而芬香，冬夏华实相继，或如弹丸，或如拳，通岁食之，即卢橘也。"

⑩ "此中"句：《太平广记》："有巴邛人，不知姓，家有橘园，因霜后诸橘尽败，馀有二大橘，如三四斗盎，巴人异之，即令攀摘，轻亦如常橘。剖开，每橘有二老叟，须眉皓然，肌体红润，皆相对象戏，身仅尺馀，谈笑自若。剖开后，亦不惊怖，但与决赌。赌讫，叟曰：'君输我海龙神茅七女发十两，智琼额黄十二枚，紫绢披一副，绛台山霞实散二庾，瀛洲玉尘九斛，阿母疗髓酒四钟，阿母女态盈娘子跻虚龙缟袜八纳，后日于王先生青城草堂还我耳。'又有一叟曰：'橘中之乐，不减商山。'又一叟于袖中抽出一草根，以水喍之，化为一龙。四叟共乘之，足下泄泄云起。须臾风雨晦冥，不知所在。出《玄怪录》。"《后汉书·公孙瓒传》："唯有此中可避世。"偕隐，共同退隐。《左传·僖公二十四年》：介子推将隐，"其母曰：'能如是乎？与女偕隐'。"

⑪ "晚岁"句：《吴志·三嗣主传》注引《襄阳记》："李衡每欲治家，妻辄不听。后密遣客十人，于武陵龙阳氾洲上作宅，种甘橘千珠。临死，敕儿曰：'汝母恶吾治家，故穷如是，然吾州里有千头木奴，不责汝衣食，岁上一匹绢，亦可足用耳。'衡亡后二十馀日，儿以白母，母曰：'此当是种甘橘也。汝家失十户客来七八年，必汝父遣为宅。汝父恒称太史公言："江陵千树橘，当封君家。"吾答曰："且人患无德义，不患不富，若贵

而能贫,方好耳,用此何为"?'吴末,衡甘橘成,岁得绢数千匹,家道殷
足。"晚岁,曹植《赠徐幹》:"良田无晚岁。"

⑫ "书帖"句:陈师道《后山诗话》:"韦苏州诗云:'怜君卧病思新橘,试摘
才酸亦未黄。书后欲题三百颗,洞庭须待满林霜。'余往以为盖用右军
帖中'赠子黄柑三百'者,比见右军一帖云:'奉橘三百枚。霜未降,未
可多得。'苏州盖取诸此。"

⑬ "结根"句:左思《吴都赋》:"其果则丹橘馀甘,荔枝之林,槟榔无柯,椰
叶无阴。龙眼橄榄,楔榴御霜,结根比景之阴,列挺衡山之阳。"又《三
都赋序》:"余既思慕《二京》而赋《三都》。"

⑭ 棹歌:船歌。乌菱角:菱的一种,产嘉兴。《嘉兴府志》:"两角而弯者
为菱,吾地小青菱,被水而生,味甘美,熟之可代飧饭。"

⑮ 枨触:佛家语,感触。《大方等大集经日藏分》:"如是诸佛互相枨触。"
李商隐《戏题枢言草阁三十二韵》:"君时卧枨触。"羁怀:客居他乡的
情怀。司空图《残莺百啭歌》:"谢朓羁怀方一听。"范湖:即范蠡湖,在
嘉兴市澄海门内范蠡桥西。相传范蠡泛舟五湖,从此发棹。

雪滕提刑招同天琴、古微、艺风、完巢、诒书、黄楼、
积馀诸君饮于醉沤(二首)

露电光中玩好春①,沧桑劫后幻陈人②。食单楚沥吴
羹选③,乡味椒浆菽食亲④。酒罢楼前频视荫⑤,谈馀剑首
一吹尘⑥。抱冰堂上留残客⑦,举目山河重怆神⑧。

白日青阳病客前⑨,敢将兄事问疑年⑩。市楼星座三

垣外⑪，海客鸥群十月天⑫。本味何难宰天下⑬，举觞相命
作神仙⑭。花须柳眼晴无赖⑮，趁起东风各放颠⑯。

【题解】

　　本诗作于民国三年(1914)春，时居上海麦根路寓庐。题中雪塍，指
王秉恩。秉恩字息存，四川华阳(今属成都)人。同治十年(1873)举人，
清时官广东按察使。提刑，乃提点刑狱公事的简称，官名，掌所辖州县刑
狱、治安和监察，并兼掌农桑。清代于名省设提刑按察使。诗题天琴，指
樊增祥。古微，指朱祖谋，其人原名孝臧，字藿生，一字古微，号沤尹，又
号彊村先生。浙江归安(今湖州)人，近代词人。艺风，指缪荃孙。荃孙
字炎之，号筱珊，室名艺风，江苏江阴人。光绪二年(1876)进士，近代版
本学家。完巢，指王仁东。仁东字刚侯，号旭庄，别号完巢，福建闽县(今
福州)人。光绪二年(1876)举人。诒书，指林开謩，生平见前《超社春集
看杏花》诗注⑳。黄楼，指张郴。郴字黄楼，直隶南皮(今属河北)人。张
之洞犹子。积馀，指徐乃昌。生平见《题徐积馀〈定林访碑图〉》【题解】。
题中醉沤，为上海川菜馆名，在望平街。门有联语，曰："人我皆醉，天地
一沤。"

【注释】

① 露电：用佛家语。《金刚般若波罗蜜经》："一切有为法，如梦幻泡影，
　　如露亦如电，皆作如是观。"此感慨时光流驶神速、世事无常。玩好春：
　　杨万里《除夜宿石塔寺》："休羡椒花颂好春。"

② 沧桑：见前《题赵吴兴鸥波亭图》诗注⑧。陈人：见前《晚牖》诗注⑥。

③ 食单：杜甫《陪郑广文游何将军山林》："阴益食单凉。"郑望《膳夫录》：
　　"韦仆射巨源有烧尾宴食单。"楚沥吴羹：《楚辞·大招》："吴醴白蘖，
　　和楚沥只。"《楚辞·招魂》："和酸若苦，陈吴羹些。"此泛指江南美食。

④ 椒浆：《楚辞·九歌》："奠桂酒兮椒浆。"薮(毅 yì)：食茱萸。《礼记》：

"三牲用爇。"郑玄注:"爇,煎茱萸也。汉律会稽献焉。《尔雅》谓之椒。"

⑤ 视荫:见前《杂诗》诗注㉚。

⑥ "谈馀"句:谓谈话内容无足轻重。《庄子·则阳》:"吹剑首者,映而已矣。尧舜,人之所誉也。道尧舜于戴晋人之前,譬犹一映也。"陆德明《释文》:"司马云,剑环头小孔,吹之映然,如风过也。"

⑦ 抱冰堂:张之洞书斋名。残客:《梁书·张缅传》:"初,缵与参掌何敬容意趣不协,敬容居权轴,宾客辐凑,有过诣缵者,辄距不前,曰:'吾不能对何敬容残客'。"诸人中曾植与缪荃孙皆为张之洞客,樊增祥为之洞弟子,张郴为之洞侄,故云。

⑧ "举目"句:《世说新语·言语》:"过江诸人每至美日,辄相邀新亭,藉卉饮宴,周侯中坐而叹曰:'风景不殊,正自有山河之异。'皆相视流泪。惟王丞相愀然变色,曰:'当共戮力王室,克复神州。何至作楚囚相对!'"《太平御览》引作"举目有江河之异"。

⑨ 白日青阳:《楚辞·哀时命》:"见阳春之白日兮,恐不终乎永年。"又《大招》:"青春受谢,白日昭只。"《尔雅·释天》:"春为青阳。"

⑩ 兄事:《礼记·曲礼》:"十年以长,则兄事之。"疑年:怀疑人的确实年龄。《左传·襄公三十年》:"绛县人或年长矣,无子,而往与于食者,有与疑年,使之年。"孔颖达正义:"有与同食者,问此老人之年,不告以实,疑其年也;使之年者,更使言其真年也。"

⑪ 市楼:星宿名。《史记·天官书》:"旗中四星曰天市,中六星曰市楼。"三垣:王应麟《小学绀珠》:"三垣:上垣太微十星,中垣紫微十五星,下垣天市二十二星。三垣四十七星。"

⑫ 海客鸥群:《世说新语·言语》刘峻注:"庄子曰:海上之人好鸥者,每旦之海上,从鸥鸟游,鸥之至者数百而不止。其人曰,吾闻鸥鸟从汝游,取来玩之。明日之海上,鸥鸟舞而不下。"此指饮于醉沤的一些人。

⑬ 本味:《吕氏春秋·本味》:"汤得伊尹,说汤以至味。"宰天下:指治理

天下。《史记·陈丞相世家》："里，中社，平为宰，分肉食甚均。父老
曰：'善，陈孺子之为宰。'平曰：'嗟乎！使平得宰天下，亦如是肉矣'！"

⑭ 举觞：举杯。杜甫《饮中八仙歌》："举觞白眼望青天。"相命：《公羊
传·桓公三年》："胥命者何？相命也。"

⑮ "花须"句：李商隐《二月二日》："花须柳眼各无赖。"

⑯ "趁起"句：杜甫《绝句》："漫道春来好，狂风大放颠。"

庭前碧桃花

　　碧桃花自今年发，客舍寒迎旧历春①。瓶钵老依僧计
腊②，轩窗晴喜日随人。难忘鹤禁班联梦③，已是虫沙变
易身④。此日此时聊自得⑤，不夷不惠貌谁亲⑥。

【题解】

　　本诗作于民国四年(1915)。时曾植仍寓上海麦根路，已由十一号宅
移居四十四号宅。题中碧桃花，又称千叶桃，色淡红。

【注释】

① "碧桃"二句：王铚《杂纂编》："隔年桃符旧历。"

② 瓶钵：僧人食具。贯休《陈情献蜀皇帝》："一瓶一钵垂垂老。"腊：僧
人受戒后每度一年为一腊。玄应《一切经音义》："腊，力盍切。案《风
俗通》曰：'夏曰嘉平，殷曰清祀，周曰大蜡，汉曰腊。'腊，猎也，猎取禽
兽，祭先祖也，此岁终祭神之名也。经中言腊佛者，即是义也。或曰腊
者接也，新故交接也。诸经历中亦名岁，如《新岁经》等，今比丘或言

腊,或言夏,或言雨,亦尔,皆取一终之义。"

③ 鹤禁:指太子所居之处。《白氏六帖》:"《汉宫阙疏》曰:'白鹤,太了所居之地,凡人不得辄入,故云鹤禁也'。"班联:朝班的行列。李东阳《分献次青溪太宰韵》:"星坛对立本联班。"

④ "虫沙"句:虫沙,见《易实甫过谈》注③。变易身:佛家语。变易生死之身,三乘圣人受界外净土之正报。《成唯识论》:"二不思议变易生死。谓诸有漏有分别业,由所知障缘助势力,所感殊胜细异熟果,由悲愿力,改转身命,无定齐限,故名变易。无漏定愿,正所资感,妙用难测,名不思议,或名意成身,随意愿成故。如契经说,如取为缘,有漏业因续后有者,而生三有。如是无明习地为缘,无漏业因。有阿罗汉独觉已得自在菩萨,生三种意成身,亦名变化身。无漏定力,转令异本,如变化故。"

⑤ "此日"句:杜甫《人日两篇》之二:"此日此时人共得。"自得,心中无所不足。《礼记·中庸》:"君子无入而不自得。"注:"自得,所乡不失其道。"

⑥ 不夷不惠:折中而不偏激。《法言·渊骞》:"不夷不惠,可否之间。"夷,伯夷,殷亡后坚持不仕周;惠,柳下惠,相传三次罢官,不肯离去。谁亲:《庄子·齐物论》:"百骸九窍六藏,赅而存焉,吾谁与为亲?"

子勤见示《答友诗》,依和

不是忧缠即病斟①,谁从寂寞扣馀音②。皋禽警露闻遥野③,海鸟翔波有畏心④。蜀道隐踪惭董养⑤,幽州疲隶慨卢谌⑥。门前五柳春条发⑦,与子徘徊共息阴⑧。

【题解】

本诗作于民国四年(1915)春,时居上海麦根路寓庐。诗题子勤,指杨钟羲。钟羲,字子勤,汉军旗人,光绪十五年(1889)进士。官江宁府知府。有《圣遗诗集》。

【注释】

① 病斟:病情反复。扬雄《方言》:"斟,益也。南楚凡相益而又少,谓之不斟;凡病少愈而加剧,亦谓之不斟,或谓之何斟。"

② "谁从"句:陆机《文赋》:"叩寂寞而求音。"李善注:"《淮南子》曰:'寂寞,音之主也'。"

③ "皋禽"句:《诗·小雅·鹤鸣》:"鹤鸣于九皋,声闻于野。"警露:《说郛》:"《春秋感精符》:八月白露降,鹤即高鸣相儆。"

④ "海鸟"句:见前《雪塍提刑……》诗注⑫。

⑤ "蜀道"句:《世说新语》刘孝标注引王隐《晋书》:"董养,字仲道。"又引谢鲲《元化论·序》曰:"陈留董仲道于元康中见惠帝废杨悼后,升太学堂叹曰:'建此堂也,将何为乎?……天人之理既灭,大乱斯起。'顾谓谢鲲、阮孚曰:'《易》称:"知几其神乎,君等可深藏矣!"'乃与妻荷担入蜀,莫知其所终。"

⑥ "幽州"句:刘琨《答卢谌诗》李善注:"王隐《晋书》曰:'刘琨,永嘉中为并州刺史,与卢志亲善。志子谌,琨先辟之,后为从事中郎。段匹磾领幽州牧,谌求为匹磾别驾。'"疲隶:疲劣之隶。卢谌《赠刘琨诗》:"谬其疲隶,授之朝右。"

⑦ "门前"句:陶潜《五柳先生传》:"宅边有五柳树。"

⑧ 息阴:处于阴处以息影。《庄子·渔父》:"人有畏影恶迹而去之走者,举足愈数而迹愈多,走愈疾而影不离身,自以为尚迟,疾走不休,绝力而死。不知处阴以休影,处静以息迹,愚亦甚矣。"谢灵运《道路忆山中诗》:"息阴倚密竿。"又《还旧园作见颜范二中书诗》:"息阴谢所牵。"

花朝日蒿盦中丞招作逸社第二集，以少陵 "白日放歌须纵酒，青春作伴好还乡"为韵，余分得放字

　　饥人梦饱古有云①，游子思乡画难状。春波千里草芊芊②，远望当归默惘怅③。木兰花开亦已谢，桑下翩翩翔女鸥④。有穸室倩伊威守⑤，有畹田应雀鼠壮⑥。当年誓墓早归来⑦，木落归根水趋壤⑧；岂知化儿憎急退⑨，驱向海隅作流宕。清明寒食岁时行⑩，风驭翛翛驰一饷⑪。还家如客客如家⑫，颠倒生涯惺自诳。花朝此日群贤集⑬，勉以萧闲酬板荡⑭。散原南望崝庐树，计日行蹥越庐嶂⑮。西岩老人怀绿野，携手江船溯潮上⑯。青春作伴是耶非⑰，那得天河洗兵瘴⑱！杜门从此乐田居⑲，帆不安幅舟去桨。是身飘如秋后叶⑳，三业风吹矢无向㉑。北际南垂虚择觅㉒，蚊睫鹪枝均幻妄㉓。汝身汝有犹非是㉔，某树某丘何著相㉕。家山莫作本元认，千载苏仙感同况㉖。落日归鸦故识村㉗，旧巢睇燕来寻阆㉘。明朝吾亦趁吴船，蚕关门前汉塘放㉙。

【题解】

　　本诗作于民国四年（1915）春，时居上海麦根路寓庐。诗题花朝日，据李慈铭《越缦堂日记》："花朝本在二月十二日，出陶朱公书，其说最古。然唐人无偶之者。至洛阳以二月二日为花朝，浙、湖以二月十五日为花

朝,盖皆兴于宋世。今俗以初二为小花朝,十二为正花朝,十五为大花朝。"题中蒿庵,指冯熙。熙字梦华,号蒿庵,江苏金坛人,光绪十二年(1886)进士,曾官山西按察使。时寓居上海。题中逸社,乃诗社名。于本年正月十五日由瞿鸿禨发起第一集。曾植此诗前有《逸社第一集》诗。

【注释】

① "饥人"句:白居易《寄行简》:"饥人多梦餐。"苏轼《次韵孔毅甫久旱已而甚雨》:"饥人忽梦饭甑溢,梦中一饱百忧失。"王十朋引赵次公注:"梦饱事出佛书,黄鲁直亦云:'饥人常梦饱,病人常梦医'。"

② "春波"句:吴伟业《题冒辟疆名姬董白小像》:"相思千里草芊芊。"芊芊,草木茂盛的样子。

③ 远望当归:《古悲歌》:"悲歌可以当泣,远望可以当归。"默惆怅。杜甫《剑门》:"临风默惆怅。"

④ 女鸥(匠 jiàng):鸟名,即桑飞。扬雄《方言》:"桑飞,自关而东,谓之工爵,或谓之过赢,或谓之女匠。……自关而西谓之桑飞。"章炳麟谓即麻雀。

⑤ "有穹"句:《诗·豳风·东山》:"伊威在室。"伊威,昆虫名,一名鼠妇。穹,谓屋宇之深。倩,借助。

⑥ "有畹"句:《梁书·张率传》:"在新安,遣家僮载米三千石还吴宅。既至,遂耗大半。率问其故,答曰:'雀鼠耗也。'率笑而言曰:'壮哉雀鼠!'竟不研问。"畹,十二亩为一畹。

⑦ 誓墓:去官归隐。见前《燕亭宴坐》诗注④。

⑧ "木落"句:《孟子·离娄》:"犹水之就下也。"鲍照《玩月城西门廨中》诗李善注:"翼氏《风角》:'木落归本,水流归末'。"

⑨ 化儿:造化小儿的省称,戏称司命之神。《新唐书·文艺传》:"(杜)审言病甚,宋之问、武平一等省候何如,答曰:'甚为造化小儿相苦,尚何言!'"范成大《立春大雪招亲友共春盘坐上作》:"化儿任恶剧。"急退:

急流勇退。邵伯温《闻见前录》："钱若水为举子时,见陈希夷于华山。希夷曰:'明日当再来。'若水如期往,见有一老僧与希夷拥地炉坐。僧熟视若水,久之不语,以火箸画灰,作'做不得'三字。徐曰:'急流中勇退人也。'若水辞去,希夷不复留。后若水登科为枢密副使,年才四十致政。"

⑩ 寒食:宗懔《荆楚岁时记》："去冬节一百五日,即有疾风甚雨,谓之寒食。禁火三日,造饧大麦粥。"

⑪ 风驭:御风;乘风。《庄子·逍遥游》："列子御风而行。"翛(书 shū)翛:疾速。翛,通"倐"。《庄子·大宗师》："翛然而往,翛然而来而已矣。"一饷,一会儿。韩愈《醉赠张秘书》："虽得一饷乐。"

⑫ "还家"句:陶潜《杂诗》："家为逆旅舍,我如当去客。"刘长卿《湖上遇郑田》："还乡反为客。"孟郊《乙酉岁舍弟扶侍归兴义庄居后独止舍待替人》："谁言旧居止,主人忽成客。"黄庭坚《过家》："归来翻作客。"按,曾植诗屡用此意,如《归里作》云:"却向故园为寄客。"

⑬ 群贤集:王羲之《兰亭集序》:"群贤毕至。"

⑭ 萧闲:清幽暇逸。《真诰》:"又有童初萧闲堂二宫以处男子之学也。"板荡:指政局动荡。《诗序》:"《板》,凡伯刺厉王也","《荡》,召穆公伤周室大坏也。厉王无道,天下荡,无纲纪文章,故作是诗也"。

⑮ "散原"二句:写陈三立。散原,陈三立的号。崝庐,三立在江西南昌西山的寓所,取"青山"二字相合之意,庐在西山最高峰萧坛下,其父宝箴墓地所在。计日:犹指日。诸葛亮《出师表》:"可计日而待也。"行躔,即行缠,缠腿布。古乐府《双行缠曲》:"新罗绣行缠。"此借指行程。庐嶂,即庐山。按,陈三立《散原精舍诗》本年春有返南昌扫墓诸作。

⑯ "西岩"二句:写瞿鸿禨。绿野,见前《樊园钟集》诗注⑧。按,《瞿文慎公诗选遗墨》本年春有还乡诸诗,瞿与散原同轮西上而不相遇。见瞿诗题。

⑰ 青春作伴:见诗题。

⑱ 天河洗兵瘴：《太平御览》引《六韬》曰："文王问散宜生：'卜伐纣吉乎？'曰：'不吉。'钻龟不兆，数蓍交加而折。将行之日，而辎重至轸；行之日，帜折为三。散宜生曰：'此卜四不祥，不可举事。'太公进曰：'是非子之所知也。祖行之日，雨辎重至轸，是洗濯甲兵也。'"后因以指战争停息。杜甫《洗兵马》："安得壮士挽天河，净洗甲兵长不用。"

⑲ 杜门：闭门。《国语·晋语》："狐突杜门不出。"

⑳ 秋后叶：高蟾《后宫词》："君恩秋后叶。"

㉑ 三业风：佛家语。三业，谓身业、语业、意业。业风，指恶业所感之猛风，劫末大风灾时及吹地狱之风。《正法念处经》："业风所吹，将向地狱。"又："一切风中，业风第一，更无过者。"矢无向：《韩非子·内储说上》："夫矢来有乡，则积铁以备一乡，矢来无乡，则为铁室以尽备之。"

㉒ 北际南垂：借指天南海北。《三国志·魏志·公孙瓒传》注："《英雄记》曰：'先是有童谣曰：燕南垂，赵北际，中央不合大如砺，惟有此中可避世'。"

㉓ 蚊睫：《列子·汤问》："江浦之间生幺虫，其名曰焦螟，群飞而集于蚊睫，弗相触也。栖宿去来，蚊弗觉也。离朱子羽方昼拭眥扬眉而望之，弗见其形；魿俞师旷方夜擿耳俛首而听之，弗闻其声。唯黄帝与容成子居空峒之上，同斋三月，心死形废，徐以神视，块然见之，若嵩山之阿；徐以气听，砰然闻之，若雷霆之声。"鷦枝：《庄子·逍遥游》："鷦鹩巢于深林，不过一枝。"

㉔ "汝身"句：《庄子·知北游》："舜问乎丞曰：'道可得而有乎？'曰：'汝身非汝有，汝何得有夫道'？"

㉕ "某树"句：韩愈《送杨少尹序》："今之归，指其树曰：'某树，吾先人之所种也；某水某丘，吾童子时所钓游也'。"《摩诃般若波罗蜜经》："一切法无著相，以性无故性空故。"

㉖ "家山"二句：苏轼《庚辰岁人日作时闻黄河已复北流老臣旧数论此今言乃验》："莫认家山作本元。"苏仙，指苏轼。黄庭坚《题东坡书道术

后》："尝有海上道人评东坡,真蓬莱、瀛洲、方丈谪仙人也。"

㉗ "落日"句:苏轼《詹守携酒见过用前韵作诗聊复和之》："孤云落日西南望,长羡归鸦自识村。"

㉘ 阆(向 xiàng):《尔雅》："两阶间谓之阆。"

㉙ "明朝"二句:自注:"禾中乡俗,蚕关门,罢祭扫。"汉塘:地名,在嘉兴市东十五里。相传汉新丰人迁于此,故塘名汉塘,镇名新丰。

到 家 作

　　病与愁兼复几时①,还家迢递一年迟②。《芜城》剧有参军感③,旧馆难为长史思④。燕守空梁甘寂寞⑤,莺依晚树话流离⑥。此生行共飘摇尽⑦,惭愧迎门稚子嬉⑧。

【题解】

　　民国四年(1915)四月,曾植由沪归里扫墓。本诗作于回故里嘉兴姚家埭旧宅以后。

【注释】

① "病与"句:陆游《荔枝楼小酌》："病与愁兼怯酒船。"

② 迢递:长远。左思《吴都赋》："旷瞻迢递。"张铣注:"迢递,长也。"

③ 芜城:广陵(今扬州)故城。因鲍照《芜城赋》而得名。参军:指鲍照。鲍照《芜城赋》李周翰注引沈约《宋书》云:"鲍照,东海人也。至宋孝武帝时,临海王子顼镇荆州,明远为其下参军,随至广陵,子顼叛逆。照见广陵故城荒芜,乃汉吴王濞所都,濞亦叛逆,为汉所灭。照以子顼事

同于潪,遂感为此赋以讽之。"

④ "旧馆"句:陶弘景《上清真人许长史旧馆坛碑》:"真人姓许,讳穆世,名谧,字思玄,升平末,除护军长史。"

⑤ "燕守"句:薛道衡《昔昔盐》:"空梁落燕泥。"

⑥ 流离:流转;离散。《汉书·食货志》:"百姓流离,予甚悼之。"

⑦ "此生"句:曹植《杂诗》:"转蓬离本根,飘摇随长风。"

⑧ 稚子:泛指小儿。陶潜《归去来辞》:"僮仆欢迎,稚子候门。"

国 界 桥

　　水驿西南路乍分①,病夫犹自惜馀春②。修多罗说家常话,冥漠君为化乐身③。棹去波光回虎眼④,水繁云气淰鱼鳞⑤。桥塊庙令应怜我⑥,长是东西南北人⑦。

【题解】

　　本诗作于民国四年(1915)四月由沪归里以后。诗题国界桥,乃地名。据《嘉兴府志》所引《梅会诗选》注云:"国界桥在草荡,即古吴越战场,有国界桥在濮院之南。"

【注释】

① 水驿:水路的驿站。

② 惜馀春:李白有《惜馀春赋》,句云:"惜馀春之将阑。"

③ "修多"二句:自注:"梵天寺聪法师束经梁间,人问读否,曰:'如人读家书一遍,既知其义,何再读?'梵书三十三天,第五天为化乐天。"按,

聪法师事载杨潜《云间志》:"《聪道人灵鉴塔铭》:姓仰氏,名德聪,结庐佘山之东峰。有二虎大青小青随侍。有造之者,见挂一书梁间,问之,曰:'此佛经也。'问尝读否,曰:'如人看家书一遍,即知其义,何再读为?'"修多罗,佛经中称直说者为修多罗。《大智度论》:"诸经中直说者,名修多罗。所谓四阿含诸摩诃衍经及二百五十戒经,出三藏外亦有诸经,皆名修多罗。"家常话,龚自珍《己亥杂诗》:"米盐种种家常话。"冥漠君,见前《廉家荆浩画山水松峦障子》诗注③。化乐身,天神名。《起世经》:"化乐天身长八由旬。"

④ "棹去"句:李白《泾溪东亭寄郑少府谔》:"龙门蹙波虎眼转。"虎眼,喻漩涡。

⑤ 渖(审 shěn):水动貌。《礼记·礼运》:"故鱼鲔不渖。"郑玄注:"渖之言闪也。"鱼鳞:喻水纹。《吕氏春秋·有始览》:"水云鱼鳞。"

⑥ 埭:自注:"埭,音兔,平声,乡间作此音。"俞樾《小繁露》:"桥之称埭,吾乡俗语,他处人有不识其字者。吴文英《湖上清明薄游作西子妆》词有云:'笑拈芳草不知名,乍凌波断桥西埭。'则古人固以入词矣。"庙令:韩愈《谒衡岳庙遂宿岳寺题门楼》:"庙令老人识神意。"

⑦ 东西南北人:四处漂泊的人。《礼记·檀弓》:"今丘也,东西南北之人也。"

还家杂诗(八首选二)

水竹交蓊蔚①,柁移入支泾②。春阴淡原隰,远见孤花明③。蚕候百室静④,阡陌稀人行⑤。林阴见犬卧,日午闻鸡鸣。妇智敬无圹⑥,田更勤得生⑦。幸无街弹室⑧,不解阃师争⑨。淳俗偶存在，儿童乐柴荆。即此是瀼滨⑩，潺潺水乐声⑪。

来躅循未遍⑫，去轮展方遒⑬。居家翻若客⑭，儿去翁难留⑮。顷刻蔷薇花，舒英送行辀⑯。杜鹃如惜别⑰，一雨皆垂头。后阁待支楹，前园计开畴。贻书慰老友，来月煎茶谋。即事有增益⑱，随缘共绸缪⑲。吾生托性海⑳，安往非虚舟㉑。

【题解】

本诗作于民国四年（1915）春由沪返故里期间。所选原列第三、第八首。

【注释】

① 蓊蔚：茂盛而多荫貌。张衡《南都赋》："晻暧蓊蔚。"

② 柂：舵，指船。支泾：水的支脉。嘉兴为江南水网地区，港叉极多。据《清史稿·地理志》："（嘉兴）六里泾承南湖水，岐为二：一魏塘，一汉塘，合王庙、空庙、众欢诸塘，左出枝津，为伍子塘。"

③ "春阴"二句：苏舜钦《淮中晚泊犊头》："春阴垂野草青青，时有幽花一树明。"原隰，低湿的平原。《尚书·禹贡》："原隰底绩。"

④ "蚕候"句：《嘉兴府志》："蚕时多禁忌，虽比户不相往来。《西吴枝乘》：'四月为蚕月，家家闭户，官府勾摄征收及里闬往来庆吊，俱罢不行，谓之蚕禁'。"

⑤ 阡陌：田间小路。《史记》索隐引《风俗通》曰："南北曰阡，东西曰陌。河东以东西为阡，南北为陌。"

⑥ 敬无圹：《荀子·议兵》："敬谋无圹，敬事无圹，敬吏无圹，敬众无圹，

敬敌无圹,夫是之谓五无圹。"杨倞注:"无圹者,言不敢须臾不敬也。圹与旷同。"

⑦ 田更:田叟。《列子·黄帝》:"禾生、子伯,范氏之上客,出行,经坰外,宿于田更商丘开之舍。"张湛注:"更,当作叟。"勤得生:勤劳才得以生存。《左传·宣公十二年》:"民生在勤,勤则不匮。"

⑧ 衕弹室:汉代里官的办事之处,指基层行政机构。《周礼·里宰》郑玄注:"欚者,里宰治处也,若今衕弹之室。"

⑨ 闾师:官名。《周礼·闾师》:"闾师掌国中及四郊之人民六畜之数,以任其力,以待其政令,以时征其赋。"

⑩ 瀼滨:瀼溪之滨。瀼溪在江西瑞昌南,唐诗人元结自称"家瀼滨",自号"瀼溪浪士"。见《新唐书·元结传》。

⑪ "潺潺"句:元结有《水乐说》,中云:"元子于山中,尤所耽爱者,有水乐。"

⑫ 蹢(烛 zhú):足迹。

⑬ "去轹(灵 líng)"句:《礼记·曲礼》:"已驾,仆展轹,效驾。"轹,车轮。方遒,正达到极点。《后汉书·左周黄传》:"往车虽折,来轸方遒。"

⑭ "居家"句:见《归里作》注。

⑮ "儿去"句:自注:"慈护先归。"按:慈护,曾植嗣子,名颖。曾植季弟曾橃,字子林,为其本生父。

⑯ 行轺(舟 zhōu):泛指车。韩愈《赴江陵途中寄赠王十一补阙李十一拾遗李二十六员外翰林三学士》:"冰冻绝行轺。"

⑰ 杜鹃:见前《壬子秋暮归里作》诗注⑳。

⑱ 即事:眼前的事物。刘向《新序》:"即事有渐。"增益:增加。《孟子·告子》:"曾益其所不能。"曾与增同。

⑲ 随缘:佛家语。佛家称外界事物皆自体感触,谓之缘,应其缘而动作,称随缘。《吉藏三论玄义》:"二随缘假者,如随三乘根性,说三乘教门也。"绸缪:《诗·绸缪》毛传:"绸缪,犹缠绵也。"

⑳ 性海：佛家语。佛家谓真如之理性，深广如海，故名性海，为如来法身
之境。《大方广佛华严经》："诸大菩萨，究竟无量无边菩萨所行，悉从
种种性海中，起种种正直身心。"

㉑ 虚舟：见前《西湖杂诗》注①。

乙卯五月重至西湖口号（四首选二）

来趁西湖五月凉①，凭阑尽日醉湖光。圣因寺古佛无
语②，一杵残钟摇夕阳。

苎萝人作蒹葭妆③，为借昙云掩泪光④。解道夜山元
胜昼⑤，不须懵懂怪襄阳⑥。

【题解】
　　据诗题，本诗作于民国四年(1915)五月。所选原列第一、第三首。

【注释】
① "来趁"句：陆容《题画》："来趁山人几日凉。"杜甫《壮游》："镜湖五
月凉。"
② 圣因寺：杭州西湖禅寺名。《西湖志》："圣因寺在孤山最高处。康熙
四十六年，圣祖仁皇帝省方南巡，驻跸于此。臣民欢忭，踊跃创建行
宫。雍正五年，即其地虔供法王，钦颁御书圣因寺额。"
③ 苎萝人：西施。《吴越春秋》："越王乃使相者国中，得苎萝山鬻薪之
女，曰西施。"此借喻西湖。也双关西湖的人。蒹葭(扶凛 fú lín)妆：唐

代时一种外国人的妆束。《旧唐书·西戎传》:"拂菻国,一名大秦,在西海之上。……其王冠形如鸟举翼,冠及璎珞,皆缀以珠宝,著锦绣衣,前不开襟。……风俗,男子剪发,披帔而右袒,妇人不开襟,锦为头巾。"此指辛亥革命以后西湖发生了变化,楼阁有西式者,游人有穿西服者。

④ 昙云:阴云。泪光:元稹《梦井》:"泪光凝囧囧。"

⑤ 解道:会说;会咏。夜山元胜昼:徐琰《夜山图跋》:"彦敬郎中高君读书穷理外,留心绘事,所谓吴装山水者,尤得意焉。行省照磨李君公略性冲澹,乐山水,寓居吴山之巅,南向开小阁。公略谓夜起登此阁,月下看山,尤觉殊胜。彦敬闻之,跃跃以喜,遂援笔而为是图。公略以示予,且请着语,因赋《钱塘夜山图歌》一篇。"元,原。

⑥ 懜懂:糊涂;模糊。邓椿《画继》:"元晖被遇光尧,既贵,甚自秘重,众嘲之曰:'解作无根树,能描懜懂云。如今供御也,不肯与闲人。'"襄阳:蔡肇《故宋礼部员外郎米海岳先生墓志铭》:"公讳芾,字元章,世居太原,后徙襄阳。其画山水人物,自成一家。"《宋史·米芾传》:"子友仁,字元晖,力学嗜古,亦善书画,世号小米。"世称米芾为"米襄阳",此则借指其子米友仁。

叠韵简西岩老人(二首选一)

　　炎宵无寐梦无家①,强倚棂轩待曙霞。病眼观空增睅睁②,文心失侣不雄夸③。飞来白鹄传书简④,想见苍龙泼茗花⑤。独乐襟期随地在⑥,吟怀应为晚凉加。

【题解】

　　本诗作于民国四年(1915)夏,时居上海麦根路寓庐。所选原列第二首。题中西岩老人,指瞿鸿禨。

【注释】

① 炎宵:炎热的夜晚。

② 观空:佛家语,佛家称观照诸法空相。《大智度论》:"观无常即是观空,如观色念念无常,即知为空。"睒瞢(倘莽 tǎng mǎng):《切韵残卷》:"睒,睒瞢,目无精。"

③ 文心失侣:指文思枯竭。刘勰《文心雕龙·序志》:"夫文心者,言为文之用心也。"又:"若辞失其朋,则羁旅而无友。"雄夸:朱熹《山北纪行》:"僧言自雄夸。"

④ "飞来"句:古乐府《双白鹄》:"飞来双白鹄,乃从西北来。"

⑤ 苍龙:福建名茶名。杨万里《陈蹇叔郎中出闽漕别送新茶李圣俞郎中出手分似》:"头纲别样建溪春,小璧苍龙浪得名。"茗花:《草花谱》:"茗花,即食茶之花,色月白而黄心,清香隐然。"

⑥ 独乐:《礼记·乐志》:"独乐其志,不厌其道。"叶梦得《避暑录话》:"司马温公作独乐园,朝夕燕息其间。"襟期:情怀;抱负。杜甫《醉时歌》:"时赴郑老同襟期。"

晚　　望

　　如此江山夕照明①,野夫那不际承平②。蜃楼海气剧暮气③,鱼簜潮声如雨声④。静夜吴船闻打鼓,昔游蜀道记初程⑤。白头负戴难重说⑥,四十三年枯菀情⑦。

【题解】

本诗作于民国四年(1915)夏,时居上海麦根路寓庐。

【注释】

① 如此江山:陆游《剑门城北回望剑关诸峰青入云汉感蜀亡事慨然有赋》:"如此江山坐付人。"

② 承平:太平。《汉书·食货志》:"今累世承平。"

③ 蜃楼:《史记·天官书》:"海旁蜃气象楼台。"

④ 鱼篊:《广韵》:"海上取鱼竹,名曰篊。"《松江府志》:"陆鲁望《渔具诗序》:'列竹于海澨曰沪(滬)。吴之沪(滬)渎是也。'《舆地记》云:'插竹列海中,以绳编之,向岸张两翼,潮上而没,潮退即出。鱼随潮碍竹不得去,名之曰沪(滬)。'鲁望所指即此。"郎瑛《江干被雨》:"潮声杂雨声。"

⑤ "静夜"二句:自注:"余第一次至沪,为同治壬申(1872),入蜀就姻,航海南来,沂江西上,时金利源码头尚未成也。"按,《上海县续志》:"金利源码头,此为轮船招商局码头。招商局江海各轮船皆泊此。"陆游《入蜀记》:"二十六日五鼓发船,是日舟人始伐鼓。"俞樾《茶香室丛钞》:"按放翁于六月十七日入镇江,二十日迁入嘉州王知义船,盖始易江船也。至二十六日始出江。然则舟行伐鼓,亦惟江行之船为然;其行于内河者,不伐鼓也。"吴船,司空图《渡江》:"一夜吴船梦。"又,杜甫《十二月一日三首》之二:"打鼓发船何郡郎?"

⑥ 负戴:背负首戴,形容劳苦。《太平御览》引《子思子》:"祝牧谓其妻曰:'天下有道,我被子佩;天下无道,我负子戴'。"

⑦ 枯菀:枯荣,常喻失意与荣显。《国语·晋语》:"优施乃歌曰:'暇豫之吾吾,不如乌乌。人皆集于菀,已独集于枯'。"按,曾植于同治十一年(1872)夏由沪溯江西上,入蜀就婚,至本年(1915)已隔四十三年。

和 一 山 韵

故园子母结秋瓜①，本自无身讵识家②。闽峤韩郎吟野马③，黎邨苏老羡归鸦④。草间独活嗟存种⑤，海上横流讵有涯⑥？失喜惊人还觅句⑦，可知退笔久无花⑧。

【题解】

本诗作于民国四年（1915）秋，时居上海麦根路寓庐。诗题一山，指章梫。梫字一山，浙江宁海人。光绪三十年（1904）进士，授翰林院检讨。有《一山文存》。

【注释】

① "故园"句：阮籍《咏怀》："昔闻东陵瓜，近在青门外。连畛距阡陌，子母相钩带。"秦东陵侯邵平，秦亡后为民，种瓜长安城东以营生。此用其意，寄清亡之意。

② "本自"句：苏轼《吊天竺海月辩师》："本自无生可得亡。"无身，《老子》："吾所以有大患者，为吾有身。及吾无身，吾有何患？"讵，岂。

③ 闽峤：指称福建。因其地多山，故云。峤，山岭。韩郎：谓唐诗人韩偓。王定保《摭言》："韩偓天复初入翰林，寻谪官入闽，故偓诗曰：'手风慵展八行书，眼病休看九局棋。窗里日光飞野马，案前筠管长蒲卢。谋身拙为安蛇足，报国危曾捋虎须。满世可能无默识，未知谁拟试齐竽？'"野马，喻尘埃。

④ 黎邨：指海南岛。苏老：苏轼。句意参前《花朝日蒿庵中丞招作逸社

219

第二集》诗注㉗。

⑤ 独活：草名。《重修政和证类本草》："独活，一名胡王使者，一名独摇
　草。此草得风不摇，无风自动，生雍州川谷，或陇西南安。"
⑥ 横流：比喻动荡的局势。见前《俞幼莱藏常熟师冬山画卷》诗注⑤。
　讵有涯：王维《奉和圣制玉真公主山庄因题石壁十韵》："长生讵有涯。"
⑦ "失喜"句：杜甫《江上值水如海势聊短述》："语不惊人死不休。"
⑧ 退笔：见前《超社春集看杏花和云门韵》诗注㉚。

觉叟画为梅道人寿

　　冻壑不能雪，悲林澹成烟①。荒荒心眼尽②，已在冥
荃先③。若士巢其颠④，道人濯其渊⑤。影亦不可摹，言亦
不可传。劫寿千万年⑥，八百为稚仙⑦。

【题解】
　　本诗作于民国四年（1915）秋，时居上海麦根路寓庐。题中觉叟，指
姚丙然。丙然字菊坡，晚号觉叟，浙江钱塘（今杭州）人。光绪十二年
（1886）进士，由庶常授编修，迁侍读。诗题梅道人，谓李瑞清。瑞清号梅
庵，江西临川人。光绪二十年（1894）进士，官江宁布政使。著《清道人选
集》。此年，四十九岁。此诗曾植《与谢石钦诗》自评云："笔刚情柔，《昌
黎集》中亦有此体。"

【注释】
① 悲林：《菩萨本缘经》："此林乃是修悲菩萨之所住处。"

② 荒荒：见前《野哭》诗注①。心眼：佛家称观念之心，能照了诸法，曰心眼，《大智度论》："当以心眼见如现在前。"

③ 冥荃：郭璞《江赋》李善注："《春秋命历序》曰：冥荃无形，濛鸿萌兆，浑浑沌沌。"《太平御览》："《礼斗威仪》曰：'二十九万一千八百四十岁而反太素冥荃，盖乃道之根也。'张衡《灵宪注》曰：'太素之前，幽清玄静，寂寞冥默，不可为象，厥中惟灵，如是者永久焉，斯谓冥荃。'"

④ 若士：《淮南子·道应》："卢敖游乎北海，经乎太阴，入乎玄阙，是一士焉。……卢敖与之语曰：'……子殆可与敖为友乎？'若士者齤然而笑曰：'子处矣。吾与汗漫期于九垓之外，吾不可以久驻。'若士举臂而竦身，遂入云中。"

⑤ 道人：《汉书·五行志》："道人始去。"

⑥ "劫寿"句：《摩诃般若波罗蜜经》："如恒河沙等劫寿不应住。"《方广大庄严经》："诸仙虽劫寿，终归于幻灭。"此言历时之久。

⑦ "八百"句：《论语》邢昺疏："老彭，殷贤大夫。《世本》云：'姓篯名铿，在商为守藏史，在周为柱下史，年八百岁'。"又，《山海经·大荒西经》："有轩辕之国。……不寿者乃八百岁。"

七月七日逸社第五集，会于完巢新居，即和其《移居诗》原韵（四首选一）

僻巷还从步屧招①，居然地隔市尘嚣②。盆花午韵香齐放③，镜槛禅心影不摇④。女解法书临《乐志》⑤，儿师老圃种含消⑥。唯亭溇外租船至，会与先生慰寂寥⑦。

【题解】

　　本诗作于民国四年(1915)秋,时居上海麦根路寓庐。逸社第五集,参加者有王仁东、陈夔龙、吴庆坻、杨钟羲、沈曾植等。题中完巢,即王仁东号。完巢因风雨破屋而移居。《完巢賸稿》中有《风雨破屋二子二女均幸生于岩墙之下感赋诗》,后又作《移居》四首。此为曾植和作,所选原列第三首。

【注释】

① 僻巷:偏僻小巷。张祜《题程氏书斋》:"僻巷难通马。"步屦:见前《赠夏映庵》诗注⑦。

② 市尘嚣:喧嚣的街市。《左传·昭公三年》:"景公欲更晏子之宅,曰:'子之宅近市,湫隘嚣尘,不可以居'。"

③ "盆花"句:司空图《光启四年春戊申》:"小栏花韵午晴初。"午韵:指中午时花盛放时的神韵。

④ "镜槛"句:元照《四分律行事钞资持记》:"有说坐禅之处,多悬明镜,以助心行,或取明莹现象,或取光影交射。"此取其义。镜槛,镶嵌明镜的窗槛。

⑤ 女:指完巢之女苻芬,善书法。《乐志》:帖名。张丑《清河书画舫》:"《乐志论》,永徽四年秋八月廿六日中书令褚遂良奉为燕国于公书。"又:"《戏鸿堂帖》载褚河南《乐志论》,乃董元宰太史集褚氏千文真迹润色而成,题名全勒原款。河南无此帖也。即有之,不应一日而书二帖。"

⑥ 老圃:《论语·子路》:"吾不如老圃。"含消:指梨。《初学记》:"辛氏《三秦记》曰:汉武帝园,一名樊川,一名御宿。有大梨,如五斗瓶,落地则破。其主取布囊承之,名曰含消梨。"

⑦ "唯亭"二句:自注:"君方遣子督耕于昆山。"唯亭,地名,在今江苏吴县东三十五里。张籍《促促词》:"今年为人送租船。"慰寂寥,苏轼《南

寺》:"村沽慰寂寥。"溇(娄lǒu),《重修常昭合志》:"以浜以溇名者,率皆农田蓄泄之水道。"

中秋前二夕月色致佳,忆甲午中秋京邸望月有诗,今不能全忆矣

依然圆满清光在①,多事山河大地依②。十五年来天不骏③,百千劫去泪长挥④。当时棘为铜驼叹⑤,后夜潮催白马归⑥。垂发鬖髿凭阑影⑦,只怜朝露未能晞⑧。

【题解】

本诗作于民国四年(1915)秋,时居上海麦根路寓庐。甲午中秋,指光绪二十年(1892)中秋,时曾植官刑部郎中,兼总理各国事务衙门章京。题中言"望月诗"已不存。

【注释】

① 圆满:《大般涅槃经》:"犹如秋月,十五日夜,清净圆满,无诸云翳,一切众生,无不瞻仰。"

② 依:依报。佛家语。见前《野哭》诗注④。

③ 天不骏:天命无常。《诗·小雅·雨无正》:"浩浩昊天,不骏其德。"毛传:"骏,长也。"胡承珙后笺:"长与常同,即天命靡常之意。"

④ 百千劫:见前《驾浮阁夜望》诗注③。

⑤ "当时"句:《晋书·索靖传》:"靖有先识远量,知天下将乱,指洛阳宫门铜驼,叹曰:'会见汝在荆棘中耳'。"此指中日甲午之战。

⑥ "后夜"句：枚乘《七发》："江水逆流，海水上潮，浩浩湍湍，如素车白马，帷盖之张。"按，中秋后三夜为潮生日，人以其日观海潮。

⑦ 髼鬙（朋申 péng sēng）：发乱貌。

⑧ "只怜"句：曹植《赠白马王彪》："人生处一世，忽若朝露晞。"晞，干。

北　楼

风物萧条倚晚楼，离骚谁为解离忧①。寒花自咽霜前露，芳树遥怜物外秋②。涓子适来还问道③，秦青别久不闻讴④。吴门白马谁曾见⑤？太息衰年目力休⑥。

【题解】

本诗作于民国四年（1915）秋，时居上海麦根路寓庐。

【注释】

① 离骚：屈原著有《离骚》。《史记·屈原贾生传》："离骚者，犹离忧也。"

② 芳树：《太平御览》：梁元帝《纂要》曰："春卉木曰华木，华树，芳林，芳树。"物外：世外。梁简文帝《神山寺碑》："智周物外。"

③ "涓子"句：刘向《列仙传》："涓子，齐人也。好饵术，接食其精，至三百年，乃见于齐，著《天人经》四十八篇。后钓于荷泽，得鲤鱼，腹中有符。隐于宕山，能致风雨，受伯阳九仙法。淮南王安少得其文，不能解其旨也。其《琴心》三篇，有条理焉。"适来，见前《客久》诗注⑤。

④ "秦青"句：《列子》："薛谭学讴于秦青，未穷青之技，自谓尽之，遂辞归。秦青弗止，饯于郊衢，抚节悲歌，声振林木、响遏行云。薛谭乃谢，

求反，终身不敢言归。"讴，唱歌。

⑤ 吴门白马：《太平御览》："《韩诗外传》曰：孔子、颜渊登鲁东山，望吴阊
门。渊曰：'见一匹练，前有生蓝。'子曰：'白马芦刍也'。"

⑥ 衰年：杜甫《泛江送魏十八仓曹还京因寄岑中允参范郎中季明》："为
报各衰年。"目力休：《孟子·离娄》："圣人既竭目力焉。"

八月廿四日补作逸社第六集于敝斋，吴俗以是日为稻稾生日，《禾志》载俗谚曰：上午雨，则灶上荒，言米贵；下午雨，则灶下荒，言柴贵也。是日快晴，庑黔墨突，因拈此题以谂诸公各以乡俗赋秋成词(四首)

一、稾生日

山人足樵苏①，田家足稭秆②。无米我曷餐？无柴我
曷爨③？燔柴字从示④，稾靲尚箅筅⑤。缅想及初民⑥，造
端在睐睫⑦。仲秋不宜雨，下四日元建⑧。有潦灶养愁，
曰霁老妇粲⑨。凌杂占五行⑩，艰难惟一饭。午晷桑荫
浓⑪，疏畎菜秧蒨⑫。数䅩绽已足⑬，睆颖锐方健⑭。屈指
计冬烘⑮，踞觚叟言善⑯。吾庐市桥北，柴船晓鱼贯⑰。耳
熟篙师谈⑱，喜传姁姆遍⑲。屏居忱日月⑳，琐屑摘谣谚。
且复究言源，因之梦田㴛㉑。

【题解】

本诗作于民国四年(1915)秋,时居上海麦根路寓庐。诗题中稻稾,即稻草。庬黔墨突者,庬,指廓屋,突,谓烟囱。黔、墨,均黑色。谂(审shěn),谓告知。

【注释】

① 樵苏:《史记·淮阴侯列传》:"樵苏后爨。"集解:"《汉书音义》曰:樵,取薪也;苏,取草也。"

② 稭秆:稻草、麦秆等一类农作物的茎杆。

③ 爨(窜 cuàn):犹炊,烧火做饭。

④ "燔柴"句:《尔雅·释天》:"祭天曰燔柴。"《说文》:"柴,烧柴焚燎,以祭天神,从示,此声。《虞书》曰:'至于岱宗柴'。"

⑤ 稾鞂(阶 jiē):禾稾去皮,编以为席,古代祭天所用的物器。莞(关guān)簟:用莞草编制的席。《礼记·礼器》:"莞簟之安而稾鞂之设。"

⑥ 缅想:遥想。

⑦ 造端:起始;发端。《汉书·艺文志》:"言感物造耑,材知深美。"耑,端古字。畎畝(柔犬 róu quǎn):田间。

⑧ 元建:《史记·封禅书》:"一元曰建。"

⑨ "有渰(眼 yǎn)"二句:意谓天阴雨,人发愁;天气晴朗,则老妇喜欢。顾禄《清嘉录》:"《岁时琐事》:摇稾日雨,则虽得稾亦腐。"渰,云起貌。《诗·小雅·大田》:"有渰萋萋,兴雨祁祁。"灶养,指厨师。《后汉书·刘玄传》:"膳夫庖人,多著绣衣锦袴。长安为之语曰:'灶下养,中郎将。'"曰霁,《尚书·洪范》:"择建立卜筮人,乃命卜筮,曰雨,曰霁,曰蒙,曰驿,曰克,曰贞,曰悔。"霁,雨止。老妇,《礼记》:"孔子曰:'臧文仲安知礼?……燔柴于奥。夫奥者,老妇之祭也。'"郑玄注:"老妇,先炊者也。"粲,笑貌。

⑩ "凌杂"句:《史记·天官书》:"故其占验凌杂米盐。"凌杂:零碎。

⑪ 午晷：中午。

⑫ 畛(lǔn)：《集韵》："畛，垄土。"蔫：茂盛貌。湛方生《稻苗赞》："蔫蔫
嘉谷。"

⑬ 穖(己 jǐ)：禾穗的粟粒。

⑭ 颖：带芒的谷穗。《玉篇》："颖，禾末也。"

⑮ 冬烘：迂腐。王定保《摭言》："郑薰谓颜标是鲁公后，以为状元。人嘲
之曰：'主司头脑太冬烘，错认颜标作鲁公'。"叶梦得《避暑录话》："唐
人言冬烘是不了了之语。"

⑯ 踞觚曳：《太平御览》："庄子曰：'仲尼读《春秋》，老聃踞灶觚而听。'
觚，灶额也。"言善：《易·系辞上》："出其言善。"

⑰ 鱼贯：首尾相接，连续而进。《魏志·邓艾传》："鱼贯而进。"

⑱ 耳熟：听熟。欧阳修《泷冈阡表》："吾耳熟焉。"篙师：船夫。杜甫《水
会渡》："篙师暗理楫。"

⑲ 妠(蛮 mán)姆：老妇人。《晋书·武十三王传》："妠姆尼僧，尤为
亲暱。"

⑳ 屏居：隐居。《史记·魏其武安侯传》："屏居蓝田南山之下。"忨日月：
贪图安逸，虚度岁月。《左传·昭公元年》："忨岁而愒日。"忨，通"玩"。

㉑ 梦田潠(sùn)：陶潜有《丙辰岁八月中于下潠田舍获》诗。下潠田，地
势低下而有水的田。陶诗中指诗中所说的东林隈。沈诗用此典，寄对
陶潜田园生活的向往。

二、倒土

土暇有馀力①，功暇有馀思②。欣此秋稼初③，不忘春
花基④。倒土如倒仓⑤，翻翻力钼镃⑥。语虽犁耰异⑦，理
适坚疏宜⑧。六十不指使⑨，壮哉老农师⑩。俯身笠影大，

诉语田头踦⑪。汗背思复祖⑫，秋阳暴难支⑬。寄言方田客⑭，哀此劳民斯⑮。

【注释】

① "土暇"句：王符《潜夫论》："故民闲暇而有馀力。"

② "功暇"句：欧阳修《本论》："秦并天下，尽去三代之法，然后民之奸者有暇而为他。夫奸民有馀力，则思为邪僻。"

③ 秋稼：秋天收获庄稼。《后汉书·安帝纪》："今年秋稼茂好。"

④ 春花：麦、豆等秋种春收作物的总称。《嘉兴府志》："麦之名，有大麦、小麦、穬麦，三者率杂种之。明年，并菜、豆俱收，总呼为春花。谚云：'春花熟，半年足'。"

⑤ 倒土：翻土。倒仓：中医治病方法。《丹溪心法》："倒仓法，治瘫劳蛊癫等证，推陈致新，扶虚补损，可吐可下。"

⑥ 翻翻：翻动貌。《楚辞·九章》："漂翻翻其上下兮。"钼镃（滋 zī）：锄头。钼，同"锄"。

⑦ 犁淹（俺 ǎn）：自注："八月犁淹，见《齐民要术》。"淹，种田。

⑧ "理适"句：《嘉兴府志》："在六月内干过一番，则土实根牢，苗身坚老，堪胜壅力，而无倾倒之患。"又："其插种之法，行欲稀，须间七寸。"

⑨ "六十"句：《礼记·曲礼》："六十曰耆，指使。"指使，指事使人；支使人。

⑩ 老农师：《论语·子路》："吾不如老农。"《史记·周本纪》："举弃为农师。"

⑪ 诉语：《汉书·贾谊传》："立而诉语。"注："服虔曰：'诉，犹骂也。'张晏曰：'责让也'。"踦《公羊传·成公元年》："二大夫出，相与踦闾而语。"何休解诂："闾，当道门；闭一扇，开一扇。一人在外，一人在内，曰踦闾，将别，恨为齐所侮戏，谋伐之，而不欲使人听之。"

⑫ 袒：露。

⑬ 秋阳暴：《孟子·滕文公》："秋阳以暴之。"暴，同"曝"。

⑭ 方田：《隋书·律历志》："所谓率者，有九流焉。一曰方田，以御田畴界域。"

⑮ "哀此"句：《诗·小雅·正月》："哀我人斯。"劳民：《淮南子·墬形》："劳民。"高诱注："劳民，正理躁扰不定也。皆东方国也。"

三、买稻铗①

连陇禾首垂，烝民兹乃粒②。三日买筛籚③，五日备稻铗。筭签竹枝绞，帘绳麻菩押④。门前作打场，舍后甩摊篇⑤。勤手身四体⑥，欢甚个七合⑦。瓮壮差有偿⑧，仓箱愿宁及⑨！柳下风舒舒⑩，沟脚水溹溹⑪。晚树鸟乌乐⑫，回波凫翁喽⑬。物逸人曷劳，喟焉问难答。

【注释】

① 稻铗：农具名。

② "烝民"句：《尚书·益稷》："烝民乃粒。"烝民，众民。

③ 筛籚：两种器具名。《汉书·贾山传》颜师古注："筛，以竹筵为之。"《嘉兴府志》："去粃有筛。"《韵会》："器之薄者曰籚。"

④ "筭签"二句：《嘉兴府志》："八月，宜绞筭签，押帘绳，撒花草子，买稻铗，买筛籚。"筭，《集韵》："筭，田器。"签，《广雅》："签，籯笼也。"麻菩，草名。《齐民要术》："凡谷田，二月上旬及麻菩杨生种者，为上田。"

⑤ 甩：自注："甩，俗字，音若呼慢切，挥字变音。"《嘉兴府志》："十月，宜甩稻。"摊篇，园形竹器。扬雄《方言》："籧篨，自关而东，或谓之

�。"

⑥ "勤手"句:《论语·微子》:"四体不勤,五谷不分。"

⑦ "欢甚"句:自注:"上田丰岁,每个七合,每亩二百馀个。"《嘉兴府志》:"颗六为肋,肋八为个,亩获稻为个者,三百六十,上农丰岁,个可得米七合,亩可得米二石五斗也。"

⑧ 壅壮:江南方言,培覆根土曰壅,肥料曰壮。此指壅土施肥。

⑨ 仓箱愿:丰收心愿。仓箱,谷仓和车箱。《诗·小雅·甫田》:"乃求千斯仓,乃求万斯箱。"

⑩ 柳下风:庾信《小园赋》:"柳下风来。"舒舒:徐缓。陆游《将至京口》:"旗尾舒舒下水风。"

⑪ 溅溅(及及 jí jí):泉水涌出。柳宗元《晋问》:"啾啾溅溅。"

⑫ 鸟乌乐:《左传》:"鸟乌之声乐。"

⑬ 凫翁:见前《道中杂题》诗注③。嗏(啥 shà):水鸟或鱼吃食。

四、撒花草子①

雅言紫荷花,俗言荷花紫②。厥用埴垆坟,不殊豆麻底③。名或滑地丁④,秋先撒花子。明岁迟归舟,饶侬醉茵徙⑤。

【注释】

① 花草:紫云英。南方水稻区的绿肥作物,秋播,春开紫花。

② "雅言"二句:自注:"《鸳鸯湖棹歌》称紫荷花,俗称荷花紫草。"

③ "厥用"二句:意谓用它埋在缺肥的疏土中,它的肥效与豆、麻作底肥的没有什么区别。自注:"《要术》有豆底麻底最良之语。"埴(直 zhú)垆,疏松的黄粘土。坟,土质肥沃。《尚书·禹贡》:"厥土黑

坟。"又:"厥土赤埴坟。"又:"下土坟垆。"孙星衍疏:"马融曰:'坟，
有膏肥也。'郑康成曰:'垆，疏也。'郑注《周礼·草人》云:'埴垆黏
疏者，以黏训埴，疏训垆也。'疏者，《沟洫志》云:'地形下而土疏
恶。'《诗》笺云:'疏，粗也'。"

④ 湆：混湆。地丁：紫花地丁，中草药名。李时珍《本草纲目》:"紫花
地丁，其叶似柳而微细，夏开紫花，结角，平地生者起茎，沟壑边生者
起蔓。"

⑤ "饶侬"句：自注:"《棹歌》注:花开如茵，游人每借此泥饮。"

伏日杂诗简叔言、静安（四首选二）

伏伏今年雨①，湫湫后夜凉②。芸生三有业③，缺月一
分光。象意籀重识④，虫生幻未央⑤。微风蘋末起⑥，平旦
更商量⑦。

远书兼旧事，理尽独情悲⑧。蓍蔡言终验⑨，笃心贯不
移⑩。药炉修病行⑪，讲树立枯枝⑫。万里罗含宅⑬，弥襟
太息时⑭。

【题解】

本诗作于民国五年（1916）夏，时居上海麦根路寓庐。所选原列第
一、第四首。题中伏日，为三伏的总称。诗题叔言，指罗振玉。振玉字叔
蕴，又字叔言，号雪堂，祖籍浙江上虞，后迁居江苏淮安。清末任学部参
事。近代甲骨文、敦煌学专家。静安，指王国维。国维字静安，浙江海宁

人。近代著名考古学家、音韵学家、词人、诗人。王蘧常《沈寐叟年谱》："民国四年乙卯(1915)三月,海宁王静安国维自日本来请业,质古音韵之学。""民国五年丙辰(1916),王静安复自日本来沪,与公过从甚频。"

【注释】

① 伏伏:伏日。

② 湫湫:宋玉《高唐赋》:"湫兮如风。"李善注:"湫兮,凉貌。"《春秋繁露》:"秋之为言,犹湫湫也。"又:"湫湫者,忧悲之状也。"《续传灯录》:"风萧萧,雨萧萧,冷湫湫。"

③ 芸生:众多的人。《老子》:"夫物芸芸,各复归其根。"三有:佛家语。佛家称三界之生死。三界,欲界,色界,无色界。生死于三界中,为三界所有,故曰三有。见《大智度论》。

④ "象意"句:《汉书·艺文志》:"象形、象事、象意、象声、转注、假借,造字之本也。"

⑤ "虫生"句:《说文》:"风动虫生,故虫八日而化。"

⑥ "微风"句:宋玉《风赋》:"夫风,生于地,起于青蘋之末。"

⑦ 平旦:清晨。《孟子·告子》:"平旦之气。"

⑧ 理尽:用佛语。《仁王护国般若波罗蜜多经》:"为三界主,修不可说不可说法明门,得理尽三昧。"

⑨ 蓍蔡:卜筮。《楚辞·九怀》:"蓍蔡兮踊跃。"王逸章句:"蓍,筮也,蔡,大龟也。《论语·公冶长》曰:'臧文仲居蔡'。"

⑩ "筠心"句:《礼记·礼器》:"如竹箭之有筠也,如松柏之有心也,二者居天下之大端矣,故贯四时而不改柯易叶。"

⑪ 病行:佛家语,佛经所称修五行之一。《大般涅槃经》:"菩萨摩诃萨应当于是大般涅槃经,专心思维五种之行。何等为五? 一者圣行,二者梵行,三者天行,四者婴儿行,五者病行。"

⑫ 讲树:三国魏嵇康家有大柳树,康尝在树下与客清谈讲论,因称讲树。

庾信《哀江南赋》:"移谈讲树。"立枯枝:见前《简伯严》诗注④。

⑬ 罗含:晋人。《世说新语·方正》刘峻注:"《罗府君别传》曰:含,字君章,桂阳枣阳人。桓宣武辟为别驾。以官廨喧扰,于城西池小洲上立茅茨,伐木为床,织苇为席,布衣蔬食,晏若有馀。含自在官舍,有一白雀栖集堂宇;及致仕还家,阶庭忽兰菊挺生。"杜甫《舍弟观赴蓝田取妻子到江陵喜寄》:"庾信罗含俱有宅。"按,此以罗含指罗叔言。

⑭ "弥襟"句:陶潜《停云诗序》:"叹息弥襟。"弥襟,满怀。按:曾植寄罗叔言书,此首末自注:"奉怀。"

潘若海水部挽诗(二首选一)

百身谁赎痛歼良①,溟海沉沉霣夜光②。化去定知雷拔木③,病来浑个羯排墙④。新春愤与诗篇积,出户人随履迹亡⑤。别太匆匆筹未尽⑥,知君留恨闷黄肠⑦。

【题解】

本诗作于民国五年(1916),时居上海麦根路寓庐。所选原列第一首。潘若海,名子博,南海人。潘其璿《先府君行述》:"先君少不喜举子业,尝从军广西。稍长,折节于学,从兵部主事罗椘林先生游,因罗先生而见南海康先生,请为弟子,南海先生为之官于京师,试用于民部。辛亥以后,赞徐宝山将军之幕。及徐见刺,还居沪上。甲寅(1914),冯国璋慕先君名,礼罗于幕府,既而知袁世凯欲帝制,悲愤激昂,日夕奔走。先是,南海恶袁盗篡,先已交通诸将,谋倒袁,与先君及麦孺博(孟华)丈日图之。及筹安会起,国人怒而无措,先君与南海定策,以江宁冯将军(国璋)

233

为主动而联络各省;以滇、黔边远,宜先举;以广西陆干帅(荣廷)义侠,可响应;以徐君勉丈义勇,可任举兵于东粤,迫龙济光独立,然后与孙伯澜等交通江淮北各省,又派人交通闽浙。乃以冯公联北方各省中立,迫袁退位,先君乃左右冯公,主持大义,为之后先奔走。衔冯公及南海命,往广西说陆干卿将军,告以中外发愤大势,促陆将军举兵起义。陆将军伟而敬之,待甚厚,归送于船,密以书疏往来商事。陆将军既怀义愤,得先君,益知中外大势,决举兵。自广西复命还沪。先是,去年春夏间,梁任公(启超)又恐帝制之忽改也,避而游沪还粤。及无举动,将北归,而谒南海康先生谈帝制之事。任公丈叹息于无如何,康先生告以已密联各省诸将,冯、陆二帅,尤其主持发愤者也。令其勿北,若必北,则择北方诸将之有志者若蔡松坡(锷)等图之。任公丈遂与蔡公松坡谋还滇举兵之策。蔡公出亡,乘丹波丸船至沪,范静生丈走告南海,南海令先君电君勉丈,在港接蔡公。及任公丈亡至沪,南海先生与之商略起兵,谓滇阻远,松坡得士心,今起兵,莫若滇先。任公丈与松坡订定密电码。及先君与任公丈谋,此时民电不能通,谓可由南京冯公通电于滇,促举兵,先君任其事。然以松坡到滇不过数日,恐滇之不能应也,乃阳以密码出冯公名,自江宁发印电,告蔡公松坡曰:'吾与君同怀义愤,吾欲举兵,惟苦地近,大兵易压境难抗,滇远无患,望滇速举兵,吾必应。'蔡公部署尚未完,滇中人心未定,踌躇未敢首难;及得冯公应兵之电,大喜,即唱义。滇兵既起,声震天下,袁世凯怒甚查电,而知江南之劝举兵也,因首问冯公。惟是电也,先君所托也,冯公实未知也。事既发,冯公怡然曰:'是我意也。'自认之不遣诘。及叙州之败,蔡公饷殚弹竭,几殆于危。任公丈恐蔡公松坡败,则大事瓦解,颇怨先君之擅发,又望陆公之急应,而陆公阳托讨黔,态度未明也。人皆忧之,先君则曰:'陆公志士烈夫也,与我有成约,必为应兵;否则,我不敢轻置松坡于危地也。'寄书促陆公,陆公乃派唐绍慧来沪,先君遂介之入江宁,见冯公。冯公与结约,唐君还告,陆公遂举兵,袁世凯遂除帝号也。既而广西巡按王祖同发先君与陆干帅交通之事,上其书札;袁世凯令阮忠枢持以诘责冯公,勒令逐先君。冯公不得已,令先君出幕府。是时,康先生毁家质屋,以巨资与徐君勉丈,令其举兵于东粤,人心皆归,所部数万人,得十九舰以迫羊城,龙济光遂独立。先君已病,仍还港佐谋画,馆于南海先生家,忧愤日积,而病甚;既闻海珠之变,而怒甚;又闻肇庆画攻粤,殊异君勉丈之策而惊甚。遂拍床大呼曰:'中国无可为矣。'遂瞑逝,盖距海珠之变九日。"又,康有为《粤两生集序》云:"若海为袁怒严捕,走香港,呕血死于吾家亚宾律道三号宅中。"题中水部,为职官名。据《宋书·百官志》:"都官尚书领都官、水部、库部、功部四曹。"又,《清史稿·职官志》:"工部营造、虞衡、都水、屯田四清吏司,光绪三十二年更名农工商部。"

【注释】

① "百身"句:《诗·秦风·黄鸟》:"彼苍者天,歼我良人。如可赎兮,人百其身。"此用其意,寄痛失忠良难以赎回的悲恸。百,百倍。歼,灭;消失。

② 滇海沉沉:《世说新语·言语第二》:"顾长康拜桓宣武墓,作诗云:'山崩滇海竭,鱼鸟将何依?'"此用其意。滇海,大深海。霣夜光:《楚辞·天问》:"夜光何德,死则又育。"霣,同"殒",死亡。夜光,月。

③ 化:死。《孟子·公孙丑》:"且比化者,无使土亲肤。"雷拔木:《宋书·符瑞志》:"天大雷雨,疾风发屋拔木。"按,《世说新语·伤逝第十七》有"有人哭,和长舆曰'峨峨若千丈松崩'"语,此用其意。

④ 浑个:真个。皮日休《新秋言怀寄鲁望》:"桧身浑个矮。"羯排墙:喻来势凶猛。《世说新语·赏誉第八》刘峻注:"《八王故事》曰:石勒见夷甫,谓长史孔苌曰:'吾行天下多矣,未尝见如此人,当可活不?'苌曰:'彼晋三公,不为我用。'勒曰:'虽然,要不可加以锋刃也。'夜使推墙杀之。"按,《晋书·王衍传》作"使人夜排墙填杀之。"石勒,羯人。

⑤ "新春"二句:归有光《思子亭记》:"每念初八之日,相随出门,不意足

迹随履而没。"按,是午春,若海与曾植有唱和之作。

⑥ 筹:谋画。

⑦ 黄肠:以柏木黄心制的外棺。《汉书·霍光传》:"赐便房、黄肠、题凑各一具。"《后汉书·中山简王传》注:"黄肠,柏木黄心。"

夜　　坐

　　十日弦馀月①,孤标世外身②。海楼含蜃气③,铁雨泣鲛民④。天地成骈拇⑤,婕娥役鬼薪⑥。老来枯骨眼,无复泪沾巾⑦。

【题解】

　　本诗作于民国五年(1916),时居上海麦根路寓庐。

【注释】

① 弦馀月:农历初七,二十二月形半圆如弦,称弦月。《诗·小雅·鹿鸣》郑玄笺:"月上弦而就盈。"谢灵运《七夕咏牛女》:"月弦光照户。"

② 孤标:清峻特出。《晋书·列女传》:"挺峻节而孤标。"

③ "海楼"句:见前《晚望》诗注③。

④ 铁雨:用佛典。《大佛顶如来密因修证了义诸菩萨万行首楞严经》:"历思则能为飞热铁从空雨下。"鲛民:见前《丹徒渡江》诗注⑥。

⑤ 骈拇:比喻多馀而无用。《庄子·骈拇》:"骈拇枝指。"

⑥ 婕娥:汉女官名。《汉书·外戚传》:"至武帝制婕仔、婕娥、俗华、充依,各有爵位。"注:"师古曰:婕娥,皆美貌也。"鬼薪:秦汉时刑名。为

宗庙采供柴薪,三岁刑。《史记·秦始皇纪》:"及其舍人,轻者为鬼薪。"《集解》:"应劭曰:'取薪给宗庙为鬼薪也。'如淳曰:'律说鬼薪作三岁'。"

⑦ "老来"二句:杜甫《新安吏》:"莫自使眼枯,收汝泪纵横。眼枯却见骨,天地终无情。"

寒　柝

　　寒郊如大漠①,响柝入空冥。衣褐劳人计②,山河静夜深。有来心自诉③,直下意难平④。作作星芒动⑤,诸天努眼睛⑥。

【题解】
　　本诗作于民国五年(1916)冬,时居上海麦根路寓庐。

【注释】
① 大漠:沙漠。
② 衣褐:穿粗布衣,指贫苦人穿著。《孟子·滕文公上》:"许子衣褐。"劳人:犹忧人。《诗·小雅·巷伯》:"劳人草草。"
③ 有来:谢混《游西池》:"有来岂不疾。"李善注:"陆云《岁暮赋》曰:'年有来而弃予,时无算而非我'。"
④ 直下:《景德传灯录》:"黄蘗希运禅师《传心法要》:学道人若不直下无心,累劫修行,终不成道。"又:"佛惟直下顿了自心,本来是佛。"
⑤ 作作:光芒闪烁。《史记·天官书》:"作鄂岁:岁阴在酉,星居午。以

八月与柳、七星、张晨出,曰为长王。作作有芒。国其昌。”

⑥ “诸天”句:韩愈《月蚀诗效玉川子作》:“念此日月者,为天之眼睛。”
《续传灯录》:“昙华禅师曰:‘深沙努眼睛’。”

林　色

寒林苍晚色,亲见李咸熙①。山水纯全在②,衣冠赏
会疑③。艺成应有道,心达定无师④。异世王摩诘⑤,云烟
起墨池⑥。

【题解】

本诗作于民国五年(1916),时居上海麦根路寓庐。

【注释】

① 李咸熙:五代画家李成。《宣和画谱》:“李成字咸熙,其先唐之宗室,
避地北海,遂为营丘人。于时凡称山水者,必以成为古今第一。”又:
“李成《爱景寒林图》二,《寒林图》八,《寒林独玩图》一,《大寒林图》
四,《小寒林图》二。”

② “山水”句:见前《廉家荆浩画松峦山水障子》诗注⑰。

③ 衣冠:见前《野哭》诗注⑤。赏会:赏析领会。《宋书·谢弘微传》:“混
风格高峻,少所交纳,唯与族子灵运、瞻、曜、弘微并以文以赏会。”

④ “心达”句:《续汉书·律历志》:“心达者体知而无师。”

⑤ 王摩诘:王维,字摩诘。参前《廉家荆浩画松峦山水障子》诗注⑮。

⑥ “云烟”句:见前《梅道人〈墨竹〉》诗注④。

《寒松图》,李子申为若海画,愔仲属题

潘侯志以马革死^①,翰墨人间游戏尔^②。瘴乡遂与跕鸢尽^③,向后画人恐无比^④。木之彬彬松柏俱^⑤,死者可生生不渝^⑥。何来顾陆丹青手^⑦,添著松根伟丈夫^⑧。

【题解】

本诗作于民国六年(1917),时居上海麦根路寓庐。诗题李子申,原名宝巽,改姓李,名孺,汉军镶黄旗人。光绪十一年(1885)举人,清时官贵州麻哈州知州,湖北候补道署提学使。题中愔仲,指胡嗣瑗,嗣瑗字愔仲,一字琴初,贵州开州人。光绪二十八年(1902)进士,选庶常,民国后曾入冯国璋江南督军幕府为谘议,与潘若海同僚。上年春,潘若海有诗题《寒松图》,曰:"穷冬天地百卉死,松耶柏耶秀独尔。李侯并写作一图,例以龙门合传比。枝干虽异心则俱,岁寒盟在岂敢渝。看渠终古坚相倚,有似西山两饿夫。"曾植此诗即次若海韵作。

【注释】

① 马革死:死于疆场。《东观汉记》:"马援曰:'方今匈奴乌桓尚扰北边,欲自请击之,男儿要当死于边野,以马革裹尸还葬耳,何能卧床上在儿女子手中耶?'"
② 翰墨:笔墨,借指诗文。苏轼《顷年杨康功使高丽还奏乞立海神庙于板桥仆嫌其地湫隘移书使迁之文登因古庙而新之杨竟不从不知定国何从见此书作诗称道不已仆不复记其云何也次韵答之》:"退之仙人也,游戏于斯文。"此用其意。

③ 瘴乡：指我国南方一带。范成大《桂海虞衡志》："瘴，二广惟桂林无之，自是而南皆瘴乡也。"瘴，指我国南部山林间湿热蒸发致人疾病的毒气。跕（跌 diē）鸢尽：言山岚毒气盛，鸢鸟亦堕落殆尽。此指死。《东观汉记》："马援击交趾，谓官属曰：'吾在浪泊西里间，虏未灭之时，下潦上雾，毒气熏蒸，仰视鸟鸢，跕跕堕水中。'"跕，堕落。按，潘若海死于香港。见前《潘若海水部挽诗》之【题解】。

④ 画人：见前《问爱伯疾》诗注⑥。

⑤ 木之彬彬：黄庭坚《木之彬彬》："木之彬彬，非取异于人。"彬彬，文质兼备貌。

⑥ 死者可生：《礼记·檀弓》："赵文子与叔誉观乎九原，文子曰：'死者如可作也，吾谁与归'？"不渝：不变。《诗·郑风·羔裘》："彼其之子，舍命不渝。"

⑦ 顾陆：指东晋画家顾恺之与南朝宋画家陆探微。丹青手：画家。苏轼《朱陈村嫁娶图》："何年顾陆丹青手。"

⑧ 伟丈夫：《宋史·范祖禹传》："其生也，母梦一伟丈夫被金甲入寝室。"

澄　江　阁

远势平舒眼，稠林晚作寒①。鸦归巢骩杌②，渔散水清安。万象趋爻变③，千生破见难④。早知随代谢⑤，复此寄盘桓⑥！

【题解】

本诗作于民国七年（1918）初春，时居上海麦根路寓庐。

【注释】

① 稠林：用佛经语。《菩萨本缘经》："至稠林中。"《瑜伽师地论》："种种
自身，大树聚集，故名稠林。"

② 臲卼（聂兀 niè wù）：《周易·困》："困于葛藟，于臲卼。"孔颖达正义：
"臲卼，动摇不定之辞。"

③ 万象：万物。王屮《头陀寺碑》李善注："《孝经·钩命决》曰：地以舒
形，万象咸载。"爻变：变化。《周易·系辞》："爻者，言乎变者也。"

④ 千生：佛家语。众生。《四念处》："若因禅定之方或见未生，一生、乃
至十生、百千无量生。"破见：佛家语。《四念处》："次破见惑。"《广百
论本》："破见品第四。"道宣《四分律删繁补阙行事钞》："破见者，谓六
十二见。"

⑤ 代谢：新四更替。《淮南子·兵略》："若春秋有代谢。"又："二者代谢
舛驰。"高诱注："代，更也；谢，叙也。"

⑥ 盘桓：逗留不进貌。

病起自寿诗（五首选一）

无生话里借生生①，取次东风散策行②。乐意鸣鸠偕
乳燕③，上春寒食近清明④。他乡吾土都长语⑤，柳眼花须
不世情⑥。寄语沤乡诸父老⑦，海山兜率要同盟⑧。

【题解】

本诗作于民国七年（1918）二月，时居上海麦根路寓庐。上年冬，曾
植大病，至本年春方愈，因作此诗答亲旧之问。曾植生于清道光三十年

庚戌(1850)二月二十九日,至本年为六十九岁。所选原列第五首。

【注释】

① 无生话:佛经称涅槃之真理无生灭,曰无生。《景德传灯录》:"襄州居士庞蕴有偈曰:有男不婚,有女不嫁。大家团栾头,共说无生话。"生生:佛经称流转轮回而无终极,曰生生。《周易·系辞》:"生生之谓易。"《大般涅槃经》:"不生生不可说,生生亦不可说。"

② 取次:任意;随便。散策:扶杖散步。杜甫《郑典设自施州归》:"羸老思散策。"

③ "乐意"句:石延年《题张氏园亭》:"乐意相关禽对语。"杜甫《题省中院壁》:"鸣鸠乳燕青春深。"

④ 上春:农历正月,泛指初春。苏轼《红梅》:"何如独占上春时。"

⑤ 吾土:王粲《登楼赋》:"虽信美而非吾土兮。"长语:长时间地交谈。杜甫《哀王孙》:"不敢长语临交衢。"

⑥ 柳眼花须:见前《雪塍提刑招同诸君饮于醉沤》诗注⑮。不世情:罗邺《赏春》:"唯有春风不世情。"

⑦ 寄语:鲍照《代少年时至衰老行》:"寄语后生子。"沤乡:指隐居之处。支遁《咏大德》:"寄旅海沤乡。"海沤即海中浮沤,后因以"海沤乡"、"沤乡"比人世。《大佛顶如来密因修证了义诸菩萨万行首楞严经》:"空生大觉中,如海一沤发。有漏微尘国,皆从空所生。沤灭空本无,况复诸三有。"

⑧ 海山:神仙居住之处。兜率:佛经中所称欲界六天中第四天。《法华经》:"若有人受持诵读,解其义趣,是人命终,即往兜率天弥勒菩萨所。"又据《太平广记》载:"唐会昌元年,李师稷中丞为浙东观察使。有商客遭风飘荡,不知所止。月馀,至一大山。山侧有人迎问曰:'安得至此?'具言之,令维舟上岸。至一院,扃锁甚严,因窥之。众花满庭,堂有裀褥,焚香阶下。客问之,答曰:'此是白乐天院,乐天在中国未来

耳。'乃潜记之。遂别去。归旬日,至越,具白廉使李公,尽录以报白
公。先是,白公平生唯修上生业,及览李公所报,乃自为诗二首以记其
事,及答李浙东,云:'近有人从海上回,海山深尽见楼台。中有仙龛开
一室,皆言此待乐天来。'又曰:'吾学空门不学仙,恐君此语是虚传。
海山不是吾归处,归即应归兜率天。'"

雪桥用天琴韵赋赠,余适旋里,车中三叠前韵和之(八首选一)

寥阔乾坤表①,江湖两散人②。桃溪无魏晋③,椿寿别
秋春④。日脯干书脑⑤,风廊泛酒鳞⑥。只馀乡国思,未免
转车轮⑦。

【题解】

本诗作于民国七年(1918)三月归里扫墓车中。所选原列第八首。
自注:"戊午季春之月立夏。"题中雪桥,乃杨钟羲别号(见前《子勤见示答
友诗依和》诗注)。天琴,则为樊增祥别号。

【注释】

① 乾坤表:天地之外。

② 江湖散人:唐诗人陆龟蒙,字鲁望,居松江甫里,不喜与流俗交。时谓
江湖散人,或号天随子、甫里先生。见《新唐书·隐逸传》。

③ "桃溪"句:见前《题宋芝山晴江列岫图卷》诗注⑦。

④ "椿寿"句:语本《庄子·逍遥游》:"上古有大椿者,以八千岁为春,八

千岁为秋。"

⑤ "日牖"句:《说郛》引刘跂《暇日记》:"邵先生尧夫雍于所居作便坐,曰'安乐窝';两旁开窗曰'日月牖'。"又,费衮《梁溪漫志》:"司马温公独乐园之读书堂,文史万馀卷。尝谓其子公休曰:'贾竖藏货贝,儒家惟此耳,当知宝惜。吾每岁于上伏日及重阳间,视天气清明日,即设几案于当日所,侧群书其上,以曝其脑,所以年月虽深,终不损动。'"书脑,书脊。

⑥ 风廊:韩愈《送侯参谋赴河中幕》:"风廊折谈僧。"泛酒鳞:《太平广记》引《淮南子》:"东风至而酒泛溢。许慎云:'东风,震方也;酒泛,清酒也。木味酸相感故也。'高诱云:'酒泛为米面曲之泛者,风至而沸动。'"(按,今本《淮南子》泛作"湛")又,元好问《聚仙台夜歌》:"风细酒生鳞。"

⑦ 转车轮:古歌:"心思不能言,肠中车轮转。"此处双关火车轮。

沪杭车中口号

南风越疆若迎我①,石湖荡前羊角簸②。有来鱼鸟自亲人③,却立塔婆憺无可④。翻翻联联衔尾车⑤,轹破虚空超驶娑⑥。老夫飘摇随长烟⑦,神足通駃心不惢⑧。方圆宫然鹄举观⑨,胸臆谁知蚓壤琐⑩。蔚蓝天色垂光映⑪,荡荡大千干果蓏⑫。四十年来五祝犁,默数始寅今逮午⑬。小年私署越流人⑭,戏语谁知成定果。曰归曰归昔胡壮⑮,式微式微今则懦⑯。滔滔孟夏复何如⑰,那必清斋得晏坐⑱?摽然白云起天际⑲,傥有真人冰雪瑳⑳。射襄城近日西斜^㉑，里乘呼儿炙谈辁^㉒。

【题解】

本诗作于民国七年（1918）三月归里扫墓途中。

【注释】

① 越疆：《左传·定公六年》："以君命越疆而使。"

② 石湖荡：地名，在今松江境，为沪杭线上一小站。羊角：旋风。《庄子·逍遥游》："抟扶摇羊角而上者九万里。"陆德明《释文》："司马云：风曲上行若羊角。"

③ "有来"句：见前《湖楼公宴奉呈湘绮》诗注⑥。

④ 塔婆：塔。《大唐西域记》："窣堵波，即旧所谓浮图也，又曰偷婆，又曰塔婆，又曰私偷簸，又曰数斗波，皆讹也。"松江澄照禅院有塔，唐乾符间筑，高五层。憺：安然。无可：《后汉书·仲长统传》："适物无可。"

⑤ 翻翻：见前《八月廿四日补作逸社第六集》诗之二《倒土》注⑥。联联：接连不断貌。杨敬之《华山赋》："蜂窠联联。"衔尾车：指火车。钱易《南部新书》："如马之所衔以制其首，前马已进，后马续来，相次不绝者，古人谓之衔尾相属。"

⑥ 辁：车轮辗过。虚空：佛经中无的别称。虚无形质，空无挂碍。《大智度论》："虚空可破。"此指天空。驳（萨 sà）娑：汉宫殿名。扬雄《羽猎赋》："神明驳娑。"李善注："孟康曰：驳娑，殿名也。"

⑦ "老夫"句：见前《杂诗》诗注㉒。

⑧ 神足通：佛经所称六通之一，又称神境智证通，如意通，谓可以随意变现，飞行自在，一切所为无有障碍。见《长阿含经》。忢（所 suǒ）：心疑。

⑨ "方圆"句：见前《雪霁石台晓望》诗注②。窅然，深远貌。《庄子·逍遥游》："窅然丧其天下焉。"陆德明《释文》："李云：'窅然，犹怅然。'成玄英疏：'窅然者，寂寥，是深远之名。'"

⑩ 胸朐(渠闰 qú rùn)：蚯蚓的别称。又汉有朐朐县，在巴东郡，因地低湿，多胸朐而名。蚓壤：张耒《夏日》："蚓壤排晴圃。"

⑪ "蔚蓝"句：杜甫《冬到金华山观因得故拾遗陈公学堂》："上有蔚蓝天，垂光抱琼台。"

⑫ 荡荡：广大，广远。《汉书·礼乐志》："天门开，诀荡荡。"大千：三千大千世界的略称。参前《雪霁石台晓望》诗注①。果蓏(裸 luǒ)：果实。柳宗元《天说》："天地，大果蓏也。"

⑬ 祝犁：古代干支纪年，干支又各有专名，太岁在己曰祝犁。按，光绪四年戊寅，曾植二十九岁，至本年民国七年戊午，曾植六十九岁，已四十年至明年己未，则五度逢己年，故云五祝犁。

⑭ 小年：《庄子·逍遥游》："此小年也。"岑参《过梁州奉赠张尚书大夫公》："小年即相知。"此指少年时代。私署：私下题名。越流人：《庄子·徐无鬼》："子不闻夫越之流人乎？"

⑮ 曰归：《诗·小雅·采薇》："曰归曰归。"

⑯ 式微：式，发语辞；微，衰微。《诗·邶风·式微》："式微式微，胡不归？"

⑰ "滔滔"句：《楚辞·九章·怀沙》："滔滔孟夏兮，草木莽莽；伤怀永哀兮，汨徂南土。"滔滔，盛阳貌。

⑱ 清斋：清心素食。《真诰》："当清斋入室，淋浴尘埃。"晏坐：安坐。《维摩诘所说经》："宴坐树下。"宴、晏通。

⑲ 摽然：高举貌。《管子·侈靡》："摽然若秋云之远。"

⑳ 真人：道家所称存养本性得道之人。《庄子·大宗师》："何谓真人？古之真人，不逆寡，不雄成，不谟士。"冰雪瑳(蹉 cuō)：喻洁白的肌肤。《庄子·大宗师》："藐姑射之山，有神人居焉，肌肤若冰雪，绰约若处子。"《诗·鄘风·君子偕老》："瑳兮瑳兮。"《说文》："瑳，玉色鲜白。"

㉑ 射襄城：古城名，故址在今嘉兴东北三十里，为春秋时吴王御越之所。

㉒ 里乘：地方志。炙谈锞(果 guǒ)：《史记·孟子荀卿列传》："谈天衍，

雕龙奭,炙毂过髡。"《集解》:"刘向《别录》曰:驺衍之所言五德终始,天地广大,尽言天事,故曰谈天。"又:"《别录》曰:过字作輠。輠者,车之盛膏器也。炙之虽尽,犹有馀流者。言淳于髡智不尽如炙輠也。"

放 鹤 洲

水草交湄水竹丛①,瓣香一为荐裴公②。衣传荷泽心灯寂③,书到兰台石墨工④。现宰官身真晌息⑤,摄如来藏遍融通⑥。于阗岂足回长袖,政要那先度大蒙⑦。

【题解】

本诗作于民国七年(1918)归里扫墓时。诗题放鹤洲,在嘉兴南湖。据《嘉兴府志》:"放鹤洲在鸳鸯湖畔,贵阳知府朱茂时别业。初,茂时筑此园以奉从祖文恪、父尚书,岁时宴赏。逮归田后,乐志烟霞,教群从读书,结文社其间者四十年。《静志居诗话》:'城南放鹤洲,相传为唐相裴休别业,名曰裴岛。然考新、旧《唐书》,俱不言休流寓吴下。《至元志》、《柳志》、于凤喈《补志》俱未之载。或曰:南渡初,礼部郎中朱敦儒营之以为墅,洲名其所题也。世父拓地百亩,自湖之田,有堂有亭,有桥有船,有冈有树,有苞有湎,杂树花果,瓜畴、芋区、菜圃,靡所不具。陈少詹懿典为作记,董尚书书扁,李少卿日华为写图,后先觞咏,题壁淋漓。今则大树飘零,高台芜没,止有卧柳断桥而已。'案写《鹤洲图》者,自李少卿而外,又有徐宏泽、项圣谟、戴晋、卞久、王时敏、鲁得之,皆一时名笔。又有张南垣《墨石图》,盖假山出张手也。茂时与弟茂皖皆有《放鹤洲记》。"

【注释】

① "水草"句：《尔雅》："水草交为湄。"湄，水草相接处。

② 瓣香：犹言"一炷香"，即焚香敬礼之意。陈师道《观充国文忠公家六
　　一堂图书》："向来一瓣香，敬为曾南丰。"任渊注："诸方开堂至第三瓣
　　香，推本其得法所自，则云：此一瓣香，敬为某人云云。"《祖庭事苑》：
　　"古今尊宿拈香，多云一瓣。瓣，瓜瓣也。以香似之，故称焉。"荐：祭
　　奠。裴公：裴休。《新唐书·裴休传》："裴休，字公美，大中六年进同
　　中书门下平章事。"

③ 衣传荷泽：写裴休深谙佛学。衣传，中国禅宗初祖至五祖师徒间传授
　　道法，常付衣钵为信证，称衣钵相传。宗密《中华传心地禅门师资承袭
　　图》："和尚（慧能）将入涅槃，默受密语于神会，语云：'从上以来，相承
　　准的，只付一人，内传法印，以印自心；外传袈裟，标定宗旨。然我为此
　　衣，几失身命。达磨大师悬记云："至六代之后，命如悬丝，即汝是也。"
　　是以此衣，宜留镇山。汝机缘在北，即须过岭，二十年外，当弘此法，广
　　度众生。'"荷泽，唐僧神会。赞宁《宋高僧传》："释神会姓高，襄阳人
　　也。闻岭表曹侯溪慧能禅师盛扬法道，学者骏奔，乃敇善财南方参问，
　　居曹溪数载，后遍寻名迹，开元八年敕配住南阳龙兴寺，续于洛阳大行
　　禅法，声彩发挥。先是两京之间，皆宗神秀，若不淰之鱼鮪附治龙也，
　　从见会明心，六祖之风，荡其渐修之道矣。南北之宗，时始判焉。肃宗
　　皇帝诏入内供养，敕将作大匠并工齐力，为造禅宇于荷泽寺中。"又，
　　《景德传灯录》："洛阳荷泽神会大师法嗣磁州法如禅师，磁州法如和尚
　　法嗣荆南惟忠禅师，荆南惟忠禅师法嗣道圆禅师，遂州道圆禅师法嗣
　　终南山圭峰宗密禅师。"又："终南山圭峰宗密禅师，惟相国裴公休深入
　　堂奥，受教为外护。"又："裴休，字公美，河东闻喜人也。通彻祖心，博
　　综教相，撰《圭峰碑》云：'休与师，于法为昆仲，于义为交友，于恩为善
　　知识，于教为内外护。'圭峰禅师著《禅源诸诠》、《原人论》及《圆觉经
　　疏》、注《法界观》，公皆为之序。"衣传荷泽，即指裴休与神会的继承关

系。心灯：佛教语，犹言心灵。意谓虽处静默而神思明亮。

④ "书到"句：写裴休工于书法。《新唐书·裴休传》："书楷遒媚有体法。"兰台，汉代宫廷藏书处，设御史中丞掌管，后置兰台令史，掌书奏。东汉以御史大夫官属省入兰台，置御史中丞，御史府因称兰台寺，御史台亦称兰台。《汉书·百官公卿表》："御史大夫，秦官，位上卿，有两丞，秩千石，一曰中丞，在殿中兰台，掌图籍秘书。"石墨：古用石炭作墨，称石墨。《太平御览》："陆云与兄机书曰：一日上三台，曹公藏石墨数十万斤，云烧此，消复可用。"又："顾微《广州记》曰：怀化郡掘堑，得石墨甚多，精妙可写书。"《墨经》："古用松烟石墨二种，石墨自晋魏以后无闻。"

⑤ 现宰官身：佛家语。《妙法莲华经》："应以宰官身得度者，即现宰官身而为说法。"裴休为相，故云。眴（瞬 shùn）息：形容时间短暂。王僧孺《忏悔礼佛文》："瞬息不留。"陆德明《经典释文》："眴，本亦作瞬。"

⑥ 摄如来藏：佛家语。如来藏，佛教用以称心的本体。《入楞伽经》："阿梨耶识者，名如来藏，而与无明七识共，俱如大海波，常不断绝。"《大乘起信经》："二者相大，谓如来藏具足无量性功德故。"又："依一心法，有二种门，云何为二：一者心真如门，二者心生灭门。是二种门，皆各总摄一切法。心生灭者，依如来藏，故有生灭心，所谓不生不灭，与生灭和合，非一非异，名为阿梨耶识。"融通：融会贯通。

⑦ "于阗"二句：自注："《那先比邱经》。泰西学者以为佛法化希腊事。"孙光宪《北梦琐言》："唐裴相公休留心释氏，精于禅律，师圭峰密禅师，得达摩顿门，常被毳衲于歌妓院持钵乞食，自喜曰：'不为俗情所染，可以说法为人。'每发愿世世为国王，宏护佛法。后于阗国王生一子，手文有相国姓字，闻于中朝，其子孙欲迎之，彼国敕旨不尤也。"此二句即指此事。回长袖，《史记·五宗世家》集解："应劭曰：景帝后二年，诸王来朝，有诏更前称寿歌舞，定王但张袖小举手，左右笑其拙。上怪问之，对曰：'臣国小地狭，不足回旋。'"《韩非子·五蠹》："鄙谚曰：长袖

善舞。"此合用二典。政，正。那先，罗汉名。《那先比丘经》："那先为诸人说经，名字彻闻四天。那先便转到天竺舍竭国，止泄坻迦寺中，有前世故知识一人，在海边作国王，太子名弥兰。弥兰少小好喜读经，学异道，悉知异道经法难异，道人无有能胜者。弥兰父王寿尽，弥兰即立为国王，王问左右边臣言：'国中道人及人民，谁能与我共难经道者？'沾弥利白王：'有异沙门字那先，能与王共难经道。'王即敕沾弥利，便行请那先来。那先即与诸弟子相随到王所。那先问王：'王本生何国？'王言：'我本生大秦国，国名阿荔散。'那先问王：'阿荔散去是间几里？'王言：'去二千由旬，合八万里。'王诸所问，那先辄事事答之，王大欢喜。"又冯承钧译伯希和《那先比丘经中诸名考》："佛典之在西方，最能引起研究兴趣者，无逾巴利藏之《弥陵陀问经》，即记述希腊王弥兰与比丘那先问答之经也。现存此经，汉本有二，皆名《那先比丘经》，舍竭为弥兰王都城之名，玄奘翻为奢羯罗。大秦国，即巴利文之希腊国也。阿荔散即汉译本中弥兰王所生之国名，国在大秦国，质言之，希腊境内之地也，与亚历山大古名相类，昔时城以亚历山大名者甚众，考昔日埃及之亚历山大城，与印度海上贸易频繁，此经原撰人盖指其地之亚历山大，而以极远之距离拟之。"梁启超《那先比丘经书》："弥兰王亦译毕隣陀王、曼隣陀王、难陀王，其时代盖介于阿育与迦腻色迦两王之间，为佛法有力之外护，然彼王乃希腊人，非印度人也。弥兰生地，或即今之阿历山大利亚耶？时其地已役属罗马，故又云大秦国也。经又言，弥兰为天竺舍竭国王，舍竭即《大唐西域记》之奢羯罗，即磔迦国故城，东据毗播奢河，西临信度河，盖迦湿弥罗东南境内之一大国也，近欧人因研究印度古泉币，发见此王遗币二千馀枚，证其确为希腊人，而来自中亚细亚者。盖其币用波斯之标准重量，阳面刻希腊文，阴面刻印度文。币文中此王名弥难陀，故《杂宝藏经》亦称为难陀王也。其时代则在迦腻色迦以前，约当西历纪元年一世纪半。《后汉书·西域传》，称西汉时，月氏北君大夏，而塞王南君罽宾，塞即希腊种。然则弥兰之祖父,或即被迫于月氏,而由巴忒利亚侵入迦湿弥罗者耶?《西域记》又言,此国有王,号摩醯逻矩罗,唐言大族,矫杀迦湿弥罗王而自立大族王,与弥兰血统关系如何,今不可考。但大族王仇教特甚,《西域记》称其宣令五印度佛法并皆毁灭,彼能宣令五印,则五印半役属于彼可知,想佛法受轹深矣。而弥兰遗币,皆刻弘法大王弥兰等语,殆受那先诱道后,发心皈依耶?那先为那伽犀那之省译。此名龙军,为十六大罗汉之一,见《梵绸经述记》,本经首叙其受生因缘,云生于天竺罽宾县,然则彼盖迦湿弥罗人矣。那先所著有《三身论》,曾有译本,今佚。"大蒙,传说中日落处。指西方。《尔雅·释地》:"西至日所入,为大蒙。"

长烟（三首选一）

长烟旆旆去[1]，心与突舸驰[2]。鸦阵入巢分，鸡株上距踦[3]。平沙留月久，暗水见星移[4]。熠耀樯灯影[5]，吴船计到时。

【题解】

本诗作于民国七年（1918）三月由嘉兴乘轮船返上海时。所选原列第一首。

【注释】

① 长烟：郭璞《游仙诗》："升降随长烟。"此指轮船烟突中冒出之烟。旆（沛 pèi）旆：下垂貌。《诗·小雅·出车》："彼旟旐斯，胡不旆旆？"

② 突觚：烟突。

③ 鸡株：斗鸡获胜的鸡。《艺文类聚》："《庄子》曰：'羊沟之鸡，三岁为株，相者视之，则非良鸡也，而数以胜人者，以狸膏涂其头也。'司马彪注：'羊沟，斗鸡处；株，魁帅也。鸡畏狸膏。'"上距踦：鸡缩起一足。距，鸡爪。陆游《老学庵笔记》："淮南谚曰：鸡寒上树，鸭寒下水。验之皆不然。有一老媪曰：'鸡寒上距，鸭寒下觜耳。'上距，谓缩一足；下觜，谓藏其味于翼间。"

④ 暗水：杜甫《夜宴左氏庄》："暗水流花径。"

⑤ 熠燿（异耀 yì yào）：光芒闪耀貌。《诗·豳风·东山》："熠燿宵行。"《说文》："熠，盛光也。"又："燿，照也。"

夜

绕夜群灵集①，噫风万窍号②。礼魂熏菊秀③，惧梦撼松涛④。广野初弦月⑤，微澜入浦潮。静心回动相⑥，百劫耿难消⑦。

【题解】

本诗作于民国七年(1918)九、十月间。时已移居上海威海卫路二百十一号。

【注释】

① 群灵：众神灵。潘尼《赠陇西太守张仲治》："群灵感韶运。"

② "噫风"句：《庄子·齐物论》："夫大块噫气，其名为风，是唯无作，作则

万窍怒呺。"噫,呼。

③ 礼魂:祭奠亡魂。菊秀:菊花。《楚辞·九歌·礼魂》:"春兰兮秋菊,
长无绝兮终古。"

④ 惧梦:因怀惊恐而生的梦。《周礼·宗伯·占梦》:"六曰惧梦。"

⑤ 弦月:农历初八、九的月亮,月上缺其半,称初弦,也称上弦。《诗》郑
玄笺:"月上弦而就盈。"谢灵运《七夕咏牛女诗》:"月弦光照户。"

⑥ "静心"句:平静的心又激荡起来。周敦颐《太极图说》:"静极复动。"

⑦ 百劫:佛家语。《阿毘达磨俱舍论》:"馀百劫方修各百福庄严。"此形
容动念之不易消除。

和　石　遗

　　槎上何能老舌张①,朽生幽谷独旁皇②。六时迢递经
千劫③,十目蹉跎了一行④。药树缘深多异味⑤,天人报尽
惜馀香⑥。故人莫讶成今我⑦,寒日才能借隙光⑧。

【题解】

　　本诗作于民国七年(1918)冬,时居上海威海卫路寓庐。是年秋,闽
粤有战事,陈衍(石遗)携家赴沪,与曾植过从最密。

【注释】

① "槎上"句:明陈衍《槎上老舌序》:"衍得古木根一座,形如槎。踞其
上,与客谈。客意怠,藐藐然听之矣。嫡孙年十二,差能作文而善问,
试语之,若解若不解,退而笔焉,以教孙也,题曰《老舌》。"此指陈衍。

② "朽生"句：自注："朽生幽谷四字小印，用《参同契》语。"魏伯阳《参同契》："会稽鄙夫，幽谷朽生。"此以朽生自指。

③ "六时"句：《大唐西域记》："六时合成一日一夜，昼三夜三。"迢递，长远貌。千劫，见前《驾浮阁远望》诗注③。

④ "十目"句：《礼记·大学》："十目所视。"

⑤ 药树：《大方广佛华严经》："譬如删陀那大药王树，其有众生，在彼树荫，身诸恶疮，皆得除愈，菩萨摩诃萨，亦复如是，得菩提心删陀药树，其有众生，依荫此树，一切烦恼不善业疮，皆得除愈。"

⑥ "天人"句：用佛典。《大宝积经》："四天王天，其所寿命，天五百年。彼等天人，寿欲尽时，有三种相：一者身光隐没，二者花无香气，三者不闻天女奏诸伎乐，花鬟萎顇，天女悲号，衣生垢秽，瞻视昔来欣玩之具，复增闷绝。"天人，天上之人。报，果报。

⑦ 今我：辛弃疾《鹧鸪天·有客慨然谈功名因追忆少时事戏作》："追往事，叹今吾。"

⑧ 隙光：窗缝里透进的阳光。《淮南子》："受光于隙，照一隅；受光于牖，照北壁。"

观石卿作书

虚室泰宇光①，凝此一点墨②。积精以致曲③，爱得万毫直。纵横出象外④，端敬在胸臆⑤。邈矣昔贤心⑥，泯然箭锋值⑦。庖丁提刀起，四顾謽空塞⑧。谅哉文惠言，岂独养生则⑨！寒林风已厉⑩，病眼眵频拭⑪。与子无町畦⑫，艺海共蠡测⑬。

254

【题解】

　　本诗作于民国七年（1918）冬，时居上海威海卫路寓庐。题中石卿，指谢凤孙。凤孙字石钦，湖北汉川人。光绪二十八年（1902）举人。近代诗人，擅书法。曾植弟子。

【注释】

① "虚室"句：见前《题唐子畏雪景》诗注①。

② "凝此"句：用佛典。《妙法莲华经》："佛告诸比丘：乃往过去无量无边不可思议阿僧祇劫，尔时有佛，名大通智胜如来。彼佛灭度以来，甚大久远，譬如三千大千世界，所有地种。假使有人磨以为墨，过于东方千国土，乃下一点，大如微尘，又过千国土，复下一点，如是展转，尽地种墨，于汝等意云何？是诸国土，若算师，若算师弟子，能得边际，知其数不？不也，世尊。诸比丘：是人所经国土，若点不点，尽抹为尘，一尘一劫，彼佛灭度以来，复过是数，无量无边百千万亿阿僧祇劫。我以如来知见力，故观彼久远，犹若今日。"

③ 积精：积聚精力。《后汉书·明帝纪》："积精祷求。"致曲：《礼记·中庸》："其次致曲，曲能有诚。"此指用笔的蓄势。

④ "纵横"句：《宣和书谱》："皇象工八分篆草，有纵横自如之妙。"朱景玄《唐朝名画记》："王宰画山水树石，出于象外。"象外，超逸物象之外。

⑤ 端敬：端正严肃。《旧唐书·柳公权传》："用笔在心，心正则笔正。"此用其意。

⑥ 遰：远去难以捕捉。

⑦ 泯然：扫去笔墨痕迹。箭锋值：黄庭坚《赠秦少仪》："乃能持一镞，与我箭锋直。"任渊注：洪觉范《僧宝传》引曹山《宝镜三昧》曰："羿以巧力，射中百步。箭锋力相直，巧何预！"此指高超的书法技艺。

⑧ "庖丁"二句：《庄子·养生主》："（庖丁）提刀而立，为之四顾，为之踌躇满志。善刀而藏之。"空塞，佛家语。佛经称因缘所生之法，究竟无

实体,故谓之空;塞,意即实。《大佛顶如来密因修证了义诸菩萨万行
首楞严经》:"阿难,若缘空有,应不见塞,若缘塞有,应不见空。如是乃
至缘明缘暗,同于空塞。"

⑨ "谅哉"二句:《庄子·养生主》:"文惠君曰:'善哉,吾闻庖丁之言,得
养生焉。'"

⑩ "寒林"句:《古诗十九首》:"凉风率已厉。"

⑪ 眵(吃 chī):俗称眼屎,由目汁所凝结。

⑫ 町畦:田界,引申作约束、拘束。《庄子·人间世》:"彼且为无町畦,亦
与之为无町畦。"

⑬ 蠡测:用瓠瓢测量海水,喻浅薄不能了解高深,此作探索、研求的自谦
之词。东方朔《答客难》:"以蠡测海。"

杂诗(九首选一)

寒雨不成雪,冬霉先妒花①。无聊诗况味②,独寐病
生涯。兄弟悬天末③,亲交阅岁差④。桑榆平望久⑤,不见
晚馀霞。

【题解】

本诗作于民国七年(1918)冬,时居上海威海卫路寓庐。所选原列第
一首。

【注释】

① 霉(眉 méi):同"霉"。《说文》:"霉,中久雨青黑。"妒花:杜甫《风雨

看舟前落花戏为新句》："风妒红花却倒吹。"洪咨夔《沁园春·次黄宰韵》："落红一尺,风妒花期。"

② 况味：境况情味。张方平《岁除》："况味殊萧条。"

③ 天末：见前《月夕寄五弟》诗注⑩。

④ 亲交：亲友。曹植《赠丁仪诗》："亲交义不薄。"岁差：天文学名词。此指岁月。按：时曾植五弟曾桐居北京。

⑤ 桑榆：曹植《赠白马王彪》："年在桑榆间,影响不能追。"李善注："日在桑榆,以喻人之将老。"《史记·天官书》："凡望云气,仰而望之,三四百里；平望,在桑榆上馀二千里；登高而望之,下属地者三千里。"《东观汉记》："光武曰:'失之东隅,收之桑榆。'"黄节注："《后汉书·冯异传》注引谷子云曰:'太白出西方六十日,法当参天,今已过期,尚在桑榆间。'桑榆,谓晚也。案《典术》云:'桑箕星之精。'《古乐府》曰:'天上何所有？历历种白榆。'榆,亦星名,皆出西方,喻日之薄西将晚也。"此寓义双关。

北楼（四首选二）

白晓三更月①,苍深一老庐。观成音响忍②,室自吉祥虚③。理道能无诀,泥洹喟有馀④。北风凭写貌,凛凛一阳初⑤。

静夜迢迢去,浮生故故哀⑥。百身栖弱草⑦,千愿积悲台⑧。燐远青如屑⑨,珠沉碧不灰⑩。鲍焦随木槁⑪,御寇御风回⑫。

【题解】

　　本诗作于民国七年(1918)冬,时居上海威海卫路寓庐。所选原列第一、第二首。题下自注:"署曰玄扈。"玄扈:水名,在陕西洛南西。《山海经·中山经》:"阳虚之山多金,临于玄扈之水。"郭璞注:"《河图》曰:苍颉为帝,南巡狩,登阳虚之山,临于玄扈,洛汭灵龟负书,丹甲青文以授之,出此水中也。"

【注释】

① 白晓:李贺《感讽》:"一山唯白晓。"

② 音响忍:佛家语。佛经所称三法忍之一,谓由音响而悟解真理。《佛说无量寿经》:"若彼国人天见此树者,得三法忍:一者音响忍,二者柔顺忍,三者无生法忍。"

③ "室自"句:见前《题唐子畏〈雪景〉》诗注①。

④ 泥洹:即涅槃。佛经称脱离一切烦恼,进入自由无碍的境界谓涅槃,有有馀与无馀两种。《成实论》:"能到泥洹者,佛法究竟,必至泥洹。不如外道住有分中著禅定等。又佛法中说一切有为皆有过患,无称赞处,不如婆罗门赞梵世等,故名佛法,能到泥洹。"僧肇《涅槃无名论》:"泥曰、泥洹、涅槃,此三名前后异出,盖是梵、夏不同耳。云涅槃音正也。秦言无为,亦名灭度。无为者,取于虚无寂寞,妙灭绝于有为。灭度者,言大患永灭,超度四流。"《大智度论》:"爱等诸烦恼断,是名有馀涅槃。"

⑤ 一阳:指冬阳。《史记·律书》:"日冬至,则一阴下藏,一阳上舒。"《大衍历》:"孟喜曰:自冬至初,《中孚》用事,《坎》以阴包阳,故自北正微阳动乎下,升而未达。"

⑥ 浮生:《庄子·刻意》:"其生若浮。"

⑦ 百身:见前《潘若海水部挽诗》诗注①。栖弱草:《魏志·曹爽传》注引皇甫谧《列女传》:"人生世间,如轻尘栖弱草耳。"

⑧ 悲台：杜甫《王兵马使二角鹰》："悲台萧瑟石巃嵸。"按，曾植本年作
《和石钦韵》诗"悲台萧飒接哀墟"句下自注："西楼外有古墓，明代翁仲
犹存。"

⑨ "燐远"句：见前《秋郊》诗注②。按，《青燐屑》，书名，此借用字面，盖
指民国六年(1917)北京复辟之役之战事，曾植曾被人挟以北上参与。

⑩ 珠沉：班固《东都赋》："沉珠于渊。"碧不灰：用苌弘事。《庄子·外
物》："苌弘死于蜀，藏其血，三年而化为碧。"此指复辟失败。

⑪ "鲍焦"句：《韩非子·八说》："鲍焦木枯。"鲍焦事，见前《超社第二集》
诗注⑭。

⑫ 御寇：列子。《庄子·让王》："列御寇，盖有道之士也。"又《逍遥游》：
"列子御风而行，泠然善也。旬有五日而后反，彼于致福者未数数然
也。"此指复辟失败后，七月曾植航海南还事。

石遗见示忆梅诗，余在麦根路屋前种
蜡梅，两见寒花，今先余归禾矣，和韵纪感

眼暗天还悭眼界①，梅开家自在梅边②。萧条种发观
河面③，零落春明说梦年④。天地不情留老物⑤，园林无恙
待归船。难从官阁思何逊⑥，剩著诗情对少连⑦。

【题解】

本诗作于民国七年(1918)冬，时居上海威海卫路寓庐。诗题麦根
路，为上海路名，曾植自民国元年(1912)至民国七年(1918)秋寓居于此。

【注释】

① "眼暗"句：状自己老眼昏花，更兼天色昏昧。眼界，用佛语。《摩诃般若波罗蜜经》："无眼界。"《阿毘达磨法蕴足论》："云何眼界，谓如眼根。"

② "梅开"句：杨万里《和周仲觉》："春在梅边动。"

③ 种发：《左传·昭公三年》："齐侯田于莒，卢蒲嫳见，泣且请曰：'余发如此种种，余奚能为？'"此用其意，谓发已稀疏。观河面：用佛典。见前《方伦叔、廉惠卿招饮小万柳堂》诗注⑬。

④ 春明梦：《四库全书总目提要》："《春明梦馀录》七十卷，国朝孙承泽撰。"此借用，指旧时在帝京为官的岁月。春明，京城城门名。《唐六典》："京城东面三门，中曰春明。"

⑤ "天地"句：杜甫《新安吏》："天地终无情。"老物，犹老朽。《晋书·宣穆张皇后传》："老物可憎。"

⑥ "难从"句：杜甫《和裴迪登蜀州东亭送客逢早梅相忆见寄》："东阁官梅动诗兴，还如何逊在扬州。"何逊，南朝梁东海郯人，字仲言，官至尚书水部郎。

⑦ 少连：《论语·微子》："柳下惠、少连。"按，此借指谢惠连。钟嵘《诗品》引《谢氏家录》云："康乐（谢灵运）每对惠连，辄得佳语。"此以谢氏兄弟指曾植自己与五弟曾桐。

石遗谓余效其体（二首）

喙鸣各自信虫天①，万古吟情落照边②。老去久经无我相③，厄言随分契忘年④。萧条人代催贤劫⑤，落拓心期付愿船⑥。我即是渠渠似我⑦,可中公案有牵连⑧。

　　玄夜沉沉鬼亦眠⑨,木居士座鸟窠边⑩。梅开正见香光佛⑪,树老谁知太古年⑫。行处不曾留屐齿⑬,归与元只趁租船⑭。风尘玉貌齐东语⑮,粉碎虚空细鲁连⑯。

【题解】

　　本诗作于民国七年(1918)冬,时居上海威海卫路寓庐。

【注释】

① 喙鸣:鸟鸣。《庄子·天地》:"性修反德,德至同于初。同乃虚,虚乃大。合喙鸣,喙鸣合,与天地,为合。其合缗缗,愚若昏,是谓玄德,同乎大顺。"虫天:言百虫能各适其自然之性。《庄子·庚桑楚》:"惟虫能虫,惟虫能天。"此喻各人做诗亦随各人个性所出。

② 吟情:诗情。落照:落日。

③ 无我相:佛家语。《金刚般若波罗蜜经》:"无我相。"佛经称事物之相状表于外而想象于心为相,人身为五蕴之和合,无常一之我体,法为因缘而生,无常一之我体,故毕竟无我,是为究竟之真理。

④ 卮言:人云亦云,缺乏主见之言。《庄子·寓言》:"卮言日出。"随分:照例。李端《长门怨》:"随分独眠秋殿里。"契忘年:结忘年交。《初学记》引张隐《文士传》曰:"祢衡有逸才,少与孔融交,时衡未满二十,而融已五十。敬衡才秀,忘年殷勤。"

⑤ "萧条"句:杜甫《咏怀古迹》:"萧条异代不同时。"贤劫,佛家语。佛经称此劫有千佛出世,圣贤出世,因名。《大悲经》:"阿难:何故名为贤劫?阿难,此三千大千世界,劫欲成时,尽为一水,时净居天以天眼观见此世界唯一大水,见有千枚诸妙莲华,一一莲华,各有千叶,金色金

光,大明普照,香气芬熏,甚可爱乐。彼净居天因见此已,心生欢喜,踊跃无量而赞叹言:奇哉奇哉,希有希有。如此劫中当有千佛出兴于世,以是因缘,遂名此劫号之为贤。"

⑥ 落拓:放浪不羁。《抱朴子·疾谬》:"然落拓之子。"心期:两相期许。陶潜《酬丁柴桑》:"实欣心期。"愿船:佛家语。以佛之本愿喻船。《大方广佛华严经》:"菩萨摩诃萨以大愿船载入解脱城。"愿,指佛愿救众人之心。

⑦ "我即"句:谓消除人我分别的偏见。《景德传灯录》:"洞山良价禅师因过水,睹影大悟,有一偈曰:'切忌从他觅,迢迢与我疏。我今独自往,处处得逢渠。渠今正是我,我今不是渠。应须恁么会,方得契如如。'"

⑧ 可中:《缁门警训》:"沩山大圆禅师警策可中,顿悟正因。"公案:佛家语。禅家应佛祖所化之机缘,提起越格之言语、动作之垂示,后人称公案,又称因缘。《碧岩九十八则评唱》:"古人事不获已,对机垂示,后人唤作公案因缘。"牵连:《淮南子·要略》:"拘系牵连之物。"

⑨ 玄夜:黑夜。傅玄《七哀诗》:"冥冥玄夜堂。"

⑩ 木居士:木制神象。韩愈《题木居士》:"偶然题作木居士,便有无穷求福人。"鸟窠:《景德传灯录》:"杭州鸟窠道林禅师,本郡富阳人也。见秦望山有长松,枝叶繁茂,盘屈如盖,遂栖止其上,故时人谓之鸟窠禅师。元和中,白居易出守兹郡,因入山礼谒,乃问师曰:'禅师住处甚危险?'师曰:'太守危险尤甚!'曰:'弟子位镇江山,何险之有?'师曰:'薪火相交,识性不停,得非险乎?'又问:'如何是佛法大意?'师曰:'诸恶莫作,众善奉行。'白曰:'三岁孩儿也解恁么道。'师曰:'三岁孩儿虽道得,八十老人行不得。'白遂作礼。"

⑪ 香光佛:佛名。《佛说佛名经》:"南无香光明佛。"

⑫ "树老"句:许遵《游风水洞》:"树老不知年。"

⑬ "行处"句:欧阳修《答钱寺丞忆伊州》:"山阿昔留赏,屐齿无遗迹。"屐

齿,木屐的齿。

⑭ 归与:归去。《论语·公冶长》:"归与!归与!"租船:见前《七月七日逸社第五集》注⑦。

⑮ 玉貌:对人容貌的敬称,指鲁连。《战国策·赵策》:"鲁连见辛垣衍而无言。辛垣衍曰:'吾视此围城之中者,皆有求于平原君者也,今吾视先生之玉貌,非有求于平原君者,曷为久居此围城之中而不去也?'"齐东语:《孟子·万章》:"齐东野人之语也。"

⑯ 粉碎虚空:用佛典。《指月录》:"大地山河,虚空粉碎。"《五灯会元续略》:"燕京报恩寺万松行秀禅师示众:踢翻沧海,大地尘飞,喝散白云,虚空粉碎。"又:"邓州香严淳拙文才禅师,僧问:'如何是理法界?'师曰:'虚空扑落地,粉碎不成文。'"又:"铁山琼禅师偈曰:'一拶虚空粉碎时,花开铁树散琼枝。'"细鲁连:鲁连,战国齐人,高蹈不仕,"好奇伟俶傥之画策。"(《史记·鲁仲连传》)韩愈《嘲鲁连子》:"鲁连细而黠,有似黄鹞子。田巴兀老苍,怜汝矜爪觜。开端要惊人,雄跨吾厌矣。高拱禅鸿声,若辍一杯水。独称唐虞贤,顾未知之耳。"细,见识浅短。

太夷招集海藏楼看樱花

　　水碧樱花刺眼新①,华严楼阁是前因②。来为历落崎嵚客③,不断声香色味尘④。事久总知人定胜⑤,意行元与物华亲⑥。刀轮藕孔何关事⑦?改尔陀罗臂屈伸⑧。

【题解】

本诗作于民国八年（1919）。时寓居上海威海卫路。诗题太夷，指郑孝胥。海藏楼为郑氏书斋。林纾《海藏楼记》：“同年郑苏堪取东坡‘万人如海一身藏’诗意，自名其楼曰海藏楼，居吴松江上。”

【注释】

① 水碧：《山海经·东山经》：“耿山无草木，多水碧。”郭璞注：“亦水玉类。”此形容樱花晶莹可爱。

② 华严楼阁：佛经《华严经》中所记楼阁。《大方广佛华严经》：“尔时善财童子恭敬右绕弥勒菩萨摩诃萨，已而白之，言‘惟愿大圣，开楼阁门，令我得入。’时弥勒菩萨前诣楼阁，弹指出声，其门即开，命善财入。善财心喜，入已还闭，见其楼阁，广博无量，同于虚空。”

③ 历落崎嵚客：见前《车中口占》诗注⑥。

④ “不断”句：佛家语。《大明三藏法数》：“尘即染污之义，谓能染污情识而使真性不能显发。一色尘，二声尘，三香尘，四味尘，五触尘，六法尘。”不断，指未能断除。

⑤ 人定胜：人定胜天。《诗·小雅·正月》：“民今方殆，视天梦梦。既克有定，靡人弗胜。”《逸周书》：“人强胜天。”《史记·伍子胥传》：“申包胥使人谓子胥曰：‘子之报雠，其已甚乎？吾闻之，人众者胜天，天定亦能胜人。’”

⑥ 意行：随意而行，犹信步。《管子·内业》：“意行似天。”《列子·杨朱》：“恣意之所欲行。”刘禹锡《蛮子歌》：“意行无旧路。”物华：自然景色。王维《奉和圣制从蓬莱向兴庆阁道中留春雨中春望之作应制》：“不是宸游玩物华。”

⑦ 刀轮藕孔：佛典。《佛说观佛三昧海经》：“毗摩质多罗阿修罗王，心生瞋恚，兴四兵往攻帝释，立大海水，蹑须弥顶，九百九十九手同时俱作，撼喜见城，摇须弥山，四大海水，一时波动，释提桓因，惊怖惶惧，靡知

所趣。时宫有神,白天王言:'莫大惊怖,过去佛说般若波罗蜜,王当诵持,鬼兵自碎。'是时帝释,坐善法堂,烧众名香,发大誓愿,般若波罗蜜,是大明呪,是无上呪,无等等呪,审实不虚,我持此法,当成佛道,令阿修罗,自然退散。作是语时,于虚空中,有四刀轮,帝释功德故,自然而下,当阿修罗上,时修罗耳鼻手足,一时尽落,令大海水,赤如绛汁。时阿修罗,即便惊怖,遁走无处,入藕丝孔。"此借指当时的军阀混战。何关事:即关何事。

⑧ 陀罗臂:佛家语。佛经称佛的心印或佛法为母陀罗。《大佛顶如来密因修正了义诸菩萨万行首楞严经》:"故我能现众多妙容,能说无边秘密神呪,其中或现……二臂、四臂、六臂、八臂、十臂、十二臂、十四、十六、十八、二十、至二十四,如是乃至一百八臂、千臂万臂、八万四千母陀罗臂。"黄庭坚《观世音赞》:"八万四千母陀臂,接引有情到彼岸。"屈伸:《增壹阿含经》:"如屈伸臂顷而生天上。"苏轼《吊天竺海月辩师》:"生死犹如臂屈伸。"此用其意。

赠汪鸥客(二首选一)

汪侯偏得反闻定①,春晚园林深画禅②。万擦千皴无一笔③,虚空何处见山川④?

【题解】

本诗作于民国八年(1919)春,时居上海威海卫路寓庐。所选原列第一首。诗题汪鸥客见前《旅居近市》诗之【题解】。

【注释】

① 闻定：用佛典。《佛说无量寿经》："他方国土诸菩萨众，闻我名字，皆悉逮得清净解脱三昧，住是三昧，一发意顷，供养无量不可思议诸佛世尊而不失定意。"

② 画禅：谓画理与禅机相通，因称画禅。见《七家印跋》。《四库全书总目提要》载："《画禅》一卷，旧本题释莲儒撰。"又："《画禅室随笔》四卷，明董其昌撰。"

③ 皴：国画技法之一。先钩出山石林木轮廓，用侧笔蘸水墨染擦，以显脉胳纹理及凹凸向背。有披麻、乱麻、乱云、斧凿、乱柴、芝麻、雨点、骷髅、鬼皮、弹涡诸皴。见《绘事微言》。

④ 虚空：用佛语。《大佛顶如来密因修证了义诸菩萨万行首楞严经》："明暗虚空，三事俱异，从何立见。"又："起为世界，静成虚空。"

和缶庐老人韵

吴侯下笔风雨快①，天机灭没虚怀中②。私玺苍然秦汉上，佳句复有江湖工③。感怆诗人怀旧俗④，萧槭老树鸣秋风⑤。吴兴画师钱舜举⑥，政尔高凌水精宫⑦。

【题解】

本诗作于民国四八（1919）秋，时居上海新闸路九十一号寓庐。诗题缶庐，谓吴俊卿。俊卿字昌硕，晚以字行，浙江安吉人。官江苏安东县知县。近代名画家、篆刻家、书法家、诗人，著有《缶庐诗》。

【注释】

① 下笔风雨快：苏轼《王维吴道子画》："当其下手风雨快，笔所未到气已吞。"

② 天机：天然之机神。《庄子·大宗师》："其耆（嗜）欲深者，其天机浅。"

③ "私玺"二句：冯开《安吉吴先生墓表》："凤耽文艺，兼擅治印，盘盂鼎碣，沉浸追琢，恢恢游刃，冥合秦汉，孤文小石，获者矜异，等于璆璧。"又："生平感概，一抒于诗，幽搜孤造，深入其阻。晚年属思益劳，片辞涵揉，恒至申旦。家人微止之，即曰：'非茹胡申？非茹胡吐？吾自渫所不甘，何云苦也？'"秦汉上，上追秦汉。周亮工《印人传》："薛宏璧，名居瑄。宏璧之技，直入秦汉人室，远出诸家上。"江湖，见前《以新刻江西诗派二家集呈止相，用枝字韵》诗注⑥。

④ 怀旧俗：《诗大序》："吟咏情性，以风其上，达于事变而怀其旧俗者也。"

⑤ 萧槭（瑟 sè）：萧飒零落貌。张九龄《将发还乡示诸弟》："林意日萧槭。"

⑥ 钱舜举：名选，号玉潭，浙江吴兴（今湖州）人。宋末元初画家，善人物山水花木翎毛。李日华《六研斋笔记》："至元间，吴兴有八骏之号，以子昂为称首，俄子昂以荐入朝，诸公皆相附得官，钱舜举独龃龉不合，流连诗画以老。"此即以指代吴昌硕。张鸣珂《寒松阁谈艺琐录》："仓石（昌硕）又喜作画，天真烂漫，在青藤、雪个间。"冯开《安吉吴先生墓表》："先生之画，浑噩俶诡，独辟隅奥，千绵万变，无迹可蹑。"

⑦ 政：通"正"。凌：超越。水精宫：指赵孟頫。见前《梅道人〈墨竹〉》诗注⑩。

甡公过谈，次日往杭州

秋思幽幽锁病坊①，借君岩电发灯光②。吟兼海雨潮风入^③，气与钧天广乐张^④。老去身如枯木倚^⑤，定中佛与众生亡^⑥。向来济胜原无具^⑦，会是神游别有方^⑧。

【题解】

本诗作于民国八年（1919）秋，上海新闸路寓庐。题中甡公，指康有为。杭州西湖丁家山有康氏别墅。

【注释】

① 幽幽：韩愈《秋怀》："虫鸣室幽幽。"病坊：唐宋时期公家所设收养贫病平民的慈善机关。《唐会要》："会昌五年十一月，李德裕奏云：国朝立悲田养病，置使专知。开元二十二年断京城乞儿，悉令病坊收管。臣等商量，悲田出于释教，并望改为养病坊。"此指养病之处。

② 岩电：喻炯炯目光。《世说新语·容止》："裴令公目王安丰，眼烂烂如岩下电。"

③ "吟兼"句：陆龟蒙《渔具诗序》："江风海雨，槭槭生牙颊间。"苏轼《和蔡景繁海州石室》："江风海雨入牙颊。"

④ 钧天广乐：《史记·扁鹊仓公传》："（赵）简子疾，五日不知人。……居二日半，简子寤，语诸大夫曰：'我之帝所甚乐，与百神游于钧天，广乐九奏万舞，不类三代之乐，其声动心。'"

⑤ "老去"句：见前《简伯严》诗注④。

⑥ "定中"句：《大方广佛华严经》："心佛及众生，是三无差别。"《大乘止观法门》："常平等故，心佛及众生，是三无差别。常差别故，流转五道，说名众生。反流尽源，说名为佛。以有此平等义故，无佛无众生。为此缘起差别义故，众生须修道。"

⑦ 济胜具：指足以游山玩水的健壮身体。《世说新语·栖逸》："许掾好游山水，而体便登陟。时人云：'许非徒有胜情，实有济胜之具。'"

⑧ 神游：见前《旅居近市》诗注⑰。

书 沅 叔 扇

　　黄山坚硗不受画，莲花直为长虞妍①。九叠瀑今为创见②，三天子者谁疑年③。僧厨虎善拾残粒④，山神蛇化踞高巅⑤。海日楼中说山久⑥，我亦毫端纳大千⑦。

【题解】

　　本诗作于民国八年(1919)，时居上海新闸路寓庐。诗题沅叔，指傅增湘，生平见前《题沅叔诗稿即送北归》诗之【题解】。

【注释】

① "黄山"二句：增湘喜游黄山，其《藏园居士六十自述》云："自壬子(民国元年，1912)迄于丁卯(民国十六年，1927)，十六年间，每岁必一再出游，黄山胜概，秀甲东南；天都莲花，迥出云海，蓬岛之松，散花之坞，疑非人世所宜有。探九龙之瀑，既因险而得奇；试硃砂之汤，恍出尘而仙举矣。兹游最苦，旧侣难追，惟张君孟嘉实从焉，惜从此亦无缘再至也。"坚硗，土质坚硬贫瘠。莲花，黄山莲花峰。峰下有莲花洞，水曰莲花源。长虞，晋人傅咸，字长虞。此借指沅叔。

② 九叠瀑：闵麟嗣《黄山志》："九龙潭，在丞相源下，苦竹溪上，洞落为瀑，瀑落为潭，潭复落为瀑，九叠也，故名九龙。"

③ 三天子：山名。《山海经·海内经》："南海之内……有山名三天子之都。"又《海内东经》："浙江出三天子都。"又《海内南经》"三天子鄣山，在闽西海北。"郭璞注："今在新安歙县东，今谓之三王山，浙江出其边

也。"按,《大清一统志》谓郭注"歙县东"三字应为"黟县南"。疑年:见《雪滕提刑招同……饮于醉沤》诗注⑩。

④ 虎善:王维《赠张五弟諲》:"阶前虎心善。"

⑤ 山神蛇化:借用天台山故事。潘珹《天台总胜集》:"昙猷,或云法猷,即帛道猷也,燉煌人。晋哀帝兴宁中,至天台山。旧传赤城有五百大神居之,言则降祸。猷至,遇老妪问途,忽有负而投之渊者,猷飞锡救之,水立涸。今干溪是也。住石室坐禅,有猛虎数十,蹲立猷前,猷诵经如故。一虎独睡,猷以如意叩虎头,问何不听。俄而群虎皆去。有顷,壮蛇竟出,大十围,循环往复,举头向猷,经半日复去。后一日,神现形,诣猷曰:'法师威德既重,来止此山,弟子辄推室以相奉。'猷曰:'贫道寻山,愿得相接,何不共住?'神曰:'弟子无为不尔,但部属未洽法化,卒难制语,远人来往,或相侵触,人神道异,是以去耳。'猷曰:'本是何神?居之久近?欲移何处去耶?'神曰:'夏帝之子,居地此山二千馀年,寒石是我舅所治,当还彼住。'寻还山阴庙,临别执手,赠猷香三奁。于是鸣鞭吹角,凌云而去。"

⑥ 海日楼:沈曾植晚年寓沪时的书斋名。始题此楼名在民国二年(1913)九月。

⑦ 毫端:笔端。韩愈《杂诗》:"下视禹九州,一尘集毫端。"大千:三千大千世界的略称,详前《雪霁石台晓望》诗注①。

即事(六首选二)

春晓罨春阴①,春华窈窕心②。山凭云点缀③,水与影清深④。细草遥迎屦,幽兰不入琴⑤。露台迎闾阖⑥,风至一披襟⑦。

　宿雨净庭砌，食时观乍新⑧。鸟声如说法⑨，鱼乐自亲人⑩。孚甲皆元气⑪，乾坤积字身⑫。翛然行饭罢⑬，庄对主林神⑭。

【题解】

　本诗作于民国九年（1920）春，作于上海新闸路寓庐。所选原列第三、第四首。

【注释】

① 罨（眼 yǎn）：覆盖。
② "春华"句：王安石《法云》："扶舆度焰水，窈窕一川花。"
③ 云点缀：见前《杂诗》注㊴。
④ 清深：清彻深邃。《水经注》："水至清深。"
⑤ "幽兰"句：见《杂诗》注⑧。
⑥ 露台：犹阳台。《史记·文帝纪》："尝欲作露台。"阊阖：西风。郭璞《游仙诗》："阊阖西南来。"李善注："高诱曰：兑为阊阖风。"
⑦ "风至"句：宋玉《风赋》："有风飒然而至，王乃披襟而当之。"披襟，敞开衣襟。
⑧ 食时观：佛家语。《大乘止观法门》："凡食时，亦有止观两门。所言观者，初得食时，为供养佛，故即当念于此食，是我心作，我今应当变此疏食之相，以为上味。何以故？以知诸法，本从心生，还从心转。故作是念已，即想所持之器，以为七宝之钵，其中饮食，想为天上上味，或作甘露，或作粳粮，或作石蜜，或作酥酪，种种胜膳等。作此想已，然后持此所想之食，施与一切众生，共供养三宝四生等食之，当念一切诸佛及贤

圣,悉知我等作此供养,悉受我等如是供养。作此供养已,然后食之。是故经言,以一食施一切,供养诸佛及诸圣贤,然后可食。问曰:'既施与三宝竟,何为得自食?'答曰:'当施一切众生共供养三宝时,即兼共施众生食之。我此身中八万尸虫,即是众生之数故,是故得自食之,令虫安乐,不自为已。又复想一钵之食,一一米粒,复成一钵上味饮食,于彼一切钵中,一一米粒,复成一钵上味饮食。如是展转出生,满十方世界,悉是宝钵,成满上味饮食。作此想已,持此所想之食,施与一切众生,令供养三宝四生等,作此想已,然后自食,令己身中诸虫饱满。若为除贪味之时,虽得好食,当想作种种不净之物食之,而常知此好恶之食,悉是心作,虚想无实。何故得知? 以向者钵中好食,我作不净之想看之,即唯见不净,即都不见净,故将知本时净食,亦复如是。是心所作,此是观门。'"

⑨ "鸟声"句:用佛典。《阿弥陀经》:"彼国常有种种奇妙杂色之鸟,白鹤、孔雀、鹦鹉、舍利、迦陵、频伽、共命之鸟,是诸众鸟昼夜六时出和雅音,其音演畅五根、五力、七菩提分、八圣道分,如是等法。其土众生闻是音,已,皆悉念佛、念法、念僧。汝勿谓此鸟实是罪报所生,是诸众鸟皆是阿弥陀佛欲令法音宣流变化所作。"

⑩ "鱼乐"句:见前《湖楼公宴奉呈湘绮》诗注⑥。

⑪ 孚甲:植物种子的外皮。《礼记》郑玄注:"万物皆解,孚甲自抽轧而出。"元气:旧称生命本原之气。元好问《滪亭》:"元气浮草木。"

⑫ 字身:佛家语。《瑜伽师地论》:"字身者,谓若究竟、若不究竟,名句所依,四十九字。"《入楞伽经》:"复次,字身者,谓声长短,音韵高下,名为字身。"

⑬ 翛(萧 xiāo)然:自然超脱貌。《庄子·大宗师》:"翛然而往,翛然而来而已矣。"陆明德《释文》:"向(秀)云,翛然,自然无心而自尔之谓。"行饭:陆游《山家暮春》:"行饭独相羊。"

⑭ 庄:庄严。主林神:佛家语。神名。《大方广佛华严经》:"复有不可

思议数主林神。"

逸静轩小除夕夜话（二首）

腊鼓如闻汉侲挝，屠苏饮有宋聱嗟①。不眠共作知更鹤，善守难留掉尾蛇②。未了因为他世果③，芬陀识放大轮花④。子龙塘水清无垢，直下江源到海涯⑤。

晚岁华存感乱离⑥，早年韫秀共提携⑦。荼甘那便偿荼苦⑧，松茂差欣与柏齐⑨。身世尽同平话幻⑩，岁时相对梦粱凄⑪。牛衣鸿案呼儿记⑫，谱里元家故物稽⑬。

【题解】

本诗作于民国九年小除夕（1921 年 2 月），时居上海新闸路寓庐。诗题逸静，乃沈曾植夫人，云南布政使昆山李德莪之长女。是年七十一岁。

【注释】

① "腊鼓"二句：自注："君与余今年皆患耳聋。"腊鼓，宗懔《荆楚岁时记》："十二月八日为腊日。谚语：腊鼓鸣，春草生。村人并击细腰鼓作金刚力士以逐疫。"汉侲，汉代的侲子。侲子，旧时驱逐疫鬼的人，以幼童充任，俗称童男童女。《续汉书·礼仪志》："先腊一日，大傩，谓之逐疫，中黄门倡，侲子和曰：……"《后汉书·和熹邓皇后纪》注："侲子，逐疫之人也。"屠苏，酒名。旧时习俗，农历正月初一饮屠苏酒。苏轼《除夜野宿常州城外二首》："但把穷愁博长健，不辞最后饮屠苏。"查慎行

注:"《容斋随笔》:今人元日饮屠苏酒,自小者起,固有来处。后汉李膺、杜密以党人同系狱,元旦饮酒曰正旦,从小起。《时新镜书》:董勋曰:'俗以小者得岁,故先贺之。老者失时,故后饮。'顾况诗:'手把屠苏让少年。'方干云:'才酌屠苏定年齿,坐中皆笑鬓毛斑。'然则尚矣。东坡云'但把穷愁博长健'云云,其义亦然。"此用其意。宋聋,指耳聋。《左传·宣公十四年》:"申舟以孟诸之役恶宋,曰:'郑昭、宋聋。'"

② "不眠"二句:自注:"君料量家事,恒至寅初始睡,余睡至寅初即起。"知更鹤,《修文殿御览残卷》:"《春秋考异邮》曰:'鹤知夜半。'宋均注曰:'鹤,水鸟,夜半水位,感其气则益鸣也。'"掉尾蛇,喻岁尽。苏轼《守岁》:"欲知垂尽岁,有似赴壑蛇。修鳞半已没,去意谁能遮。况欲系其尾,虽勤知奈何?"

③ 未了因:苏轼《狱中寄子由》:"与君世世为兄弟,更结来生未了因。"因,因缘。

④ 芬陀:芬陀利,佛经中所说的正开放的白莲华,为人世间无。《犬毗卢遮那成佛经》一行疏:"内心妙白莲者,此是众生本心,妙法芬陀利华秘密标帜。"《大方广佛华严经》澄观疏:"如来藏识,即是香海,亦法性海,心即是华,华名种种光明。蘗偈中云:光焰成轮。"大轮花:《阿弥陀经》:"池中莲华,大如车轮,青色青光,黄色黄光,赤色赤光,白色白光,微妙香洁。"

⑤ "子龙"二句:自注:"余赘姻成都日,尝用苏诗'我家江水初发源,宦游直送江入海'意,得句云:'我行从海若,直上访岷源。'今又与君居海上十年,江海首尾,与我二人踪迹若有异缘者。成都甥馆,在子龙塘。"

⑥ 华存:即魏夫人,晋司徒魏舒之女,名华存,字贤安,住世八十三年。传说她于晋成帝咸和九年为太乙玄仙遣车迎去,后又白日升天。见《太平广记》。此借指李夫人。

⑦ 韫秀:唐元载之妻王氏,字韫秀,王缙之女。苏鹗《杜阳杂编》:"初,王缙镇北京,以韫秀嫁元载,岁久而见轻忽。韫秀谓夫曰:'何不增学?

妾有奁幌资装,尽为纸笔之费。'元遂游秦。妻请偕行,曰:'路扫饥寒迹,天哀志气人。休淋离别泪,携手入西秦。'"据王蘧常《沈寐叟年谱》:"同治十一年壬申夏,李逸静夫人来归。蓼生方伯时官四川川东道。公航海南来,由沪溯江西上,至成都就姻。……既偕夫人同还京师,夫人即质衣饰,供菽水。自是内助得人,益得专心劬学。"此即以韫秀事指李夫人。

⑧ "荠甘"句:《诗·邶风·谷风》:"谁谓茶苦,其甘如荠。"荠,荠菜。

⑨ "松茂"句:陆机《叹逝赋》:"信松茂而柏悦。"

⑩ "身世"句:自注:"舅嫂夏宜人语。"平话,宋元以来民间伎艺的一种。纪昀《阅微草堂笔记》自注:"优人演说故事,谓之平话。《永乐大典》所载尚数十部。"

⑪ 梦粱:黄粱梦。沈既济《枕中记》载:书生卢生,途经邯郸,宿于客舍。因自叹穷困,同店吕翁给一枕。卢生就枕入梦,历尽荣华富贵。梦醒,店家黄粱饭尚未煮熟。此喻人生短暂而虚幻。

⑫ 牛衣:用汉代王章典。《汉书·王章传》:"章为诸生,学长安,疾病,无被,卧牛衣中。与妻诀,涕泣。后为京兆尹,欲上封事,妻曰:'人当知足,独不念牛衣中涕泣时耶?'"注:"牛衣,编乱麻为之,即今俗呼为龙具者。"鸿案:用东汉梁鸿孟光典。《后汉书·梁鸿传》:"孟氏女始以装饰入门,七日而鸿不答。妻乃跪床下请。鸿曰:'吾欲求衣褐之人可与俱隐深山者。尔今乃衣绮缟,傅粉墨,岂鸿所愿哉?'妻乃更为椎髻,著布衣,操作而前。鸿喜曰:'此真鸿妻也。'字之曰德曜,名孟光。"又"每馈食,举案齐眉。"

⑬ "谱里"句:见前《题沅叔诗稿即送北归》诗注㊴。

每日至戌亥子时，神情特定，口占小诗，
奉呈倦翁，目力则眊眊大损也

黄叶飘如蝶，青冥逝不遐①。秋心停病榻，缺月皎窗纱。药议烦良友②，杯瓷溢乳花③。聊将清夜思，不尽报君家。

【题解】

　　本诗作于民国十一年(1922)秋，时居上海新闸路寓庐。诗为曾植绝笔。据王蘧常《沈寐叟年谱》："(九月)二十七日，又患脚肿，自谓病中心象，如太空虚静，纤云不染。次晨即不能起，于是病益革，心房跳动，声微不可闻。十月初二日蚤起，自云昨夜睡极好，又云梦境极佳。至晚，病忽变，至初三日丑时遂薨。"诗题倦翁，谓余肇康。肇康字尧衢，号倦知，湖南长沙人。光绪十二年(1886)进士，官江西按察使。近代诗人，有《敏斋诗存》。题中之眊(帽 mào)，据《说文》："眊，目少精也。"

【注释】

① 青冥：青天。《楚辞·九思》："曾逝兮青冥。"
② 药议：药方。《梦溪笔谈》有《药议篇》。
③ 乳花：烹茶所起的泡沫。曹邺《故人寄茶》："香泛乳花轻。"

附 录 一

清史稿本传

沈曾植字子培，浙江嘉兴人。光绪六年进士，用刑部主事。事亲孝，母多疾，医药必亲尝，终岁未尝解衣安卧，遂通医。迁员外郎，擢郎中。居刑曹十八年，专研古今律令书，由《大明律》、《宋律统》、《唐律》上溯汉、魏，于是有《汉律辑补》、《晋书刑法志补》之作。曾植为学，兼综汉、宋，而尤深于史学掌故，后专治辽、金、元三史及西北舆地、南洋贸迁沿革。寻充总理衙门章京。中日和议成，曾植请自借英款创办东三省铁路，时俄之韦特西比利亚铁路尚未建议也。不果行。母忧归，两湖总督张之洞聘主两湖书院讲席。

拳乱启衅，曾植与盛宣怀等密商保护长江之策，力疾走江、鄂，决大计于刘坤一、张之洞，而以李鸿章主其成，所谓"画保东南约"也。旋还京，调外交部，出授江西广信知府。曾植为政，知民情伪而持之以忠恕，故事治而民亲。历署督粮道、盐法道，擢安徽提学使，赴日本考察学务。三十二年，署布政使，寻护巡抚。值江、鄂、皖三省军会操太湖，而适遭国恤，群情恟恟，民一日数惊，城外炮马兵又哗变。曾植闻之，登城守御，檄协统余大鸿驰入江防，楚材兵舰击毁东门外炮兵壁垒，黄凤岐夺回菱湖嘴、大药局，一日而乱定。

曾植在皖五年,重治人而尚礼治,政无巨细,皆以身先。其任学使,广教育,设存古学堂。又兴实业,创造纸诸厂。会外人要我订约,开铜官山矿,曾植严拒之。未几,贝子载振出皖境,当道命藩库支巨款供张,曾植不允,遂与当道忤。宣统二年,移病归。逊位诏下,痛哭不能止。丁巳复辟,授学部尚书,事变归,卧病海上。壬戌冬卒,年七十三。著有《海日楼文》《诗集》。

学部尚书沈公墓志铭

谢凤孙

先生讳曾植,字子培,又字乙庵。东轩、寐叟,晚年所自号也。浙江嘉兴人。曾祖学楷,邑庠生;祖维鐈,工部侍郎;父宗涵,工部员外郎,皆以先生贵,赠光禄大夫。曾祖母陈,祖母顾、虞,母叶、韩,俱赠一品夫人。

先生八岁伤父,哀毁如成人。稍长,事母韩太夫人,以孝闻。兄弟四人,幼与伯兄子承先生、叔弟子封先生、季弟子林先生友爱,至老益笃。子封先生者,凤孙壬寅乡试为所得士也。

先生自大父官京师,遂家焉。大父没,无馀资,父光禄公以候补员外留滞京师,复蚤世,家益贫,无常师,先生昆季少受学于韩太夫人,先生宦学既成,太夫人亦没。先生以孝养不能逮亲,遇家祭必泣。至年五十,奉光禄公及韩太夫人枢回里合葬,哀毁同于初丧。至七十,则凡子姪辈与夫亲好之远别者,莫不凄然于面,至有垂涕者。

先生自少以文学名京师,通籍后,内而郎署,外历郡守、监司、权巡抚事,儒宗学府,久为当世所推。其在刑部,由主事迁郎中,前后十八年,其时兼充总理衙门章京。先生既精今律,复考古律令书,由大明律、宋刑统、唐律以上,治汉魏律令,著有《汉律辑补》、《晋书刑法志补》,而尤究心于通商以来外交沿革。先生在官,实事求是,不苟于职守类如此。

先生自幼居京师,周知君国大计,甲午和议成,先生请假英款,创办东三省纵贯铁道,事在俄国韦特西比利亚铁路建议之前。恭忠亲王、李文忠公韪其议,将合辞奏请,沮于某巨公,识者惜之。丙申之冬,俄势方张,谋我黑龙江渔业航务,先生独洞照隐微,力驳其事,俄使为沮。丁酉,遭母忧回籍。至庚子拳匪乱作,两宫西狩,先生恐东南有变,乃奔走宁、鄂,密与刘忠诚、张文襄谋中外互保之策,长江赖以无事,事定而人不知其谋多出于先生。壬寅,始还刑部供职,时外交立专部,奉奏调至外务部,补和会司员外郎。明年,简江西广信府,始去京师,其官江西也。巡抚柯公逢时重器先生,大事必咨之,三年之间,由广信府而南昌府,而督粮道,而盐巡道,而按察使,未几,简安徽提学使以去,历官多而施政未久,赣人思之至今。明年署安徽布政使,又明年,护理巡抚。

先生之治安徽也,凤孙实从之学,安徽界吴楚枢纽,长江上下,地狭而民嚣,往来奸宄,薮窟于兹,常思窃发,以快其所欲。光绪丁未,既有恩抚军之变矣,明年戊申之秋,抚军再易,讹言岌岌,先生以布政使权巡抚事,财两阅月耳,先生烛几以理,应诈以诚,鼻部猾魁,众视为不可犯者,措注谈笑之间,乃无不委身听命。而忠朴良士,翕然有所恃为依归。先生抚循折慑,众心稍稍定矣,代者慭焉,掣乱其事。先生谢抚篆方兼旬而炮营变作,黑夜攻城,久乃益烈,吏民震骇,自巡抚以下,靡不张皇失措,而先生率僚属中夜登陴,巡防达旦,独从容闲暇若行所无事者。翼日,贼果溃散城外,居民鸡犬无惊,城内商旅如故,人以是服先生。事定,新抚饰报朝廷,朝廷录靖难功不及先生,先生亦终不自表襮,独皖之人身受其福,不能自已,则莫不感激欢呼,走而相告,谓今日之事,不糜一饷,不折一矢,救平大难于几先者,实皆先生总揽全局,区画周至,故人乐为之效,而先生不为所惊惧也。

当此之时,南皮相国张公,内预军机,而先生寄命江表,天下之士,喁喁向慕,相聚而言曰:今日文章道德、学问经济,可以为世法者,北则张公,南则先生。物望所归,四海两人而已。张公旋薨于位,先生亦去官。去甫期年,而国破君危,竟至不可收拾如此。自此先生拳拳君国之心,日益深,力益勤,志乃益苦矣。

先生之谋复辟也,自辛亥至壬戌没之岁,凡十一年,祷帝吁天,见事有可为则喜,见事无可为则哭,精诚所积,触发循环,盖十一年如一日也。海内慕先生之风而起者踵相接,奔走戮力,多聚谋于先生。病革时犹强起作书与张忠武公勋,为皇室谋久远计,书已而怵不可止,至是先生之病益不支矣。

丁巳五月之役,力疾冒暑,行数千里,既至京师,召见,授学部尚书,而文章道德、学问经济,亲膺褒嘉,然则先生之学,海内士大夫翕然服之,朝廷嘉之,固已至矣,而不意见称于东西学者之书,尤有加乎是者。德国学者恺士林,曩谒先生,纵谈良久,其著述言先生事至悉,至推先生为"中国圣人",东瀛则服从先生者尤夥,至有以先生字名其书者。其没也,东西学者闻而惜之,同于中国,《诗》所谓"自西自东,自南自北,无思不服"者,岂虚语哉!先生所著有辽、金、元三史及西北舆地若干卷,《海日楼诗文集》若干卷,《曼陀罗龛词》二卷,《札记》若干卷,渐次刊行,以垂永久。

先生卒于壬戌十月初三日,享年七十有三。配李夫人,云南布政使德懋之长女,渊懿善小楷书,终日写经,后先生五年卒,享年七

十有八。先生以癸亥十一月葬于榨蓊村祖茔，李夫人以丁卯十月
祔，礼也。子男一人，颍，三品荫生，中书科中书；女一人，适浙江巡
警道泗州杨士燮之子杨毓琇；孙男二人，堮、坚；孙女一人。

凤孙从先生游近二十载，于先生学不能窥见万一，而先生念爱
至深，嗣复以武氏外孙女字吾次男，武氏女生长先生家，李夫人实
爱怜之，及期纳聘，亦以先生名主之云。铭曰：

纳川成海，隐德犹龙。峨峨天柱，畴究始终。夷夏骈罗，异俗
同折。偏译翘儒，钦若圣哲。钻之仰之，步趋无从。亦狂亦狷，亦
隘不恭。扶纲振常，大志未遂。临令遗书，碧血凝字。忠不间孝，
孺慕终身。七十念母，号泣如婴。砭古箴今，轶前启后。窃取一
二，足以不朽。神归十地，声施九有。海内学子，如伤慈母。江海
冥灭，山林长往。福荫后昆，视此吉址。滮湖之侧，长水之旁。千
秋万祀，黍稷馨香。

沈曾植年表

沈曾植，字子培，号乙盦，晚号寐叟，别号薏盦，檍盦、乙僧、乙
叟、寐翁、睡庵、睡翁、逊斋、逊翁、耄逊、巽斋、遯叟、李乡农、余斋老
人、茗香病叟、㠓卿、皖伯、宛委使者、菩提坊里病维摩、释持、梵持、
建持、持卿、随庵、守平居士、谷隐居士、浮游翁、恒服、其翼、楚翘、
东轩、东轩支离叟、㶉𪆟、㶉庸、袍遗、兑庐、东湖盦主、㝠者数长、姚
埭老民、蕳轩、瘿禅、瘿翁、东畮小隐等。浙江嘉兴人。先世籍盐
官，明成化间有用霖者，自盐官迁嘉兴郡城外长水塘。三传至应
儒，始迁居郡东门外熙春桥，为曾植十一世祖，子姓渐蕃。

五传至廷煌,字映渠,郡庠生,为曾祖之高祖,配诸。

曾祖名学垲,字自堂,邑庠生,配陈。

祖维鐈,字鼎甫,号子彝,嘉庆七年进士,授编修,官至工部左侍郎,学者称小湖先生,有《补读书斋遗稿》十卷。配顾(无出)、虞。

父宗涵,字俨伯,官至工部都水司员外郎,配叶(未娶前卒)、韩。

仲父宗济,字廉仲,官至广东连州直隶州知州,无子,以宗涵季子曾樾嗣。

曾植兄弟四人,伯曾棨,初名曾庆,字子承,号戟廷;曾植仲;叔曾桐,字子封,号同叔,一号欂窬;季曾樾,字子林。

女兄二人,皆早殇。男女行则曾植居四,故乡里又称之为四先生。

道光三十年庚戌(1850)　一岁

二月二十九日酉时,生于京师南横街寓次。

时父宗涵三十二岁,祖维鐈没后一年,洪秀全起事之年,鸦片战争后之三年。

咸丰元年辛亥(1851)　二岁

十二月八日,祖维鐈(司空公)葬于郡城南门外王店北七里十八庄榨蔀里之阡,移顾、虞两夫人之殡祔焉。

咸丰二年壬子(1852)　三岁

咸丰三年癸丑(1853)　四岁

九月,弟曾桐(子封)生。

咸丰四年甲寅(1854)　五岁

咸丰五年乙卯(1855)　六岁

十月,季弟曾樾(子林)生。

咸丰六年丙辰(1856)　七岁

曾植七、八岁时,除夕仰见三星,辄凄然泪下。

咸丰七年丁巳(1857) 八岁

五月十八日,父宗涵没于京师工部候补员外郎都水司行走任上。先是祖、父两代,居官廉,至是益困,家无恒师。受业师,自俞功懋、高伟曾两大令,罗学成中书外,多不能考其受业年月。据曾植庚辰会试硃卷,受业师有孙堃训导春洲、周曰桢明经克生、王宝善教授楚香、俞功懋大令幼珊、高伟曾大令傿生、秦琛嵯尹皖卿、阮尧恩大令际生、朱麟泰刺史厚川、周曰簠孝廉饬侯、王绰主事莘锄、罗学成中书吉孙,及长兄曾棨大令,凡十二人,多不可年系。

鞠于韩太夫人。太夫人灯下课义山诗,成诵始寝,通音韵之学自此始。

咸丰八年戊午(1858) 九岁

咸丰九年己未(1859) 十岁

是年仲父宗济自里中入都。

咸丰十年庚申(1860) 十一岁

夏,洪秀全军入嘉郡。里中藏书多被毁。

秋、英法联军入寇,陷大沽炮台,据天津,自通州进窥京师。曾植侍韩太夫人暨仲父宗济避往昌平。

一日从宗济姑婿李德莪(字蓼生)登昌平州城楼,四山黯黮,时初闻圆明园警,虽童幼甚惨怛。

咸丰十一年辛酉(1861) 十二岁

是年,从同里俞功懋大令(字策臣、号幼珊,海盐人,优贡,官广东知县)受《小戴礼》、唐人诗歌凡半载。

韩太夫人为曾植聘姑婿昆山李德莪女。德莪将出守贵州遵义府,文定始出都。韩太夫人授曾植高叔祖廷耀手批本《渔洋山人精华录》,晨夕几案,未尝离去。

穆宗同治元年壬戌（1862） 十三岁

秋，从仁和高伟曾（字儁生）大令开笔，自谓平生诗词门径及诸辞章应读书，皆禀高指授推类得之。先生多交游，暇则蝇头字抄张溥《通鉴纪事本末论》、谷应泰《明史纪事本末论》，曾植因是知明季复社文学。是时王砚香先生馆于曾植舅家，二先生日为诗词唱和，曾植私摹仿为之，匿书包布下。伟曾察得之，笑且戒曰："孺子可教。俟他日，此时不可分心也。"曾植知抗厉自此始。

是年，宗济游宦粤东。

同治二年癸亥（1863） 十四岁

春，高伟曾辞馆去。

同治三年甲子（1864） 十五岁

六月，太平天国亡。

同治四年乙丑（1865） 十六岁

同治五年丙寅（1866） 十七岁

是时颇有广交游、侈结纳之意。既而悔之。

同治六年丁卯（1867） 十八岁

是时家困甚。以祖传初拓《灵飞经》（钱泰吉称为第一沈家本者）质米于估家，才朱提三十铢耳。

同治七年戊辰（1868） 十九岁

是年，从钱唐罗学成（字吉孙）中书游，才数月。

同治八年己巳（1869） 二十岁

曾植天性嗜学，目数行下。于学无所不窥，自少即沈潜义理，承祖维鐈之绪，既又尽通清初及乾嘉诸家之说。尤深于史学掌故，博学详说，恒废寝食。家贫体弱，冬日无絮衣，手指僵裂，终不释卷。晚年有腰痹疾，以此。

同治九年庚午（1870） 二十一岁

秋,以太学生应顺天乡试,同考官罗家劭(字绎农)得曾植及闽县王仁堪(字可庄)卷,诧为奇才,荐于主司。曾植报罢,罗大惋惜。

同治十年辛未(1871)　二十二岁

同治十一年壬申(1872)　二十三岁

夏,李逸静夫人来归。时岳父德莪方官四川川东道。曾植自京航海南来,由沪溯江西上,至成都就姻。偕夫人同还京师,经紫柏岭,谒留侯祠,泉石清绝,徘徊不忍去。

既还京师,夫人即质衣饰,供菽水。自是内助得人,益得专心劬学。偶为应世之文,有誉于京师。

同治十二年癸酉(1873)　二十四岁

秋,曾植领顺天乡荐,中式第二十二名。

座主为协办大学士刑部尚书全庆、左都御史胡家玉、吏部右侍郎童华、户部左侍郎潘祖荫。

同治十三年甲戌(1874)　二十五岁

是年,薄游太原。

德宗光绪元年乙亥(1875)　二十六岁

曾植在乙亥、丙子之间,始为蒙古地理学,得张氏《蒙古游牧记》单本、沈氏《落帆楼文稿》,以校鄂刻《皇舆图》、李氏《八排图》,稍稍识东三省、内外蒙古、新疆、西藏山水脉络。家贫苦,无书,无师友请问,独以二先生所称述为指南,《秘史》刻在《连筠簃丛书》中,时价十二两,非寒儒所能购读。一日以京蚨四千,得单印本于厂肆,挟之归,如得奇珍,严寒挑灯,夜漏尽不觉也。

曾植尝言所由粗识为学门径,近代诸儒经师人师之渊源派别文字利病得失,多得之武进李兆洛及乡先辈钱仪吉先生文集中,两先生吾私淑师也,而钱先生同乡里为尤亲。举凡钱先生之敩历志事,与夫音容笑貌,性情嗜好,往往有小闻琐语,覆而证诸文字空曲交会之中,先生之微尚渊思,若亲接于謦欬,若从先生上邱陵而从其指向,其乐意乃每得之意外。而视俗尚所趋,当代文人所标持为职志,而哗宠一时者,又若先生时时为其抉利弊,学在此不在彼也。同此志同此乐者,则有表弟李传元(桔农)提法与弟曾桐提法。时两提法治算学,曾植治地理书,三人各有专家,而文学指归,壹折衷于钱氏。

光绪二年丙子(1876)　二十七岁

是年,弟曾桐游东省归。曾植始闻诗有二李晚唐之说。

光绪三年丁丑(1877)　二十八岁

是年赴粤,省觐叔父宗济于广州。

是行得谒见陈澧(兰甫),讲学甚契。

光绪四年戊寅(1878)　二十九岁

光绪五年己卯(1879)　三十岁

登乡荐后得候选部寺司务。

光绪六年庚辰(1880)　三十一岁

夏,中式第二十四名贡士。

正考官为户部尚书景廉,副考官为工部尚书翁同龢,吏部左侍郎宗室麟书,兵部左侍郎许应骙。

浙江凡得二十五名。

殿试第三甲第九十七名,赐同进士出身,朝考第二等第二十二名,钦用主事,观政刑部,签分贵州司行走,始得备甘旨养,而菲食缊袍如故。自是曾植名益隆,先后得交朱一新(蓉生)侍御、袁昶(爽秋)太常、李文田(仲约)侍郎、黄体芳(漱兰)侍郎、宗室盛昱(伯熙)祭酒、文廷式(道希)学士、王鹏运(幼遐)侍御、李慈铭(莼客)侍御,与慈铭讲习尤契,人称沈李。初,曾植会试第五策问北徼事,罄所知答焉,卷不足,则删节前四篇以容之。日下稷清场而后交卷。

归家自喜曰:"此其中式乎?"长沙王先谦(益吾)祭酒、会稽朱逌然(肯甫)分校闱中,榜发语人曰:"闱中以沈李经策冠场。"常熟翁同龢尚书尤重沈卷为通人。李负盛名,而沈无知者。某君曰:"嘉兴沈氏其小湖侍郎裔乎?"尚书于谒见时特加奖借,而王、朱两先生之言,传诸学者。慈铭相见亦虚心推挹。于是曾植于蒙古地理学,自谓稍稍自信。

先是曾植已湛精今律,至是更深究古律令书,由《大明律》、《宋刑统》、《唐律》以上治汉魏律令,长安薛允升(云阶)尚书推为律家第一,尝为薛作《汉律辑存》,书已佚,又补《晋书·刑法志》一卷,亦佚。

冬,归里。

光绪七年辛巳(1881)　三十二岁

正月初六日舟泊高邮。十四日泊广陵。

经沪上,于书肆得从伯曾祖叔埏(带湖)司勋《颐綵堂诗文》全帙。凡诗文十六卷,律赋二卷,维镌督楚学时所刻也。板久毁于咸丰庚申之乱。

夏,自里赴粤省宗济于广州,携《颐綵堂文集》往,谋重锓。

曾植久居北,便习之,归里无田庐可依,辄复思北。

秋,访族兄璋宝(达夫)广文于苏州,游天平,坐僧房,听泉声,欣然意会。卧广文斋中,六日,论当世诸君子事业学术得失。

冬,还京师。

光绪八年壬午(1882)　三十三岁

是年读书始为劄记,题曰《护德瓶斋涉笔》,泰半论西北地理。

光绪九年癸未(1883)　三十四岁

冬,《颐綵堂全集》刻成于广州。

光绪十年甲申(1884)　三十五岁

是年藏书被窃,所失皆善本。时寓宣南珠巢街。

夏,法国与清政府和战事反覆,中外疑讧,都中大夫泄泄如故。曾植慨然于人情之变幻,因举似东坡诗,谓李慈铭曰:"'微波偶摇人,小立待其定',为我辈说法也。"①

光绪十一年乙酉(1885)　三十六岁

秋,为广东乡试预拟策问,问宋元学案及蒙古事,场中无能对者。粤城传之。

弟曾桐以太学生中式顺天乡试。中秋会诸名士于陶然亭,盛极一时,人或拟之稷下。

光绪十二年丙戌(1886)　三十七岁

夏,弟曾桐成进士,朝考用庶吉士,在京有名,人称二沈。

自癸未至丙戌年间,侯官陈衍(石遗)在北京闻王仁堪(可庄)、郑孝胥(太夷)诵曾植诗,相与叹赏,以为同光体之魁杰。同光体者,陈、郑二人戏称同光以来诗人不墨守盛唐者。

光绪十三年丁亥(1887)　三十八岁

是年读元《经世大典西北地理图》,定为回回人所绘,因条其可考之迹,参互群书,证以今地,方域城邑,炳然可观。十一月作《经世大典西北地图书后》。

光绪十四年戊子(1888)　三十九岁

是年南海康有为(长素)孝廉上书请变法,朝野大哗,将隶捕。曾植力净其括囊自晦得全。

康常自命为圣人,独严惮曾植,踰数日必造谒焉。曾植待之不即不离。一日康发大言,曾植微哂曰:"子再读十年书,来与吾谈可耳。"康颜渥而退。

---

① 此条出《越漫堂日记》。"微波喜摇人,小立待其定",乃陈与义诗,李慈铭记误。

光绪十五年己丑(1889)　四十岁

是年兼充总理各国事务衙门俄国股章京。

初曾植既通西北舆地有声,日本那珂通博士尝因文廷式(道希)学士介就曾植问。曾植以中原音切蒙古文之音授博士,博士录写而去。嗣后又旁及四裔舆地之学,自西伯利亚、内外蒙古、伊犁、新疆以迄西藏、西域并南洋贸通沿革遂及四国事,世界大势,莫不洞然于胸中。先后有《蛮书》、《黑鞑志》、《元朝秘史》、《长春真人西游记》、《蒙古源流》各笺注、《皇元圣武亲征录校注》及《岛夷志略广证》之作。《亲征录》本乃辗转传抄得之,于是曾植乃知《元史本纪》所从来,知作此书人曾见《秘史》,而修《元史》人未曾见《秘史》也。互相印证,识语眉上,所得滋多。袁昶太常为洪钧(文卿)侍郎搜访元地理书,假曾植抄本传录,遂并眉端识语录以去。侍郎后自欧洲归,先访曾植,研究元史诸疑误,前贤未定者,举曾植校语。曾植曰:"单文孤证,得无凿空讥乎?"侍郎笑曰:"金楷理谓所考皆主确。"金偕理者,英博士而充使馆翻译,地理历史学号最精。李文田侍郎自粤反都相诹问曾植于此书所未了者,李亦引以为憾而无他本校之,盖李所据亦何氏校本,与此本同出一源也。《广证》就汪大渊书以新旧各图证之,以考见南洋各岛唐宋迄今之航路,并考见西洋人所建商埠,亦即古来商贾汇萃之区,尤发前人所未发。至是探讨益勤。曾植早又沈潜有宋诸子之学,久之并旁通二氏,互相证发,所得益深。

夏,康有为将反粤,曾植规其气质之偏,而启之以中和。又谓君受质冬夏气多,春秋气少。康书谢,有云:"公体则博大兼举,论则研析入微,往往以一二语下判词,便如铁铸。非识抱奇特,好学深思,不能及此。生平所见人士,自陈君庆笙外,未之睹闻,一时寡俦也。但文理密察者多,而发强刚毅者少,论说多而负荷少,得无气质和柔之故耶?"

七夕偕王颂蔚(苕卿)、冯煦(梦华)、袁昶、刘云(佛青)游南湖,泳观荷花。

弟曾桐庶吉士散馆授职编修。

光绪十六年庚寅(1890) 四十一岁

五月,弟曾樾自粤来,曾植适在病中。七月,曾樾去,曾植又病。

光绪十七年辛卯(1891) 四十二岁

冬,迁员外郎。

光绪十八年壬辰(1892) 四十三岁

春,擢江苏司郎中。

二月,叔父宗济卒于广州。为袁昶序《安般簃集》。曾植壮岁诗文学,与李慈铭、袁昶最有渊源,论诗与昶尤契。两人取径,未尝有二。

光绪十九年癸巳(1893) 四十四岁

春,见《中亚洲游记》译本于李文田侍郎斋中,侍郎以批本见示,属更详考,因签记数事于卷中。

秋,洪钧卒。临殁以《元史译文证补》清本属曾植及陆润庠曰:"数年心力瘁于此书,子为我成之。"

是年,俄罗斯使臣喀西尼以俄人拉特禄夫《蒙古图志》中《唐阙特勒碑》、《突厥苾伽可汗碑》、《九姓回鹘受里登啰汩没密施合毗伽可汗圣文神武碑》影本,送总理各国事务衙门,属为考释。曾植时在译署,因作三碑跋以覆俄使,俄人译以行世。西人书中屡引其说,所谓总理衙门书者也。于是三碑始渐著于世。

光绪二十年甲午(1894) 四十五岁

夏,校刻《中亚洲俄属游记》成,序之。

七月,给事中余晋珊等劾康有为惑世诬民,非圣无法,请焚《新学伪经考》,上谕禁毁。时康弟子梁启超(卓如)联公及盛昱(伯熙)、黄绍箕(仲弢)营救无效。

是年朝鲜内乱,清廷遣兵援之,与日本遇,遂开衅,海陆军皆败绩,朝野洶惧。曾植忧忿,默与诸名流筹保国强本之策。

十一月,李慈铭卒于京师。

光绪二十一年乙未(1895) 四十六岁

陆润庠丁忧家居,取洪钧《元史译文证补》清本重斠付梓,寓书曾植商体例。

四月,割台湾及澎湖列岛,与日本和。东省无事。曾植请自假英款创办从贯铁道事,恭亲王奕䜣、大学士李鸿章(少荃)韪其议,书上,将合辞奏请,沮于某巨公,识者惜之。

七月,与陈炽(次亮)郎中、丁立钧(叔衡)编修、王鹏运(幼遐)侍御、袁世凯(蔚廷)观察、文廷式(道希)学士、张孝谦(巽之)编修、徐世昌(菊人)编修、张权(君立)刑部、杨锐(叔峤)中书及弟曾桐同助康有为开强学会于京师,为作序文。

十一月说户部尚书翁同龢开学堂,设银行。

光绪二十二年丙申(1896) 四十七岁

冬,俄罗斯皇尼古拉第二初即位,势张甚,欲谋我黑龙江渔业航务。曾植独洞烛隐微,力驳其事,俄使为气沮。其余密自献替,时论传闻,十不逮一。

光绪二十三年丁酉(1897) 四十八岁

八月二十九日韩太夫人没于京师。

先是太夫人晚年多病,曾植侍疾,衣不解带,医药必亲尝,安则始安,食然后食,用是遂通医理,能自处方,别具妙悟。及母没,哀毁骨立,剧病累年。

是时浙江温处兵备道袁世凯方在天津小站督练新建陆军,军有重任,欲以委曾植,且以墨经不避兵戎为言,曾植谢之。

十月,德意志攘我胶州湾,国人噤不声。时康有为吊曾植于丧次,曾植涕泣趣曰:"公宜言!"于是康复上万言书,言自强变法。

光绪二十四年戊戌(1898) 四十九岁

三月,扶父宗涵暨韩太夫人枢南归。时康有为寖大用。曾植濒行遗短简曰:"试读《唐顺宗实录》一过。"康默然。

四月,寓上海,晤文廷式。

时少年喜言《春秋》,推《公羊》之义,以贯究西学,其言巧辩,亦颇有骇听者,老师宿儒,遂因此而讳言《公羊》。曾植曰:"此则因噎而废食也。"曹元弼(叔彦)编修治《孝经》,谓公欲以挽此颓风,曾植曰:"甚善。夫子言吾志在《春秋》,行在《孝经》,学者知此,乃可言《公》、《穀》微言耳。"

五月,湖广总督张之洞(香涛)聘曾植主武昌两湖书院史席,寓武昌纺纱官局西院。问无不答,答必详尽,学者服之。

八月,复应湖南巡抚陈宝箴(右铭)之约,至长沙。政变作,为《野哭》五首。曾植每闻朝政,忧居深念,心为之瘁。

初曾植论学尚实用,于人心世道之隆污,政治之利病,必穷其源委。词章之学,若不屑措意者,有作即弃斥。至是陈衍(石遗)亦来武昌,相见谈诗,意不能无动。曾植自言吾诗学深而诗功浅,夙喜张方昌、玉溪生、山谷《内外集》,而不轻诋前后七子。衍乃谓君爱艰深,薄平易,则山谷不如梅宛陵、王广陵,因举《宛陵集》残本为赠。曾植于是亟读宛陵、广陵诗。

郑孝胥亦在汉口,曾植与衍常过江相访,孝晋亦来武昌访二人,暇时相督为律诗。

光绪二十五年己亥(1899) 五十岁

四月归里。合葬父宗涵暨韩太夫人于郡城南门外榨篰村之祖茔。

重九复至武昌，江行逢胠箧，失书帖数十种。

张之洞馆曾植城南水陆街之姚园，树石苍润，庭宇轩豁，园多盆花，皆颠本之由蘖者，磥砢轮囷，婆娑怪伟，察众株枝多接成，天生者仅半之。《尔雅》曰："痝木符娄。"乃名其园"曰株园"，室曰"符娄庭"。

深秋病疟，逾月不出户，乃时托吟咏，与陈衍寓庐相密迩，有作必相夸示，常夜半叩门。至冬已裒然积稿百余首，以居命之为《符娄庭漫稿》。

曾植精熟佛典，自憙其《病僧行》一首；论诗宗旨，略见《寒雨积闷杂书遣怀》一首。

与陈衍创诗有三元之说，盖谓开元、元和、元祐，曾植以为皆外国探险家觅新世界开埠头本领。民国后，又易开元为元嘉，称三关，常以此教人，谓通此始可名家，务极其变，以归于正，不主故常。

光绪二十六年庚子(1900)　五十一岁

三月，自武昌挈眷东归。过汉上，与郑孝胥同登鲁山赋诗。

丁母忧服满，五月自里北征，将还刑部供职，闻京津混乱，乃停于上海，主沈瑜庆家。痛北事不可救，以长江为虑。与督办商约大臣盛宣怀(杏荪)、沈瑜庆、汪康年(穰卿)密商中外互保之策，力疾走金陵，首决大计于两江总督刘坤一，来往武昌，就议于两湖总督张之洞，而两广总督李鸿章实主其成。订东南保护约款凡九条。

六月，有扬州之行。旋还上海。

七月，吏部侍郎许景澄(竹筼)、太常寺卿袁昶被杀。联军入都，西太后及光绪帝西奔。

九月，李鸿章被命为和议全权大臣，至沪上，约曾植同行，因病未果。或告李以袁、许二人死事,李称曾植字而喟然曰:"倘某不出京,恐亦不免此祸矣。"

十月,病冬温,至腊初始愈。又往扬州。

除夕,溯江至十二圩大兄曾棨(子丞)大令官舍度岁。

光绪二十七年辛丑(1901)　五十二岁

春,盛宣怀约作沪游,刘坤一又约至金陵,属拟奏稿。其目凡十,曰:设议政、开书馆、兴学堂、广课吏、设外部、讲武学、删则例、重州县、设警察、整科举。凡八九千字。

又赴武昌应张之洞之招。

七月,任上海南洋公学监督,添设政治科,由师范生及中院之高级生选入之。

八月,大学士直隶总督李鸿章卒。

朝命改订商约,盛宣怀悉以约稿诣曾植商榷,每易一字,未尝不称善行之。

十一月,两宫回銮。南洋公学附设东文学堂于虹口,曾植聘上虞罗振玉(叔言)为监学,日本藤田丰八(剑峰)博士为教习。李夫人赴粤,晤曾樾夫妇于广州。

光绪二十八年壬寅(1902)　五十三岁

正月,辞南洋公学监督。

还刑部供职,寓京师上斜街。名其书斋曰"紫蕳"。

时初改总理各国事务衙门为外务部,即奉奏调补外务部和会司员外郎。在刑部,前后凡十有八年,及奉调,忠勤一如前日。时新旧之争未泯,南北之畛将开,曾植忧之,默自调停,人都不省。

三月,嗣曾樾季子颍为后,并乞其季女为女,李夫人挈之北上,回京。时颍方五岁,曾植字之曰慈护。女后适泗州杨毓琇。

光绪二十九年癸卯(1903)　五十四岁

正月,简放江西广信府知府。

四月,出京。闻长兄曾棨大令病笃于扬州,即遄往,已不及见。曾棨长曾植八岁,曾植幼时尝从之读。

闰五月抵赣,时巡抚柯逢时(逊庵)闻曾植来喜甚,即日檄调南昌府知府,举全省大计,虚以相从。非恒例也。曾植为政知民情伪,而持以忠恕,故事治而民亲敬。

秋,曾植议领浚东湖。

光绪三十年甲辰(1904) 五十五岁

是年,署督粮道。

光绪三十一年乙巳(1905) 五十六岁

秋,考察欧美各国宪法,大臣载泽、端方等五大臣,奏调曾植为随员。曾入都,又至武昌,后不果行。

光绪三十二年丙午(1906) 五十七岁

正月,署盐法道。时南昌天主教徒王安之,戕伤南昌县知县江召棠,人民共愤,蜂起报复,遂误伤法美基督教司铎数人,于是全城鼎沸,法美两国皆遣兵舰入鄱阳湖,势汹汹,巡抚胡廷干(鼎臣)欲任捕数人杀以塞外人之责。曾植烛其隐,持不可,外示镇静,与按察使余肇康(尧衢)力争抗论,不少屈挠,事渐定,保全实多,余肇康以此去官,曾植至电请以己官代之,一时颂风谊。

曾植素畏热恶湿,南昌湿热为江南诸郡最,遂屡患疟。

四月,简安徽提学使,留署江西按察使。八月始赴新任,随赴日本考察学务,驰驱咨谋,日不暇给。彼邦人士来请益者,虚往实归,皆厌其意以去,事毕反皖,视事期月,新旧咸和。曾植平生留意人才,先端教本,知新温故,达变立常,内自折衷,不逾世变。初在日时,甚契日本穗积博士之学说及伊藤博文之《宪法义解》,自是直欲冶新旧思想于一炉矣。

光绪三十三年丁未（1907） 五十八岁

五月，安徽巡抚恩铭被刺，一时瓜蔓所及，闾里骚然。曾植苦心默护，保全者众。

先后招致耆儒桀士如方守彝（伦叔）、马其昶（通伯）、姚永朴（仲实）、姚永概（叔节）等，时时相从考论文学。设存古学堂，取各学堂学生国文程度优胜者，聚而教之。

十二月，简署安徽布政使。时法令如毛。皖省财力有限，而新政一视江鄂为政，政举而财不伤，财给而民不病。

署有园亭台榭之胜，在内署北成园之南，有室三楹，曰双花王阁，为曾植偃息之所；西北为天柱阁，后曾植所重建，皆有记。东北为拄笏亭，官斋五楹，中为堂，曰曼陀罗室。曾植眠食于是，治事于是，燕闲接宾僚衮谋议于是。又辟方丈室于曼陀罗室之西后阶上，北通内院西厢，颜曰持明窔，为斋后退息之所。

光绪三十四年戊申（1908） 五十九岁

去年夏，弟曾桐简山西平阳府知府，未到任。本年三月奉旨以道员用，简署广东提学使，自都赴粤，道出皖江，相见至乐。

八月，护理安徽巡抚。

九月，炮马营起事。时江鄂皖三省军会操太湖县，军中蚤有异言，适遭慈禧太后暨德宗之死，群情惶惑。曾植电请巡抚朱家宝（经田）还省，即夕城外炮马营兵起事，曾植闻警，委巡防统领刘利贞以守城事宜。协统余大鸿驰入江防楚材兵舰击毁东门外炮兵阵垒，黄凤岐夺回菱湖嘴军储，火药军局督练公所胡维栋收束溃卒，令缴枪械，一日而定。

宣统元年己酉（1909） 六十岁

曾植讲求振兴实业，创造纸诸厂。外人要我订约开铜官山矿，曾植严拒之。

夏，遣皖校教习日本某君考查黄山动植，材官王某采药草于霍山，异种极多。曾植欲为两岳植物标本，未就。

四月，朝命以曾植为礼学馆顾问。

八月，大学士军机大臣张之洞卒。

时国事日非，曾植尝作僧服以欧法摄景，寄朋侪题咏以寄意。

冬，为桐城马其昶（通伯）厘定《抱润轩文集》体例，以欧西石印法印行之。

是年，遣谢凤孙（石钦）孝廉、孙荣大令赴日本东京调查租税沿革，以为亚东租税法之统系。我与日本同出于唐，而浸久浸繁，遂不能不加整理，参欧制而变通之。前事之师，莫亲切于日本，于是日本税务当局承其大藏省命，为排日讲述，并出官牍相示。

缪荃孙（艺风）编修访曾植于皖署，谋重刻编修所藏南宋饶节《倚松集》影宋本，并曾植所藏韩驹《陵阳集》倦圃旧藏本，属陶子琳开板武昌。

宣统二年庚戌（1910） 六十一岁

春，校刊宋嘉泰本《白石道人歌曲》，并附印《事林广记》卷八《音乐举要》、卷九《乐星图谱》于后，可与《歌曲》旁注字谱相证明。用安庆造纸厂新造纸印行之。

曾桐署广东布政使。

时国事益棼，曾植上书言大计，权贵恶之，留中不答。曾植抚膺叹息曰："天乎！人力竟不足以挽之邪？"适欠子载振出皖境，当道命藩库支巨款供张。曾植不允，复与当道忤。于是浩然有归志。

六月，乞退。将去，犹为皖省筹定来年度支，力维巡防军军力纪律。在皖五年，重治人而尚礼治，政无巨细，莫不先之劳之。忧瘁之余，要痹时发。疟疾不差，然仍无一日不办事，无一日不见客，无一日不讲学。虽在病中，夜睡不过二小时，于是眠食日损，步履日弱。时疆吏多以贿进,曾植独未尝有馈遗达权要,故三年署藩,不得真除。归装惟载书十万卷,人以为怪。

秋至沪,寓开封路正修里。

十月归里,隐居郡城南姚家埭新居。有阁曰驾浮,有楼曰晁采,有轩曰东轩,惟万卷埋身,不踰户阈及闻国事,又未尝不废书叹息。

十二月,为长沙张百熙订《退思轩诗集》,并序其首。百熙平生谭艺,最心折曾植。故为序之。

宣统二年辛亥(1911) 六十二岁

春,挈嗣子颎游江宁,与杨文会(仁山)居士诸君集佛学研究会。曾植尝叹"天发杀机,芸生劫劫,政治学杀机也,经济学杀机也,文学哲学杀机也。分析此时代人心原质,一话言,一思想,一动作,一合会,无不挟贪嗔痴三业以俱来。贪嗔痴者,杀种子与,救贪嗔痴者,其不可以贪嗔痴,其当以清净慈悲与。"自皖归即发此愿。留月余始归。

夏,弟曾桐简授云南提法使。曾植与弟曾樾至沪滨诣暑,寓新闸路三十三号。后曾桐不赴滇任,自粤归,亦同居焉。时国事日非,曾植忧甚,须鬓皆白。

六月,归里。

七月,浙大水,波及郡城。曾植与金蓉镜(甸丞)、诸辅成(慧僧)等筹办赈务,谓必须合官民两面组织统一聚议机关,庶几呼吸灵通,不虞隔膜。又必须与省城通气,办事人即以自治局商会农会员充之。

八月,武昌革命军起。

九月十四日浙江独立,未几,江宁光复。时曾植适患疟,闻讯力疾至沪,寓直隶路,与弟曾樾同居。

十二月二十五日,清宣统帝下诏逊位。

自是遂常侨居沪壖,惟岁时祭扫或一归里。

中华民国元年壬子(1912) 六十三岁

曾植辛亥以后,辟地海滨,若与人世间隔。常以途人为鱼鸟,阛阓为峰崎,广衢为大川,而高闳为窣堵波。春夏之交,雾晨延望,万室濛濛,如在烟海,憬然悟曰:“此与峨眉、黄山云海无异。”因作《山居图》以寓意。约陈三立(散原)同赋,而四方学者,无不欲一接其言论丰采,即异邦人士亦不远而至,中外之研儒术与梵天学者,登门请业,盖踵相接云。

七月,移居麦根路十一号。

九月归里。

中华民国二年癸丑(1913) 六十四岁

春,曾植与侨沪诸老立超社,觞咏遣日。

三月,与超社诸老修禊于樊园。

五月,南宋江西诗派韩、饶二集共六卷刻成,序之。

七月二十七日起读佛藏,成《癸丑札记》一卷。

九月,题目寓楼曰海日楼,终日盘桓,不出一室。每诵陶公“云鹤有奇翼,八表须臾还”之句,谓千载同情有如接席。尝以重阳倚栏四望,广野木落,鸿鹄之声在寥廓,喟然谓汇万象以庄严吾楼,资吾诗,诚有其不可亡者邪。他日属吴昌硕(缶庐)大令画楼图。

取《离骚》“揽木根以结茝”句,易书麦根路为木根路。是年俄罗斯卡伊萨林伯爵浼辜鸿铭(汤生)介来见于寓邸,退而作《中国大儒沈子培》一文,谓曾植殆如“意大利列鄂那德达蒲恩评论古代西欧之文明,所谓意识完全者,诚中国文化之典刑也”云云。

中华民国三年甲寅(1914) 六十五岁

三月,归里扫墓,登烟雨楼,皆有诗。

累岁袁世凯聘问不绝,曾植不应。本年世凯又有史馆总纂之招,谢绝之。

十二月移居麦根路四十四号。

中华民国四年乙卯(1915) 六十六岁

某日为嗣子颖娶昆山李德莪孙女、李传元(桔农)次女,实曾植内姪女也。

三月,海宁王国维(静安)自日本来请业,质古音韵之学,曾植因其意而邑发之。

四月归里扫墓。

本年春浙人聘曾植主重修本省通志。曾植覆书言两事:一文献有沿无革。旧志体裁完善,创稿以续旧为宜;一鄙人量力而言,所担任者,止于辛亥,苟此意见许于诸公,百年掌故之编,敢不竭其心力。定志局以十月开支,额支两万六千,主竭力樽节。

本月赴杭。定续志凡例,自乾隆元年起,迄宣统三年,议增《遗民传》、《大事记》、《大事录》,皆补前志所遗。

五月重游西湖,有诗。

十一月长孙女生。

中华民国五年丙辰(1916) 六十七岁

春,袁世凯僭称帝号,天下骚然。初曾植已洞瞩其逆迹,谋有以覆之,至是谋益力。与康有为等往来擘画,常夜以继日。

王国维复自日本来沪,与曾植过从甚频。

五月,袁世凯死。

六月,法兰西伯希和与曾植论契丹、蒙古、畏兀儿国书及摩尼、婆罗门诸教源流。曾植滔滔不绝。伯希和者,即发现敦煌石室古书之人,通汉文。

九月,为吴郡曹元忠(君直)序所为《礼议》。《礼议》,曹昔在礼学馆建议之文也。

中华民国六年丁巳(1917)　六十八岁

闰二月次孙女生。

四月,朝局阽危,各省谋独立,督军或专使群集于徐州,推前两江总督民国定武上将军长江巡阅使张勋主盟,于是勋提兵北上。

五月初七日夕闻北讯,曾植方病。初八为王某、陈某二人劫持,力疾挈嗣子颍北行,盛暑长途,喘咳不息。

比到京,十三日溥仪复辟,授曾植学部尚书。而时局旋变,二十五日事急,居法华寺。先是弟曾桐居北都,曾植北来十余日,为陈某所扼,竟未一晤,至二十六日始得见。一恸几绝,客中,无一日得离汤药。

六月,避居玉河桥美国使馆美森园。

旋又赴天津,淹流北地,乃至两月。

七月杪,航海南还。

八月,《乙卯稿》刻成。

冬大病,脚肿头重,觉梦中身象伟大,几倍于身。书史皆忘,而呼吸根蒂独坚。

涉春方愈,自后栖迟偃仰,不辄下楼,常若有所思云。

中华民国七年戊午(1918)　六十九岁

正月,次孙女殇。长孙墴生。

二月病起,作《病起自寿诗》五章。子女辈欲于二十九日曾植生辰称觞,苦禁不可。适书估董以元刻明补《乐府诗集》来,乃笑曰:“曷以此寿乃翁,百卷之书百龄兆也。”子女辈欢喜应之。

三月归里扫墓。与同里吴受福(子梨)、盛沅(萍旨)、岳廷彬(斐君)、金蓉镜(甸丞)、王部昀(甲荣)会于南湖高士祠,以欧法合摄小影,号六老图。留旬日始还沪。

秋,移居威海卫路二百十一号,题寓楼曰谷隐,自号谷隐居士。

曾植尝谓欲复兴亚洲,须兴儒术;欲兴儒术,须设立经科大学,先当创设亚洲学术研究会。本年上海有亚洲学术研究会之筹设,曾植实启之。

十一月,题其在皖时所为词曰"偎词",并序之。

中华民国八年己未(1919) 七十岁

二月,子妇李氏卒。十日起随笔札记,作《月爱老人客话》一卷。是月二十九日为曾植七十初度,亲友暨及门弟子咸拟称觞为曾植寿,曾植谢不可。海内外祝寿之文阗溢户牖,曾植以去岁《病起自寿诗》答之。

夏,移居新闸路九十一号。

四月,归里扫墓。

本年作《全拙庵温故录》。

中华民国九年庚申(1920) 七十一岁

春,为日本西本白川省三讲《尚书》,尝谓之曰:"上天之载,无声无臭。既曰无声无臭,则无物可以把持,此所谓道也。"

四月,归里扫墓。

八月,为嗣子颎续娶桐乡劳乃宣(玉初)季女。劳时避地青岛,颎往就婚。

重九节与余肇康(尧衢)、吴庆焘(宽仲)、郑孝胥诸人一试登临,触发旧恙,又加咳嗽而不欲延医,数日后忽患头痛,自觉脑中作响。医家皆谓心血太少,脑血太多,心房之力太弱,神经之用太强,虑卒中风。然神明湛然,起居言论夭夭申申,无异平时,至年终渐愈。

中华民国十年辛酉(1921) 七十二岁

三月,偕眷属归里扫墓。弟曾樾继至。

四月,弟曾桐卒于北京寓邸。

自丁巳以后,遇家祭必哭,哭必病;道及故旧亦哭;闻人谈忠义事亦哭。至是身心益瘁,心房之病日剧,涉秋方小痊。

是年,曾植鬻书自给。初曾植精帖学,得笔于包世臣,力主运指。壮契张裕钊(廉卿),尝欲著文以明其书法之源流正变及得力之由。晚年由帖入碑,融南北书流为一冶,自漆书、竹简、石经、石室,无不涉其藩篱。道从变化以发其胸中之奇,几忘纸笔,心行而已。论者谓三百年来,殆难与辈。海内外赍金求书者穿户限焉。

中华民国十一年壬戌(1922) 七十三岁

正月苦足疾。

三月杪归里扫墓。

四月,弟曾橶卒于沪寓。

六月十一日,为曾植暨李夫人成婚五十年重谐花烛,乡人某布衣为绩《海日楼重谐花烛图》。

七月十五日复病,初似疟。至八月初二日,又患癃闭。病中得樊增祥寄诗五首,虽呻楚不忘在口,时和一二韵,积日成之。自后旋通旋塞者币月,或劝用人参,曾植以韩太夫人晚年有呕血症,服参即愈,以贫无力购全参,为终身之痛,终身不服,即服药亦不入方,闻此言又涕泗交颐,哀咽不能复语。二十七日又患脚肿,自谓病中心象如太空虚静,纤云不染。次晨即不能起。于是病益革,心房跳动,声微不可闻。十月初二日早起,自云昨夜睡极好,又云梦境极佳。适王乃徵(病山)来,则云病情极不好,复云梦境至佳。中午起书对联两副,步履运腕安详,一如平日。至晚病忽变,至初三日丑时遂没。

初九日灵柩回籍,厝北门外宁波会馆。

民国十二年癸亥(1923)十一月初六日,安葬于南城外王店榨箬村之祖茔侧。

民国十五年丙寅(1926)三月二十五日,李夫人殁于上海寓邸。民国十六年丁卯(1927)十月与曾植合葬。

沈曾植著述目

《佛国记校注》一卷

原书宋释法显撰。校注未见,载沈颍《海日楼遗书目》。

《蛮书校注》十卷

原书唐樊绰撰。曾植校注。《遗书目》作一卷。

《诸蕃志校注》二卷

原书宋赵汝适撰。校注未见。《遗书目》不载卷数。

《蒙鞑备录注》一卷

原书宋孟珙撰。曾植注未见,载《遗书目》,云:"原稿与《西游录》、《异域说》、《塞北纪程》合一册,张尔田(孟劬)太守拟以此书与下《黑鞑事略》、《西游录》、《异域说》、《塞北纪程》、《近疆西夷传》六种注合编,题曰《史外合注》。"

《黑鞑事略注》一卷

原书宋彭大雅、徐霆撰。注未见,载《遗书目》,云原稿一册。

《元秘史笺注》十五卷　　附《〈元秘史〉蒙语原文九十五功臣名》一卷

原书不知撰人名,笺注未见,载《遗书目》。

《皇元圣武亲征录校注》一卷

原书不知撰人名,或曰出自察罕。曾植校注。《遗书目》未载。

《长春真人西游记校注》二卷

原书元邱处机撰。校注未见,载《遗书目》。

《西游录注》一卷

原书元耶律楚材撰。注未见,载《遗书目》。

《塞北纪程注》一卷

原书元张德辉撰。注未见,载《遗书目》。

《异域说注》一卷

原书元朱德润撰。注未见,载《遗书目》。

《近疆西夷传注》一卷

未见,载《遗书目》。

《岛夷志略广证》二卷

原书元汪大渊撰。曾植原本曰注,不曰广证,只一卷。其后上海国粹学报社刊入《古学汇刊》中,作此名,分上、下两卷。此就原书以新旧各图证之,以考见南洋各岛唐宋迄今之航路,并考见西洋人所建商步,亦即古来商贾汇萃之区,实发前人所未发。后由孙德谦重校定名曰笺。

《女真考略》一卷

原书在邓廷罗《兵镜》卷二十附刻中。曾植据抄本加注。《四库提要·兵镜》只十一卷,此在二十卷者,后人重刻所附入也。注文凡三十七条。后附李培《灰画集序》文及《嘎尔旦列传》,传有眉注四条。

《蒙古源流笺证》八卷

原书为蒙古人萨囊彻辰撰,乾隆四十二年奉敕译进。此书曾植原名《事证》,由张尔田校补并间采王国维说,写定刻行,改题《笺证》。今内蒙古人民出版社出版之道润梯步之新译校注,为最善之本,其中采及曾植说,并补正沈说之误,譬如积薪,后来居上矣。

以上史地之属,凡十有五种。

《汉律辑存》一卷

此书与徐同溥（博泉）同辑，盖代薛允升（云阶）者。《遗书目》不载，已佚。

《晋书刑法志补》一卷

已佚，《遗书目》不载。

以上刑部之属，凡二种。

《法藏一勺》一卷

有手稿，《遗书目》不载。《学海月刊》曾据手稿杂记佛学者辑录刊载，亦名《法藏一勺》，该刊后停刊，未全印出。

以上释家之属，凡一种。

《海日楼文集》二卷

此由孙隘堪校勘，原稿丛残，且多阙文，整齐不易。孙逝世后，王蘧常复加董理，失载尚不少。

《甲乙丛残》

手稿，光绪甲午、乙未间诗。

《双梧阁诗词杂俎》

手稿，光绪戊戌、己亥在武昌时诗。

《薏盦药滓集》

手稿，光绪己亥年诗。

《乙盦诗存》

此为陈衍所编。《石遗室文集》载有《海日楼诗叙》，盖即《近代诗钞》所录。

《海日楼诗集》十二卷

先有木刻《海日楼诗集》二卷本，收诗自辛亥至乙卯。其全集则初由朱祖谋（古微）董理。朱卒，金兆蕃（篯孙）重订。皆多错乱，且不全。曾植子颖邀钱仲联寓其家，将手稿及丛残片纸只字举以付整理。仲联裒集后,复参据近代诗人专集、史籍及其他著作,逐首重加考订编次,补朱、金整理本之缺。仿任渊注山谷、后山集例,总目每题下均加考注。全诗复详加校注。张尔田为之序,称为"俾叟之诗,硕伙纤屑,昭晰无隐","苏之施、顾,黄之任、史,比于仲联,优绌孰多?"该书已由中华书局付印。

《海日楼诗补编》

临川李翊灼(证刚)所编,后胡先骕又据李编本再编次,写定未印,存诗皆已见于钱仲联注本。此补编如皋冒景璠(效鲁)藏之。

《寐叟乙卯稿》一卷

此系曾植六十六岁时所作,岁次乙卯故名。民国六年(1917)八月孙德谦序而刻成于吴县。其诗收入木刻二卷本《海日楼诗集》之第二卷。

《喁于集》一卷

上虞罗振玉(叔言)刻之。采名当为唱酬之作,《遗书目》不载。

《倦寐联吟集》一卷

余肇康(尧衢)挽曾植诗注云:"自予来申四、五年间互相唱酬,各得诗七十篇,为一时同人所无,裒然成帙,公颜之曰《倦寐联吟集》,比之皮陆。予改曰《寐倦》,公持不可。"《遗书目》不载。

《偓词》一卷

此曾植所手定。

《海日楼余音》一卷

此亦曾植所手定。

《东轩语业》一卷

此亦曾植所手定。

《曼陀罗㝢词》一卷

此亦曾植所手定。朱祖谋又将以上四种删定统题为《曼陀罗瓤词》，凡一百七首，涵芬楼印行之。既而朱辑《沧海遗音》，又稍有所去取。凡八十五首，即朱刻本也。钱仲联取两本复加校勘，订为全本，今由中华书局付印。

《寐叟书牍》二卷

　　此为王蘧常所辑，凡一百七十六首，不全，未印。

《类帖考》

　　未见，《遗书目》亦未载。金蓉镜云有抄本。

《寐叟题跋》四卷

　　涵芬楼印行之。编次未善，有复出。上集二卷无目，尤不便稽查。

《碑跋》一卷

　　见《遗书目》。

《答龙松生书法问》一卷

　　共二十余条。

　　以上文艺之属，凡十有九种。

《东轩温故录》一卷

　　记论经史为多。

《东轩手鉴》一卷

　　记释家言。

《札记》一卷

　　亦记释家言。

又一卷

　　论诗、文、神、道、史、地、五行，起癸丑七月二十七日。

又三种，各一卷

《笔记》一卷

　　记论道家言。

又一卷

　　论书、画、词、故事、宗教、南诏史。

又一卷

　　论乐律。

《长语》一卷

《杂家言》一卷

　　杂记、子、史、掌故。

《辛丑札记》一卷

　　论碑帖、释、道、韵书、舆地，辛丑冬在嘉兴所记。

《月爱老人客话》一卷

　　记宋、明理学及杂家言。起己未二月十日。

《冶城客话》一卷

　　多论治道。当在庚子、辛丑之间。才二叶。

《护德瓶斋客话》

　　共止五则，记友朋杂语。

《护德瓶斋涉笔》一卷

　　多论西北舆地及辽西元史，间涉经济及杂艺。自记曰："此壬
午、癸未之间所记。"亦有续添者，大抵在京邸时。

《护德瓶斋笔记》

　　共止两则，记师门感旧。

《潜究室札记》一卷

　　论史地、训诂、医学。

《全拙庵温故录》一卷

　　论诗文乐律及词曲书画之属。晚岁所记。

《研图注篆之居随笔》一卷

　　才数条，论治道、医学、书法。

《菌阁璅谈》二卷

部分刊于《青鹤杂志》，盖论诗、词、曲、书法、杂艺之属。

《鄂游栖玩记》二卷

未见。系戊戌、己亥之际所记，多涉二氏及地理、乐律、字母之属。

《恪守庐日记》

三种，《佛国记》、《诸蕃志》、陶诗韩诗各数页。

《恪守庐日记》

手稿，此光绪十六年庚寅冬十一月所记。

《戊戌旅湘日记》

手稿，此光绪二十四年八月所记。

以上杂记之属，凡二十有四种。

大凡书五属，五十八种。

《海日楼札丛》八卷

丁亥（1947）夏，钱仲联客海日楼，曾植子颎以曾植学术札记手稿多种嘱为董理，计有《护德瓶斋涉笔》一卷、《潜究室劄记》一卷、《杂家言》一卷、《东轩温故录》一卷、《冶城客话》一卷、《辛丑劄记》一卷、《菌阁琐谈》、《月爱老人客话》一卷、《全拙庵温故录》一卷、《研图注篆之居随笔》一卷、《笔记》一卷、又一卷、又一卷、《札记》一卷、又三种各一卷、《长语》一卷、《护德瓶斋简端录》三种，凡二十一种，其专论佛学者：《东轩手鉴》一卷、《法藏一勺录》一卷、《札记》一卷，又杂记佛学者，一册，其它散见于故纸中之《杂札》。诸卷零乱无序，为量不一，少者止二、三页。于是略仿《困学纪闻》、《日知录》、《十驾斋养新录》之例，合并比次之，仍录书原名于各条之下。编定为八卷：卷一经，卷二史，卷三域外史、舆地、姓氏、风俗、目录版本，卷四儒、道、政论、术数、医学，卷五佛学，卷六道教、回教、波

斯教等,卷七诗、文、词、曲、乐律,卷八碑、帖、书画。颜曰《海日楼
札丛》。于 1962 年由中华书局上海编辑所出版。

《海日楼题跋》三卷

钱仲联编校。凡二百七十二题,四百十五篇。此书原名《寐叟
题跋》,一集上下册,二集上下册,于 1926 年以前,由商务印书馆影
印手迹行世。虽略依类排比,次序较乱,且有并非题跋之诗文混
入。钱仲联取《寐叟题跋》上下集重新分类编排,首书籍版本,次碑
帖,次书画真迹,厘为三卷,每卷复以年代先后为序。凡收入《海日
楼诗文集》者,不再复出。别于《寐叟题跋》上下集之外,补入跋文
二十四篇。1962 年,由中华书局上海编辑所取与《海日楼札丛》合
订成一大册出版。

附录二

沈乙盦诗序

陈　衍

　　余与乙盦相见甚晚。戊戌五月，乙盦以部郎丁内艰，广雅督部招至武昌，掌教两湖书院史学，与余同住纺纱局西院。初投刺，乙盦张目视余曰："吾走琉璃厂肆，以朱提一流，购君《元诗纪事》者。"余曰："吾于癸未、丙戌间，闻可庄、苏堪诵君诗，相与叹赏，以为同光体之魁杰也。"同光体者，苏堪与余戏称同光以来诗人不墨守盛唐者。自是多夜谈，索君旧作，则弃斥不存片楮矣。乙盦博极群书，熟辽金元史学舆地，与顺德李侍郎文田、桐庐袁兵备昶论学相契，词章若不屑措意者。余语乙盦："吾亦耽考据，实皆无与己事。作诗却是自己性情语言，且时时发明哲理，及此暇日，盍姑事此？他学问皆诗料也。"君意不能无动，因言："吾诗学深，诗功浅。夙喜张文昌、玉溪生、《山谷内外集》，而不轻诋七子。"诗学深者谓阅诗多，诗功浅者作诗少也。余曰："君爱艰深，薄平易，则山谷不如梅宛陵、王广陵。"君乃亟读宛陵、广陵。明年，君居水陆街姚氏园，入秋病疟，逾月不出户，乃时托吟咏。余寓庐相密迩，有作必相夸示，常夜半叩门，函笺抵余，至冬已积稿隆然。又明年，庚子之乱，南北分飞，此事亦遂废矣。君诗雅尚险奥，聱牙钩棘中，时复清言见骨，诉真宰，荡精灵。昔昌黎称东野刿目钬心，以其皆古体也。自作近体，则无不文从字顺，所谓言各有当矣。

余生平喜检拾友朋文字，君作落余处者殆百馀首，念离合之踪无定也，特序而存之。

光绪辛丑，陈衍。

海日楼诗集序
蒯寿枢

辛酉冬，晋谒吾师沈乙盦先生，谈次请刊其诗，师曰："俟盖棺后，子为我序之。吾诗即语录，序必记此言也。"今慈护世兄谋刻诗集，属遵命为序。呜呼！《华严经》谓九地菩萨，虽八地菩萨不能知，余恶足以知吾师之诗？忆三十年前，与桂伯华居士论诗，尝谓渊明诗无异偈语，与吾师语录之言甚合。盖诗之为道也，情动于中而形于言，就当前现量摹写情景，长言而咏叹之，言乎其不得不言，初非有意为诗也。故兴观群怨曰可以者，贵能俾人随所触而皆可，不必如经生家析《鹿鸣》、《嘉鱼》为群，《柏舟》、《小弁》为怨也。《孟子》言《诗》亡而后《春秋》作，盖明公理，存大义，正是非，天地之心也。天地不能言，寄士大夫以言之。故《诗》、《春秋》者，士大夫代天地立言之具，以成其与天地为参之德，特《春秋》严而《诗》婉耳。后世诗派，流演滋繁，纵能独辟蹊径，自造其极，亦只为诗之一体，能得其全者，不数数见也。欺心炫巧者无论矣。不读古人之诗，不足以学诗，固矣；然构思命笔之际，必尽忘古人而后可。若规规学步效颦，则正如钝斧子擘栎栌，皮屑纷霏，终不能动一丝纹理，岂非

313

自桎梏耶？既承师命，不敢以不文辞。谨就所见，略申其义，质诸世之深于诗者。至于其诗未加赞美者，弟子固不敢议师，且恐有谓其私者，留待天地后世之知言君子矣。释迦文佛降世三千四百九十八年癸酉正月，受业合肥蒯寿枢谨序。

海日楼诗集序

陈　衍

寐叟既殁之十有二年，其孤慈护既刊其所著《蒙古源流笺证》，乃出所哀《海日楼全诗》九百馀首，请序于余。因念数十年来所有朋好，相与为文字骨肉者，凋谢略尽，黯然不可为怀。涛园之诗，寐叟犹及为序；节庵则散原序之；今惟散原与余存耳。《记》曰"朋友之墓有宿草而不哭"，然既痛逝者，行自念也，则仍述吾两人往来聚散倡酬书札之素，以写余悲。往者涛园尝言，予兄弟于朋辈之为诗，能鼓舞而督促之，使哀然成帙，乃戏以催耕之布谷、促织之络纬相况，可云善谑。盖涛园素罕作诗，自要先伯兄木庵先生客皖南大通、淮北正阳关，不两年，成《正阳集》一巨册。陈弢庵太傅少作多不存稿，自里居与先伯兄相倡和，始存其稿，至今殆千首。余之怂恿寐叟为诗，则已详同客武昌时所作序中。嗣是寐叟出守南昌，别资余游匡庐；提学皖省，则招余游安庆；寐叟将赴欧美考察政治，则寓余武昌寓庐；辟地上海，则海日楼、谷隐诸所居，余尤数数至。其踪迹，彼此诗中，约略可寻。寐叟论诗，与散原皆薄平易，尚奥衍，寐叟尤爱烂熳。余偶作前后《月蚀》诗，寐叟喜示散原，散原袖之以去。寐叟诗多用释典，余不能悉；余《题寐叟山居图》五言古四首，寐叟亦瞠莫解，相与怪笑。寐叟短札诗稿，存余所者，无虑百馀通；

其散见于余《诗话》者，不能尽也。今翻阅兹编，武昌以前所作，盖麈有存；其他为余未见者，亦罕矣。其选入《石遗室师友诗录》、《近代诗钞》者，至二百首，皆其尤精者。故余于寐叟之诗之甘苦酸咸，敢谓知之之深，一如己诗之甘苦酸咸；其足为外人道者，固已具《诗录》、《诗钞》中所首载之鄙论已。

癸酉端阳节后，七十八叟陈衍书于苏州之聿来堂。

海日楼诗集跋
陈三立

寐叟所为诗，类不自收拾，散佚不知凡几。及国变流寓沪渎，始录存稍多，即今公子慈护重辑四卷本是也。寐叟于学无所不窥，道篆梵笈，并皆究习；故其诗沈博奥邃，陆离斑驳，如列古鼎彝法物，对之气敛而神肃。盖硕师魁儒之绪馀，一弄狡狯耳，疑不必以派别正变之说求之也。晚岁孤卧海日楼，志事无由展尺寸，迫人极之汩圮，睨天运之茫茫，幽忧发愤，益假以鸣其不平。诡荡其辞，癙寐自写，落落悬一终古伤心人，此与屈子泽畔行吟奚异焉？则谓寐叟诗为一家之《离骚》可也，为一世之《离骚》可也。

甲戌冬日，义宁陈三立时客故都，年八十有二。

海日楼诗注序
张尔田

诗非待注而传也，而传者又或不能不待注，则亦视乎其时焉。

嘉禾沈寐叟邃于佛，湛于史，凡稗编脞录、书评画鉴，下及四裔之书，三洞之笈，神经怪牒，纷纶在手，而一用以资为诗。故其于诗也，不取一法而亦不舍一法。其畜之也厚，故其出之也富，非注无以发之。曩谒叟海日楼，叟手一篇诗，曰："子诹佛故者，此中佛典，子宜为我注。"余曰："注自优为之，顾今之意则何如？"叟曰："是固然，子姑注其典耳。诗人之意，岂尽人而知耶？"叟既殁，遗诗散落，同人稍稍裒集丛残中，成若干卷。仲联乃创为之注，邮以示余，余读而善焉。

自昔言注诗者，三百篇尚矣。应劭之注《风谏》，颜延之、沈约之注《咏怀》，大都详其训耳。至李善始并所隶之典而注之。唐人之诗，宋人多有为之注者；而宋人所自为之诗，宋人亦注之，其最显者，东坡、山谷。叟之诗，今之东坡、山谷也。神州板荡以来，王者迹熄，诗之为道，扫地尽矣。袭海波之唾残，呡谣俗谚，竞以新名其体，浅学寡闻，得叟之诗，或哆口结舌而不能读。微夫揭而显之者，纵其英光璀璨，宁不随玄陆俱去耶？仲联之先楞仙司成，尝注樊南文、鲍明远诗矣；仲联缵家学，俾叟之诗硕伙纤屑，昭晰无隐，由诗人所隶之典，以曲会夫诗人之意，将叟所谓不可尽知者，亦且于是焉或遇之。异日者，吾又安知叟之诗，不待注而传哉？苏之施、顾，黄之任、史，比于仲联，优绌孰多！

仲联欲余序其书，余老病不斟，曾何足为仲联重？顾念于叟有奉手之雅。其诗之源流正变，前为叟序《乙卯稿》，固言之矣。今但序仲联注诗之指以复之。

甲申嘉平月钱塘张尔田序。时年七十有一。

海日楼诗注自序

钱萼孙

《海日楼诗》者,嘉兴乙庵沈公之所著也。公儒林丈人,群伦大府。道轶萌外,誉馥区中。奚待黻词,始腾来叶。自其中岁,大隐金门,固已藉甚声华,英绝领袖。恁伯见而倒屣,重黎引为同方。三墨八儒,四营五际。既探其赜,不域其樊。雅诂启六艺之钤,律意坚《公羊》之守。译蒙兀之《秘史》,则不儿证源;跋特勤之唐碑,而象胥累译。固已涵揉九流,雕镂万态矣。晚啛道真,独叩玄宰。趣弥博而旨约,识愈广而议平。入逝多之林,宜黄倾其胜义;拾羽陵之简,上虞资其启键。况复接坐三君,毕归陶铸;尚论百氏,力扫秕糠。类隔音和,通成国之舌腹;三长五不,导知几之微言。海外愿文玄为师,稷下重祭尊之教。复乎不可尚已!弸中彪外,溢为声诗。公固自譬承蜩,掇之而已。然而鞠情缮性,轹往迵今。诸方遍参,一法不取。逸情云上,潜思渊沈。《小雅》怀明发之心,魏阙切江湖之望。其隐文谲喻,远叹长吟,嗣宗、景纯之志也;奥义奇辞,洞精骇瞩,马歌鹭铙之馀也。剥落皮毛,见杜陵之真实;飞越纯想,契正始之仙心。一代大家,千祀定论。秀水演派,上溯朱、钱;并世标宗,平揖陈、郑。观其早入樊南,晚耽双井,不薄李、何之体,期沟唐、宋之邮,则如竹垞;揢擢肝肠,难昌黎之一字,冥搜幽怪,蹑东野之畸踪,则如萚石。然前者法物斑斓,或致疑于赝鼎;后者解衣盘礴,或献诮为荒伦。公乃经训菑畬,玄关融液。与《风》、《骚》为推激,脱陶、谢之枝梧。截短取长,后来居上矣。籀园西江天马,蹴踏九皋,锻思冥茫,而难辞破碎;夜起沧浪别才,高视左海,自成馨逸,而微失囚拘。盖一徒挹拍黄、陈,单提祖印;一但剕钵王、柳,取径

剑峰。孰如公括囊八代,安立三关。具如来之相好,为广大之教
主乎?

　　特是弦外希音,意内曲致。望帝春心之托,苦无郑笺;泉明《述
酒》之章,易滋燕说。孤诣斯隐,解颐安从?读公诗者恨焉。余以
戋材,敢窥囵突。勉为疏释,载阅星霜。其中甘苦疾徐之数,可得
而言焉。公生前丛稿,漫不自珍。友生排比,后先乖迕。固世代密
迩,可效天社之整齐;而弦辙更张,岂免孟亭之附会。其难一也。
公自言以经发诗,因诗见道。东京内外之学,中秘今古之文。莫不
滂沛寸心,囊籥在手。怀人海国,补郑说之十氉;雅禊《临河》,融皇
疏于五字。余学昧稽古,叹兴望洋。其难二也。公识贯珠囊,旁通
铜牒。三洞七签之笈,叶岩铁塔之函。左右逢源,禅玄互证。以文
字之般若,遣空有之名言。方之前修,雅同蒙叟;统笺二集,有愧遵
王。彼亲麈谈,犹存罅漏;况余冥索,宁抉渊微?唯崇贤之解《头
陀》,三藏斯能瓶泻;若南城之诠子厚,《五咏》故从阙如。其难三
也。公馀事多能,殚精评鉴。游心艺圃,放意墨林。翻谱录于《宣
和》,承笔谈于《历下》。虹月沧江之舫,云林清閟之居。玉轴标华,
金壶征故。考利州之帖,订误于覃谿;歌岩山之碑,折中于《东观》。
若此之类,又涉专门。其难四也。公腹笥之富,罩牢古今。使事极
纂组之工,缀文根《苍》、《雅》之籍。时复反熟为冷,易类求新。雕
虎增字于孝标,镂象假言于韩子。《南华》非僻,或窘令狐;虹户逞
奇,孰知彦伯?其难五也。集中苔岑协好,酬唱为多。本事旁征,
风流已邈。况鼎革以还,逃名者众。疑古贤于阳五,莫诘平生;披
吟剟于《月泉》,全更姓氏。其难六也。克兹六难,稿经数易。或只
义孤寻,穷年始得;或散帙无意,俯拾即来。不求有功,岂云无失。
雁湖之注舒国,竹坡之笺简斋,非所敢望也。

　　抑尤有恨者,公生不逢辰,老伤溃止。当涂应谶,荧惑降童。

重华行否德之禅,瓯脱窜流人之簿。通明违世,不下层楼;陈咸荐时,式遵祖腊。身存河济,而兴薇蕨之歌;世异无嘉,猥托黄花之咏。世之论者,或斥为违天之苌叔,或誉为一家之《离骚》。世代不同,抑扬遂异。后之览者,略其殷顽之迹,挹其古芬之词可也。

重光大荒落之岁玄月,虞山钱萼孙序。

书　目